L'homme qui refusait d'aimer

Du même auteur
aux Éditions J'ai lu

Séduisant et sans scrupule, *J'ai lu* 7398

Sabrina Jeffries

L'homme qui refusait d'aimer

Traduit de l'américain par Myra Bories

J'AI LU

Titre original :

MARRIED TO THE VISCOUNT
Avon Books, *an imprint of* HarperCollins*Publishers,* New York

Prologue

Philadelphie, début décembre 1821

Spencer Law, cinquième vicomte de Ravenswood, vida d'un trait une nouvelle chope de cidre brut. C'est pour noyer dans l'alcool quelque chose de précis qu'il était descendu, avec son frère cadet, dans ce bruyant estaminet, mais l'oubli ne venait pas.

Ce matin même, il lui fallait retourner en Angleterre. Retrouver le tumulte du Parlement, la populace au bord de l'insurrection. Retrouver sa lourde charge de sous-secrétaire au ministère de l'Intérieur dans ce royaume en pleine ébullition. Le poids des responsabilités, miraculeusement envolé pendant son séjour en Amérique, pesait de nouveau sur ses épaules. Ce dont il avait envie pour le moment, c'était d'une autre rasade de cidre. Alors qu'il commandait une chope, le rire de Nat, vautré sur le banc face à lui, retentit.

— Il faudrait songer à ralentir le débit, mon petit vieux. Tu es en train de t'enivrer.

— C'est bel et bien mon intention.

— L'immense Ravenswood qui noie son chagrin dans l'alcool ? Peste ! D'habitude, tu as l'Angleterre sur les bras et pas le temps de faire ce genre de sottise.

Nat posa les coudes sur la table en chêne et ajouta :

— Il est vrai que, depuis deux semaines que nous sommes arrivés, je ne te reconnais plus... C'est la fille du Dr Mercer, n'est-ce pas ? C'est à cause d'elle que tu es bizarre.

Spencer voulut foudroyer son frère du regard, mais ses yeux couleur d'acier manquaient d'assurance.

— Ne sois pas grotesque !

Pour le faire ciller, il avait suffi que l'effleure l'image d'Abigail Mercer, que son père appelait « sa rose sauvage ». Une façon comme une autre de désigner cette beauté aux yeux de biche d'un vert intense, à la peau dorée, douce comme un pétale de rose, à la bouche en bouton d'un incarnat radieux...

— Hier, insista Nat, tu as fredonné un air d'opéra pour elle.

— Je lui ai raconté *Le Mariage de Figaro* que j'ai vu cette année. Elle voulait en entendre un morceau. Et après ?

— Je ne t'ai jamais entendu fredonner de ta vie.

— L'occasion ne s'était pas présentée.

— Dis plutôt que l'envie ne t'en était jamais venue, rétorqua sèchement Nat. Jusqu'à ta rencontre avec miss Mercer ! Voici que tu passes à présent tes journées avec cette belle plante exotique...

— Que devrais-je faire d'autre pendant que tu parles affaires avec son père ? Ou du moins ce qu'il en reste... précisa Spencer en regardant le fond de sa chope vide.

— Effectivement. En tout cas, cela n'a pas l'air de déplaire à Abigail.

C'était vrai. Elle était volubile et spontanée, tellement américaine. À la différence des jeunes Anglaises paralysées d'admiration devant un titre et un fief, miss Mercer le traitait sans façon, d'égale à égal. Dès qu'il devenait trop sérieux, elle ne se gênait pas pour le taquiner. Nulle Anglaise ne s'était jamais permis pareille familiarité. Elles étaient trop conscientes de son statut social, trop effrayées par son attitude posée.

De toute façon, les Anglaises ne l'entreprenaient pas sur le thème de la politique. Mais miss Mercer polémiquait avec l'ardeur et l'optimisme fervents de ses compatriotes. C'était exaspérant.

Et tellement attachant !

— Écoute, poursuivit Nat. Je suis ravi que tu sois en bons termes avec miss Mercer. Cela ne peut qu'amadouer son père... Peut-être prêtera-t-il une oreille bienveillante à mes propositions. À propos, as-tu réfléchi à la possibilité de me faire l'avance des fonds ?

Sa chope étant vide, Spencer allongea le bras pour prendre celle de son frère.

— C'est-à-dire te donner les moyens de commettre une folie ? De devenir l'associé du Dr Mercer ?

— Ce n'est pas une folie ! s'exclama Nat. Je sais que tu as des doutes concernant la Mercer Medicinal Company, mais les chiffres sont là : depuis sept ans, le fortifiant du docteur se vend comme des petits pains. S'il n'était pas tombé malade, il serait riche à ce jour, et non traqué par ses créanciers. Tout ce dont il a besoin, c'est de quelqu'un comme moi pour rajeunir l'entreprise depuis qu'il est impotent.

— Pas impotent, releva Spencer. Quasi mourant !

— C'est justement la raison pour laquelle il risque de tout me vendre. J'ai déjà en poche les actions que je lui ai gagnées aux cartes. Toi-même, tu as jugé l'investissement digne d'intérêt, sans quoi tu ne m'aurais jamais accompagné en Amérique.

Spencer s'appuya contre le mur derrière lui.

— Tu m'as menacé d'y aller seul. Comment pouvais-je te laisser faire, sachant ce qu'il est advenu de tes entreprises précédentes ?

— Décidément, ta mémoire est impitoyable, protesta Nat. Car enfin, j'ai toujours fait ce que tu souhaitais. Tu t'es obstiné à me faire faire mon droit : eh bien, je l'ai fait.

— Oui, mais avec mollesse : sans quoi, tu n'aurais pas échoué à tes examens. Et puis, n'oublions pas la marine. Un tel fiasco que, même en mettant tout mon poids dans la balance, je n'ai pu les obliger à te garder.

— C'est vrai, concéda Nat avec une grimace, je ne suis pas fait pour être marin. Même en voiture, j'ai du mal à garder le cap. J'ai accepté de faire un essai à cause du mal que tu t'es donné pour me procurer cet embarquement.

Il se pencha vers son frère, à bout de patience.

— Mais cette fois-ci, je suis capable de réussir. J'en suis sûr. Les chiffres, ça me connaît. C'est pourquoi j'ai toujours raflé de jolies sommes aux cartes.

— Toujours ? se moqua Spencer en vidant les dernières gouttes de la chope de Nat. Mais où est passée cette fichue serveuse ?

— Bon, c'est vrai, je me suis fait rétamer un soir. Et tu as réglé la note.

— Et quelle note ! Je ne suis pas près de l'oublier.

— Bon, bon ! Mais cette fois-ci, c'est différent. Le vieillard n'a pas le choix. Il refuse de céder entièrement la Mercer Company à sa fille, car elle n'a pas assez le sens des affaires pour redresser la situation. Mais s'il ne lui trouve pas un associé, il devra tout laisser à un parent qu'il déteste. Et c'est là que j'interviens.

La revêche fille de salle apporta deux chopes pleines et les posa lourdement sur la table. Spencer empoigna la sienne. Il avait à présent une nouvelle image à conjurer : celle de miss Mercer au travail avec son frère.

Surtout, ne pas penser à cela ! Ne pas penser aux sourires malicieux qu'elle décocherait à Nat. Ce n'était pas comme si Spencer avait pu rester ici pendant que son frère se lançait dans sa folle aventure. La démission soudaine du vieux ministre de l'Intérieur ne lui laissait pas le choix : il devait rentrer...

De toute façon, il n'avait rien à attendre de la fréquentation de miss Mercer, bien qu'il la trouvât charmante et désirable à souhait.

Il se renfrogna. En Angleterre, une femme sur deux aurait béni le Ciel de pouvoir devenir sa maîtresse. Mais pas une ne le tentait. Quelle inconséquence de choisir pour objet de ses pensées lubriques la respectable miss Mercer, une femme qui n'accepterait que le mariage ! Ainsi, comme il ne pouvait l'épouser – ni elle ni une autre, d'ailleurs –, le mieux était sans doute de la quitter pour toujours.

La peste soit de l'Amérique !

Il but son cidre à longs traits, et reposa sa chope.

— Que pense Evelina de tout cela ? As-tu annoncé à ta future femme que tu as trouvé à l'autre bout du monde une partenaire en affaires, la ravissante Abby Mercer ?

— Evelina comprendra, répondit Nat. C'est provisoire. Dès que le père sera mort, je rachèterai tout à la fille. Miss Mercer aura ainsi de quoi vivre largement et moi, je serai propriétaire de la Mercer Company.

— Tu es incapable de diriger une entreprise.

— Tu ne connaissais rien à l'armée quand, il y a quelques années, papa t'a acheté des galons d'officier. Eh bien, tu as appris. Et tu es plutôt bon dans ce genre de choses.

— Il a bien fallu, grogna-t-il, un peu jaloux de la liberté souveraine dont jouissait son frère.

Spencer avait perdu la sienne à la mort subite de leur frère aîné.

— De toute façon, il faut que je réussisse. Sinon, que me reste-t-il ? La soutane ?

Ils soupirèrent de concert. Même pour Spencer, il était clair que ce n'était pas une solution.

— En outre, poursuivit Nat, je n'ai pas l'intention de m'en occuper personnellement. Je recruterai un directeur. Il me suffit d'être propriétaire.

— Et tu attends de moi le financement…

Nat eut la délicatesse de rosir.

— En partie seulement. J'économise sur mes rentes, depuis deux ans. J'ai essayé d'être raisonnable. Il ne me manque pas beaucoup.

Le regard égaré, Spencer tendit la main vers sa chope. Nat l'arrêta.

— Je ne vais pas tarder à me marier, c'est pourquoi j'essaie de me débrouiller seul, au lieu de faire ce que tu décides à ma place. Je sais que cette affaire peut marcher. Alors, qu'en dis-tu ? Si j'arrive à convaincre Mercer, tu m'enverras les fonds ?

Spencer tentait en vain d'oublier les lèvres bien ourlées de miss Mercer, promesse de doux baisers. De toute façon, il ne les embrasserait jamais, même s'il restait. Il vida sa chope.

— Écris-moi à Londres et je ferai ce qui est en mon pouvoir.

Le visage de Nat s'éclaira.

— Je savais que je pouvais compter sur toi.

L'affaire étant conclue, Nat s'attaqua à son cidre. Tout en buvant, il ne quittait pas son frère des yeux.

— Elle est belle, miss Mercer. Tu ne trouves pas ?

Spencer tâtonnait dans un brouillard éthylique.

— « Sa beauté sans pareille a des douceurs de nuit,
De cimes enneigées et de cieux éblouis… »

— Juste Ciel ! Te voilà poète, maintenant !

Spencer s'était à peine rendu compte qu'il avait parlé à haute voix. Sacrebleu !

Il brandit sa chope vide sous le nez de son frère.

— Je cite toujours des poètes quand je suis soûl.

— Faut-il que tu le sois pour citer Byron ! La beauté de miss Mercer t'impressionne à ce point ?

— Qui lui résisterait ? articula-t-il laborieusement.

— Il y a des hommes qui lui trouvent le teint trop mat.

— Ce sont des ânes ! rétorqua Spencer en soulevant sa chope.

Il se rappela qu'elle était vide et fit la moue.

Avec un petit rire, Nat poussa la sienne vers lui.

— C'est curieux que l'immense Ravenswood ne méprise pas une métisse amérindienne.

— Arrête de me traiter d'immense ! riposta Spencer en prenant la chope de son frère. De toute façon, amérindienne ou pas, elle est de haute naissance. La famille de son père est bien connue à Philadelphie, et son grand-père maternel était chef de sa tribu. Les Sénécas, je crois.

— Comment le sais-tu ?

— C'est elle qui me l'a dit.

— Ah, ah, je vois ! Ces fameuses conversations... Mais dis-moi : n'étaient-ce vraiment que des conversations ?

— J'ignore ce que tu sous-entends.

Quelqu'un éclata d'un rire tonitruant à une table voisine, et Spencer eut l'impression de recevoir un coup de maillet sur la tête. Il se massa les tempes.

— Oh si, tu le sais ! Elle te fait envie, ne dis pas le contraire. Tu as exactement le même regard chaque fois qu'elle entre dans une pièce !

— Arrête de déblatérer.

La peste soit de l'impertinent, auquel rien n'échappait !

Nat le dévisageait attentivement.

— Étant donné son passé, il n'y a guère de chance pour qu'elle se marie. Peut-être saurais-tu la convaincre de devenir ta maîtresse ?

Spencer eut un rire aigre.

— Avec son optimisme béat à l'américaine, elle me rendrait fou en un mois.

Il baissa les yeux sur la lie de son cidre, et imagina Abby Mercer dans le rôle de sa maîtresse. Tant de feu et de dynamisme entièrement consacrés à lui plaire, à le combler en se tortillant nue dans son lit !

Quelles pensées ridicules ! Une femme de bonne famille ne s'abaisse pas au rang de maîtresse. De toute façon, il avait sa dose de maîtresses. Le fait d'être le protecteur d'une femme n'était que la triste parodie du mariage qu'il était incapablc dc conclure. Mieux valait une liaison à la sauvette quand il en avait le temps. Ce qui était rare au demeurant.

— Je suppose qu'il est hors de question que tu l'épouses ? dit doucement Nat.

— Absolument !

— À mes yeux, elle paraît de bonne naissance. Mais pour toi, elle n'est pas assez raffinée ?

— Cela n'a rien à voir. Même si je le souhaitais, je ne pourrais l'épouser.

— As-tu quelqu'un en tête ?

— Certes non, rétorqua Spencer en baissant le ton, car son crâne explosait dès qu'il parlait trop fort. Je ne puis l'épouser, car je ne puis épouser qui que ce soit.

— Bien sûr que si, tu le peux. Tu as déjà trente-sept ans. Il te faut prendre femme.

— C'est impossible, insista-t-il d'une voix pâteuse. Le mariage, ce n'est pas pour moi.

Il surprit l'air renfrogné de Nat et précisa :

— C'est tout profit pour toi : toi et ton fils, vous hériterez de tout.

— Mais je ne veux pas ! protesta Nat, affolé. Evelina et moi nous contenterons de ce que tu nous alloueras. Tu dois absolument engendrer un héritier. Je ne veux pas du titre, je ne veux pas avoir sur le dos des locataires, des biens-fonds et tout le saint-frusquin. J'ai jeté un navire contre la côte quand j'étais dans la marine. Que crois-tu qu'il adviendra si tu me confies un domaine ?

— Tu te sens bien capable de diriger une entreprise.

— Pas de la diriger, d'en être le propriétaire. Bon, d'accord, c'est peut-être juste le domaine que je ne veux pas diriger. Cela ne m'intéresse pas.

— Ça ne m'intéresse pas non plus. Mais à chacun son devoir. Ce n'est pas à moi, mais à toi d'engendrer un héritier.

— Ma parole, tu es sérieux ! Tu es vraiment décidé à ne pas te marier ?

Spencer acquiesça.

— Je resterai célibataire jusqu'à mon dernier soupir.

— Et pourquoi diable ? J'espère que cela n'a rien à voir avec Dora. Ce n'est pas parce que papa et notre belle-mère ont fait de leur mariage un gâchis qu'il te faut redouter d'en faire autant.

Spencer garda le silence, scrutant d'un œil morose le fond de sa chope vide. Lorsque Nat commanda encore du cidre, il releva la tête.

— Il vaudrait mieux que j'en reste là, je suis soûl.

— Pas assez ! rétorqua Nat avec un sourire. Pour une fois, je puis voir mon admirable frère exhiber les mêmes faiblesses que nous autres, pauvres mortels.

— Pas si admirable que ça, bredouilla Spencer. C'est ça l'ennui, tu vois.

— Non, je ne vois pas.

Deux chopes arrivèrent comme par magie, et Nat les poussa toutes les deux vers Spencer.

— Eh bien, le moment est venu de m'expliquer.

1

« Face à un invité inattendu, le meilleur maître d'hôtel n'est pas à l'abri d'une gaffe : il doit profiter de la circonstance pour progresser. On ne sait jamais si tel invité aujourd'hui impromptu ne sera pas demain important. »

Vade-mecum du parfait domestique,
par le maître d'hôtel d'une très grande maison

Londres, 15 avril 1822

La fiancée était là. Depuis deux heures, on attendait le futur marié. Pour un dîner de fiançailles, c'était le fiasco de la saison.

Spencer jeta un dernier coup d'œil sur la table impeccablement dressée et poussa un soupir. Il aimait beaucoup son hôtel particulier de Londres et aurait préféré se retirer dans sa bibliothèque avec un cognac, au lieu de tout cet embarras. Il en avait sans doute au moins pour une heure. S'il abrégeait, cela éveillerait les soupçons de ses vingt-six invités. Heureusement qu'il avait l'esprit leste et le sens de la diplomatie : personne ne s'était encore aperçu que le dîner était une catastrophe. Tant qu'ils n'auraient pas compris la raison de la disparition de Nat, Spencer n'avait nulle intention de la leur révéler.

Il observa discrètement lady Evelina, la future mariée. Heureusement qu'elle avait accepté sans commentaire l'histoire à dormir debout que Spencer lui avait servie.

Telle une poupée de porcelaine, elle restait juchée sur son fauteuil avec une grâce étudiée. Elle avait le teint frais, des anglaises blondes autour de son front et une robe qui lui seyait à ravir. Seul son regard pétillant rappelait la joyeuse compagne que Nat et Spencer avaient tant taquinée quand elle était petite.

Croisant son regard, Evelina tamponna délicatement ses lèvres en arc de Cupidon avec un mouchoir damassé.

— J'espère qu'ils ne vont pas garder ce pauvre Nathaniel au poste toute la nuit. Est-ce que son billet précisait pour combien de temps il en avait ?

Maudit billet que Spencer avait dû inventer !

— Non, mais ils vont probablement le questionner un petit moment. Il faut qu'il fasse une déposition, car lui seul a vu le voyou arracher le sac à main de cette femme.

— Comme c'est courageux de courir après un brigand ! Tout seul, en plus ! Et puis, traîner lui-même cet individu au poste : quelle noblesse !

— Certes, certes. Nat est noble, fort noble...

Ce mensonge tenaillait Spencer face aux grands yeux innocents d'Evelina. Mais il n'avait pas le choix. S'engager dans une folle poursuite au nom de la justice est une excuse acceptable pour manquer son dîner de fiançailles ; abandonner la future mariée ne l'est pas. Tant que Spencer ne connaîtrait pas la vraie raison de la défection de Nat, il continuerait à mentir. Autrement, Evelina serait publiquement humiliée ainsi que sa mère, veuve de lord Tyndale.

Où diable était son cadet ? Ils s'étaient vus une heure avant le dîner : Nat n'avait pas manifesté l'intention de se volatiliser. Le maître d'hôtel de Spencer, McFee, avait vu Nat recevoir un billet, mais personne ne l'avait vu sortir. Depuis cet instant, impossible de le dénicher, tant dans sa demeure que dans tous les endroits qu'il fréquentait à Londres.

Il avait tout bonnement disparu.

Spencer soupira. Son frère n'était plus le même depuis son retour d'Amérique, un mois plus tôt. Il n'était plus intéressé que par le courrier, allait et venait à n'importe quelle heure, rencontrait des gens en secret et se comportait comme un intrigant, non comme un jeune aristocrate sur le point de convoler.

Et à présent, une disparition. Où diable était-il donc passé ?

— Ce qui m'étonne le plus, observa la mère d'Evelina, c'est que Nathaniel ait eu la présence d'esprit d'écrire un billet. Il faut dire que c'est un garçon très bien élevé.

— Et noble ! précisa sa voisine avec un soupçon d'ironie. N'oublions pas le « noble ».

Merveilleux. Voici maintenant que lady Brumley fourrait son nez dans l'affaire. Quelle idée avait eue la mère d'Evelina d'inviter cette commère, que tout le monde surnommait « la gazette des cancans » ! Spencer se reprocha de ne pas avoir vérifié la liste des invités.

En vérité, la politique lui laissait peu de répit. Lady Tyndale l'avait contacté pour donner un dîner à l'occasion des fiançailles et il n'avait guère eu le temps de s'en occuper. Il lui avait donc laissé le soin de recevoir chez lui. Le repas intime qu'il avait envisagé s'était transformé en réunion mondaine : cela lui apprendrait à faire confiance à une matrone qui n'avait pas deux doigts de jugeote.

Et dans deux jours, il y aurait le bal de fiançailles. Heureusement, lady Tyndale recevrait cette fois chez elle. Spencer frissonnait à la perspective de ce que serait cette fête. Elle allait sans doute inviter la moitié de la bonne société londonienne.

Si tant est que le bal ait lieu... Pour le moment, Nat avait disparu.

Spencer se rembrunit. Il fallait quand même que Nat se case ! À vingt-neuf ans, il était d'âge à convoler, et la petite Evelina, avec ses vingt ans, lui convenait à merveille. Elle était amoureuse de lui depuis l'enfance. Qu'est-ce qu'un homme pouvait demander de plus ?

— Ce billet de votre frère, Ravenswood, pourrions-nous y jeter un coup d'œil ? suggéra lady Brumley. On va me demander un article pour le journal, et je voudrais tout savoir sur la noble intervention de M. Law.

Tout ce dont cette fouineuse avait envie, c'était de dénicher un scandale. À l'évidence, elle n'avait pas cru à la fable de Spencer.

— Je croyais que vous aviez vos propres sources, rétorqua-t-il en sirotant son bordeaux avec un air d'ennui très étudié. Dois-je croire que vous ne les vérifiez plus ?

L'ironie de la question n'échappa pas à la mégère.

— Si j'attends demain pour cela, je crains de ne trouver que la version officielle. Comme les magistrats de Londres sont sous la tutelle de votre ministère, ils ne m'en diront pas plus que ce que vous les autoriserez à révéler.

— Je n'en disconviens pas, confirma-t-il en posant son verre. Mais je n'ai rien à ajouter.

Spencer consulta discrètement la pendule. Deux heures et quart. Et si Nat avait des ennuis ?

— Tout de même, s'obstina lady Brumley, si j'avais ce billet sous les yeux…

— Spencer, interrompit Evelina, Nathaniel nous a raconté, à maman et à moi, son récent voyage en Amérique ; mais toi, pas un mot.

Spencer, surpris, croisa le regard de la jeune fille. Evelina était en général trop polie pour couper la parole à quiconque, et surtout pas à une dame du rang de lady Brumley. Peut-être n'était-elle pas si innocente qu'elle paraissait, en somme.

Tout le monde se tourna vers elle et elle rougit, mais sans quitter Spencer des yeux.

— Je sais que tu n'as pas séjourné là-bas aussi longtemps que Nathaniel, mais l'endroit t'a-t-il plu ? Lui ne tarit pas d'éloges. Il a dit grand bien des Mercer et le Medical Mead du docteur l'a beaucoup impressionné. C'est un sirop qui guérit l'indigestion et d'autres maux.

— Je n'en ai jamais entendu parler, intervint lady Brumley. Et pourtant, je connais tous les sirops qui font du bien à la digestion.

— Pour le moment, milady, expliqua Evelina en saisissant une asperge d'une main tremblante, on ne le vend qu'en Amérique. Mais selon Nathaniel, ce sirop se vendrait bien ici. C'est pourquoi, en échange d'une participation dans la société, il a l'intention de le diffuser en Angleterre.

Lady Brumley dévisageait Spencer sans bienveillance.

— Avez-vous perdu l'esprit, milord ? Pourquoi avez-vous laissé votre frère se lancer dans cette folle aventure ?

— L'affaire est fort raisonnable, au contraire, protesta Evelina. De l'avis de Nathaniel, l'entreprise de ce M. Mercer est prometteuse. D'ailleurs, lord Spencer est du même avis : il a convenu d'y investir.

— Vraiment, Ravenswood ? insista lady Brumley, incrédule. Vous appuyez cette ineptie ?

— Je ne crache jamais sur un bon investissement.

De toute façon, Nat ne lui avait pas encore demandé de fonds. Spencer n'avait qu'un souvenir assez flou de la nuit d'ivresse où il avait donné son accord.

— Je n'ai pas étudié la compagnie de Mercer dans ses moindres détails mais, dans ses grandes lignes, elle est saine.

— Nathaniel est bien décidé à se lancer, poursuivit Evelina. D'ailleurs, il en est actionnaire.

Eh oui ! Nat se vantait d'avoir réussi l'impossible : à son retour en Angleterre, il avait affirmé que le vieux Josiah s'était rendu à ses arguments et l'avait pris comme associé.

— Naturellement, continua Evelina, il est obligé de partager la compagnie avec la fille du médecin. Mais c'est bien ainsi, car c'est miss Mercer qui assure la fabrication du sirop.

Abigail Mercer. Zut ! Spencer l'aurait volontiers oubliée quelques heures, mais son image lui revenait sans cesse :

ce sourire étincelant, ce regard aguichant, cette peau lumineuse. Pourquoi n'arrivait-il pas à se défaire d'une telle obsession ? Il ne l'avait côtoyée que quinze jours, des mois plus tôt.

— Ah bon ? Nat t'a... parlé de miss Mercer ? demanda-t-il en piquant un pâté de pigeonneau avec sa fourchette.

Qu'est-ce que Nat avait bien pu raconter pour ne pas rendre Evelina jalouse ?

— Mais oui, confirma la future mariée. La pauvre ! Elle a perdu sa mère si jeune. Puis bientôt son père et, à vingt-six ans, elle est toujours célibataire ! Elle aura du mal à trouver un mari, même après la mort de son père. Nathaniel m'a dit qu'elle était laide comme une corneille.

Spencer manqua avaler de travers. Depuis quand Nat était-il aussi bon menteur que son aîné ?

— À mon avis, c'est la situation de miss Mercer qui explique son célibat, davantage que son physique.

— Ah bon ? demanda Evelina, intéressée.

— Son père a souffert d'une longue maladie. En tant que fille unique, il lui revenait de le soigner, ce qui lui laissait peu de temps pour compter fleurette.

Sans parler du fait que certains messieurs ne voulaient pas d'une métisse.

— Mais je pense qu'elle finira par trouver chaussure à son pied. C'est une femme sympathique, et particulièrement...

Il s'interrompit juste à temps. Toutes les dames étaient suspendues à ses lèvres. Sacrebleu !

— Vous m'avez l'air d'en savoir long sur miss Mercer, constata la « gazette des cancans ». Peut-être n'est-elle pas aussi laide que votre frère l'a dit. Et vous, Ravenswood, que pensez-vous du physique de cette jeune personne ?

L'obligation de répondre fut épargnée à Spencer, car la porte de la salle à manger s'ouvrit et le maître d'hôtel entra. Il s'approcha de leur table et se pencha vers lui. Le digne Écossais était blême sous sa couperose.

— Que se passe-t-il ? souffla Spencer.

— Il faut que je m'entretienne avec milord en particulier.

McFee avait sans doute des nouvelles de Nat. Spencer se leva et s'excusa.

— Puis-je vous demander quelques minutes ? Je dois sortir un instant.

Il y eut un murmure d'acquiescement poli et il s'éloigna vivement, McFee sur les talons.

— Qu'y a-t-il ?

— Une femme demande à vous voir.

Spencer fronça les sourcils : McFee désignait en général du terme de « dame » les personnes du beau sexe.

— Que désire-t-elle ?

— Vous parler.

— De mon frère ?

— Non, milord.

Spencer ressentit un immense soulagement.

— Eh bien, dis-lui de revenir demain. Je n'ai pas le temps ce soir.

— Elle insiste beaucoup. À mon avis, milord devrait lui parler.

— Pourquoi ? Qui est-ce ?

— Eh bien, je... enfin... hum...

— Alors ? gronda Spencer. On ne va pas y passer la soirée.

McFee se redressa avec une dignité outragée.

— Elle affirme être lady Ravenswood, la femme de milord.

— La femme de *qui* ?

Ce cri résonna sous les voûtes somptueuses du vestibule où Abigail Mercer attendait avec sa servante, Mme Graham. Abby tendit l'oreille.

— Je crois que lord Spencer a été informé de notre arrivée.

— Dieu soit loué! ronchonna la servante. Je me demandais si ce maudit majordome allait se décider à nous annoncer.

Abby se mordit la lèvre pour ne pas rire. Mme Graham servait la famille Mercer depuis la nuit des temps. Comme tant de veuves, elle devenait acariâtre avec l'âge, mais Abby ne pouvait se passer d'elle.

— J'ai d'abord cru que nous nous étions trompées de maison, avec toutes ces voitures garées devant. Je suppose que lord Spencer reçoit à dîner. Je ne m'explique pas pourquoi cela tombe le jour de notre arrivée...

— Ce que j'aimerais savoir, c'est pourquoi il n'a envoyé personne nous attendre sur le quai. Tu ne lui as pas dit par quel bateau nous arrivions?

— Bien sûr que si. Il est étrange que lord Spencer ne se soit pas soucié davantage de notre confort.

Il y avait de la bousculade au fond du hall. Abby entendit des portes s'ouvrir et se fermer, et des conciliabules. Lord Ravenswood expliquait probablement la situation à ses invités.

Mme Graham fronça les sourcils.

— À l'entendre, lord Spencer semblait stupéfait d'apprendre notre arrivée. Mais à mon avis, milady...

Abby éclata de rire.

— Par le Ciel, arrête donc de me donner ce nom! Déjà que tu m'as convaincue de me ligoter dans ce corset grotesque... Arrête de me décerner du « milady » à tout propos. Je regarde chaque fois derrière moi pour voir à qui tu parles.

Mme Graham se rengorgea.

— Autant t'y habituer. Tu es vicomtesse, à présent.

— Moi, je n'ai pas l'impression d'avoir changé. D'ailleurs, ce que je vois en lord Ravenswood, ce n'est pas le vicomte. En Amérique, il faisait plutôt penser à un gentleman-farmer. Il m'a toujours mise à l'aise.

— Enfin un homme qui te traitait comme la jolie fille que tu es! Mais je me serais bien passée de ce mariage par procuration. Ce brave Nathaniel Law était bien mal à l'aise dans le rôle du marié.

— Moi, cela ne m'a pas dérangée. Ce n'est pas un mariage d'amour, tu sais. Je ne m'attends pas que lord Spencer joue les romantiques.

De nouveau lui revint la façon dont il l'avait parfois regardée, pendant ses deux semaines en Amérique… À ce simple souvenir, un délicieux frisson lui caressa le dos.

Avec effort, elle se remémora le caractère purement administratif de leur accord.

— Dans ses lettres, il affirme m'épouser parce que je lui inspire « respect et admiration ». Cela me convient. Moi aussi, j'ai pour lui respect et admiration.

Sentiments qui, au fil du temps, pourraient bien se transformer en amour, non ?

Dès à présent, éprouvait-il à l'endroit d'Abby des sentiments dépassant ceux que l'on peut afficher dans un courrier ? Pour quelle autre raison serait-il allé jusqu'à épouser une célibataire américaine, métisse de surcroît ? Le spectacle de son imposante demeure confirmait le soupçon d'Abby : lord Ravenswood, beau, intelligent et séduisant comme il l'était, devait avoir toutes les Anglaises à ses pieds.

Mais c'est elle qu'il avait choisie. Cette seule pensée lui faisait battre le cœur.

Une porte s'ouvrit et se referma. Au fond du hall, outre les murmures, on entendait des pas.

— Je crois qu'il arrive.

— Que Dieu nous garde, répondit Mme Graham en remettant en place une mèche folâtre, d'un roux grisonnant. Vite, milady, donne-moi du Mead pour me parfumer l'haleine.

— Bonne idée.

Le Mead était un médicament mais il rafraîchissait l'haleine à merveille. La jeune femme prit son flacon personnel dans le réticule en casimir qui pendait à son poignet, et le tendit à sa domestique.

Celle-ci l'ouvrit, en but une goulée, fit la grimace et le rendit à Abby.

— Seigneur, que c'est infect ! Heureusement qu'il y a l'odeur, tu ne trouves pas ?

Abby porta le flacon à ses lèvres et reconnut le fort parfum de romarin et d'essence de néroli. Elle fit un instant circuler la gorgée dans sa bouche avant de l'avaler. Puis elle referma le flacon.

Les pas s'étaient arrêtés au milieu du hall. Il y eut de nouveaux chuchotis. Abby glissa vivement le flacon dans son réticule. Qu'attendait-il pour se montrer ?

— Comment me trouves-tu ? souffla-t-elle en regardant sa robe de voyage chiffonnée. Dieu, je suis affreuse. C'est horrible qu'il me voie comme ça.

— On n'y peut rien. Étant donné la façon dont on t'a trimballée pour arriver ici, tu n'es pas vilaine du tout.

Mme Graham s'avança d'un pas et fit bouffer la jupe noire en alépine, pour en corriger le tombé.

— Tu aurais dû me laisser resserrer ton corset. Cette robe ne tombe bien que si le corset est très serré.

— Si tu le serres encore d'un millimètre, tu me coupes en deux !

Mme Graham n'était pas convaincue.

— C'est une question d'habitude. Ta mère – que Dieu ait son âme – n'aurait jamais dû laisser ses préjugés t'empêcher de t'habiller convenablement.

— Maman avait raison de considérer les corsets comme contraires à l'hygiène.

— Mais les dames d'un certain rang se doivent d'en porter, en Angleterre notamment. Si tu refuses les mœurs anglaises, tu es une paysanne indigne d'être vicomtesse.

— Qu'est-ce que cela signifie ? gronda une voix masculine juste derrière Mme Graham.

Avec un petit cri, celle-ci pivota d'un bloc et Abby sursauta. Accompagné de cet ennuyeux McFee, c'était le vicomte en personne qui faisait le tour de la cage d'escalier.

Mon mari, se rappela Abby. Dieu, quel homme ! Elle ne l'avait jamais vu en tenue de soirée. Ses larges épaules étaient bien calées dans un frac croisé et ses cuisses musclées parfaitement moulées par le tissu de son pantalon.

Il ne portait que du noir, à l'exception de sa chemise. Cette tenue, ses yeux couleur d'argent et sa mine sombre évoquaient pour Abby Hino le dieu du Tonnerre des contes de sa mère : l'orage, le tonnerre et les éclairs en un seul personnage.

Il vint à elle, la dominant de plus d'une tête. Abby sentit sa gorge se nouer. Elle avait oublié qu'il était si grand. Et pourquoi cet air sévère ?

— On dirait, milord, que nous vous prenons par surprise. Pourtant…

— C'est le moins que l'on puisse dire, confirma-t-il d'un ton cinglant. Vous êtes en deuil ?

— Oui, papa est mort il y a deux mois.

— Toutes mes condoléances, répondit-il, radouci.

— Merci. Ce n'était pas une surprise, bien sûr. Mais… il me manque.

— Je comprends.

Ouf ! Un instant, elle l'avait senti tellement étranger. Elle ne reconnaissait pas le gentleman plein d'égards qu'elle avait connu en Amérique.

Il s'approcha encore, la submergeant d'une odeur grisante d'épices qui lui était familière : elle reconnut la bergamote.

— La mort surprend toujours, ma chère. On a beau s'y préparer…

La gentillesse du vicomte mit les larmes aux yeux d'Abby. Elle les essuya d'un doigt et il se radoucit tout à fait.

Il prit le mouchoir dans la pochette de son habit et le glissa dans la main de la jeune femme.

— Je comprends à présent pourquoi vous êtes ici. Vous êtes venue en Angleterre pour négocier les termes de votre association avec mon frère, n'est-ce pas ?

Quand elle se fut tamponné les yeux, il lui sourit.

— Pardonnez-moi, miss Mercer, si je me suis montré un peu sec. Mais mon maître d'hôtel m'a annoncé par erreur que « ma femme » me demandait, et j'ai...

— Ce n'est pas par erreur ! rétorqua-t-elle en se crispant.

Il l'avait appelée miss Mercer. Dieu du ciel, allait-il contester... ?

— Vous savez parfaitement que nous sommes mariés.

Son sourire le quitta d'un coup.

— Je vous demande pardon ?

Abby implora d'un regard le soutien de Mme Graham, mais celle-ci observait le vicomte bouche bée, atterrée par son attitude.

La jeune femme se remémora qu'elle descendait d'une longue lignée de chefs sénécas. Elle bomba la poitrine.

— Dans ce cas, expliquez-moi pourquoi, dans vos lettres, vous m'avez affirmé que vous vouliez m'épouser.

Le regard du vicomte se chargea de nouveau d'orage.

— Je ne vous ai jamais écrit.

— Mais j'ai toutes vos lettres !

Affolée, elle fouilla fébrilement dans son réticule et lui tendit les documents.

— Et ceci ? Ce n'est pas de votre main ?

Il les feuilleta quelques secondes, puis la fixa avec fureur, les yeux flamboyants.

— Madame, je n'ai jamais vu ces feuilles de ma vie.

— Mais vous les avez signées !

— Non ! Je vous concède que c'est bien imité, mais ce sont des faux. D'ailleurs, cela saute aux yeux : la signature jure avec le reste du texte.

Il se tut. Il attendait manifestement qu'elle s'explique.

— Bien sûr, ce n'est pas de la même main. Votre frère m'a expliqué que c'est votre secrétaire qui écrit vos lettres et que vous vous contentez de les signer. Mais

Nathaniel m'a affirmé que vous les avez dictées en personne et que...

— C'est Nat qui vous les a données ?

— Oui. Elles faisaient partie des colis qu'il affirme avoir reçus de vous.

Il consulta de nouveau les quelques pages et blêmit.

— Effectivement, c'est de la main de Nat...

Abby sentait la panique la gagner.

— D'après vous, c'est lui qui les a écrites ? Eh bien, j'exige de parler à votre frère.

— Vous attendrez votre tour, répondit-il d'un ton mordant. Il a eu la bonne idée de disparaître il y a quelques heures et depuis, nous le cherchons.

Doux Jésus ! Tout s'expliquait à présent. Nathaniel avait fait l'intermédiaire pour négocier le mariage, en échange d'une part dans la compagnie de son père. C'est Nat qui les avait convaincus, elle et son père, que lord Ravenswood souhaitait cette union.

À tâtons, Abby chercha dans son réticule un document. Quand elle l'eut trouvé, elle le tendit au vicomte d'une main tremblante.

— J'imagine que vous n'étiez pas non plus au courant pour ceci ?

D'un geste las, lord Ravenswood prit le feuillet et l'examina. Lorsqu'il releva la tête, il affichait une moue douloureuse.

— Je suis vraiment navré, miss Mercer...

— Non, souffla-t-elle en reculant d'un pas. Non, c'est impossible. Ne me dites pas que...

— Je vous jure que je n'ai jamais donné à mon frère procuration pour ce mariage. Je ne saurais dire pourquoi il l'a fait. Naguère, il lui est arrivé d'imiter ma signature une fois ou l'autre, par plaisanterie. Mais jamais je ne l'aurais cru capable d'une chose pareille.

— Ô Seigneur ! bredouilla Mme Graham en s'éventant frénétiquement.

Tous ses rêves s'anéantissaient sous ses yeux.

Et Abby de même : lord Ravenswood n'avait jamais eu l'intention de l'épouser. Les sentiments vibrants qu'elle lui avait attribués, les doux rêves qu'elle avait bâtis d'une vie commune… tout cela était le fruit de son imagination.

Voilà qu'elle se retrouvait en Angleterre, ayant dilapidé les maigres fonds que son père lui avait laissés. Quant à sa dot et à l'entreprise, elles s'étaient volatilisées…

Des taches noires se mirent à danser devant ses yeux. Elle tenta de respirer, mais ce maudit corset l'en empêchait.

La pièce se mit à tourner… puis ce fut le noir complet.

2

> « Il ne faut pas se laisser impressionner par l'inconduite des domestiques employés dans d'autres maisons. Votre employeur récompensera votre patience. Tout ce à quoi parviendront ces mauvais serviteurs, c'est à exaspérer leurs propres maîtres. »
>
> *Vade-mecum du parfait domestique, par le maître d'hôtel d'une très grande maison*

D'habitude, miss Mercer avait le teint vermeil. Quand Spencer la vit blêmir, il craignit le pire. Le regard de la jeune femme devint vitreux et ses genoux se dérobèrent. Le vicomte lâcha les papiers et la rattrapa de justesse, pour l'empêcher de s'effondrer sur le sol dallé.

Il souleva dans ses bras la jeune femme inconsciente.

— Regardez un peu ce que vous avez fait, maudit Anglais ! s'écria Mme Graham. Comment osez-vous vous comporter ainsi avec ma douce maîtresse, qui de sa vie n'a jamais fait de mal à une mouche ?

Spencer n'en menait pas large. Il scruta le visage de miss Mercer, qu'il connaissait pétillant de vie. Elle semblait morte. Flûte, se dit-il, elle devrait déjà être revenue à elle…

— Alors, on s'est ravisé ? insistait Mme Graham, hargneuse. Ou bien c'était juste une combine avec votre frère pour rafler la dot ?

— Elle avait une dot ? bredouilla-t-il.

Toute cette affaire était un cauchemar.

— Vous savez très bien qu'elle avait une dot !

— Je n'en sais fichtre rien. Mais mon frère semble être au courant.

Était-ce la raison pour laquelle Nat avait commis cette folie ? Une simple dot ?

— Et comment, qu'il était au courant ! glapit Mme Graham. Votre frère n'est qu'un vulgaire voleur ! Et si vous comptez sur moi pour ne rien faire pendant que vous détroussez ma maîtresse, vous...

— Eh bien, eh bien ! Qu'est-ce que c'est que ce tapage ? lança une voix de femme derrière Spencer.

Lady Tyndale. Nom de nom ! Quand ce cauchemar allait-il cesser ?

— Est-ce que Nathaniel est arrivé ? demanda une autre voix, plus jeune.

Spencer jeta un œil en arrière et vit Mme Tyndale et Evelina qui les fixaient, lui et la femme évanouie dans ses bras.

— Non. Retournez dans la salle à manger.

— Qui est cette femme ? s'enquit Evelina.

— La propre épouse du vicomte, révéla Mme Graham, ravie. Elle arrive d'Amérique à l'instant.

Elle ramassa les papiers que Spencer avait lâchés et les tendit à Evelina.

Partagée entre l'inquiétude pour miss Mercer et le devoir de s'expliquer, il choisit le problème le plus urgent.

— McFee, tonna-t-il. Occupe-toi avec Mme Graham de faire décharger leurs bagages. Vous autres, retournez dans la salle à manger, je vous prie. Ceci est une question purement privée. Je vous rejoins dans un instant.

Il traversa le hall d'un bon pas. Il fallait mettre miss Mercer au chaud pour qu'elle revienne à elle, or c'était impossible dans cette entrée pleine de courants d'air. Il avait son bureau tout près, il devait y avoir du feu dans la cheminée.

Mon Dieu ! Miss Mercer avait le souffle court et un teint de papier mâché. C'était la première fois de sa vie qu'il faisait défaillir une femme. Le fait que cela tombe sur cette personne en particulier, qui semblait si saine et robuste en Amérique, le désolait sincèrement.

Mais elle l'avait pris par surprise. De fausses lettres ? Un faux contrat de mariage ? Un détournement de dot ? Et où diable était passé son frère ?

Il entrevit la réponse en un éclair. Nat avait sans doute appris l'arrivée en Angleterre de miss Mercer et avait détalé. Il avait bien fait, d'ailleurs. Quand il reviendrait, Spencer le rosserait.

Au moment d'entrer dans le bureau, il entendit derrière lui Mme Graham qui expliquait à la cantonade la façon dont il avait épousé miss Mercer par procuration. Quelle affaire, mes aïeux !

Mais il fallait d'abord s'occuper de la belle évanouie. Il l'étendit sur un canapé. Elle ne gémit même pas, et il commença à s'affoler.

Il fallait lui faire sentir des sels, tout de suite ! Mais où en trouver sous le toit d'un célibataire ? Il fallait faire mander la gouvernante... Non, le temps manquait.

Il remarqua alors le réticule de miss Mercer, toujours suspendu à son poignet par une cordelette. Il l'ouvrit brusquement et, à son soulagement, trouva une bouteille à l'intérieur. Il dévissa le bouchon et porta le flacon à son nez.

Cela sentait les plantes médicinales. Peut-être cela valait-il tous les sels du monde. À cet instant, elle eut un hoquet et battit des paupières. Ouf ! Il posa le flacon par terre et lui prit les mains, inquiet de les trouver si froides.

— Miss Mercer ? demanda-t-il d'une voix douce. Ça va ?

— Que... que s'est-il passé ? s'enquit-elle d'une voix ténue.

— Vous avez eu un malaise. Que puis-je faire pour que vous vous remettiez ? Prendriez-vous un peu de vin ? De cognac ?

— Coco... corset ! souffla-t-elle en se passant la langue sur les lèvres.

Grands dieux, que signifiait ce charabia ? En perdant connaissance, était-elle devenue cruche ?

— Je vous demande pardon ?

— J'étouffe. Le corset… pas l'habitude.

Quand elle se mit à déboutonner le devant de sa robe, il comprit enfin ce qu'elle essayait de lui dire. Muet de surprise, il vit les boutons de la robe sauter les uns après les autres, et la jeune Américaine se tortiller pour s'extirper des manches, puis rabattre son vêtement jusqu'au niveau de la taille afin de lui donner accès aux lacets du corset noués dans son dos. Quelques instants, il fut tétanisé devant le spectacle de cette peau dorée, à peine voilée par la dentelle de la combinaison.

Elle levait vers lui un regard suppliant.

— Li… bérez-moi, implora-t-elle.

Ces mots le sortirent de sa stupeur. Il commença par fermer la porte du bureau, puis tourna la jeune femme sur le côté. Lorsqu'il entreprit de défaire les lacets, il constata que les nœuds étaient trop serrés.

— Coupez ! chuchota-t-elle. Tant pis.

Il sortit son canif, mais les lacets tendus étaient durs comme du bois. Pas étonnant qu'elle n'arrive pas à respirer ! Il lui fallut enfoncer son couteau dans le tissu pour avoir accès aux lacets.

Avec un « ah ! » de soulagement, miss Mercer se mit à respirer avidement.

— Je n'ai jamais compris pourquoi les femmes s'imposent pareille torture, grommela-t-il.

— D'habitude, je n'en porte pas, s'excusa-t-elle en se remettant sur le dos.

Elle avait toujours la robe baissée jusqu'à la taille, et son corset qui cachait vaguement sa combinaison.

— C'est Mme Graham : d'après elle, une vicomtesse doit porter le corset, donc…

Elle eut une longue inspiration tremblante.

— Bref, elle estime que c'est convenable.

Pour une vicomtesse... Les tribunaux tiendraient pour valides les lettres et le certificat de mariage, jusqu'à preuve du contraire. Que faire ?

Il sentit que quelqu'un entrait sans bruit.

— Elle va mieux ? demanda timidement Evelina.

La voix condescendante de lady Brumley répondit.

— À mon avis, elle se porte comme un charme.

Spencer grogna. Lady Brumley s'était-elle aussi glissée dans son bureau ? Peste. La dernière chose dont il avait besoin, c'était d'avoir cette langue de vipère à ses basques.

— Vraiment, lord Ravenswood, observa la « gazette des cancans », vous auriez pu attendre le départ de vos invités pour... comment dirais-je ? faire valoir vos droits conjugaux.

Nom d'un chien ! Évidemment, la situation était ambiguë, avec sa prétendue femme étendue à moitié déshabillée, et lui penché sur elle tel un débauché. Il se leva d'un bond.

— Le vicomte ne faisait que me porter les premiers secours, expliqua miss Mercer.

— Bien sûr, bien sûr ! ironisa lady Brumley, en se penchant pour ramasser le flacon que Spencer avait laissé par terre. Et ceci ? Cela fait partie des... secours ?

— Ce sont les sels que je lui ai fait respirer, répondit Spencer d'un ton sec.

— C'est du Mead, confirma miss Mercer.

Mme Graham fit à son tour irruption dans la pièce.

— Alors, milady, allez-vous mieux ?

Constatant l'indécence de sa maîtresse, elle foudroya Spencer du regard.

— Qu'avez-vous subi des mains de ce monstre ?

— Dehors ! éclata le vicomte. Allez, tout le monde ! Je souhaite rester seul avec miss... avec ma... Enfin, sortez ! Laissez-nous tranquilles.

— Milord, laissez-moi leur expliquer... commença miss Mercer en s'asseyant.

Son corset tomba tout de bon. Dessous, le tissu de la combinaison était si diaphane que l'on voyait parfaitement les aréoles sombres de ses seins.

Un instant, tous se turent, même Spencer. Il ne pouvait arracher son regard du spectacle exquis de miss Mercer libérée de son corset.

Puis lady Tyndale poussa un cri.

— Votre mise, ma chère !

Spencer s'ébroua et s'avança jusqu'au canapé pour soustraire Abby à leurs regards. Il se tourna vers elles.

— Dehors, tout de suite ! Vous aussi, madame Graham. Je vais m'occuper de votre maîtresse.

Elles sortirent à contrecœur avec une mine outragée. Même lady Brumley qui, après un regard sournois à Spencer, empocha le flacon qu'elle examinait.

Un agréable silence s'installa dans le bureau. Une petite voix le rompit.

— Je... je n'y arrive pas.

Il se tourna : miss Mercer avait posé son corset à côté d'elle et glissé les bras dans les manches de sa robe. Et elle essayait en vain de la reboutonner.

— Sans corset, je n'arrive pas à tirer les boutons jusqu'à leurs boutonnières à cause de ma... de mes...

Spencer se débarrassa de sa veste et, tâchant de ne pas trop regarder les beaux fruits qui empêchaient Abby de boutonner sa robe, l'en couvrit. L'odeur de la jeune femme l'enveloppa : douce, sensuelle...

Par le Ciel, c'était bien le moment de penser à elle en ces termes !

— Merci, milord ! murmura-t-elle. Je commençais à me sentir un peu... gênée.

— C'est ma faute. Je n'aurais pas dû couper les cordons de votre corset.

Elle eut un sourire désabusé.

— Si vous ne l'aviez pas fait, j'étouffais sur place.

Puis son sourire s'effaça et elle inclina la tête, repentante.

— Quelle gourde je suis ! C'est la première fois que je perds connaissance.

Avec un soupir, il s'assit à côté d'elle.

— Étant donné les circonstances, c'était compréhensible. Mon frère va devoir s'expliquer.

— Vous voulez dire : parce qu'il a organisé le mariage d'un homme qui ne veut pas de moi ?

Elle arrangea ses jupes.

— Comme j'ai été sotte de le croire ! J'aurais dû me douter qu'un homme de votre rang n'épouserait jamais une Américaine. Mais votre frère s'est montré si persuasif...

— Oui, Nat est capable de convaincre quand il s'en donne la peine.

Spencer aurait dû rectifier et la rassurer quant au fait qu'elle faisait une épouse tout à fait acceptable. Mais pour cela, il lui faudrait avouer qu'il n'avait pas l'intention d'épouser qui que ce soit, ce qui entraînerait des questions embarrassantes, comme d'habitude. Comme il n'avait pas d'autre explication à donner que la vérité – qu'il n'entendait révéler à personne –, mieux valait ne pas évoquer le sujet.

D'ailleurs, cela n'aurait fait que compliquer la situation. Cette femme était venue de l'autre bout de la terre parce qu'elle voulait ce mariage. S'il laissait entendre à quel point elle l'attirait, elle allait s'obstiner alors même qu'il tenterait de se sortir de ce guêpier.

Non, pas question de lui avouer. En revanche, il lui fallait évaluer la situation exacte sur le plan juridique. Et pour cela, il devait poser quelques questions.

Il constata qu'elle avait repris des couleurs, et ne semblait pas prête à défaillir de nouveau. Le moment n'était donc pas mal choisi pour aborder le sujet.

— Mme Graham a parlé de dot. Est-il vrai que mon frère a fait main basse sur la vôtre ?

— Oui, répondit-elle avec calme.

Bon sang ! Il avait pensé que c'était juste une accusation sans conséquence lancée par une domestique en fureur !

— Comment a-t-il fait ? Je suis sûr que votre père a rédigé l'ordre de virement à mon nom. Nat ne pouvait l'encaisser sans ma signature.

— Hélas, ma dot était en pièces d'or. S'il arrivait quelque chose à son entreprise, papa ne voulait pas que les créanciers aient la possibilité de geler ses comptes en banque. Donc, il a conservé cet argent à la maison, en secret, jusqu'à mon mariage.

Spencer se passa les mains sur le visage.

— J'ai presque peur de vous poser la question, mais combien valaient ces pièces ?

— Papa les a évaluées en livres sterling pour votre frère. Je crois qu'il y a cinq mille livres, à quelque chose près.

Spencer émit un soupir. Cela aurait pu être pire.

— Miss Mercer, peut-être pourriez-vous m'expliquer comment ce... ce mariage a été organisé ?

— D'accord, acquiesça-t-elle d'une voix mal assurée. Après votre départ de Philadelphie, Nathaniel s'est montré très attentionné envers papa.

Le fait qu'elle appelle son frère cadet par son prénom agaça Spencer.

— Et envers vous aussi, il me semble. Vous parlez de lui de façon bien familière.

Elle redressa la tête.

— C'est sur sa demande. Je n'allais pas tarder à devenir sa belle-sœur.

— D'accord. Poursuivez.

— Papa avait toujours eu l'intention de laisser la moitié de l'affaire à mon mari, quel qu'il soit. Il avait espéré que votre frère m'épouserait, mais Nathaniel lui a affirmé que son cœur n'était plus libre.

Ses yeux lançaient des éclairs.

— J'imagine que cela fait partie de ses mensonges.

— Non, c'est exact. Sa fiancée est ici ce soir, figurez-vous. C'est elle qui est entrée dans le bureau il y a quelques minutes.

— Ah bon ? La jeune blonde élégante...

— Cela fait un moment qu'ils ont l'intention de se marier.

Il se leva pour faire les cent pas.

— Ce soir, c'est leur dîner de fiançailles, mais Nat est introuvable...

Sur le joli front d'Abby, une fine ride se dessinait.

— Aurait-il appris mon arrivée en Angleterre ? Mais oui, je vous ai écrit une lettre où je vous donne tous les détails de notre traversée. Il a dû l'intercepter.

— Voilà pourquoi il attendait le facteur tous les matins. Combien de lettres m'avez-vous écrites ?

— Deux. La première, tout de suite après notre mariage, et l'autre à propos de la traversée. La première, c'est à lui que je l'ai confiée, lors de son départ.

— Je vois. Dès qu'il a intercepté la deuxième lettre, il a dû poster quelqu'un sur les quais pour épier l'arrivée de votre navire.

La complexité de toutes ces manigances inquiétait Spencer. Quelle était l'intention véritable de Nat ? Dérober à Abby sa dot et son entreprise ? Son frère avait commis des tas de bêtises, mais il n'avait jamais volé.

Il s'assit sur son bureau et se tapota les doigts.

— Vous étiez en train de me parler de notre mariage par procuration.

— Oui, c'est vrai. Quand Nathaniel a compris que papa ne céderait l'affaire qu'à mon oncle ou à mon mari, il a tenté de le faire changer d'avis. J'aurais dû lui dire que cela ne pouvait marcher. Papa a toujours eu l'intention de me faire faire un bon mariage. Il tenait à montrer au reste de la famille que mes ancêtres sénécas ne comptaient pas. Il a engagé des précepteurs, des maîtres à danser ; il m'a fait apprendre l'étiquette et le maintien.

Elle poussa un soupir.

— Mais dès lors que Nathaniel refusait de m'épouser, papa est revenu à son intention initiale de confier l'affaire à son frère. Ainsi, pour hériter ne serait-ce qu'en partie, il aurait fallu que j'aille habiter chez mon oncle.

— Ce qui ne vous enchantait guère, j'imagine.

Une ombre passa dans les beaux yeux sombres d'Abby.

— La famille a déshérité papa, jadis, quand il a épousé maman. Je suis sûre que mon oncle m'aurait embauchée, car je lui aurais été nécessaire à la Mercer Company. Mais il m'aurait traitée comme... comment dirais-je...

— Une parente pauvre, dans le meilleur des cas.

Elle acquiesça.

— Papa n'avait guère envie de cela, mais il ne m'estimait pas capable de diriger l'entreprise seule. C'est pourquoi il lui tardait tant que je me marie.

— Alors, dès lors que Nat ne faisait plus l'affaire, c'est moi que l'on a décidé de sacrifier.

— Oui, précisa-t-elle, irritée, c'est une façon de voir les choses. Deux mois après votre départ, Nathaniel prétendit avoir reçu de vous une lettre où vous chantiez mes louanges.

Elle jouait du bout des doigts avec la veste de Spencer, et sa voix se radoucit.

— Sans doute n'aurais-je pas dû le croire, mais... c'est-à-dire que... nous avions passé des moments agréables ensemble, reconnaissez-le. Alors j'ai pensé... je me suis...

— Oui, je comprends.

Il ne lui avait pas fait la cour un seul instant, mais leur relation avait été suffisamment amicale pour que l'histoire de Nat fût vraisemblable.

— Je me souviens d'une fois où vous m'aviez taquinée à propos de mon « optimisme naïf si américain », susceptible de me jeter dans le malheur un jour.

Elle détourna le regard en rougissant.

— Il semble que vous ayez eu raison. Félicitations.

— Cela ne me réjouit en rien, soyez-en sûre, miss Mercer. D'autant plus que c'est mon frère qui est l'instrument de votre ruine.

— Toujours est-il que Nathaniel s'est mis d'accord avec papa : en échange de la moitié des parts de la société – l'autre devant vous revenir en tant qu'époux –, il se faisait fort de nous marier. Mais les noces se passeraient par procuration, étant donné la gravité de l'état de papa et l'impossibilité dans laquelle vous étiez de quitter l'Angleterre.

— Et votre père a donné son accord pour un projet si fantaisiste ?

— Vous savez, il souffrait sans doute lui aussi d'« optimisme naïf si américain ».

Elle continua d'un ton plus doux :

— À mon avis, il sentait qu'il n'avait pas le choix. Il voulait m'installer avant de mourir. En outre, il approuvait que mon choix se fût porté sur vous.

— Je n'en doute pas, se moqua Spencer. Des riches vicomtes, il n'en passe pas tous les jours à Philadelphie.

Elle lui adressa un regard de biche blessée.

— Je croyais que vous aviez de nous une plus haute opinion. Dommage ! Je ne suis pas à vendre, milord. J'ai une dot… ou plutôt j'en avais une, jusqu'au jour où votre frère s'en est emparé. Ce qui intéressait papa, ce n'était ni votre titre ni votre fortune, mais votre personnalité. Il a donné son accord pour notre mariage car il vous a pris pour quelqu'un de bien. Tout le monde peut se tromper. Je suis sûre que s'il avait compris…

— Me voilà suffisamment tancé, miss Mercer, coupa-t-il. S'il vous plaît, continuez.

Elle poursuivit sans le regarder.

— Le mariage par procuration s'est déroulé normalement, avec votre frère dans le rôle du marié.

— Personne n'a posé de question ?

Elle releva brusquement la tête.

— Pourquoi ? Tout le monde vous connaissait. Ils avaient vu les lettres où vous demandiez ma main. Votre propre frère appuyait cette union. Quel genre de questions y avait-il à poser ?

— Effectivement, je comprends…

Un peu radoucie, elle remonta jusqu'au menton cette maudite veste qui ne cessait de glisser. Spencer se dit qu'elle avait peut-être froid. Il se leva et ranima le feu dans la cheminée.

— Peu après le mariage, votre frère nous a annoncé qu'il partait, car cela faisait trop longtemps qu'il était loin de sa fiancée. Il nous a demandé, à Mme Graham et à moi-même, de le suivre dès la mort de papa. Et il a pris la dot.

Spencer se détourna du feu pour la regarder.

— Et ceci n'a pas éveillé les soupçons de votre père ?

— Il ne l'a pas su, dit-elle avec un faible sourire. Il n'allait pas bien du tout et je ne voulais pas l'inquiéter. Il est mort peu après le départ de votre frère. Je crois que papa a tenu bon jusqu'au moment où il m'a vue installée. C'était quelqu'un de tenace.

— C'est le cas de beaucoup de parents.

Spencer contempla l'imposant bureau qui avait autrefois appartenu à son propre père, un fameux entêté lui aussi. Après la mort de son fils aîné, Theo, il avait attrapé une pneumonie. Mais le vieillard s'était accroché à la vie de son mieux, espérant voir Spencer revenir de la guerre pour hériter à la place de Theo. Malheureusement, Spencer était déjà devenu espion. Quand on parvint enfin à lui annoncer le décès de son frère et la maladie de son père, ce dernier était mort.

Il n'avait donc jamais su que Spencer n'était pas qualifié pour hériter.

— Après la mort de papa, continua miss Mercer, j'ai organisé les funérailles, vendu ses biens et fermé la maison, qu'il avait léguée à mon oncle. C'est à ce moment que je vous ai écrit. Puis nous sommes parties.

Son récit éclairait plusieurs points, mais pas tous.

— Je comprends pourquoi votre père m'a accordé votre main, mais vous ? Pourquoi cette hâte à conclure un mariage par procuration avec un individu que vous connaissiez à peine ?

Elle poussa un soupir.

— Vous êtes-vous, milord, donné la peine de lire les lettres que je vous ai remises ?

— Non.

Il tapota ses poches pour les retrouver, puis se souvint de les avoir laissées tomber par terre. Nom d'un chien ! Les fouineuses avaient fait main basse sur ces documents.

— Pourquoi ? Que disent-elles ?

— Sachez que vous y êtes très convaincant : vous prouvez qu'il est préférable pour moi de vous épouser que de vivre comme une paria chez mon oncle.

— Je vois. Une simple nécessité pratique, alors ?

Elle gardait les yeux fixés sur le tapis, qu'elle taquinait de la pointe de sa botte.

— Enfin... pas seulement. Votre frère est un menteur particulièrement doué. Il a écrit des choses... charmantes sur mon compte. Il était lyrique, il m'a même envoyé un poème. Je n'ai pas l'habitude de ce genre de compliments : sans doute avais-je envie, au fond de moi, d'en recevoir.

Spencer était suffoqué.

— Il est vrai que... je lui ai cité des vers à votre propos.

— C'est vrai ?

Par le Ciel, était-il raisonnable de lui révéler ce détail ?

— C'était pour lui faire comprendre la façon dont d'autres messieurs vous perçoivent.

Les yeux d'Abby pétillaient.

— Je vois. Et vous avez besoin de citer des poèmes pour cela ?

— J'étais soûl, vous comprenez ? maugréa-t-il. C'était ma dernière soirée à Philadelphie, Nat et moi avions beaucoup bu. Apparemment, pour parvenir à ses fins, mon frère a tiré parti des bêtises que j'ai proférées ce jour-là.

— Vous voulez dire : voler ma dot et s'emparer de la compagnie de papa ?

— Je suppose, confirma Spencer. Pourtant, il devait savoir que vous finiriez par venir ici, et que nous découvririons le pot-aux-roses.

— Non seulement il le savait, mais c'est lui qui a payé nos billets pour l'Europe.

3

« Le domestique avisé fait passer l'intérêt de son maître avant le sien propre, car ce qui profite au maître profite aussi au domestique. »

Vade-mecum du parfait domestique,
par le maître d'hôtel d'une très grande maison

À voir la façon dont le vicomte restait bouche bée, Abby comprit qu'elle l'avait de nouveau choqué. Eh bien, il ne l'avait pas volé ! Lui non plus n'avait pas manqué de la bouleverser.

— C'est mon frère qui a payé vos billets ? répéta lord Ravenswood.

— Mais enfin, comment croyez-vous que nous sommes arrivées ici ? Papa ne m'a guère laissé d'argent liquide. N'oubliez pas qu'il me croyait mariée. Et de toute façon, il n'avait pas grand-chose à me léguer. Une fois payées les obsèques et réglées les dettes, nous avons eu tout juste de quoi acheter quelques affaires pour le voyage.

— Mais pourquoi diable Nat aurait-il payé votre billet alors qu'il avait volé votre dot ?

— Comment le saurais-je ?

Une fois de plus, elle remonta la veste de Spencer sous son menton : Dieu, comme elle sentait bon son parfum viril !

— Peut-être a-t-il eu des remords. Peut-être espère-t-il que vous le rembourserez. À votre avis, pourquoi a-t-il fait cela ?

— Je n'en sais fichtre rien !

Il se mit à faire les cent pas sur son coûteux tapis persan, les mains croisées derrière le dos comme un officier.

— La logique de mon frère m'échappe totalement.

— Est-il juste de soupçonner le pire ? Peut-être est-il de bonne foi. Peut-être cherche-t-il à me sortir d'une situation sans issue.

— En vous encourageant à épouser un homme qui ne veut pas de vous ?

— Êtes-vous sûr qu'il le savait ? Moi, en tout cas, j'ai été trop bête pour m'en apercevoir. Je n'avais aucune raison d'imaginer que votre frère s'était lancé là-dedans sans votre accord. Aussi saugrenu que cela vous semble, je pensais vraiment que vous m'aimiez un peu.

Il eut un énorme soupir.

— Mais je vous trouvais très bien... je vous trouve très bien ! Simplement, je ne veux pas vous épouser.

— Oui, oui : maintenant, c'est clair. À force de me le répéter...

Il comprit qu'il lui avait fait de la peine.

— Pardon, miss Mercer. Vous êtes une personne merveilleuse, que je serais ravi d'épouser, si...

— Si vous étiez le premier venu, n'est-ce pas ? N'ayez crainte : j'ai tout compris. Vous êtes vicomte, vous occupez une place de premier rang dans le royaume. Épouser la fille d'un médecin américain ne vous apporte rien.

— Cela n'a rien à voir !

Il se posta derrière son imposant bureau d'acajou sculpté et, debout, se mit à déplacer quelques papiers.

— Je suis à un tournant de ma carrière, c'est tout. Le gouvernement est sens dessus dessous, et l'on a absolument besoin de moi au ministère de l'Intérieur. Je ne saurais me soucier d'une femme en ce moment.

— Et depuis quand une femme est-elle un souci ?

— Depuis quand, rétorqua-t-il d'un ton cinglant, ai-je à me justifier auprès de vous des raisons pour lesquelles je ne veux pas me marier ?

La question était appuyée d'un regard implacable. Abby n'avait aucun droit de fourrer le nez dans les affaires du vicomte. Elle n'était pas de son milieu et ne le serait jamais. Tous deux le savaient.

Elle ne croyait pas un mot de ce prétexte concernant sa carrière. C'était seulement une façon polie de lui faire comprendre qu'elle n'avait ni la formation, ni la classe, ni les relations pour devenir vicomtesse. Le gentleman dont elle avait fait la connaissance en Amérique lui avait semblé se soucier comme d'une guigne de ce genre de détail. En vérité, cet homme y attachait la plus haute importance.

Si elle n'avait pas compris en Amérique que les façons aimables de Spencer n'étaient qu'une façade, c'était tant pis pour elle.

Refoulant sa déception, elle posa les mains sur le cuir souple du canapé.

— Pardonnez-moi de m'être mêlée de ce qui ne me regarde pas. J'ai cette mauvaise habitude. Mais peut-être votre frère souffre-t-il de votre répugnance à vous marier ? N'était-ce pas une façon de vous faire sortir de cette situation : vous marier sans votre consentement ? On m'a dit qu'en Angleterre, le fils aîné a le devoir de convoler en justes noces et d'engendrer un héritier.

Spencer acquiesça d'un air lugubre.

— C'est parce que l'aîné hérite de tout. Ce qui fait que les cadets ont davantage tendance à torpiller les projets de mariage de leurs frères qu'à les appuyer. Si l'aîné n'a pas d'héritier, c'est le cadet qui hérite. Les benjamins sont donc jaloux des aînés, ils se rebellent contre eux et, au pire, tentent de les supprimer. Mais ils ne remuent pas ciel et terre pour qu'ils se marient.

— Dans ce cas, je ne sais que dire. S'il voulait tout bonnement s'emparer de la dot et de l'entreprise, pourquoi payer nos billets ? En revanche, s'il était mû par un noble mobile, pourquoi voler la dot et la compagnie ? Tout cela m'égare. Je n'arrive pas à trouver d'explication raisonnable.

On frappa discrètement à la porte du bureau, ils sursautèrent tous les deux. Le vicomte alla ouvrir : c'était le maître d'hôtel.

— Milord, vos invités sont… se…

— S'impatientent. Oui, je comprends. Un instant, McFee.

— Très bien, milord.

Le majordome allait se retirer quand il se retourna et tendit une liasse de papiers.

— Oh ! J'ai soulagé lady Evelina de ces papiers. J'ai pensé que vous préfériez les conserver par-devers vous.

Abby reconnut les lettres et le certificat de mariage. Lord Ravenswood les prit en hochant sombrement la tête.

— Merci, McFee. Bon travail.

Une fois le maître d'hôtel parti et la porte refermée, il jeta les papiers sur sa table de bibliothèque doublée de cuir. Il les considéra longuement, puis se tourna vers Abby.

— Je suis incapable de résoudre ce mystère ce soir. Il faut que je donne congé à mes invités. Vous et votre suivante avez sans doute envie de vous restaurer, et de prendre une bonne nuit de repos.

— Maintenant que vous en parlez, l'idée me semble excellente.

— Vous restez ici, naturellement. Demain matin, nous fixerons une ligne de conduite. D'ici là, j'espère avoir localisé mon frère.

La faim et l'épuisement poussaient Abby à acquiescer sans commentaire, mais elle se sentit le devoir de préciser :

— Si vous préférez que nous descendions à l'hôtel, nous le ferons.

Puis elle se souvint – un peu tard – qu'elle n'avait pas d'argent. Elle ajouta sèchement :

— Mais ce sera à vos frais, car votre frère ne m'a guère laissé de fonds.

Le vicomte fit la moue.

— J'en suis navré. Quoi qu'il arrive, vous serez dédommagée. Au niveau financier, j'entends. Ce ne sera pas la première fois, je vous assure, que je règle les dettes de mon frère.

Abby était piquée. Voici qu'à présent elle n'était plus qu'une « dette ».

— Je ne voudrais pas être un poids pour vous. Si vous préférez me faire une avance pour me permettre de me loger...

— Allons donc ! Le moins que je puisse faire, c'est de vous donner un toit. De surcroît, vous imaginez les ragots si j'envoie ma « femme » coucher à l'hôtel...

Abby tomba des nues.

— Vous avez l'intention de continuer cette plaisanterie ?

— Pour être franc, miss Mercer, mes intentions ne sont pas encore claires. Grâce à la langue bien pendue de votre servante, je suppose que depuis une demi-heure, mes vingt-six invités n'ont eu d'autre sujet de conversation que notre mariage. Je puis difficilement étouffer purement et simplement l'affaire.

— Qu'allez-vous donc leur dire ? La vérité ?

Qu'entendait-il par « langue bien pendue » ? Qu'est-ce que Mme Graham avait raconté pendant le malaise d'Abby ?

— Certainement pas. Je vais trouver quelque chose pour gagner du temps, jusqu'au moment où je prendrai une décision. Quand cela devient nécessaire, moi aussi je sais travestir la vérité.

— Bon sang ne peut mentir ! observa-t-elle, ironique.

Pour la première fois depuis l'arrivée d'Abby, il rit.

— N'est-ce pas ?

Il ouvrit la porte et fit signe à son maître d'hôtel.

— McFee, montre sa chambre à notre invitée et fais monter des plateaux pour elle et sa servante. Et fais-leur couler des bains.

— Merci, souffla Abigail.

Il la gratifia d'un sourire qui lui rappela l'homme qu'elle avait cru épouser. Elle en ressentait la perte de façon presque physique, au creux de l'estomac.

— Bien, conclut-il, alors nous nous voyons demain matin.

Alors qu'il s'éloignait en chemise et gilet, elle bondit du canapé.

— Lord Ravenswood !

— Oui ?

— Vous oubliez ceci, dit-elle en lui tendant d'une main sa veste et en retenant de l'autre les bords de sa robe béante.

Il revint vers elle et prit son veston. Quand il lui effleura la main, elle frissonna de façon si violente que l'étoffe lui échappa.

Le regard du vicomte tomba dans l'échancrure, et son pouls s'accéléra brusquement, comme celui d'Abigail. Un instant, l'intensité de son regard fit penser à la jeune femme qu'il allait l'embrasser.

Puis il se reprit.

— À mon avis, miss Mercer, vous devriez garder mon veston, conseilla-t-il d'une voix de gorge qui résonna avec une chaleur sensuelle.

Il passa derrière elle.

— Après tout ce qui s'est passé sous mon toit ce soir, la disparition de mon veston est bien le cadet des soucis de mes invités.

Sage, elle le laissa le lui enfiler. Mais le frôlement de ses mains sur ses épaules était troublant, et quand les doigts du vicomte touchèrent ses cheveux, elle sentit son cœur bondir. Et puis il y avait cette merveilleuse odeur virile…

Par le Ciel, il fallait qu'elle reprenne son sang-froid. Même s'il se montrait aimable, il n'était plus l'homme fascinant qu'elle avait épousé de si bon cœur. C'était un vicomte, très conscient de ses responsabilités.

Il s'écarta et elle boutonna le veston en hâte. Celui-ci avait le mérite de cacher la béance de sa robe, même si elle se sentait bizarrement fagotée. Lorsqu'elle se retourna vers lui, il se retenait pour ne pas rire.

— Pouvez-vous vous débrouiller maintenant ?

Son ton doux lui serra la gorge.

— Oui.

Mon Dieu, elle avait moins de mal à se dominer quand il lui parlait d'un ton officiel. Dès que resurgissait le côté affable qu'il avait dévoilé en Amérique, elle regrettait que leur mariage ne puisse se concrétiser.

Elle le contemplait et aurait aimé pouvoir remettre derrière son oreille cette mèche brune et folâtre, ou rectifier le tombé de sa cravate amidonnée, qui était légèrement de travers.

— Je crois que j'ai eu tort. Au fond, vous êtes quelqu'un de bon.

Il eut l'air perplexe. Puis un sourire cynique se dessina sur ses lèvres.

— Surtout, ne le dites à personne. Autrement, je n'oserais plus jamais me montrer au Parlement.

Elle ne put s'empêcher de rire.

— N'ayez pas peur, je suis le tombeau des secrets.

— Dieu soit loué !

Son regard s'attarda sur la bouche de la jeune femme. Celle-ci sentit sous ce regard une étrange chaleur naître dans les profondeurs de son ventre.

Il inclina la tête et prit congé d'un murmure.

— À demain, donc !

Le maître d'hôtel garda un silence compassé en l'escortant jusqu'à sa chambre. Elle tenta d'engager la conversation en montant le grand escalier de marbre blanc. Apparemment, un majordome anglais ne faisait pas la causette avec les invités de son maître. McFee ne répondit donc que par monosyllabes, et Abby renonça.

Elle tentait, tout en marchant, de scruter l'intérieur des chambres devant lesquelles ils passaient. De coûteuses bougies en cire d'abeille étaient disposées devant des miroirs dorés sur des consoles de palissandre poli, près d'énormes portes d'acajou massif. Sur chaque palier se trouvaient des sièges rembourrés tapissés de velours. Et il y avait les corniches ouvragées, les médaillons en bas-relief, les impostes ouvragées avec art...

Que de splendeurs ! Dans sa jeunesse, quand ils avaient de l'argent, Abby savait que la maison de son père dans Philadelphie était considérée comme relativement imposante. Mais à côté de celle-ci, c'était une masure.

C'est presque avec soulagement qu'elle parvint au quatrième étage, où McFee l'introduisit dans une vaste chambre à coucher meublée de façon simple.

Mme Graham était déjà à l'intérieur. Elle fusilla McFee du regard.

— Espèce d'Écossais sournois ! Vous avez le culot de loger lady Ravenswood dans les combles, comme une gouvernante ! J'exige que vous lui donniez une chambre dans les appartements de la famille.

— Madame Graham, je vous en supplie... commença Abby.

— Sauf avis contraire de milord, coupa McFee, vous êtes des invitées et je suis tenu de vous loger comme telles. Comme milord travaille tard pendant la cession parlementaire, j'ai pensé que vous seriez plus à l'aise avec un étage pour vous seules : vous ne serez pas dérangées par les allées et venues de milord.

— C'est très aimable à vous, se hâta de répondre Abby.

Mme Graham fulminait toujours.

— Vous pensez que vous êtes meilleur que nous, n'est-ce pas ? Mais même avec vos grands airs, vous n'êtes jamais qu'un Écossais. Vous n'avez aucun droit de nous prendre de haut.

— J'ai le regret de vous informer, madame, du fait que je ne suis pas écossais, mais maître d'hôtel. Toutefois, si le seul moyen pour vous fermer le clapet est d'admettre que je suis écossais, soit.

Et il poursuivit avec un accent écossais à couper au couteau :

— Je ne vais pas me les laisser casser par une enquiquineuse d'Américaine. Alors vous la bouclez et c'est tout. Vu ?

L'accent écossais était tellement parfait qu'Abby éclata de rire. Mme Graham, matée, ne trouva rien à répondre.

McFee reprit son accent anglais.

— Je vais à présent, madame, vous laisser à vos devoirs, annonça-t-il en parcourant des yeux la pièce où se trouvaient leurs malles. Je suppose que cela comprend le rangement des bagages de votre maîtresse.

Mme Graham bondit sous l'outrage.

— Espèce de… de… bafouilla-t-elle.

Mais il était trop tard. McFee s'était dignement retiré, non sans avoir fermé la porte.

— Espèce de cuistre prétentieux ! hurla-t-elle. Comment osez-vous me dire ce que j'ai à faire ?

— Il ne peut plus t'entendre, alors autant te calmer, conseilla Abby.

— Qu'il ne s'avise pas de marcher sur les pieds de l'enquiquineuse d'Américaine ! Et je persiste à penser qu'il aurait dû nous donner une chambre réservée à la famille.

— Cette chambre me convient à merveille. À Philadelphie, je dormais dans une pièce deux fois plus petite.

Elle s'approcha de la fenêtre. De l'autre côté de la rue, elle distinguait les silhouettes sombres des arbres d'un parc.

— Et je crois que la vue est superbe.

— Peut-être, mais ce n'est pas la chambre de la maîtresse de maison.

— Arrête. Tu sais bien que je ne suis pas la maîtresse de maison.

Décidée à ne pas s'attarder sur cette pensée décourageante, elle ouvrit le couvercle de la malle la plus grosse et vérifia que ses herbes sèches, racines et autres graines étaient au complet.

— Nathaniel a contrefait la signature de son frère, le mariage est donc sans valeur juridique, ajouta-t-elle.

— C'est cela que t'a révélé cet individu pendant que vous étiez seuls dans son bureau ? Je suppose qu'il nie aussi l'existence de la dot ? À mon avis, dès qu'il aura la certitude que nous n'avons aucun recours légal, il nous jettera à la rue.

— En fait, il était plutôt embarrassé par l'attitude de son frère.

Abby ouvrit un sac de satin et s'approcha du chandelier. Parfait : ses graines de consoude n'avaient pas moisi. Enfin une bonne nouvelle.

— Il a promis de me dédommager pour la dot. Il a l'intention de retrouver son frère et de tirer l'affaire au clair. Cesse de te tourmenter. Tu sais bien que, quand il est passé chez nous à Philadelphie, il s'est comporté en gentleman parfaitement respectable. Je ne vois pas pourquoi il serait devenu un monstre de retour en Angleterre.

Cependant, il avait changé. Abby ne le reconnaissait pas : elle était désormais incapable de prévoir son comportement.

— Je dois dire que je n'ai aucune confiance en ces lords anglais, poursuivit Mme Graham. Qu'allons-nous devenir, maintenant qu'il te laisse dehors ?

— Nous ne sommes pas « dehors ». Si le dîner que le maître d'hôtel va nous monter ressemble à ce qui embaumait le vestibule tout à l'heure, nous allons nous régaler.

— Ah bon ? demanda Mme Graham, intéressée. Que mangeaient-ils ?

— Du rosbif, des asperges, une ou plusieurs tartelettes à la viande...

— Ah, toi et ton nez ! Tu es capable de sentir un lilas au milieu d'un bouquet de roses.

— Ce n'est pas difficile de reconnaître l'odeur du rosbif et des asperges, surtout quand on a faim. Ce que je voulais dire, c'est que l'on va bien s'occuper de nous.

— Mais pour combien de temps ?

— Peu importe. Dès lors que le vicomte me restituera ma dot, nous serons libres. Nous ferons ce que nous voudrons.

Elle sortit un autre sachet de graines, s'appliquant à sembler optimiste.

— Nous pourrons rentrer en Amérique, acheter une petite maison et redémarrer l'affaire. Nous ne manquerons de rien. Cet épisode s'avérera peut-être la chance de notre vie.

Mme Graham était sceptique.

— J'y croirai quand je le verrai, pas avant. Et cela ne va pas être facile, avec tous ces Anglais. Tu ferais bien de ne pas compter sur cet argent, au moins pour le moment.

— Je pense que tu te trompes, insista Abby avec un aplomb qu'elle ne ressentait guère. Tout ira bien, j'en suis sûre.

Oui, parfaitement bien. Elle allait être libre à nouveau. Elle pourrait épouser qui bon lui semblerait.

Les larmes lui montèrent aux yeux. Quel dommage que le vicomte soit le seul homme qu'elle ait jamais eu envie d'épouser...

Evelina, inquiète, attendait dans le hall que son futur beau-frère raccompagne le dernier invité. Sa mère était déjà dans la voiture, Evelina lui avait promis de ne pas tarder. Si seulement cette peste de lady Brumley voulait bien dégager le plancher...

— Oui, insistait-elle aigrement, vous refusez catégoriquement d'expliquer la présence d'une jeune personne qui affirme être votre femme.

— Comme je l'ai dit au dîner, répéta Spencer avec un sourire contraint, je ferai prochainement une déclaration sur ce point. D'ici là, je préfère éviter le sujet.

— Dans ce cas, je me verrai contrainte d'offrir à mes lectrices la seule version que je connaisse.

— Si j'étais vous, je n'en ferais rien.

Lady Brumley ouvrit la bouche pour protester, mais le regard glacial de Spencer l'en dissuada. La « gazette des cancans » n'était pas à l'abri de ce genre d'intimidation.

Evelina frissonna. Elle ne supporterait jamais que Spencer la regarde de cette façon. Dieu merci, Nathaniel n'avait pas ce regard noir, sinon elle aurait été terrifiée de se marier avec lui.

Spencer poursuivait :

— De toute façon, comme vous n'êtes pas la seule à répandre des ragots en ville, je suis disposé à vous faire une offre.

— Je n'accepte pas d'argent pour étouffer les affaires, Ravenswood, rétorqua lady Brumley.

Il eut un mince sourire.

— Cela va de soi. Mais je suis sûr que vous aimeriez obtenir les détails directement de la bouche de l'intéressé, c'est-à-dire moi.

La commère inclina la tête, ce qui fit tinter la cloche du navire décorant son couvre-chef.

— Qu'avez-vous à me proposer ?

— Je vous promets l'exclusivité du récit de cette affaire, qui est très embrouillée. À condition que vous vous absteniez d'écrire quoi que ce soit pendant quelques jours.

— Je pense que cela peut se faire, concéda-t-elle. Mais n'essayez pas de me fuir ou de vous cacher quand vous me verrez.

— Certes, certes !

— Je vous donne vingt-quatre heures. Je reviens demain pour tout savoir.

— D'accord. Disons, demain à quatre heures et demie.

— Quatre heures. Le temps de rédiger l'article et de le porter au journal pour l'édition du lendemain.

— Très bien. À demain.

Lady Brumley finit par partir. Spencer se tourna vers Evelina, un peu détendu.

— Pourquoi t'attardes-tu, mon chou ?

Elle faillit éclater en sanglots. C'est ainsi qu'il l'appelait quand elle était petite fille et qu'il rentrait du régiment, les bras chargés de bonbons français et de poupées. Elle l'avait toujours considéré comme le grand frère qu'elle n'avait jamais eu.

— Cette histoire de Nathaniel coursant un voleur, c'était un mensonge, n'est-ce pas ?

— Qu'est-ce qui te fait croire cela ?

— Je te connais. Si tu avais cru Nathaniel en danger ou en délicatesse avec la police, tu aurais immédiatement quitté la table.

— Mais je ne pouvais vous laisser, ta mère et toi, avec...

— Pour moi, tout est parfaitement clair : Nathaniel ne veut pas m'épouser, c'est tout.

Sa gorge se serra, elle pouvait à peine respirer.

— Cette femme qui s'est présentée ce soir, c'est la petite amie de Nathaniel ? Elle est venue d'Amérique pour empêcher nos fiançailles. C'est pourquoi il a disparu, et tu prétends qu'elle est ta femme pour ne pas m'inquiéter.

— Quel tissu d'inepties, Seigneur ! s'écria fermement Spencer. Je t'assure que l'arrivée de cette personne ne te concerne en rien.

— Il m'avait dit qu'elle était très quelconque...

Elle s'était juré d'être forte, mais les larmes jaillirent malgré elle.

— Or elle est jolie comme tout. C'est probablement lui qui l'a épousée quand il était en Amérique.

— Ne sois pas ridicule, dit Spencer avec douceur en la prenant dans ses bras. Tu as vu le certificat de mariage. C'est bien mon nom qui est dessus.

— Non, je n'ai pas pu l'examiner entièrement, rétorqua-t-elle au milieu de ses sanglots. McFee me l'a pris des mains trop rapidement. Mais le nom de Nathaniel était dessus : je l'ai vu !

— Oui, il apparaît en qualité de porteur de ma procuration. C'est tout.

Il lui caressait le dos d'une main consolatrice tout en fouillant dans sa poche. McFee s'avança d'un pas pour tendre discrètement à Spencer un mouchoir, qu'il offrit à la jeune fille.

— Allons, ne pleure pas. Mon frère t'aime éperdument, j'en suis sûr.

— Dans ce cas, pourquoi n'est-il pas là ?

Elle se moucha en se maudissant de se conduire comme une petite fille.

Il la prit par le menton pour lui relever la tête.

— Mais je te l'ai dit, mon chou. Il a eu une anicroche avec un voleur.

— Alors, tu ne veux pas me dire ce qui s'est vraiment passé ?

— Il n'y a rien à dire. Tu t'inquiètes pour rien.

Ravalant ses larmes, elle tenta de reprendre contenance. Elle avait tellement envie de croire cette histoire de larcin. Mais elle n'y arrivait pas.

Spencer ne la mettrait jamais dans la confidence. Il pensait qu'il devait la protéger.

— Bon, bien... d'accord, capitula-t-elle. Mais s'il vient la voir ici, tu me le diras, n'est-ce pas ? Tu ne continueras pas à prétendre qu'il m'aime ?

— Je te jure qu'il n'y a rien de tout cela...

— Promets-moi de me le dire, s'il y a quelque chose.

— Oui, je te le dirai, soupira-t-il. Maintenant file : ta mère t'attend.

Elle se tamponna les yeux avec le mouchoir, acquiesça et alla rejoindre la voiture. Le trajet jusque chez elle fut interminable. Sa mère ne cessait de parler de l'épouse de Spencer, en se gardant bien de lier la mystérieuse disparition de Nat avec l'apparition de miss Mercer. Or, Evelina était à peu près sûre qu'il ne s'agissait pas d'une simple coïncidence.

Sa mère discourait toujours quand elles arrivèrent à la maison, et c'est probablement pour cela qu'elle ne vit pas le valet de pied glisser dans la paume d'Evelina un billet, au moment de l'aider à retirer son manteau.

D'un coup d'œil, elle lut : *Rejoins-moi dans le jardin dès que possible*. Il n'y avait pas de signature, mais ce n'était pas nécessaire. Elle avait reconnu la belle écriture de Nat.

Son cœur bondit.

— Maman, je crois que je vais aller faire un tour dans le jardin avant de monter.

Devant le regard surpris de sa mère, elle ajouta :

— J'ai dû boire trop de vin à table. Il faut que je m'éclaircisse les idées.

Fort heureusement, cette explication fut suffisante.

— Ne t'attarde pas. L'air froid pourrait te donner la migraine.

— Ce ne sera pas long, se hâta-t-elle de répondre.

Déjà, elle avait traversé la moitié du hall en direction de la porte donnant sur le jardin. Lorsqu'elle sortit, elle ne vit tout d'abord pas grand-chose. Et s'il était déjà reparti ? Qui sait depuis combien de temps il avait remis ce billet au valet ?

Soudain, une main la tira derrière un arbre, et elle se retrouva dans les bras de Nat, qui la couvrit de baisers au point de lui faire tout oublier. Baisers qui devenaient de plus en plus brûlants.

Mais elle réussit à se ressaisir et le repoussa.

— Comment *oses*-tu te montrer ici comme s'il ne s'était rien passé ? Comment oses-tu ?

— Je sais, je sais, ma chérie. Je t'ai causé un grand tort. Mais il m'était impossible de te prévenir. Quand mon homme de confiance m'a averti de l'arrivée de miss Mercer...

— Je savais que c'était à cause de cette femme ! s'écria Evelina, dont l'estomac se tordait d'angoisse. C'est ta maîtresse, n'est-ce pas ?

— Ma maîtresse ? s'esclaffa-t-il. Miss Mercer ? Tu plaisantes. Qu'est-ce qui te fait croire que c'est ma maîtresse ?

Evelina fit la moue.

— Tu m'as dit qu'elle était quelconque et c'est faux. Elle vient à notre dîner de fiançailles, et pas toi. Tu me prends pour une cruche ?

— Pure coïncidence ! Elle était censée arriver la semaine prochaine. Si j'avais imaginé qu'elle se présenterait aujourd'hui, j'aurais convaincu ta mère d'organiser le dîner plus tôt.

— Quoi ? Tu *savais* que miss Mercer arrivait ?

— Évidemment ! Cela fait partie de mon plan.

Evelina ouvrait des yeux ronds.

— Je te somme de t'expliquer, Nathaniel Law, et pas plus tard que tout de suite. Sinon, je te fais jeter dehors par mes laquais.

Peiné, il eut un geste d'apaisement. Mais elle ne voulait rien entendre.

— Les explications d'abord. Ensuite, je verrai si je te pardonne. Pour le moment, rien n'est moins sûr.

— Bon, bon ! Mais sois sûre d'une chose : je t'aime. Je t'ai toujours aimée. Nous nous marierons dès que possible. Mais tu vas devoir être un peu patiente, ma chérie. Miss Mercer étant à Londres et pour que mes projets se réalisent, il va me falloir disparaître quelque temps.

— Vraiment ? releva-t-elle en croisant les bras. Eh bien, j'espère que tes explications vont être très, très convaincantes.

4

> « Si un Américain vient en visite chez votre maître, n'attendez pas de lui la même conduite que de la part d'un Anglais. Les Américains constituent une race à part, et doivent être traités avec précaution. »
>
> *Vade-mecum du parfait domestique,*
> *par le maître d'hôtel d'une très grande maison*

Le lendemain de ce catastrophique dîner, Spencer s'installa à table pour prendre son petit déjeuner, puis attendit que les domestiques aillent chercher miss Mercer. Il avait le *Times* sous le coude, son café était fort et brûlant, ses œufs au beurre cuits à point. Mais ses pensées étaient obsédées par cette maudite femme : il se demandait comment elle allait prendre la proposition qu'il était sur le point de lui faire.

Elle serait certainement soulagée d'être débarrassée de tout souci matériel. Cependant, elle ne ressemblait pas à une Anglaise. Par son côté indépendant, elle était très américaine.

Il avait réfléchi à toutes les façons de se sortir de ce mauvais pas, et il n'avait vraiment pas le choix. Déjà, Evelina en avait tiré des conclusions saugrenues. Bientôt, elle ne serait plus la seule. Il devait donc agir sans tarder pour éviter le scandale.

Quoi qu'il arrive, il ne fallait pas que la vérité éclate. Elle ferait du tort à trop de gens : Evelina, sa mère, miss Mercer et lui-même. Il y avait aussi Nat, bien sûr ;

mais, pour le moment, Spencer se souciait peu de ce qu'endurerait ce scélérat.

Heureusement, la solution qu'il avait imaginée était parfaitement réaliste.

Quel dommage que cette solution le dégoûte d'avance… Pourvu qu'elle ne dégoûte pas Abby !

McFee entra dans la petite salle à manger. Pour une fois, il était dans tous ses états.

— Eh bien ? demanda Spencer. Où est miss Mercer ?

— Veuillez m'excuser, milord, mais… voyez-vous… nous l'ignorons.

Spencer sentit son estomac se nouer.

— Que veux-tu dire ?

— La dame n'est pas dans sa chambre. Et la harpie qu'elle a à son service refuse de dire où elle est partie, ou même si elle est partie.

Spencer se leva de sa chaise.

— Mais tu es sûr qu'elle n'est pas dans la maison ? Vous avez inspecté toutes les pièces ? fouillé les cuisines ? regardé dans la rue ?

— La fouille est en cours, milord. J'ai cru bon de vous informer que nous avions du mal à la localiser.

C'était un comble ! Miss Mercer n'était quand même pas du genre à partir seule à la recherche de Nat. Serait-ce le cas qu'elle n'aurait pas laissé sa servante à la maison.

— Si monsieur me permet, les Américaines sont beaucoup plus indépendantes que les dames anglaises. Peut-être est-elle simplement sortie se promener.

— Seule, dans une ville qu'elle ne connaît pas ?

Il s'avança vivement vers la porte et faillit heurter un valet de pied qui faisait irruption dans la pièce.

— On l'a trouvée ! s'écria le jeune homme avant de blêmir à la vue de son maître. Veuillez me pardonner, milord. Nous… avons trouvé votre invitée. Elle est dans le jardin.

Bien sûr. Où chercher une rose sauvage d'Amérique ?

— Merci, répondit-il en filant vers l'arrière de la maison.

Il s'était inquiété comme un imbécile. Mais la pensée de miss Mercer errant dans Londres sans argent…

Jamais Abby n'aurait commis pareille excentricité. Elle était peut-être naïve et optimiste à l'excès, mais ce n'était pas une sotte.

Dieu merci ! Car si elle acceptait sa proposition, ils allaient devoir vivre côte à côte plusieurs semaines. Et il ne supportait pas la stupidité.

Quand il sortit dans le jardin, il ne la vit pas tout de suite. En effet, il s'était offert à prix d'or un véritable parc, plus étendu que celui de nombreuses demeures londoniennes. Il s'avança dans les allées couvertes de fins gravillons, scrutant les sentiers entre les arbres. Il fut stupéfait de la découvrir là où il s'attendait le moins à la trouver : dans le potager.

Toujours vêtue de noir, elle était penchée sur un carré de jeunes pousses qu'elle désherbait méthodiquement. Le soleil faisait miroiter ses cheveux d'un noir de jais, et ses joues avaient un rose satiné rappelant les pétales de certaines roses. Le regard de Spencer fut attiré par son charmant postérieur dressé vers le ciel.

— Que faites-vous ici ? demanda-t-il sèchement, agacé de sentir qu'elle le troublait.

Elle se redressa en souriant.

— Je cherche le romarin.

— C'est quoi, le gros marin ?

— Le romarin est un aromate, milord, précisa-t-elle en riant. Vous savez : un peu comme le thym, la bourrache…

— Ah oui. Une herbe, en somme. Et pourquoi, je vous prie, vous faut-il des herbes de mon jardin à cette heure matinale ?

Le sourire d'Abby se fit espiègle.

— Où voulez-vous que je cueille des aromates ? Dans le bureau ou dans la salle à manger ?

— Miss Mercer, coupa-t-il d'un ton rogue. Vous m'avez parfaitement compris.

Elle se rembrunit et il regretta de s'être montré si peu aimable.

— Bien, dit-elle en essuyant ses mains gantées. J'ai besoin de romarin pour faire du Mead. Le flacon que j'ai toujours dans mon sac a disparu hier soir, après que vous me l'avez fait sentir. Il ne me reste plus qu'un flacon, il faut que j'en prépare davantage. J'ai tout apporté avec moi, mais le romarin est meilleur s'il est frais. J'ai donc décidé de visiter votre potager pour voir si j'en trouvais.

— Il ne vous est pas venu à l'esprit de demander à un domestique ?

— Très franchement, je n'étais pas sûre que vous me laisseriez donner des ordres aux domestiques. J'ai donc résolu de trouver mon romarin moi-même, pour éviter de les déranger.

Spencer ne put s'empêcher de sourire.

— Vous les auriez moins dérangés en leur demandant ce service, car cela fait une demi-heure que tout le monde vous cherche.

Elle fronça un charmant sourcil.

— Mais pourquoi donc ?

— Parce que je souhaite m'entretenir avec vous. Venez, ordonna-t-il en désignant le parc d'un geste large. Faisons quelques pas ensemble. Après notre conversation, je dirai au cuisinier de vous procurer tout le romarin qu'il vous faut. Cela vous convient ?

Elle retira ses gants sales et les mit dans la poche de son tablier.

— À condition que vous m'autorisiez à prendre mon petit déjeuner pendant que nous bavardons.

— Petit déjeuner ?

Elle sortit une poire de l'autre poche de son tablier.

— J'ai chipé ça dans la petite salle à manger. J'espère que vous n'êtes pas fâché.

— Bien sûr que non. Vous êtes mon invitée. Et figurez-vous que mes invités, je les nourris, en général.

L'exubérance naturelle d'Abby reprenait le dessus. Elle gratifia son hôte d'un sourire malicieux.

— Même ceux qui vous mettent dans des situations impossibles ?

— Ceux-là surtout ! Un invité bien nourri cause moins de soucis.

Elle mordit dans sa poire et ils s'engagèrent dans l'allée.

— Cela vous arrive souvent d'avoir des invités qui vous causent des ennuis ?

Il la suivait d'un pas. Jamais aussi séduisants que vous, en tout cas, songea-t-il.

— Cela ne m'est pas arrivé depuis quelque temps. D'ailleurs, à propos de nos ennuis...

— Avant d'aborder le sujet, je tiens à vous rassurer : je ne chercherai pas à vous empêcher de mettre fin à un mariage qui, manifestement, n'a jamais existé. Je ne veux rien de vous, excepté l'argent que votre frère a pris.

Elle s'arrêta pour cueillir un lilas au bord du chemin et l'accrocha au-dessus de son oreille.

— Inutile de payer tout de suite mais, si vous me donniez une petite avance, je pourrais attendre le reste jusqu'au moment où vous aurez retrouvé votre frère.

Spencer n'envisageait pas de lui donner l'argent et de la laisser déguerpir n'importe où, mais il était curieux de connaître ses projets.

— Qu'avez-vous l'intention de faire de cet argent ?

— Préparer du Mead, bien sûr. Et le vendre.

Elle mordit de nouveau dans sa poire de bon appétit. À ce spectacle, Spencer sentit son pouls s'accélérer. Quelle femme ! Téméraire, impétueuse... et tellement américaine que cela semblait écrit sur son front.

De toutes ses forces, il tenta de recouvrer son sang-froid.

— Vous avez l'intention de reprendre l'affaire de votre père ?

— Oh non, c'est impossible. Juridiquement, vous êtes mon mari, donc vous êtes propriétaire de la moitié de mes biens. Sur tous mes papiers, c'est votre nom qui figure.

— Quels papiers ?

— Ceux que Nathaniel a pris, concernant l'entreprise. Il les a emportés avec lui pour que vous y « jetiez un coup d'œil ».

Une surprise de plus à l'actif de son cadet.

— Décidément, Nat a pensé à tout, vous ne trouvez pas ?

— Oui, c'est mon impression. Il n'y a pas que l'art du mensonge qui soit bien partagé dans votre famille.

— Ce qui signifie ? demanda-t-il en se raidissant. Vous n'allez pas imaginer que j'ai participé à ce... à cette escroquerie ?

— Je ne le pense pas, soupira-t-elle. Mais il faut reconnaître que c'est une excellente affaire pour vous. Lui s'est emparé de ma dot, mais vous, vous êtes propriétaire de la moitié de la compagnie de mon père. Et votre frère de l'autre moitié.

— Écoutez, je ne convoite nullement la compagnie de votre père. Je suis prêt à vous rendre tous les papiers que vous voulez, dès que je les aurai récupérés.

— Et... ce sera long ?

Il grimaça.

— Je n'en sais rien. J'ai mis deux inspecteurs parmi les plus discrets à la recherche de Nat, et ils ne m'ont rien appris pour l'instant. Sauf qu'il a posté un homme sur les quais. Ils lui ont tiré les vers du nez : il savait simplement qu'on le payait pour attendre votre bateau et avertir mon frère de son arrivée. Il n'a pas la moindre idée de l'endroit où se trouve Nat.

Malgré les longues enjambées de Spencer, Abby suivait le train avec aisance.

— Mais vous n'avez pas de véritable inquiétude à son sujet, j'espère ?

Spencer fut stupéfait de sa sollicitude vis-à-vis du gredin qui l'avait abusée.

— Non. Il est clair qu'il a quitté la ville avec votre dot et les papiers dont nous parlions. Apparemment, cela ne lui suffit plus de dilapider sa rente, et il s'est attaqué à votre argent.

Elle s'arrêta net, livide.

— Vous n'allez pas faire un nouveau malaise ? s'enquit-il.

Elle s'ébroua.

— Moi ? Non, voyons. Je n'ai pas l'habitude d'avoir des vapeurs, vous savez. Simplement, mon corset était trop serré.

— C'est juste, murmura-t-il en s'approchant plus près, par précaution. Mes hommes vont le trouver, je vous le promets. Mais cela peut prendre un moment.

— Assez longtemps pour qu'il dépense tout mon argent, riposta-t-elle d'un ton accusateur. Ne croyez pas que je vais attendre sans le sou indéfiniment.

— Vous ne pouvez pas reprendre la direction de votre affaire tant que nous ne l'avons pas déniché.

— Mais je ne demande pas cela ! protesta-t-elle. Avancez-moi simplement de quoi rentrer en Amérique, me loger simplement et acheter quelques matières premières. Ensuite, je fabriquerai le Mead moi-même. Je l'appellerai... Miss Mercer's Medicinal Mead, ou quelque chose du genre.

— Diriger une entreprise ne se limite pas à touiller des herbes.

— Je ne suis pas complètement idiote, milord. Je sais que ce ne sera pas facile. Mais je connais la plupart des clients de mon père et tous ses fournisseurs. Il me faudra un moment pour redémarrer, mais je suis sûre de m'en sortir.

Elle redressa la tête et, avec un air de défi, mordit un gros morceau de poire.

— Êtes-vous certaine que les associés de votre père accepteront de traiter avec vous ? Peut-être ne croiront-ils jamais que le Miss Mercer's Medicinal Mead est aussi efficace que l'original. Ils se demanderont pourquoi vous changez le nom. Ils se diront même – à juste titre – que votre père ne vous encourageait pas en ce sens.

— Je les convaincrai. Je leur expliquerai ce qui s'est passé, et ils me suivront. Je ne vois pas pourquoi cela ne marcherait pas.

Quand elle essuya de ses doigts le jus de poire qui avait coulé sur ses lèvres éclatantes, Spencer sentit le sang lui monter à la tête... Il se maudit de réagir de la sorte. Il était temps qu'il se ressaisisse.

— J'ai mieux à vous proposer, dit-il en désignant un banc. Asseyons-nous un instant, voulez-vous ?

Méfiante, elle s'exécuta et il vint s'asseoir à côté d'elle.

— Et si je vous proposais le double de ce que Nat a volé ?

— Pourquoi ? répliqua-t-elle en haussant son charmant sourcil. Vous voilà philanthrope, à présent ?

— Non, certes. Je veux quelque chose en échange.

Elle parut si choquée qu'il comprit ce à quoi elle avait pensé. Il se hâta de préciser :

— Je veux que, pour quelque temps, vous restiez ici comme si vous étiez ma femme.

— Mais je ne le suis pas ! Ni légalement ni moralement. Quant aux papiers, ils constituent une farce juridique. Du moment que vous n'aviez pas donné votre autorisation...

— Personne ne le sait. Plusieurs personnes, dont une chroniqueuse particulièrement perspicace, vous ont entendue, vous ou votre chaperon, prétendre que vous êtes ma femme. Nier cet état exige soit d'inventer une autre raison – réaliste de préférence – soit de dire la vérité.

— Dans ce cas, dites-la ! répondit-elle, cinglante.

— Il n'en est pas question. Pareil scandale ternirait la réputation de mon frère, ainsi que celle de sa fiancée et de sa future belle-famille. Sans parler de la mienne ! Je ne puis courir ce risque. De surcroît, le fait d'annuler le mariage demande un voyage en Amérique, voyage que je ne puis faire pendant la cession parlementaire. Cela nécessite également plusieurs rendez-vous avec des avocats. À la moindre indiscrétion, ce sera le scandale.

— Pour quelqu'un qui n'en fait en général qu'à sa tête, vous semblez bien soucieux de l'éviter, ce « scandale ».

— Je vous ai déjà dit que nous sommes au bord de la crise ministérielle. Le chef de cabinet du ministre de l'Intérieur vient de démissionner, car il a pris dernièrement des décisions qui ont soulevé un tollé.

Spencer avait d'ailleurs combattu ces mesures de toute son énergie.

— Son remplaçant jouit d'une période de grâce mais, si son adjoint se faisait surprendre à dépouiller une héritière américaine, cela changerait tout. Je ne puis courir ce risque.

Abigail hocha la tête.

— Par patriotisme, vous iriez jusqu'à demeurer marié avec une femme dont vous ne voulez pas ?

— Je ne vous dis pas que c'est pour la vie. Ce dont j'ai besoin, c'est de donner le change un moment. Vous resterez ici comme si vous étiez ma femme, le temps de trouver mon frère. Ensuite, dès la fin de la cession parlementaire, nous dirons à tous que nous repartons en Amérique pour régler définitivement la succession de feu votre père. Là-bas, nous ferons annuler le mariage et nous recouvrerons tous les deux notre liberté.

— Et ne craignez-vous pas que ceci précisément fasse scandale ?

— Je ne pense pas que quiconque ici ait vent d'un arrangement signé en Amérique.

— Et comment expliquerez-vous le fait que vous rentriez sans votre femme ?

— Je dirai que vous étiez tellement heureuse de retrouver votre pays que vous y êtes restée. Nous vivrons en quelque sorte séparés. C'est un cas fréquent qui ne devrait pas attirer de ragots.

— Cela ne m'étonne pas, commenta-t-elle âprement. Vos amis ont été tellement éberlués que vous épousiez une vulgaire Américaine qu'ils ne seront pas surpris de votre désir de vous débarrasser d'elle.

— Ce n'est pas ce que je voulais dire.

Des éclairs fusaient dans le regard d'Abby.

— Vous pourrez gloser partout dans les soirées en ville, dire combien vous êtes soulagé de ne plus avoir votre agaçante épouse dans les jambes.

— Je ne risque pas de dire quoi que ce soit de semblable. D'ailleurs, si je vous trouvais si agaçante, pourquoi diable vous suggérerais-je de faire durer cette situation, ne serait-ce que de façon provisoire ?

— Parce que vous n'avez pas le choix. Dans l'échelle des scandales, vous préférez le mariage avec une roturière américaine plutôt qu'un frère escroc. D'autant que vous pourrez vous débarrasser de la femme dès qu'elle ne vous sera plus d'aucune utilité.

Elle insistait en montrant que leur arrangement ne profitait qu'à lui. Quelle sacrée bonne femme !

— Mais cela vous arrange aussi ! Une fois que cela sera fini, vous serez propriétaire de la compagnie de votre père, ce qui – laissez-moi le souligner – n'avait jamais été possible jusque-là. De surcroît, vous aurez tout l'argent voulu pour la faire tourner. Avec, par-dessus le marché, la liberté de vous marier. Je ne vois pas de quoi vous vous plaignez.

La colère d'Abby fit place à la tristesse.

— Effectivement, admit-elle en mordant distraitement dans sa poire. Mais je ne suis pas sûre de vous avoir bien compris. Une fois notre « mariage » terminé, je serai libre. Mais vous, aux yeux de la société, vous serez toujours marié.

— Parfaitement.

— Et cela ne vous dérange pas ?

— Pour le moment, non.

Il aurait pu expliquer qu'il avait l'intention de rester célibataire, mais elle lui aurait posé maintes questions auxquelles il refusait de répondre. Pire, elle risquait de prendre son refus du mariage comme un défi à relever.

Non, il préférait s'en tenir à l'explication la plus simple : les exigences de sa carrière.

— Mais un jour ou l'autre, vous aurez envie de vous marier, objecta-t-elle en jetant le trognon de sa poire dans les marguerites derrière eux. Que ferez-vous alors ?

C'était le moment de réfléchir vite.

— Je dirai que vous êtes morte. Qui pourra me contredire ?

— Ce ne sera pas très difficile.

— Écoutez, c'est mon problème. Dans l'immédiat, je souhaite étouffer le scandale.

— En me demandant de faire semblant d'être votre femme.

— Oui.

De nouveau, elle eut un sourire vaguement espiègle.

— Mais dites-moi : vous qui êtes si occupé, comment allez-vous trouver du temps pour votre « femme » ?

Il lui décocha un regard révolté.

— Une épouse fictive ne me harcèlera pas ; je n'aurai pas besoin de renoncer à mes activités pour la sortir. Une épouse fictive ne me détournera pas de mon travail. Une épouse fictive ne mettra pas ma maison sens dessus dessous pour s'installer.

— Bref, en d'autres mots, une épouse fictive demeurera à votre merci, sans contrepartie. Charmante perspective pour moi !

— Écoutez, c'est oui ou c'est non ? Car tout de même, c'est vous qui avez le plus à gagner dans l'affaire.

Elle réfléchit un instant. Comme elle semblait parfaitement à l'aise dans ce jardin, parmi les lilas et les vanneaux qui gazouillaient ! Spencer aurait presque eu envie de...

— Dans notre arrangement, qu'attendez-vous encore de moi ?

— Pas de partager mon lit, si c'est cela qui vous inquiète, précisa-t-il d'un ton sec, aussi bien pour la rassurer que pour se rassurer lui-même.

— En vérité, dit-elle en rougissant, j'avais en tête de simples tâches ménagères...

— Pour cela, j'ai un maître d'hôtel, une gouvernante et des domestiques. En revanche, je vous demanderai de m'accompagner pour toutes mes sorties officielles, afin d'entretenir l'illusion. D'ailleurs, nous commencerons ce soir : je vous conduis au théâtre. Nat était censé venir avec sa fiancée et sa future belle-mère, mais pour le moment...

— Ah oui : que devient-il, votre frère ? Comment allez-vous expliquer sa disparition ?

— Je m'en suis déjà occupé.

— Vous réussirez à expliquer une absence qui peut durer des jours, des semaines, des mois peut-être ?

— Pas des mois.

Non, *pas des mois*, Dieu du ciel. Jamais il ne résisterait aux taquineries d'Abby, à ses lèvres appétissantes...

— J'ai lancé mes meilleurs enquêteurs sur sa piste. Nous soupçonnons Nat de s'être enfui outre-Manche. C'est là-bas qu'il se réfugie en général pour échapper à ma colère après ses... bêtises. Évidemment, il s'imagine qu'il est plus en sécurité là-bas.

— Est-ce le cas ?

— Cela dépend des traces qu'il laisse derrière lui. Mais il ne peut échapper indéfiniment à mes limiers. Quelques semaines, pas plus.

— Vous n'avez pas envie que je m'installe dans le rôle de lady Ravenswood ? s'enquit-elle d'un ton mordant.

— Je ne veux pas vous déranger plus que nécessaire.

— Comme c'est galant !

Elle porta une main tremblante à son lilas, qu'elle huma comme pour se consoler.

— Et si je refuse votre proposition ?

Ah, si seulement il avait eu cet argent ! Mais le fait de le lui remettre tout de suite aurait été une catastrophe, même pour elle. Dans sa naïveté, elle s'imaginait qu'il lui suffirait de s'asseoir dans le fauteuil de son père. En vérité, ce ne serait pas si facile.

Mieux valait qu'elle le prenne pour un sale type qui la faisait chanter.

— Si vous refusez, vous n'obtiendrez pas un sou de moi.

Elle tressaillit.

— Vous me refuseriez cet argent, même une fois que votre frère...

— Oui. Et vous ne pouvez retourner en Amérique sans votre dot. Ni démarrer une nouvelle affaire.

— Je vous dénoncerai publiquement ! Toute l'Angleterre saura ce que j'ai subi entre les griffes des frères Law.

— Je ne vous conseille pas de vous y risquer, répliqua-t-il d'un ton glacial. J'ai le bras long, miss Mercer. D'ailleurs, qui les gens croiraient-ils, ici ? Vous ou moi ?

Elle blêmit.

— Je pensais que la perspective du scandale vous terrorisait.

— C'est juste. Mais si vous n'acceptez pas mes conditions, le scandale éclatera de toute façon. Donc, je n'ai rien à perdre en vous offrant cela. Alors que vous avez beaucoup à perdre, vous, en refusant.

— C'est du chantage ! lança-t-elle, rouge de colère.

— Oui.

Elle le fixa longuement comme pour sonder ses intentions. Puis elle le surprit en lui saisissant brusquement la main.

— Je ne vous crois pas : jamais vous ne m'imposeriez ceci par la contrainte. Vous êtes trop gentleman, trop bon...

— Je ne suis *pas* bon ! s'écria-t-il en s'arrachant à son étreinte.

Il ne fallait pas lui laisser croire qu'elle pouvait l'enjôler en faisant appel à ses sentiments. Il se leva vivement pour mettre quelque distance entre eux.

— Sachez que, quand cela concerne ma famille, mon pays ou mon roi, je fais tout ce qui est en mon pouvoir pour les protéger.

— Même me forcer à jouer une comédie qui me gêne ? murmura-t-elle d'une voix douloureuse.

Il la toisa, s'efforçant de rester impassible.

— Que cela vous gêne ou pas, vous deviendrez quelqu'un de plus riche et de plus considéré avec ma solution.

Quand elle leva les yeux vers lui, son front doré était creusé de rides.

Incapable de la voir souffrir ainsi, il se détourna.

— Allons, vous savez bien que c'est la meilleure solution. Même si je vous rends jusqu'au dernier penny ce que mon frère vous a volé – et je ne le ferai pas –, vous aurez le plus grand mal à récupérer la compagnie de votre père sans en être la propriétaire légitime. Il vous faudrait rentrer à Philadelphie dans un climat de méfiance extrêmement difficile.

— Cela m'est égal.

— Ah bon ? Cela ne vous fait rien que les gens disent que le vicomte vous a chassée parce que vous êtes roturière ? Ou pire, qu'ils se doutent que nous n'avons jamais été mariés ? Vous ne vous êtes pas dit que votre retour précipité en Amérique pourrait éveiller des soupçons sur le fait vous avez été ma maîtresse et non ma femme, et qu'en plus je me suis lassé de vous ?

À en juger par l'expression horrifiée d'Abigail, elle n'y avait effectivement pas songé.

— Monsieur, vous êtes ignoble ! s'écria-t-elle, faute d'argument pour réfuter celui de Spencer.

— Très juste ! Cependant, mes travers ne doivent pas nous empêcher de conduire ce projet à bonne fin.

Elle se leva.

— Bon, d'accord. J'accepte cet odieux marché, mais à une condition.

— Laquelle ? demanda-t-il, sur ses gardes.

Dans les beaux yeux verts d'Abigail, il n'y avait que froideur.

— Embrassez-moi pour sceller notre accord !

5

« Ne jamais se poser de questions sur la façon dont le maître dilapide sa fortune. C'est encore plus confidentiel que la façon dont il passe ses nuits. »

Vade-mecum du parfait domestique,
par le maître d'hôtel d'une très grande maison

— En voilà une condition ! constata-t-il, éberlué.

— Vous voulez que je fasse semblant d'être votre femme, mais vous me trouvez répugnante. Voilà qui ne facilite pas mon rôle !

— Je ne vous trouve pas répugnante.

— Vous vous êtes hérissé quand je vous ai touché la main, il y a quelques instants. Comment dois-je le prendre ?

Il détourna le regard, et Abigail sentit ses entrailles se nouer. Elle déplorait d'avoir à le brusquer, mais elle souhaitait en avoir le cœur net. Son erreur de jugement vis-à-vis de Spencer lui avait coûté cher. Cette fois, elle voulait quelque indice montrant que le gentleman qui l'avait émue en Amérique n'était pas un personnage complètement fictif.

S'il parvenait à l'embrasser, s'il lui restait quelque bribe d'amitié à son endroit, alors elle pourrait sans doute lui accorder sa confiance…

Enfin il se retourna vers elle, l'air sévère.

— Si je vous embrasse, vous acceptez l'ensemble de mes conditions ?

Elle hésita. Avait-elle vraiment le choix ? Sans argent, elle ne pouvait rentrer en Amérique. Et puis il y avait Mme Graham. Elles étaient toutes les deux piégées dans une ville dont elles ignoraient tout.

— Si vous m'embrassez, j'accepte.

— Est-ce que cela ne vous suffit pas d'avoir ma parole que vous ne me répugnez pas le moins du monde ?

— Pas quand vos actes montrent le contraire. Que vous le croyiez ou non, milord, il me déplaît d'être humiliée publiquement. Sur ce point, j'en ai assez subi hier soir pour le reste de mes jours ; la perspective d'être encore plus humiliée devant Dieu et la face du monde, si vous vous écartez de moi au moindre effleurement, ne m'enthousiasme guère.

— Je vois.

La chaleur monta au visage de Spencer qui s'avança et saisit fermement le menton de la jeune femme. Il avait les yeux froids comme l'acier.

— Souvenez-vous que c'est vous qui l'avez voulu, rappela-t-il en approchant sa bouche des lèvres d'Abby.

Elle s'attendait à un bref effleurement, un minimum destiné à sceller leur accord. Ce qu'elle obtint dépassa tout ce qu'elle avait connu jusqu'alors... Les lèvres du vicomte étaient plus éloquentes que ses paroles : caressantes, douces, légères. Elle se sentit fondre sur place. Par le Ciel, qu'était-il advenu de l'aristocrate glacial, de cet homme hautain, riche et puissant qui n'avait que faire d'une femme ?

Celui qui l'embrassait était bien l'homme dont elle avait rêvé, celui qu'elle était venue rejoindre en Angleterre. Le parfum de bergamote la saisit, balayant les odeurs de lilas et de terreau. Puis elle ne sentit plus rien car elle ne pouvait plus respirer ni réfléchir. Le baiser durait, durait... tendre, insistant, grisant. Elle désirait ardemment qu'il ne finisse pas.

Mais il s'interrompit, bien sûr, trop tôt au goût d'Abigail.

Le vicomte se recula, le visage fermé. Mais il lui tenait toujours le menton. Il était si près qu'elle distinguait une légère odeur de café dans son haleine.

— Satisfaite ? bafouilla-t-il comme s'il ne pouvait en dire davantage.

— Ce n'est pas le mot que j'aurais employé, répondit-elle, encore suffoquée.

Son cœur battait à lui rompre les côtes et ses membres étaient devenus du coton.

Quelque chose de vorace se lisait sur le visage du vicomte.

— Je veux dire : en ai-je fait assez pour remplir vos conditions ?

— Je... je... Oui. Il semble que vous ne soyez pas allergique au fait de me toucher.

Il regardait à regret la bouche d'Abby, du pouce il en suivait le bord.

— En dépit de ce que vous pensez, il eût été préférable que vous me donniez de l'urticaire, ma chère. Vous auriez trouvé cela plus difficile, mais je puis vous assurer que, pour moi, les choses auraient été infiniment plus simples.

Sur ces mots mystérieux, il lui lâcha le menton et s'écarta. Lorsqu'il reprit son air de vicomte, elle eut envie de pleurer. Comme elle le détestait quand il portait ce masque impassible ! Pourtant, elle avait encore sur la joue la chaleur de ses doigts et son goût sur ses lèvres.

Était-il encore plus simulateur qu'elle ne l'aurait cru ? Qui était le vrai lord Ravenswood : le tendre ami qui venait de l'embrasser, ou l'étranger intimidant qu'elle avait en face d'elle à présent ?

La comédie du mariage qu'elle avait accepté de jouer allait se trouver singulièrement compliquée. Car si c'était le vrai Spencer qui venait de l'embrasser, Abby avait du souci à se faire.

De toute façon, il était trop tard pour reculer. Elle avait formulé une exigence, il s'y était plié. Elle était maintenant engagée jusqu'à ce que la situation se dénoue.

— Asseyez-vous, Abby, ordonna-t-il. Nous avons des tas de choses à décider.

Elle tressaillit de joie. Même en Amérique, il ne l'avait jamais appelée par ce diminutif. Bien sûr, c'était uniquement en vertu de leur accord. Mais son nom avait sur les lèvres de Spencer une consonance si intime qu'elle lui rappelait le baiser qu'ils venaient d'échanger. Elle se rassit docilement.

— Il va vous falloir des robes, commença-t-il, de toutes sortes de couleurs, tissus, etc.

— Ne dois-je pas garder le deuil ?

Il observa avec attention la robe qu'elle portait : elle frémit sous ce regard critique.

— Je ne considère pas l'alépine noire comme un vêtement convenable pour ma femme – même pour faire semblant.

— Ah bon ?

Le côté amérindien d'Abigail répugnait à garder le deuil si longtemps : elle ne s'était prêtée à ce rite que sous la pression de l'opinion, à Philadelphie. Mais elle s'attendait que les Anglais se montrent au moins aussi stricts.

— Ne craignez-vous pas que les gens pensent que je manque à mes devoirs filiaux si je quitte le deuil ?

— Non, du moment qu'ils ne sont pas au courant. De votre père, ils ne sauront que ce que j'en dis. Inutile que je leur apprenne qu'il est mort dernièrement. Mais si vous préférez…

— Non. Chez maman, on ne porte le deuil que dix jours. Puis on fait un banquet pour souhaiter bon voyage au défunt. Quand elle a perdu son père, elle a préféré afficher son deuil à la façon des Sénécas : elle disait toujours que la meilleure façon d'honorer les morts, c'est de fêter les vivants.

— Ce devait être une personne pleine de sagesse.

— Oui. Et d'ailleurs, milord, à propos de maman…

— Inutile de m'appeler milord, Abby. Vous êtes ma femme, pas ma servante.

— Comment dois-je vous appeler alors ?

— En principe, Ravenswood. Mais étant donné le mal que nous allons avoir à convaincre les gens que nous sommes mari et femme, autant faire montre d'une certaine intimité. Appelez-moi par mon prénom, Spencer.

— D'accord, Spencer.

Une bouffée de chaleur empourpra le visage du vicomte.

— Vous disiez, à propos de votre mère… ?

— Comment comptez-vous la présenter, ainsi que mes ascendants ?

— De la façon dont vous voudrez.

— J'aimerais que vous disiez la vérité, mais je sais bien que ce n'est peut-être pas réaliste…

— La vérité est toujours préférable, ma chère. Hélas, elle n'est pas toujours bonne à dire. Heureusement, en l'espèce, cela ne posera pas de problème. Si ma mémoire est bonne, votre mère était fille de chef. Je ne vois rien là qui doive être caché.

Cela n'avait pas été l'avis de la famille du père d'Abigail.

— Ce n'est pas le statut social de ma mère que je m'attendais à vous voir cacher, milord.

— Spencer, corrigea-t-il.

— Pardon. C'est plutôt sa race.

Il s'assit sur le banc et, cette fois, ce fut lui qui prit la main de la jeune femme.

— Je vais être très franc avec vous. J'ai passé près de la moitié de ma vie avec des personnes de toutes races et de toutes religions. J'ai croisé des « sauvages » plus futés que les espions anglais. J'ai vu des Africaines rivalisant de beauté avec les courtisanes françaises, des seigneurs sikhs aussi amoureux de la paix que les quakers. Cela fait longtemps que je ne juge plus les gens – même les Anglais – à leur apparence. La race de votre mère ne me cause donc nul souci.

— Tout le monde n'est pas de votre avis.

— Gare à celui qui y trouverait à redire ! Tout dépend en effet de la façon dont on présente les choses. Si je parle de votre mère comme d'une princesse amérindienne, les gens n'iront pas chercher plus loin. Je vous promets, Abby, que vous n'essuierez aucun affront.

Avec son aplomb habituel, il était persuadé de pouvoir dicter aux gens leur façon de penser à propos du métissage d'Abby. Elle était beaucoup moins sûre que lui sur ce point car, quand elle était petite, on lui en avait fait voir de toutes les couleurs.

— C'est entendu, murmura-t-elle. Je m'en remets à vous.

— Parfait, dit-il en lui lâchant la main pour se lever. Je vais faire convoquer un tailleur pour les essayages de vos nouvelles robes. Il vous en faut au moins cinq pour le jour et six pour le soir, outre…

— Ne faites pas de dépenses trop lourdes pour des vêtements que je ne porterai qu'un moment.

— J'ai les moyens de vous habiller correctement tant que vous serez à Londres.

Elle se leva à son tour.

— Mais je ne suis pas un petit oiseau tombé du nid ! Sans les manigances de votre frère, j'aurais pu m'offrir tout cela moi-même. Je préfère m'en tenir à une garde-robe plus modeste.

— Madame, dit-il en se rembrunissant, une vicomtesse de Ravenswood ne saurait porter que les plus beaux atours. Ce que je veux, je l'obtiens, et ce que je veux maintenant, c'est empêcher mes pairs de jaser sur la façon dont je m'occupe de ma femme. Compris ?

Abigail ne savait où se mettre. Ce grand seigneur la jugeait évidemment si peu apte à jouer le rôle de son épouse qu'il lui fallait dépenser à foison pour tenter de la rendre présentable. Eh bien, ainsi soit-il !

— Dans ce cas, des robes ne suffiront pas. Il me faut des capelines pour aller avec chacune, des mules pour le soir, des bottines pour le jour, plusieurs sacs à main convenant aux différentes occasions, quelques châles, au moins deux pelisses…

Elle s'interrompit, agacée par le sourire de Spencer.

— Et puis, reprit-elle, n'oublions pas les combinaisons et jupons, et deux chemises de nuit. Ou n'êtes-vous concerné que par mes apparitions publiques ? Je suppose que cela ne vous dérange pas si je dors dans le plus simple appareil, tant que personne ne « jase » sur la tenue de votre femme…

Le sourire du vicomte s'évanouit.

— Les domestiques pourraient vous voir. Sans parler de…

Il hésita, une lumière vacillante dans les yeux alors qu'il détaillait la silhouette d'Abigail. Puis, réalisant brusquement où son regard s'était promené, il se racla la gorge.

— Je veillerai à ce que vous ayez les tenues adéquates pour toutes les occasions, même quand vous dormez.

Ainsi, pensa-t-elle avec un plaisir pervers, l'idée de sa nudité le troublait. Quant à la façon dont il avait réagi à leur baiser, elle n'était finalement pas feinte. Peut-être ne pouvait-il pas envisager de l'épouser, mais il semblait néanmoins la désirer. En fait, il était sans doute très ennuyé d'éprouver une attirance pour une vulgaire Américaine comme elle.

Soudain, elle se sentit polissonne.

— Et les culottes ? Est-ce que les femmes en portent, dans la haute société ? Et les corsets ? Souhaitez-vous que j'en mette ? Ou préférez-vous la beauté féminine dans ses formes les plus naturelles, si je puis dire ? Lorsque je porte un corset, cela fait pigeonner ma poitrine et…

— Pas de corset, coupa-t-il d'un ton péremptoire. Quant au reste, faites à votre idée. Je paierai ce que vous commanderez : dites simplement au tailleur ce qu'il vous faut. À présent, je vous prie de m'excuser…

Il pivota comme une toupie et s'éloigna à grandes enjambées, sans se retourner.

— Le tailleur mettra des jours à préparer tout cela, Spencer ! s'écria-t-elle car le jeu lui plaisait. Qu'est-ce que je fais, d'ici là ? Je reste en noir ?

— Je n'y avais pas pensé, avoua-t-il en lui faisant face, furieux.

Sur les massifs de marguerites, abeilles et papillons butinaient gaiement.

— Faites donc arranger les vieilles robes de ma belle-mère.

— Vous avez une belle-mère ? demanda-t-elle, stupéfaite.

— Elle s'appelle Dorothea et, aux dernières nouvelles, elle vit en Italie. Cela fait des années que je ne l'ai pas vue.

— Vous ne m'en aviez pas parlé.

— Dora et moi sommes restés en froid après sa séparation d'avec mon père. C'est pour cela que je parle rarement d'elle.

— Je vois.

Voilà pourquoi il avait dit que les séparations ne sont pas rares dans les couples.

— Nat était plus proche d'elle, il en parle parfois. Mais je pense qu'il était trop occupé à vous en faire accroire pour vous dévoiler les secrets de la famille.

La trahison de son frère le blessait plus qu'il ne voulait le reconnaître.

— D'ailleurs, il faut que j'y aille, reprit-il. J'ai rendez-vous avec mon avocat pour faire le point sur tout ce gâchis. Et puis, il y a le tailleur et il faut que je vous trouve une femme de chambre…

— Mme Graham me suffit. Inutile d'engager quelqu'un qu'il faudra congédier à mon départ.

— Je veillerai à ce qu'elle ne tombe pas dans la misère quand tout sera terminé, affirma-t-il, un peu amusé qu'elle se soucie d'une domestique. Mais Mme Graham a beau vous convenir comme dame de compagnie, vous avez besoin en plus d'une vraie bonne qui s'occupe de vous. À présent, je vous prie de m'excuser.

Il s'inclina courtoisement et s'éloigna vers la maison. La brise du matin ébouriffait légèrement ses cheveux châtains tandis qu'il marchait à longs pas assurés.

Abby était bouleversée par ce qui venait d'arriver. Tout allait si vite... D'un coup, elle héritait d'un trousseau complet et d'une soubrette. Son prétendu mari faisait diligence pour l'installer, avec des moyens vertigineux. Il n'était pas étonnant qu'il soit resté célibataire : existait-il une femme à la hauteur des exigences qu'il manifestait ?

Exigences qui étaient tout à fait de son droit car, après tout, il était vicomte et riche de surcroît. Cependant, elle était gênée par le fait qu'il se fût senti obligé de lui consacrer tant d'argent, à seule fin de la rendre vaguement présentable.

Toutefois, quand il l'avait embrassée...

Non, il ne fallait plus penser à cela, et bannir tout désir. Autrement, elle allait droit vers une terrible peine de cœur.

6

> « S'adonner aux ragots est dangereux. Le domestique est sage de s'en abstenir, sauf si cela sert la cause de son maître. »
>
> *Vade-mecum du parfait domestique,*
> *par le maître d'hôtel d'une très grande maison*

De ses petits doigts potelés couverts de lourdes bagues, lady Brumley griffonnait fébrilement sur son carnet. Spencer, impatient, tambourinait sur le bras de son canapé. La « gazette des cancans » allait-elle noter chaque mot tombé de sa bouche ?

Cette femme était un requin. À la première goutte de sang, ce serait la curée. Même si elle croyait apparemment l'histoire de coup de foudre en Amérique, elle semblait avoir des doutes sur l'histoire de Nat.

Spencer consulta la pendule : il ne lui restait que quelques minutes pour la convaincre. Abby et lui devaient partir au théâtre à cinq heures, s'ils voulaient éviter la foule et atteindre sa loge sans avoir à répondre à des centaines de questions.

Lady Brumley tapota son carnet du bout de son crayon.

— Je récapitule : arrêtez-moi si j'ai mal compris. Vous dites que votre frère a été blessé hier soir en se battant avec un voleur. Et qu'à présent, il se repose dans votre domaine, dans l'Essex.

— C'est exact.

— Vous deviez être très inquiets, affirma-t-elle en le toisant d'un œil de reptile.

— Nous l'étions, en effet.

— Mais vous vous empressez de sortir votre femme devant le Tout-Londres pendant que ce malheureux gît sur son lit de douleur.

— Vous n'ignorez pas que j'ai des obligations ici. Si j'estimais la vie de Nat en danger, je courrais à son chevet. Mais le docteur nous a complètement rassurés.

— Puis-je parler à ce praticien ?

— Bien sûr. D'ailleurs, vous le connaissez : c'est notre médecin de famille, le Dr Godfrey.

Spencer avait le triomphe modeste. Lady Brumley allait s'apercevoir sans tarder qu'il avait anticipé tous les pièges qu'elle était susceptible de lui tendre. Ce n'était pas pour rien qu'il avait travaillé dans les services secrets.

À Evelina et à lady Tyndale, il avait raconté la même histoire. Quant aux autres personnes concernées, il avait dit à chacune ce qui lui avait semblé le plus approprié. Tous étaient donc prêts à parler selon ses désirs. En effet, tous aimaient Nat. Et détestaient lady Brumley.

Quant à Spencer, elle ne lui déplaisait pas foncièrement car elle pouvait se montrer utile. Encore fallait-il savoir l'utiliser.

— Je suppose que lady Evelina est auprès de lui dans l'Essex ?

— Non. Sa présence aurait encouragé mon frère à se relever avant une complète guérison, ce qu'il ne faut à aucun prix, n'est-ce pas ? De surcroît, elle a beaucoup à faire en vue du mariage. Ce n'est pas le moment d'aller se mettre au frais à la campagne.

— Eh bien, conclut-elle d'un ton narquois, si c'est une égratignure si mineure que même sa fiancée l'a abandonné, je suppose que nous le reverrons à Londres d'ici un jour ou deux.

— Non, rectifia-t-il avec un louable sourire, cela risque de prendre un peu plus de temps.

C'était là tout l'intérêt de l'histoire : cette fameuse blessure pouvait cicatriser aussi longtemps que Spencer le désirait. Des complications pouvaient survenir. Nat pouvait même frôler la mort. D'ailleurs, si ce sombre crétin ne se manifestait pas en vitesse, Spencer lui chaufferait les oreilles au point de lui faire regretter d'être en vie !

— Mais tout mon personnel est aux petits soins pour lui, là-bas.

— Vraiment ?

Lady Brumley était loin d'être convaincue. Mais, faute de pouvoir aller en Essex fouiller le manoir, elle n'obtiendrait pas la preuve que Ravenswood mentait. Tout son personnel lui était totalement dévoué. Le fondé de pouvoir de Spencer était parti le matin même en Essex, pour informer les gens du domaine de la conduite à tenir au cas où quiconque s'enquerrait de Nat.

Restait à espérer que celui-ci ne serait pas reconnu dans une salle de jeu à Bath ou à Brighton...

Il consulta de nouveau la pendule et se leva.

— Malheureusement, madame, nous devrons poursuivre cette conversation une autre fois. Ma femme et moi-même allons rejoindre au théâtre lady Evelina et sa mère. Elles auront ainsi l'occasion de mieux lier connaissance toutes les trois, car hier soir... Bref, vous me comprenez.

— Oui, milord, je ne vais pas me mettre entre vous et votre charmante femme. Je crois que j'ai tout ce qu'il me faut. Pour le moment...

Il sortit derrière elle du petit salon. Il fallait qu'il ait cette femme à l'œil. Elle pouvait lui faire vivre l'enfer s'il se montrait maladroit.

Mais quand lady Brumley et lui arrivèrent au pied de l'escalier, juste au moment où Abby descendait, Spencer réalisa qu'il n'avait pas compris la signification du mot « enfer ».

Son bouton de rose sauvage arrivé d'Amérique s'était épanoui dans une éblouissante corolle de pétales en satin amarante. Par le Ciel, quelle somptueuse chevelure, ses lourdes boucles de jais savamment disposées ! En retirant quelques épingles, il les ferait tomber en cascade. Et cette robe : était-il possible qu'elle ait jamais appartenu à sa belle-mère ? Dora n'avait jamais eu pareille allure. Pourtant, la robe était bien à elle car la partie corsage – coupée pour une femme plus frêle – contenait avec difficulté les appas d'Abby. Celle-ci n'avait manifestement pas besoin de corset. L'effet pigeonnant était amplement suffisant. Seuls les rubis du collier de la mère de Spencer faisaient obstacle au regard, et encore...

— Bonsoir, Spencer ! dit-elle timidement. J'espère que ma tenue conviendra pour le théâtre ?

Ravenswood, pétrifié, demeura bouche bée.

Fort heureusement, lady Brumley n'était, elle, jamais à court de mots.

— Mais bien sûr, cela conviendra. Chaque fois qu'à la vue de sa femme un mari reste sans voix, lady Ravenswood, vous pouvez être sûre qu'il est ravi de sa tenue.

« Ravi » n'était pas le mot exact. Qui pouvait être ravi à la perspective de passer une soirée à désirer en vain une femme superbe ?

Apparemment soulagée par l'intervention de lady Brumley, elle minauda.

— Alors, milord ? insista-t-elle en lui tendant la main. Avez-vous retrouvé votre voix ?

— J'y travaille, répondit-il en prenant la main tendue.

La robe tombait à la perfection ; sa couleur d'un pourpre intense donnait bonne mine à Abby, d'autant que le tailleur avait ajouté le long de l'ourlet des fronces en forme de pétales, selon la dernière mode.

— Vous êtes plus ravissante que je ne saurais le dire, ma chère, déclara-t-il enfin. Les spectateurs auront du mal à détacher leurs regards de ma loge, ce soir.

Abby eut un rire cristallin, qui serra l'estomac de Spencer.

— Oh ! Vous me taquinez…

— L'idée ne m'en a pas effleuré, confessa-t-il en levant jusqu'à ses lèvres la main gantée d'Abigail.

Elle avait les doigts fins comme de la porcelaine. Il les sentit trembler sous son baiser et une onde de désir le saisit, malgré sa détermination à garder son sang-froid.

Elle rougit, et frôla de sa main libre le collier de rubis qui avait appartenu à la mère de Spencer.

— Je devrais aussi vous remercier pour ces bijoux. Je ne m'attendais pas…

Elle se rappela brusquement la présence de lady Brumley et ajouta d'une voix faible :

— Je veux dire, ils doivent avoir une valeur considérable.

Qu'importe leur valeur ! Il les avait fait monter par McFee pour s'épargner en partie la vue de cette gorge somptueuse. Maintenant qu'elle les portait, il n'avait qu'une idée : les lui arracher pour se délecter de sa beauté.

Il se força à lever les yeux vers son visage.

— Que serait une robe sans bijou ?

— N'est-ce pas ? renchérit sournoisement lady Brumley.

Ignorant la remarque, Abby eut pour Ravenswood un regard appuyé.

— J'en prendrai le plus grand soin.

Il mit une seconde à comprendre qu'elle souhaitait le rassurer : il était bien entendu que ces joyaux demeureraient la propriété de Ravenswood.

— Je n'en doute pas, répliqua-t-il, agacé qu'elle lui rappelle que tout cela n'était que farce. Mais, dans le cas contraire, ce ne serait pas grave : je vous en achèterais d'autres.

Abby ouvrit de grands yeux, dont les profondeurs vertes scintillaient à la lumière du soir. Si Ravenswood ne s'était retenu, il l'aurait enlacée sur-le-champ et embrassée jusqu'à lui faire perdre haleine.

Lady Brumley toussota.

— Je constate que lord Ravenswood m'a dit la vérité, confessa-t-elle pour une fois sans ironie. C'est bel et bien un mariage d'amour.

Abby pâlit et, pour descendre les deux dernières marches, Spencer lui donna le bras.

— En doutiez-vous, milady ?

La « gazette des cancans » le dévisagea un instant.

— Je ne savais que penser au juste.

Spencer fit descendre à Abby le dernier escalier vers le rez-de-chaussée. Lady Brumley trottinait derrière eux de toute la vitesse de ses courtes jambes.

— Ce n'est pas tous les jours qu'un vicomte anglais de votre réputation prend femme en Amérique, savez-vous ?

— Ce n'est pas tous les jours qu'un vicomte anglais rencontre une Américaine aussi charmante que ma femme, rétorqua tranquillement Spencer.

Dans le hall, il fit signe aux valets de pied qui se bousculèrent pour présenter le manteau du vicomte et la pelisse d'Abby.

Ravenswood eut un sourire pour lady Brumley.

— Si vous voulez bien nous excuser, nous partons tout de suite, autrement nous serons en retard.

— À quel théâtre allez-vous ?

— Covent Garden, répondit-il en aidant Abby à enfiler sa pelisse.

— J'y étais la semaine dernière. Ils donnent en lever de rideau un véritable navet, qui se voudrait drôle. Vous ne perdrez donc rien si vous arrivez après les trois coups. Quant à la pièce elle-même, elle est présentable.

Lady Brumley sortit un flacon de son sac à main.

— D'ailleurs, avant de vous laisser partir, j'aimerais en savoir davantage sur l'intéressante préparation de lady Ravenswood : le Medicinal Mead de son père.

Diantre ! Cette peste avait récupéré le flacon de Mead qu'il avait sorti du sac à main d'Abby la veille au soir.

— Ah, c'est vous qui l'aviez, remarqua la jeune femme en tendant la main. Je le cherchais partout.

Mais lady Brumley l'avait déjà remis dans son sac à main.

— Je n'ai pas terminé mes essais. Je vous le rendrai quand j'aurai fini, promit-elle en sortant son carnet. Pour le moment, je ne suis pas convaincue. J'en ai pris hier soir pour mes ballonnements, mais cela ne m'a rien fait.

Abby avait toujours la main tendue. Spencer la prit et la fit taire d'un regard.

— Nous parlerons du Mead une autre fois, lady Brumley. J'emmène lady Tyndale et sa fille dans ma voiture, nous ne pouvons pas tarder davantage.

Il entraîna son épouse vers la porte, laissant à l'habile McFee le soin de se débarrasser de l'importune.

Juste avant de sortir, Abby tint à lui donner un conseil.

— Essayez donc avec du lait, milady. Ce sera plus efficace. Et si cela ne marche pas, venez me voir et nous y ajouterons un autre ingrédient.

— Avec plaisir.

Serrant plus fort le bras d'Abby, Ravenswood la poussa dehors et lui fit descendre les escaliers jusqu'à la voiture qui attendait.

Dès qu'elle fut assise en face de lui, il éclata.

— Gardez-vous bien de voir cette femme en tête à tête, vous m'entendez ? Elle n'est pas aussi inoffensive qu'il n'y paraît. Un mot de trop devant cette tigresse et…

— À propos de mot de trop : vous lui avez dit que nous nous sommes mariés par amour. Si ce n'est pas un mot de trop, ça !

— C'était la seule explication crédible. Personne ne croirait que je vous ai épousée pour agrandir ma fortune ou par ambition politique.

Elle fit la moue.

— Merci de me rappeler que je n'ai ni le rang ni les relations qui me rendraient digne d'un homme de votre importance.

— Je ne voulais pas dire…

— Je sais très bien ce que vous vouliez dire. N'ayez crainte, je saurai rester à ma place, dorénavant.

Nom d'un chien ! Voici qu'il l'avait vexée, pour le coup. Pourquoi se montrait-il si maladroit avec elle ? En général, il n'avait aucun mal à flatter les femmes, mais la franchise d'Abby le troublait, ce qui le conduisait à ne pas prendre de gants.

Il se pencha pour saisir ses mains et résista quand elle voulut se dégager.

— Pardon. Je me suis conduit comme un mufle.

— Vous en êtes un. C'est naturel chez vous.

En disant cela, elle ne se doutait pas à quel point elle avait l'air d'une grande dame.

— Je vais me rattraper. Prenez les semaines qui viennent comme un séjour d'agrément à Londres. J'ai des obligations à la Chambre mais, dès que je pourrai me libérer, je vous ferai visiter.

— Vraiment ? Vous allez mordre dans votre précieux emploi du temps pour le plaisir d'une « épouse fictive » ?

— Je ferai de mon mieux.

Raide comme la justice, Abigail regardait fixement par la fenêtre, en direction du couchant.

— Ne vous inquiétez pas. De toute façon, je n'ai pas envie de visiter quoi que ce soit.

— Mais Londres regorge de splendeurs. Nous pourrions descendre la Tamise…

— Vous savez, quand on a fait de la voile sur le lac Érié…

— Nous pourrions visiter la Tour de Londres.

— C'est là que les traîtres sont décapités ? demanda-t-elle avec un frisson. Non merci.

— Dans ce cas… et le théâtre ? Nous pourrions aller voir les pièces à la mode.

— Des théâtres, il y en a aussi en Amérique, figurez-vous. Enfin, si vous avez des cascades de trente mètres ou des bisons, je veux bien me déplacer.

— Je ne suis pas sûr que…

Puis il vit la lueur malicieuse dans les yeux d'Abigail. Cette polissonne le taquinait. Il lui lâcha les mains et s'adossa au dossier du siège.

— Cela vous amuse de m'avoir à votre merci, n'est-ce pas ?

Elle lui décocha un sourire espiègle.

— Après que le vicomte de Ravenswood en personne m'a expliqué qu'il préfère tromper ses amis plutôt que m'épouser pour de bon, j'ai le droit de m'amuser moi aussi, vous ne croyez pas ?

— Vu comme cela, je suppose que oui.

Si seulement elle savait combien, en d'autres circonstances, il l'aurait volontiers « épousée pour de bon ».

Alors qu'ils continuaient leur chemin en silence, il imagina leur vie commune. Chaque matin, il s'éveillerait avec elle dans son lit. Après le petit déjeuner, elle le congédierait d'un tendre baiser, aussi tendre que celui qu'ils avaient échangé dans le jardin. Le soir, il danserait avec elle. Et puis, ils auraient leurs soirées privées, dans leur chambre à coucher, nus tous les deux avec comme seule musique les bruits torrides de l'amour.

Ah, le somptueux spectacle d'Abby nue, couchée sur le dos dans son lit ! Avec ses seins couleur de miel. Ses mamelons devaient être d'un brun rosé, ils frémiraient au contact de sa langue et...

— Spencer ?

— Plaît-il ? demanda-t-il, la remerciant intérieurement de l'arracher aux ridicules vagabondages de son imagination.

— Qu'avez-vous dit de moi à la fiancée de Nat et à sa mère ?

— Que vous êtes ma femme. Et que j'avais fait jurer à Nat de ne pas trahir ce secret. J'étais censé attendre que vous vous libériez de vos obligations familiales pour vous faire venir d'Amérique.

Elle haussa un fin sourcil.

— Et elles ont cru cette ineptie ?

— Qu'elles l'aient cru ou pas, elles m'ont promis de la répéter à quiconque poserait des questions.

— Mais bon sang, pourquoi les gens vous sont-ils soumis à ce point ? Vous leur faites faire ce que vous voulez, avec le plus grand dédain pour ce qu'ils désirent vraiment.

Il haussa les épaules.

— Vous-même, n'en faites-vous pas autant quand il le faut ? Avec Mme Graham, par exemple…

— Vous plaisantez. Vous avez vu comment elle m'obéit ? Il faut que je déploie des ruses de Sioux pour y arriver.

— Justement : que lui avez-vous dit de nous ?

— La vérité, bien sûr. Inutile de lui mentir, elle aurait deviné de toute manière.

— Et cela ne lui pose pas de problème ?

Abigail était pensive et les feux du couchant baignaient son visage d'une aura dorée.

— En vérité, cela l'amuse beaucoup que je joue à être votre femme.

— Mais j'ai nettement l'impression qu'elle ne m'accepte pas.

— Cela dépendra. En tant que mari, tout vous est permis. Mais autrement, vous êtes pour elle le diable en personne. Pour le moment, vous êtes mon mari : elle est donc favorablement disposée à votre endroit.

— Même si ce n'est qu'une comédie.

— Elle espère que la comédie va devenir réalité.

— Mais vous comprenez que… commença-t-il, affolé.

— Oui, Spencer, je comprends. N'ayez pas peur : je ne suis pas aussi naïve que ma servante. Je sais que cela n'ira pas plus loin. Évidemment, le fait que vous ayez fait déménager mes affaires dans la chambre adjacente à la vôtre ne simplifie pas les choses pour elle.

— Moi aussi, j'ai des domestiques : impossible de garder un secret avec tous ces gens. Autant leur faire croire que vous êtes ma femme à tous égards. Si vous m'aviez demandé mon avis, je vous aurais déconseillé de vous confier à Mme Graham.

— Cela n'aurait pas marché. Je n'ai pas votre talent pour mentir. Dès l'instant où elle m'a demandé des détails...

— Il suffisait de dire que cela ne la regarde pas. Elle est à votre service, son seul devoir est d'exécuter vos ordres sans poser de questions.

— Je vois.

Dans un froufrou de satin, elle arrangea le tombé de ses jupes.

— Comme c'est le devoir de votre famille – et de ceux qui vont bientôt y entrer – de faire tout ce que vous leur dites sans qu'ils posent aucune question ?

— C'est moi qui suis chargé de défendre leurs intérêts. Ils le savent, ils me laissent guider leurs actions.

— Vraiment ? Je me demande si Nathaniel a bien compris cela.

Spencer planta ses ongles dans le velours du siège, en tâchant de ne pas montrer à son interlocutrice qu'elle avait fait mouche.

— Ce n'est pas faute de lui avoir expliqué. Écoutez, laissez-moi le souci de gérer ma famille, d'accord ? Et contentez-vous de jouer votre rôle de façon convaincante.

— Je crois que c'est moi qui ai la tâche la plus ardue, rétorqua-t-elle.

— Mais enfin, de quoi vous plaignez-vous ? Toutes les jeunes filles rêvent d'épouser un jour un vieux notable bougon.

Abigail eut la faiblesse de sourire.

— Et de toute façon, poursuivit-il, songez combien ce serait dur pour vous si vous m'aviez véritablement épousé. Vous auriez pour seule perspective ma tyrannie, pour de longues années.

— Merci de me rappeler que, grâce au Ciel, ceci est provisoire.

— Je vous en prie.

La voiture ralentit et vint se ranger au bout d'une longue queue de véhicules.

— Nous approchons du théâtre, ma chère. Préparez-vous à reprendre votre rôle.

Elle lui lança un regard narquois.

— N'aviez-vous pas dit à lady Brumley que nous devions passer chercher lady Tyndale et sa fille ?

— Il fallait bien que je me débarrasse de ce pot de colle.

Elle s'avança sur son siège.

— Décidément, vous êtes un maître menteur.

— C'est le métier, voyez-vous.

Elle haussa très haut ses jolis sourcils.

— Je croyais que les hommes politiques sont censés être honnêtes.

— Ce n'est pas de ce métier dont je voulais parler, ma chère. Je parlais des services secrets. Gardez cela pour vous : je suis un ancien espion, et même un ancien dirigeant des services secrets.

— Vraiment ?

Le valet ouvrit la portière et déplia le marchepied.

— J'aurais dû m'en douter. Cela explique pourquoi vous mentez si bien. C'est devenu une seconde nature.

Il descendit le premier puis, en aidant Abigail à mettre pied à terre, il lui glissa quelques mots à l'oreille :

— Il y a des gentlemen qui font de l'escrime, d'autres qui jouent aux cartes. Moi, je mens !

— Avec un art consommé, je dois dire.

À cause de lady Brumley, ils arrivaient trop tard pour éviter la foule. La moitié de la bonne société londonienne s'engouffrait déjà dans Covent Garden. Une foule nombreuse s'agglutinait dans le foyer du théâtre.

Ravenswood guida Abby à travers la cohue ; des dames lourdement parées de bijoux, parfumées et en grande tenue, se dirigeaient vers le pied du grand escalier. Le vicomte écartait d'un regard mauvais quiconque faisait mine d'approcher. Il posa la main sur les reins d'Abby, effleurant sa robe de satin pour la guider. Il avait le plus grand mal à ne pas laisser ses doigts glisser plus bas, pour suivre la courbure parfaite de ses fesses. Seigneur, la soirée allait être longue !

Quand ils arrivèrent à l'escalier, il y avait tant de monde qu'il fut contraint de la laisser monter la première. Merveilleux. Maintenant, le doux postérieur était au niveau des yeux de Spencer, qui ne pouvait s'empêcher de l'imaginer nu tandis qu'il l'embrassait, avant de glisser la main entre ses cuisses jusqu'à...

C'était de la folie. Quelle mouche l'avait piqué d'imaginer ce plan ? Nul supplice chinois ne pouvait le faire souffrir davantage qu'Abby étalant ainsi ses charmes. Ses charmes défendus.

Au prix de grands efforts, il reprit le contrôle de son esprit alors qu'ils avançaient dans le couloir des loges. Lorsqu'il entra dans la sienne, lady Tyndale et Evelina y étaient déjà.

— Permettez-moi de vous présenter ma femme, lady Ravenswood. Hier soir, nous n'avons pas eu le temps de faire les présentations.

Lady Tyndale et sa fille étaient trop bien élevées pour faire le moindre commentaire sur les circonstances étranges de leur première rencontre. Elles murmurèrent de courtoises salutations et laissèrent à Ravenswood le soin d'orienter la conversation. Evelina semblait considérer l'Américaine comme une rivale, car elle l'observait d'un œil soupçonneux.

La musique commença enfin, et le rideau se leva ; il était temps que chacun gagne son siège. La comédie bouffonne s'avéra aussi insignifiante que lady Brumley l'avait annoncé, mais Spencer n'y aurait de toute façon pas prêté attention. Il n'avait d'yeux que pour Abby.

Malgré les observations désinvoltes qu'elle avait formulées à propos du théâtre en Amérique, elle suivait le spectacle avec une application qui montrait qu'elle n'en était guère familière. Chaque bon mot la faisait sourire.

Chaque invention ridicule lui arrachait des murmures surpris. À la différence des autres dames qui ne cachaient guère leur ennui, l'écho de chaque réplique modelait le visage d'Abby, qui ne boudait pas son plaisir.

Au début de l'entracte, quelques amies de lady Tyndale vinrent dans la loge bavarder avec Evelina et sa mère. Spencer et Abby se retrouvèrent ainsi de leur côté. La jeune femme l'interrogea sur le théâtre, les autres spectateurs... tout ce qui lui venait à l'esprit.

Au bout d'un moment, elle chuchota :

— Pourquoi lady Evelina me regarde-t-elle ainsi ?

— Elle s'est mis en tête une idée stupide : elle croit que vous êtes la maîtresse de Nat et que vous êtes venue d'Amérique pour empêcher son mariage. Je lui ai dit que c'était inepte.

— Êtes-vous certain qu'elle vous a cru ?

— Si ce n'est pas le cas, je n'y peux rien.

— Moi, si ! affirma-t-elle en ramassant son sac cousu de perles. Regardez, sa mère et ses amies quittent la loge. Je vais dire à lady Evelina tout ce qu'elle doit savoir de Nathaniel.

— N'en faites rien ! ordonna-t-il en la retenant d'une main.

— Pourquoi ?

— Je ne veux pas qu'elle sache la vérité nous concernant.

— Mais je vais juste lui dire que je ne suis pas la maîtresse de son fiancé.

— On ne parle pas de « maîtresse » à une Anglaise de bonne naissance. Ce serait enfreindre les règles de la bienséance.

— Le fait de parler franchement enfreint la bienséance ? demanda-t-elle en se levant, amusée. Je comprends pourquoi vous autres Anglais avez perdu vos colonies. Avec tous vos mensonges, vos fraudes et votre notion de la « bienséance », vous êtes incapables de vous débrouiller.

Elle traversa la loge et s'assit à côté d'Evelina, sous le regard fasciné de Ravenswood. Les Américaines sont folles : c'est tout ce qu'il y avait à dire !

Evelina se raidit et se détourna, mais il en fallait davantage pour décourager Abby.

— Lady Evelina, lança-t-elle gaiement, je suis heureuse d'avoir enfin la chance de pouvoir vous parler. En effet, j'ai besoin de votre aide.

— Ah bon ? s'étonna Evelina en se tournant vers elle.

— Je suis nouvelle dans la société londonienne. Je ne connais pas toutes les coutumes, toutes les bonnes manières. J'espérais vos conseils car votre fiancé vous a décrite comme un parangon de distinction anglaise. Selon lui, je ne saurais trouver meilleur modèle.

Evelina mordit tout de suite à l'hameçon.

— Nathaniel vous a dit cela ?

— Mais oui. Il était rare qu'il reste un jour sans chanter vos louanges. « Lady Evelina est la plus belle femme d'Angleterre », ou bien : « Lady Evelina est la gentillesse et la générosité mêmes. »

Elle lui adressa un sourire timide et poursuivit :

— J'avoue qu'à force de l'entendre, il m'a incitée à vous envier. J'aimerais que Spencer soit aussi fier de moi que Nathaniel de vous. Mais je ne sais comment m'y prendre. Étant américaine, je suis totalement ignorante sur ce genre de sujets.

Spencer observa une étrange confusion chez Evelina. Celle-ci le regarda pensivement, comme pour mesurer sa réaction devant le subterfuge d'Abby. Était-il possible que la jeune fille soupçonne la vérité ?

Non, c'était ridicule. Quelle raison aurait-elle de ne pas le croire ?

Puis cette expression passagère s'évanouit et elle se retourna vers Abby.

— Que désirez-vous ?

Spencer se détendit quand les deux femmes s'absorbèrent dans une conversation détaillée. Elles parlèrent éventails, domestiques, et nombre d'évidences que tout le monde connaît, même les Américains de Philadelphie. Comme il était habile de la part d'Abby de faire semblant du contraire, histoire de mettre Evelina à l'aise !

Lorsque la musique reprit pour signaler le début du premier acte de *La Séductrice* d'Oliver Goldsmith, Evelina et Abby s'appelaient par leurs prénoms et se tutoyaient. Lady Tyndale vint reprendre son siège et Abby rejoignit Spencer.

Quand elle s'assit, il lui murmura :

— Bien joué, ma chère.

— Vous voyez, milord, parfois on arrive à de meilleurs résultats en disant la vérité.

Il fronça les sourcils.

— Eh bien, mon frère vous en a dit, des choses sur Evelina !

Avec un sourire, elle se tourna vers la scène.

— Évidemment, il ne s'est pas montré si bavard mais, étant donné les circonstances, il faut bien, disons… nuancer la vérité, n'est-ce pas ?

Ravenswood riait encore lorsque débuta le premier acte.

Le vicomte n'avait jamais vu cette pièce à succès de Goldsmith. En principe, les sorties au théâtre n'étaient pour lui qu'une obligation parmi d'autres. De même, il allait à l'opéra pour observer quel fonctionnaire entretenait quelle chanteuse : ce genre d'information pouvait toujours servir. Enfin, il se montrait dans les bals uniquement afin de tenir son rang.

Pour une fois, grâce à Abby, c'était différent : il suivit la pièce par pur plaisir. Il remarqua les bons mots, comprit les allusions. Il s'intéressa aux personnages, identifia trompeurs et trompés. Avant la fin du troisième acte, il se surprit à se demander comment l'affaire allait finir. Depuis bien longtemps, cela ne lui était plus arrivé.

Abby se tourna vers lui, gênée.

— Je suis navrée, Spencer, j'espérais pouvoir tenir jusqu'à l'entracte mais je n'en puis plus. Il faut que j'aille aux toilettes.

— Je comprends, murmura-t-il en oubliant la pièce. Je vais vous accompagner. Mieux vaut y aller tout de suite, avant la foule.

Ils se glissèrent dans l'allée, Abby s'excusant constamment. Pour la mettre à l'aise, il affirma que c'était lui qui avait besoin de prendre l'air. Il attendit devant la porte des lieux d'aisances, assez satisfait de lui-même. La soirée se passait mieux qu'il ne l'avait espéré. Abby aimait la pièce et s'était prise d'amitié pour Evelina. C'était un bon début.

Quand elle ressortit, ils remontèrent l'escalier d'honneur en devisant, jusqu'au moment de prendre le couloir des loges. Là, afin de ne pas gêner les autres spectateurs, ils se turent tout en se glissant d'un pas léger dans l'allée.

Quelqu'un venait à contresens. Ils s'effacèrent un instant pour le laisser passer. C'est à ce moment qu'ils surprirent une conversation dans une loge voisine.

— Ce n'est pas sa femme, disait une dame. Enfin ! Une rien du tout venue d'Amérique ! Jamais Ravenswood n'épouserait une personne de si basse extraction. D'ailleurs, quelqu'un l'a-t-il seulement entendu dire que c'était sa femme ?

Maudissant le hasard qui leur avait permis d'entendre cette méchanceté, Spencer tenta d'entraîner Abby vers leur loge. Mais elle lui écarta la main, pétrifiée. Dans son regard se lisait une immense douleur.

— Au dîner de fiançailles, il paraît qu'il a refusé de donner la moindre explication, répondit une autre voix féminine. Ce doit donc être sa maîtresse.

— Ne sois pas ridicule, intervint mollement une voix masculine. Ravenswood n'aurait jamais le front de présenter sa maîtresse à lady Tyndale et à lady Evelina. Non, cette femme est sans doute la maîtresse de son frère, et Ravenswood couvre ce vaurien.

Ce fut au tour de Spencer de se transformer en statue, ahuri. C'était déjà triste qu'Evelina l'ait pensé, mais les autres !

— En tout cas, Ravenswood semble enchanté que son frère épouse lady Evelina. Il aurait fait n'importe quoi pour que l'affaire se fasse.

— Même épouser une rien du tout d'Américaine ?

— Il est clair qu'il ne l'a pas épousée, confirma la voix masculine. Ravenswood a sans doute prétendu que cette Américaine était sa fiancée pour expliquer sa soudaine apparition lors du dîner de fiançailles. Mais il est tout à fait malséant de sa part de l'exhiber ici, devant la future belle-famille de son frère.

Spencer brûlait de faire éclater la paroi d'un coup de poing pour prendre à la gorge ces commères impitoyables. Puis il aperçut le visage d'Abby. Mon Dieu ! Il fallait qu'il la ramène dans sa loge.

Soudain, une des femmes s'exclama :

— Juste Ciel, l'acte tire à sa fin ! Venez, Lucille : tâchons de dénicher une serveuse avant la sortie de la foule. Je donnerais n'importe quoi pour un jus de citron.

Ravenswood et Abby étaient piégés. Ils n'avaient plus le temps de passer devant la loge avant que les commères ne sortent. Alors, autant tordre le cou une fois pour toutes à ces ragots.

Il poussa Abby contre le mur et la regarda dans les yeux.

— On fait semblant, ordonna-t-il à mi-voix.

Et il l'embrassa.

Au début, toute son attention était orientée vers la fameuse Lucille et son amie, et son baiser était machinal. Mais d'autres sensations ne tardèrent pas à l'envahir. La bouche d'Abby, douce comme un pétale de rose, fruitée comme du nectar. L'odeur d'Abby, mélange grisant de romarin et d'épices. Les seins d'Abby, appuyés contre son torse avec toute leur chaude opulence.

C'est tout juste s'il entendit un cri de surprise dans son dos alors qu'il se redressait pour la contempler. Il n'avait d'yeux que pour le regard émerveillé d'Abby, et ses lèvres entrouvertes. Ses lèvres irrésistibles…

Et avant qu'il ne puisse s'en empêcher, il baissait de nouveau la tête pour l'embrasser.

7

« Une jolie femme peut arracher des secrets à l'employeur le plus discret. »

Vade-mecum du parfait domestique,
par le maître d'hôtel d'une très grande maison

•

D'un coup, Abby oublia la méchanceté des gens et tous les ennuis qui l'accablaient depuis son arrivée. Car Spencer l'embrassait, et ce n'était plus pour faire semblant. C'était délicieux, inouï… totalement inattendu.

Si inattendu que lorsque la langue de Ravenswood appuya contre ses lèvres, elle ouvrit la bouche. Il s'introduisit sans hésiter, pour lui offrir une caresse intime, une nouvelle surprise. Une merveilleuse sensation s'épanouit dans son ventre. Comme par réflexe, elle se pressa contre lui. Il eut un grondement de plaisir, tel un roulement de tonnerre.

Oui, c'était bel et bien la tempête. Abby sentait ses nerfs étinceler comme des éclairs, et son cœur battait la chamade. Elle se noyait dans son parfum masculin, s'abandonnait, se laissait toucher, subjuguer. Plus rien ne comptait pour elle que cette langue qui la fouaillait et ces bras musclés qui lui serraient la taille.

À travers les fins tissus de sa jupe, de son jupon et de sa combinaison, elle sentit la virilité de Ravenswood.

Grisée, elle leva la main pour lui saisir la nuque. Poussant un grognement gourmand, il l'embrassa avec sauvagerie. Son odeur brouillait les idées d'Abby, qui se laissa aller contre le mur pour éviter de tomber.

C'était la première fois qu'on l'embrassait ainsi : leurs bouches se caressaient, leurs langues se lovaient l'une autour de l'autre, leurs haleines se mêlaient en un souffle brûlant. Elle ne broncha pas quand il leva la main jusqu'à sa poitrine. Avec l'adresse d'un séducteur chevronné, il se mit à la pétrir à travers la fine étoffe de satin.

Quelqu'un se gratta la gorge. Abby sursauta, rejeta la tête en arrière et écarta la main qu'il avait posée sur son corsage.

L'orage était passé, mais Spencer semblait avoir du mal à s'en apercevoir. De l'autre main, il agrippait toujours la taille de la jeune femme d'un geste de possession, et ses yeux brillant de tous leurs feux annonçaient d'autres tempêtes à venir.

— Mon Dieu, Abby, souffla-t-il avec une stupéfaction émerveillée. Mon Dieu…

— Milord, nous ne sommes pas seuls, observa-t-elle.

Il se raidit. Elle le vit d'un coup recouvrer la raison, comprendre où ils se trouvaient. Il s'écarta brusquement et pivota vers les badauds dont certains étaient choqués et d'autres hilares. Bredouillant un juron, il saisit la main de sa compagne et l'entraîna dans le couloir, vers sa loge.

Maintenant que l'orchestre jouait l'interlude, la foule encombrait les couloirs. Beaucoup de spectateurs dévisageaient curieusement Spencer tandis qu'il entraînait Abby d'un pas vif, sans leur prêter attention. Il affichait un air fermé, qui n'engageait pas à la conversation. Jamais Abby ne l'avait vu perdre ainsi tout contrôle. Devant l'intensité de sa réaction, elle hésitait entre la joie et l'inquiétude.

Ils croisèrent lady Tyndale sur le seuil de la loge. La digne dame tenta de leur dire où elle allait, mais il entra, attira Abby à l'intérieur et lui referma la porte au nez.

— Ah, vous voilà ! s'écria Evelina. Nous nous demandions…

— Toi et les autres, coupa Spencer en lâchant la main d'Abby pour faire les cent pas dans l'espace exigu de la loge, si vous vous occupiez de ce qui vous regarde, le monde ne s'en porterait que mieux.

Quand Abby vit combien Evelina était peinée par le ton de Ravenswood, elle se hâta de la rassurer.

— Ne t'inquiète pas, ce n'est pas à toi qu'il en veut. Nous venons de tomber par hasard sur de pénibles ragots, c'est tout.

— Comment, c'est tout ! riposta Spencer, le visage en feu. La moitié de la planète vous prend pour la maîtresse de mon frère, par le Ciel !

Evelina blêmit, et Abby enchaîna :

— Je crois que vous leur avez remis les idées en place, quand vous m'avez embrassée dans le couloir.

— Embrassée ? releva Evelina.

— Oui, embrassée, confirma Spencer. Et alors ? C'est ma femme, non ? Mais bon, je ne voulais pas… Pardonnez-moi, Abby. Je n'ai pas fait cela pour vous mettre dans l'embarras.

— Vous ne m'avez pas mise dans l'embarras.

Il l'avait choquée, grisée, il lui avait mis la tête à l'envers, certes. Mais il n'y avait pas trace d'embarras dans tout cela.

— On dirait que les gens n'ont rien d'autre à faire que d'inventer n'importe quoi sur le compte d'autrui, maugréa-t-il, un peu calmé.

Abby s'approcha de lui et baissa la voix :

— Je vous avais dit que cela ne marcherait pas. Ils seraient bien bêtes de croire qu'un vicomte…

— Ils croiront ce que je leur dirai de croire. D'ailleurs, il est temps que je leur dise ce qu'il en est. Venez, ma chère. Je vais vous présenter à tout le monde. Ainsi, nous en finirons avec ces ragots sordides.

Lady Tyndale entra, blême.

— Si j'étais vous, je ne sortirais pas tout de suite. J'ai entendu des dames...

— Dire qu'Abby est la maîtresse de Nat ? l'interrompit-il. N'en croyez rien.

— Euh... non. En fait, elles disaient qu'elle est... votre maîtresse, avoua-t-elle en rougissant. Il semble que vous... Eh bien... milord, la plupart des hommes n'embrassent pas leur femme comme cela... et en public pardessus le marché.

Ravenswood saisit la main d'Abby d'une poigne de fer.

— Je ne suis pas comme « la plupart des hommes ». J'entends embrasser ma femme où et quand j'en ai envie. Il me déplaît que des crétins fassent des spéculations sur elle, simplement parce que... je me laisse aller.

Lady Tyndale se raidit.

— À ce que j'ai entendu, vous ne vous êtes pas contenté de l'embrasser.

Abby se souvint de la main brûlante de Spencer sur son sein et rougit comme une pivoine. Si les gens croyaient qu'elle était sa maîtresse, ils avaient des excuses... Il lui vint une idée.

— Puis-je vous parler en particulier ? demanda-t-elle à Spencer en l'attirant dans un coin. Pourquoi ne pas leur laisser croire que je suis votre maîtresse ? Comme cela, quand je rentrerai, vous n'aurez pas à dissiper cette fable. Sans cette histoire de séparation conjugale, tout sera plus facile.

— Pour qui ? rétorqua-t-il, le regard gris comme l'acier. Mon frère vous a assez exploitée comme cela : je refuse qu'il ruine en plus votre réputation.

— Ma réputation en Angleterre ne comptera guère, une fois que je serai en Amérique.

— Elle compte pour moi aujourd'hui, dit-il d'un air sombre.

La détermination de Ravenswood à la défendre réconforta tant Abby qu'elle ne put répondre que par un sourire tremblant.

— Venez, dit-il en lui tendant le bras. Veillons à ce que chacun vous considère comme mon épouse. Je vais vous présenter.

Evelina était sidérée.

— Ne monte pas sur tes grands chevaux, Spencer.

— Ce que je fais ne te concerne en rien, Evelina.

— Moi non, mais ta femme, si, dit-elle avec un faible sourire à Abby. Nous serons bientôt sœurs, il me déplaît de voir une sœur calomniée. Après ce que ces gens malveillants ont vu, je me demande pourquoi tu tiens à soumettre ta femme aux commentaires qu'ils ne manqueront pas d'ajouter.

Abby était bouleversée : voici qu'elle était défendue par celle qui avait le plus de raisons de se méfier d'elle.

— Ils se garderont bien de la calomnier tant que je serai à ses côtés, répliqua-t-il. Ils ne sont pas assez fous pour cela.

— Oui, c'est possible. Mais ils risquent de l'écharper avant que tu n'aies le temps de faire les présentations. Dès lors, la partie sera perdue pour toi.

— Ce n'est pas idiot, convint Spencer.

Il s'avança au bord de la loge et s'appuya des deux mains sur la rampe. On rallumait les chandelles, le quatrième acte allait commencer d'une minute à l'autre.

— Evelina, demanda-t-il avec un long soupir, comment résoudre ce dilemme ?

— C'est à moi que tu poses cette question ?

— Pourquoi pas ? Tu as prouvé ce soir que tu as la tête sur les épaules, et une perception fine du milieu londonien.

La stupéfaction d'Evelina fit place à un sourire satisfait. C'était bien la première fois que Spencer sollicitait son avis.

— Tu devrais la présenter de façon officielle.

Le quatrième acte débutait, Evelina baissa le ton :

— Maman a déjà préparé le bal de demain soir pour fêter mes fiançailles. Pourquoi ne pas célébrer votre mariage à la place ?

— Mais enfin, Evelina, protesta lady Tyndale. Ce bal est censé être pour toi et Nathaniel.

— Je sais, mais si Nathaniel est en convalescence à… je… dans l'Essex, nous ne pouvons fêter nos fiançailles. Alors, autant en profiter pour rendre service à Spencer.

L'hésitation d'Evelina à prononcer le mot « Essex » n'échappa pas à Abby, mais elle ne s'y attarda pas. Elle était trop paniquée à l'idée d'apparaître à ce bal le lendemain soir.

— Non, souffla-t-elle. Je ne puis. Mes robes ne sont pas finies et…

— Il y en aura bien une de finie, trancha Spencer. J'ai payé le couturier une fortune pour être sûr qu'il en ait une de prête.

— Mais *moi*, je ne suis pas prête. Cela fait des années que je ne suis pas allée au bal.

— Tout ira bien. Evelina a raison : il faut que je vous présente officiellement, et le plus tôt sera le mieux. Ils n'auront pas le front de prétendre que vous êtes ma maîtresse, si lady Tyndale donne un bal pour fêter notre union.

Dieu du ciel, toute l'affaire s'emballait.

— Vraiment, Spencer… commença Abby.

— Merci, Evelina, coupa-t-il. J'ai eu raison de dire que tu as la tête sur les épaules. Moi-même, je n'aurais su trouver meilleure solution.

— Dans l'immédiat, continua Evelina, je vous déconseille de rester jusqu'à la fin de la pièce. Partez ! Maman et moi répandrons la nouvelle de votre mariage et annoncerons le bal de demain soir, pour préparer les gens. Nous dirons que vous êtes tellement amoureux que… vous n'avez pas pu vous retenir. Alors, vous êtes rentrés chez vous plutôt que de faire scandale.

Elle eut un sourire mutin.

— C'est la vérité, n'est-ce pas ?

— Certes ! confirma Spencer avec son aisance habituelle dans le mensonge.

Puis il offrit le bras à Abby.

— Venez, ma chère. Navré de vous faire rater la fin de la pièce, mais nous la reverrons.

Elle murmura ses adieux et le laissa l'entraîner jusqu'à la voiture qui attendait. Sa langue se délia une fois qu'ils furent assis à l'intérieur, en route pour leur hôtel particulier.

— Spencer, il est impensable que vous me présentiez dans le cadre d'un bal. J'ai tout à apprendre, je ne connais rien de l'étiquette.

— C'est à peu près pareil qu'en Amérique, répondit-il en relevant le rideau pour regarder les rues de Londres. Vous m'avez dit que votre père vous avait fait donner des cours de maintien : il n'en faut pas davantage. Dans le doute, faites comme Evelina. Elle trouve toujours le ton juste.

Cet éloge à propos d'Evelina la piqua.

— Elle est d'une remarquable élégance, n'est-ce pas ?

— Oui.

— Et jolie, aussi, insista-t-elle d'un ton acide.

— Très jolie. Vous aussi, d'ailleurs.

— Alors, vous estimez que je dois l'imiter.

Le vicomte sembla agacé.

— Simplement si vous hésitez sur un point d'étiquette. Le reste du temps, faites comme vous le sentez.

— Je ne « sens » rien ici. L'Amérique et l'Angleterre, ce n'est pas la même chose. Je ne suis pas allée au bal depuis le début de la maladie de papa. Les danses ont sûrement changé, sans parler de…

— Abby, coupa-t-il.

— Quoi ?

— Vous avez compris pourquoi je vous ai embrassée ce soir, non ?

Brusquement elle oublia bal, danses, coutumes et étiquette. S'il y avait une chose dont elle n'avait pas envie de parler, c'était de ce baiser. Elle préférait se cramponner à l'idée que, le temps de quelques instants fugitifs, il l'avait trouvée suffisamment désirable pour oublier qu'elle n'était pas le type d'épouse qu'il désirait.

— Vous m'avez embrassée pour faire taire les rumeurs d'une liaison entre Nat et moi.

S'il vous plaît, restons-en là, implora-t-elle en pensée.

Pas de chance, le vicomte insista :

— Vous comprenez donc que ce baiser n'était que comédie.

Abby se hérissa. Comment osait-il la priver de la seule satisfaction qu'elle avait eue depuis son arrivée ?

— Ce n'était pas qu'une simple comédie. J'en connais assez sur les hommes pour savoir quand... quand ils ressentent quelque chose pour une femme.

À la lueur des réverbères, elle crut apercevoir un air désolé dans le regard gris acier de Spencer.

— C'est vrai, convint-il, j'admets avoir ressenti une bouffée de désir. Mais vous savez sûrement qu'un homme peut avoir cette réaction physique avec plusieurs femmes. J'aurais réagi de la même façon avec n'importe quelle jolie fille serrée ainsi contre moi.

Le mufle ! Elle sentit la gorge lui brûler, mais elle refusait de pleurer. Jamais il ne saurait combien il la faisait souffrir.

— Oui, je sais exactement de quoi vous voulez parler. C'est vrai également pour les femmes. J'aurais réagi de la même façon dans les bras de n'importe quel bel homme.

Elle eut le plaisir de constater qu'il enrageait. Mais cette satisfaction était vaine, car la colère de Ravenswood était due seulement à sa vanité masculine.

— Je vois. Donc, nous nous comprenons.

— Oui, quel soulagement ! confirma-t-elle avec un sourire. J'ai beau être naïve, milord, je n'ignore pas tout du sexe opposé. On m'a déjà embrassée, une fois ou l'autre.

Elle mentait effrontément.

— Parfait !

En vérité, il semblait irrité. À moins que ce ne fût pure imagination de la part d'Abby... Pourquoi serait-il en colère ? Comme d'habitude, il avait tout ce qu'il voulait.

Même sa participation au bal : à l'évidence, elle aurait beau protester de mille manières, il l'y traînerait de force. Eh bien, si l'affaire tournait à la catastrophe, si elle lui faisait honte devant tous ses amis, tant pis pour lui. Que son tour vienne d'être humilié, pour une fois !

8

« Le domestique avisé obéit même quand son maître se montre injuste, myope ou fou furieux. »

Vade-mecum du parfait domestique,
par le maître d'hôtel d'une très grande maison

Spencer avait passé la matinée dans le bureau de sir Robert Peel, nouveau ministre de l'Intérieur. Il passa l'après-midi dans le sien, à régler des affaires urgentes. Il fut donc soulagé quand, au coucher du soleil, entra dans son bureau son ami et collaborateur Morgan Blakely. Il avait besoin de se détendre, et Blakely était l'homme de la situation.

Malheureusement, la détente fut assez particulière.

Blakely jeta sur le bureau un journal plié et désigna d'un doigt vengeur un gros titre : *Le vicomte épouse la belle Américaine.*

— C'est quand même un peu fort que j'apprenne ça par l'éditorial de lady Brumley ! Espèce d'hypocrite ! Comment as-tu osé te mettre le fil à la patte sans en parler à tes amis ?

Spencer désigna un siège à Blakely et lut en diagonale l'article. La « gazette des cancans » avait consacré la totalité de son article à l'annonce de son mariage, et elle avait eu le bon sens de taire ses soupçons sur Nat.

En revanche, elle avait effrontément exagéré la passion qui l'unissait à Abby. Que dire à Blakely ? Tout ?

Spencer ignorait jusqu'à quel point il pouvait compter sur sa discrétion.

Blakely se taisait, le sourire aux lèvres.

— Crache le morceau, mon ami. Clara m'a chargé d'obtenir des détails et elle veut tout savoir : depuis votre rencontre jusqu'au mariage.

— Tu diras à ta femme de se mêler de ses affaires.

— C'est fait. Mais en vain, comme d'habitude. Elle se croit des droits sur ta vie privée, après la façon dont tu nous as jetés dans les bras l'un de l'autre, il y a trois ans.

— Il me semble que vous n'êtes pas fâchés du résultat de mes manœuvres. Est-ce que les braises auraient refroidi ?

— Certainement pas, assura Blakely en croisant les mains sur son gilet. Clara est de nouveau enceinte.

Spencer eut un sourire un peu envieux.

— Bien. Mes félicitations. Tu diras à ta femme que je l'admire de faire des enfants à un gredin de ton espèce.

Blakely allait avoir un deuxième enfant, et ce n'était qu'un début. Il y avait des gens qui avaient de la chance...

— Sir Robert m'a dit de te transmettre que les essais du pistolet de ton frère sont terminés, ajouta-t-il. Nous pouvons avertir Templemore que le ministère de l'Intérieur a l'intention d'en faire équiper tous ses officiers.

— Voilà qui va lui faire plaisir, répondit Blakely. Il est toujours très fier de ses inventions. Mais pas autant que de sa famille ! Juliet est de nouveau enceinte, elle aussi. Tu te rends compte ?

— Je me disais que ça devait arriver, vu la façon dont ces deux-là s'entendent. Mais revenons à nos pisto...

— Et puisque tu t'es enfin décidé à te passer la corde au cou, interrompit Blakely avec un clin d'œil, j'imagine que toi non plus, tu ne tarderas pas à nous annoncer une bonne nouvelle.

Le coup fut si soudain qu'il prit Spencer par surprise. Il n'avait pas pensé que les gens s'attendraient qu'Abby et lui envisagent d'avoir des enfants.

Pourtant, c'était une réaction normale. En général, les hommes de son rang et de sa fortune prenaient femme pour cette raison précise : avoir des héritiers.

Une certaine inquiétude avait dû se lire sur son visage car Blakely ajouta en fronçant les sourcils :

— Pardon, mon vieux. J'oubliais que tu n'aimes guère les enfants.

— Ce n'est pas ça.

L'absurdité de cette imposture lui devint brusquement insupportable. Pourquoi ne pas dire la vérité à Blakely ? Ce garçon se serait fait couper en morceaux pour lui. De surcroît, il était au courant du subterfuge concernant Nat. Spencer lui avait envoyé un billet dès le premier soir pour qu'il contacte un magistrat. Tant qu'à faire, il valait mieux qu'il sache tout.

— En réalité, notre mariage est un peu différent.

— Que veux-tu dire ?

— Ce n'est pas un mariage d'amour, n'en déplaise à lady Brumley. En vérité, ce n'est pas un mariage du tout.

Spencer lui révéla alors toute l'affaire, sans rien omettre, sauf la folle attirance qu'il éprouvait pour Abby. C'était simplement la réaction d'un homme resté trop longtemps sans maîtresse. Oui, c'était certainement de cela qu'il s'agissait.

— Grâce à Dieu, conclut-il, miss Mercer a consenti à passer pour ma femme jusqu'à ce que Nat se manifeste. C'est grande bonté de sa part, d'autant que Nat lui a volé sa dot et que je la fais chanter.

— Ce n'est pas vraiment du chantage puisqu'elle va doubler sa fortune. Sois prudent, mon ami : car enfin, sur cette histoire de dot, tu ne connais que la version de miss Mercer.

Spencer frémit en songeant à ce que Blakely insinuait.

— Je crois que tu es resté espion trop longtemps. Tu sais, tout le monde n'est pas sournois ou fourbe.

— Prouve-moi que ce n'est pas une aventurière qui a sauté sur l'occasion d'épouser un riche vicomte. Ou même simplement de te soulager de cinq mille livres !

— Non, elle n'est pas comme cela, je t'assure.

Blakely était dubitatif.

— Tu vas faire sa connaissance ce soir, trancha Spencer en posant les coudes sur son bureau. Ensuite, si tu maintiens qu'elle s'est servie de moyens malhonnêtes pour se faire épouser ou pour voler ce qui ne lui appartient pas, je veux bien être pendu.

— Parfait. Et quand tu auras arrangé les affaires avec ton frère, que feras-tu d'elle ?

— Je vais en Amérique, je fais annuler le mariage et je la plante là. Les gens sauront simplement que nous sommes séparés.

— Et si tu décides ensuite de te marier pour de bon ?

Ravenswood n'avait pas l'intention d'expliquer qu'il n'envisageait pas le mariage : Blakely l'aurait accablé de questions.

— J'aviserai le moment venu. Pour l'instant, j'essaie surtout d'éviter un scandale. À propos, es-tu capable de confirmer ma version, pour Nat et son voleur des rues ? Est-ce que le magistrat et ses subordonnés te suivront ?

— Hornbuckle n'a pas trop aimé cela, mais il m'a donné son accord. Quant à ses subordonnés, ils lui sont tout dévoués… ainsi qu'à toi.

— Cela fait toujours un problème de moins, observa Spencer en se détendant.

— As-tu la moindre idée de l'endroit où est ton frère ?

— J'ai lancé des hommes sur sa piste.

— En attendant, ton Américaine s'incruste chez toi.

— C'est mon problème, coupa Spencer d'un ton sec.

Puis il se radoucit.

— Après tout, tu as une femme à part entière pour te donner du souci, sans parler d'un enfant à naître. Tu n'as pas de temps à perdre avec *mes* soucis.

— C'est vrai, confirma Blakely en se frottant le menton. Et qu'est-ce que je dis à Clara ?

Spencer hésita. Pour Abby, il ne serait pas mauvais d'avoir une femme à ses côtés, au courant de toute la situation et capable de la conseiller.

— Si tu réponds de sa discrétion, dis-lui tout. Mais qu'elle le garde pour elle.

— Tu connais Clara : c'est le tombeau des secrets. Mais si tu préfères, insiste toi-même auprès d'elle ce soir, au bal.

— D'accord. D'ailleurs, il faut que j'y aille, annonça-t-il en se levant. On se voit là-bas.

Blakely se leva à son tour.

— J'ai hâte de connaître cette Américaine que tu dis incapable de rouerie pour épouser un vicomte.

— Observe et fais-toi une opinion, mais garde tes doutes pour toi ce soir. Elle est déjà assez anxieuse, elle n'a pas besoin de ton mépris par-dessus le marché.

— Je saurai me tenir, ne t'inquiète pas, promit Blakely. D'ailleurs, une goutte de miel vaut mieux qu'une pinte de fiel pour obtenir des renseignements.

Spencer serra les dents : il le savait, rien n'empêcherait Blakely d'interroger Abby pour la jauger. Par bonheur, l'homme était habile et d'une parfaite éducation.

Ils quittèrent le ministère en discutant de choses et d'autres mais, dès que Spencer monta en voiture, son imagination se mit à courir vers sa prétendue femme, pour laquelle son penchant devenait irrésistible.

Il avait eu tort de l'embrasser au théâtre. Dire qu'il s'était cru capable d'embrasser Abby sans perdre son sang-froid ! Leur baiser folâtre dans le jardin aurait déjà dû lui montrer combien il était sensible à son charme.

Il s'était montré stupide en se laissant aller. À présent, dix minutes ne pouvaient passer sans qu'il évoque le plaisir grisant d'Abby dans ses bras. La seule chose à laquelle il était capable de penser était l'envie qu'il avait de l'embrasser, de la caresser… de faire l'amour avec elle.

Il avait bien failli le faire la veille au soir, devant tout le monde. Elle avait ce talent exaspérant pour lui ôter tout bon sens. Comment arrivait-elle à ce prodige ? Jamais une femme ne lui avait fait perdre la tête, même pas sa dernière maîtresse – une Française ensorcelante qui connaissait toutes les façons de plaire à un homme. Comment une petite Américaine à l'haleine parfumée de romarin et aux façons impudentes parvenait-elle à lui faire tout oublier ?

Le fait de savoir qu'elle partageait son attrait ne faisait qu'empirer les choses. Il ne fallait pas qu'il profite de cet abandon. Quand tout ceci serait terminé, Abby aurait encore la vie devant elle.

Alors, bas les pattes, Spencer ! Et abstiens-toi de baiser ces lèvres trop douces. Sinon tu cours à la catastrophe.

Ce n'était quand même pas sorcier, n'est-ce pas ? Le soir même, par exemple, tout le monde allait les regarder. Cela lui faciliterait les choses. Ils n'auraient qu'à danser une ou deux valses – ce qui promettait d'être un supplice – et il lui suffirait de maîtriser son désir. Grâce à Dieu, Abby et lui n'avaient nul besoin de danser davantage : un mari n'accorde pas toutes les danses à sa femme.

Il se rencogna dans les coussins de la voiture. Oui, il suffisait de traiter Abby de la façon dont les lords anglais traitaient en général leur épouse : avec une indifférence respectueuse. Et la soirée passerait toute seule. Il fallait qu'il se protège des charmes de cette femme.

Pense à ton travail, se dit-il. Cela te changera les idées.

Une fois chez lui, il se prépara pour la soirée. Il s'efforça consciencieusement de penser au Parlement, à la proposition de loi qu'il venait de déposer, à la résistance de sir Robert Peel concernant son projet d'unification de la police municipale.

Quand il frappa à la porte d'Abby, c'est-à-dire à la chambre voisine de la sienne, il se dit avec fierté qu'il avait repris la situation en main. Après tout, il n'y avait pas de quoi perdre la tête.

Mme Graham vint ouvrir, et toutes les bonnes résolutions de Ravenswood volèrent en éclats. Abby était encore plus belle que dans ses rêves les plus fous. Sa robe, d'un vert soyeux, était drapée avec élégance autour de sa taille et descendait jusqu'au sol. La jupe brodée de motifs arachnéens d'un vert plus pâle possédait un ourlet orné de volants de soie festonnés.

Mais ce n'était pas la moitié inférieure de la robe qui l'inquiétait, c'était le haut. Par tous les saints du ciel! Elle avait une coiffure tout en hauteur, et un décolleté dévastateur : entre les deux, de quoi faire bégayer l'homme le plus hardi. Spencer savait qu'il ne tiendrait pas toute la soirée sans l'embrasser. Sans parler du trajet en voiture. Il allait la prendre dans ses bras si vite qu'elle en perdrait le souffle.

— Non, ça ne va pas, décréta-t-il d'une voix étranglée.

— Monsieur? demanda la nouvelle soubrette qui attendait sa réaction.

Spencer tenta de trouver une raison valable à sa réprobation.

— Elle n'a pas l'air assez respectable. Attifée de la sorte, elle ressemble à... à...

Il cherchait le mot le moins injurieux.

— Une belle de nuit, disons.

Comme la petite bonne française ne comprenait pas, il renonça à prendre des gants.

— Une *fille de joie*, dit-il.

La soubrette échangea avec Abby un regard horrifié.

— Pardonnez-moi, monsieur, protesta la petite, mais c'est la dernière mode. Cette robe sied parfaitement à madame, non? Elle ressemble à une reine, pas à une fille de joie!

— En d'autres circonstances, je ne dis pas. Mais ce soir, la situation est délicate. Il faut qu'elle passe pour une honorable épouse, et cette robe frise l'indécence. Ce décolleté est trop osé.

— Spencer, supplia Abby. Je n'ai plus le temps de me changer. De toute façon, les autres robes ne sont pas prêtes et je ne saurais porter une robe de jour : notre hôtesse le prendrait très mal.

— Eh bien, prenez un fichu pour cacher vos appas.

Il continua pour la soubrette éberluée :

— Débrouillez-vous, mais cachez-moi cela, compris ?

— Oui, monsieur.

— Autre chose, poursuivit-il. Il faut que les cheveux soient plus serrés sur le haut de la tête.

Ainsi, il serait moins tenté de les défaire et de faire courir ses doigts dans leur épaisseur somptueuse. Il vint en trois enjambées vers Abby, qui était rouge comme une cerise.

— Je veux des anglaises ici et là, expliqua-t-il en désignant les tempes de la jeune femme. C'est ainsi que les dames respectables se coiffent.

— Mais, monsieur, protesta la soubrette. Les cheveux de madame ne sont pas… ils ne bouclent pas. Ce ne sera pas bien joli.

— Je me permets de vous rappeler, mademoiselle, que c'est à vous d'en faire quelque chose de beau. Si vous en êtes incapable…

— Marguerite, interrompit froidement Abby, faites ce que demande lord Ravenswood. C'est lui qui paie, alors il faut qu'il en ait pour son argent.

Spencer fut surpris qu'Abby capitule si facilement, et un peu gêné par son ton sarcastique.

— Merci, dit-il, mal à l'aise. Vous comprenez mon point de vue, ma chère ? Pour faire taire les ragots ce soir, il faut que vous ayez l'air pure comme neige.

— Je comprends parfaitement, milord. Vous souhaitez que je ressemble à une élégante demoiselle anglaise : lady Evelina, pour prendre un exemple entre mille.

— Ne dites pas de bêtises, Abby. Dès lors que vous serez officiellement ma femme, vous vous vêtirez comme il vous plaira. Pour le moment, laissez-moi vous guider.

— Volontiers, milord, répondit-elle d'un ton égal. Comme vous voudrez.

Était-ce de l'ironie ? Eh bien, qu'elle se moque si cela lui chantait. Mais il était incapable de la laisser mettre une tenue pareille, s'il voulait vraiment ne pas la toucher.

— Parfait. Nous partons dans une heure, Abby. Je suis sûr que cela vous laisse le temps de vous préparer.

Sans ajouter un mot, il ressortit et alla se réfugier dans son bureau pour avaler un cognac. Décidément, ce prétendu mariage était plus compliqué que prévu. Pourvu que ses limiers ne tardent pas à retrouver son frère !

9

> « Les soirées, les dîners et les bals sont des épreuves dont doivent triompher toutes les personnes de conséquence : toutes n'en sortent pas grandies. »
>
> *Vade-mecum du parfait domestique,*
> *par le maître d'hôtel d'une très grande maison*

Partagée entre l'émerveillement et la crainte, Abby découvrait la salle de bal de lady Tyndale. Il y avait là une bonne centaine de dames et de messieurs en tenue de soirée, qui évoluaient avec grâce et l'examinaient avec l'intérêt d'une meute de loups devant de la viande fraîche.

Malgré la présence de Spencer à son côté, Abby se sentait comme nue. Il la quitta un instant pour aller lui chercher un punch, et elle resta le seul point de mire. Les mères de famille la dévisageaient derrière leurs éventails. Une grappe de gamines se mirent à pouffer après un furtif coup d'œil à sa coiffure. Un dandy leva son verre jusqu'à la hauteur de son visage et, avec un sourire dédaigneux, examina sans retenue sa silhouette.

— Ne t'inquiète pas, murmura Evelina, qui était juste derrière Abby. On dirait qu'ils n'ont jamais vu une femme de vicomte.

— Ce n'est pas cela qui les fait rire, rétorqua Abby qui claquait presque des dents sous l'effet de la colère et de la timidité. C'est ce maudit fichu sur une robe de bal.

Evelina haussa un sourcil soigneusement épilé.

— Pourquoi l'as-tu mis, si tu sais que ce n'est pas à la mode ?

— Spencer a trouvé la robe indécente. C'est idiot, mais il ne m'a pas laissé le choix. Cela ne m'aurait pas dérangée plus que cela, mais il n'arrête pas de glisser. Ma robe n'est pas faite pour être portée avec un fichu : il n'y a ni bouton ni crochet, et les épingles ne cessent de se sauver.

— Eh bien, enlève-le et fourre-le dans ton sac à main ! Foin des pudeurs de Spencer !

Pas question ! Il avait voulu ce fichu, il l'aurait. Peut-être qu'à l'écoute des racontars, « Son Altesse » réaliserait enfin qu'elle ne savait pas tout.

— Ne t'inquiète pas. Il m'a fallu deux passages aux toilettes, mais je crois qu'il ne bougera plus.

Cependant il lui fallait rester vigilante : un instant d'inattention et cet odieux carré de dentelle prendrait la poudre d'escampette.

À cet instant, une anglaise lui tomba dans l'œil. Elle l'écarta en soufflant dessus.

— Et la coiffure, reprit Evelina, c'est aussi son idée ?

— À ton avis ? Nous lui avons dit que mes cheveux n'étaient pas aussi faciles à friser que les tiens. J'aurais pourtant bien aimé.

— Hier soir, toutes les dames du théâtre – dont moi – enviaient tes lourds bandeaux si joliment arrangés en hauteur.

— Tu dis cela pour me faire plaisir.

— Non, je t'assure, insista Evelina. Même maman a aimé ta coiffure. Pourtant, elle n'est pas très… pas très futée, mais c'est elle l'arbitre des élégances. Je crois que tu as lancé une mode.

Abby n'avait nulle intention de lancer des modes. Elle voulait passer inaperçue.

— Spencer a dit que ma coiffure me donnait l'air d'une fille perdue.

— Comment ? Mais c'est ridicule !

— Tu crois ? Peut-être a-t-il raison.

Elle regarda autour d'elle : toutes les femmes portaient les anglaises que lui avait imposées Spencer.

— Il essaie de me donner l'air convenable, mais on ne peut transformer une vessie de porc en lanterne vénitienne.

— Surtout quand c'est déjà une lanterne vénitienne, rétorqua Evelina. Écoute-moi : tant pis pour ce que dit Spencer. Il ne sait pas de quoi il parle. Tu es tout à fait adorable et, s'il ne s'en aperçoit pas, c'est qu'il est aveugle.

Abby eut pour Evelina un sourire de reconnaissance.

— Nathaniel avait raison : tu es la femme la plus généreuse d'Angleterre. Je comprends pourquoi Spencer dit toujours qu'il me faut te ressembler.

— Ah bon ? Quand il s'y met, qu'est-ce qu'il peut être crétin !

Abby en resta bouche bée.

— Je te demande pardon ?

— Pardonne-moi, répondit Evelina qui s'empourpra, mais je cite Nathaniel. Il a raison, d'ailleurs. Il faudrait que quelqu'un explique à Spencer la façon dont on traite une femme.

— Oh, je ne puis me plaindre…

Ce n'était pas la faute de Spencer si son frère avait jeté Abby sur ses genoux.

— Il se montre très bon pour moi. Si tu savais les robes qu'il m'a achetées ! Je sais que ça lui coûte une fortune. Et les sacs à main, les escarpins…

— Il t'a acheté des robes et tout le saint-frusquin ? s'enquit Evelina avec une mine que, chez toute autre femme, Abby aurait qualifiée de calculatrice. Et il s'est plaint que cela lui coûtait trop cher ?

— En vérité, il a insisté pour tout acheter. J'aurais préféré une mise plus modeste.

Evelina observa un instant la piste de danse, un léger sourire sur son visage de madone.

— Tiens, tiens… Très intéressant !

— Quoi ?

— Rien ! répondit Evelina en revenant à la réalité. Dis-moi : que penses-tu de ce bal ? Y en a-t-il d'aussi fastueux à Philadelphie ?

— Jamais ! D'abord, à Philadelphie, personne n'a de salle de bal privée. On roule le tapis du salon, on pousse les meubles contre les murs. Et quelqu'un joue du piano pour faire danser les autres. Ta mère s'est surpassée.

— Tu peux remercier ton mari. C'est lui qui a réglé toutes les factures ou presque. Il a même envoyé son chef cuisinier, et du personnel pour nettoyer à la fin. Seuls, nous serions incapables d'organiser un événement aussi grandiose.

— Pourquoi Spencer fait-il cela ?

— Quand on a décidé que ce serait finalement en ton honneur, il a jugé convenable de mettre le paquet.

— Je préférerais qu'il cesse de jeter ainsi l'argent par les fenêtres à cause de notre... mariage.

Ce *faux* mariage. Tout cela la gênait.

— Penses-tu ! Spencer est riche à millions. En fait, il n'a que son hôtel particulier, construit pour favoriser sa carrière politique. À part cela, il ne fait jamais de dépense somptuaire. Il ne s'amuse pas : il travaille tout le temps. C'est cela qui rend Nathaniel malade.

Le fait qu'Evelina cite le nom de son flambeur de fiancé poussa Abby à défendre Spencer.

— Oui, je crois que Nathaniel n'est pas un bourreau de travail.

— Il ne faut pas se fier aux apparences.

Evelina en savait-elle davantage qu'elle ne le montrait sur les activités de Nathaniel ? Abby n'eut pas le temps de demander des précisions car, à cause de l'éclairage rutilant installé par Spencer, elle était le point de mire de tous les invités, même des plus indésirables comme lady Brumley. Celle-ci la repéra de loin et mit le cap droit sur elle. Elle portait un petit navire en or juché au sommet de sa vertigineuse coiffure.

Abby soupira. Spencer ne voulait pas qu'elle parle à la « gazette des cancans ». Qu'était-elle censée faire ? se montrer grossière ?

— Très chère lady Ravenswood, commença la commère, il faut absolument que je m'entretienne avec vous de votre fameux Mead. Je ne comprends pas pourquoi votre père le vendait comme remède pour la digestion. Je l'ai essayé plusieurs fois, il ne m'a fait aucun bien.

— Moi, j'en suis très contente, milady. Avez-vous essayé dans le lait ?

— J'ai tout essayé – lait, miel, thé – sauf peut-être l'eau de vaisselle. Et il ne m'a rien fait.

— Je ne sais que vous dire. Peut-être est-ce une préparation qui ne convient pas à votre digestion, milady.

— Allez-vous cesser de m'appeler milady ? Doux Jésus, vous vous comportez comme une servante.

Abby sentit le rouge lui monter au visage. Spencer lui avait décoché un trait de ce genre : qu'elle n'était pas sa bonne, ou quelque chose comme ça. Mais la jeune femme ignorait comment appeler les nobles. Personne ne le lui avait dit et, bien qu'elle s'efforçât d'imiter son entourage, elle n'arrivait à rien.

— De toute façon, poursuivit lady Brumley, je crois que dans toute cette affaire, vous vous débrouillez mal. Ce produit ne devrait pas être utilisé comme fortifiant, car il fait merveille pour…

— Lady Brumley, bonsoir ! coupa froidement Spencer qui arrivait avec deux verres de punch.

Il en tendit un à Evelina, et l'autre à la commère.

— Prenez donc un verre, madame. Je crois que je vais inviter ma femme à danser.

Lady Brumley prit le verre, mais elle était vexée.

— Écoutez, lady Ravenswood et moi-même étions en pleine conversation. Il ne faut pas que vous me l'enleviez chaque fois que j'ai l'occasion de parler avec elle.

— Mais si ! Cela fait partie des privilèges du mari, expliqua Spencer dont les yeux flamboyaient. Maintenant, je vous demande de nous excuser.

Il offrit le bras à Abby et l'entraîna vers la piste. Celle-ci adressa un regard navré à lady Brumley mais, au fond, elle était soulagée. Une conversation avec cette femme, c'était comme naviguer au milieu de récifs inconnus.

Elle leva vers Spencer un visage souriant.

— Merci pour l'opération de sauvetage !

— Je vous en prie.

Ils arrivèrent au centre de la piste. Elle observa, intéressée, les couples qui s'écartaient pour leur laisser la place.

— Ce n'est pas uniquement une opération de sauvetage, chère. J'ai envie de danser avec vous. Et tout le monde nous attend pour la première valse.

L'orchestre attaqua et Abby sentit la panique la gagner.

— Mais... c'est impossible, chuchota-t-elle.

Tout le monde la regardait.

— Pourquoi ? dit-il en la prenant par la taille. Ils nous croient mariés, vous l'avez oublié ?

— Je ne sais pas valser !

Le sourire de Spencer s'évanouit.

— Comment ?

— Je ne connais pas les pas, je ne sais pas comment on fait : rien.

Il jeta un regard furtif autour de lui et baissa le ton :

— Pourquoi ne m'avez-vous pas prévenu ?

— Parce que vous ne m'avez jamais posé la question.

— Mais enfin, vous avez vu les gens faire. Vous pouvez vous débrouiller.

— Je n'ai jamais vu valser personne, et je n'ai jamais essayé moi-même. Si vous vous obstinez à me faire valser, nous allons tous les deux nous ridiculiser. Sauf si vous me portez carrément, sans que personne s'en aperçoive.

Spencer jura à mi-voix.

— Attendez-moi ! ordonna-t-il d'un ton sec en s'éloignant vers l'orchestre.

Humiliée jusqu'aux orteils, elle resta debout toute seule. La musique s'arrêta brusquement. Toute l'assistance n'avait d'yeux que pour elle – et des yeux guère bienveillants. Elle aurait voulu que le sol s'ouvre sous ses pieds.

Elle envisageait de s'enfuir aux toilettes quand l'orchestre attaqua un autre morceau qui lui était familier depuis l'adolescence.

Spencer la rejoignit comme si le fait de changer de danse à la dernière minute allait de soi. Il lui offrit le bras.

— Vous connaissez le quadrille écossais, n'est-ce pas ?

Elle acquiesça. Heureusement qu'il n'avait pas choisi une autre danse inconnue.

Les danseurs s'alignaient.

— Comment se fait-il que vous ne sachiez pas valser ? Vous avez eu un maître de danse, vous m'avez dit que vous fréquentiez les bals quand vous étiez jeune.

— Oui, quand j'étais jeune. C'est-à-dire avant l'époque où la valse est arrivée en Amérique. Lorsqu'on a commencé à valser à Philadelphie, j'étais accaparée par les soins de papa. Je vous l'ai dit : pendant des années, je n'ai plus fréquenté les soirées mondaines. De ce fait, je n'ai jamais appris à valser.

— Je comprends.

Mais son visage de pierre montrait qu'il ne comprenait rien du tout. Abby perdit patience.

— Ne dites pas que vous n'étiez pas prévenu. Hier soir en voiture…

— Oui, vous avez raison. J'aurais dû vous écouter. Je ferai attention la prochaine fois, d'accord ?

— D'accord !

Ils se rapprochaient du début de la rangée, leur tour arrivait, et Abby eut un moment de panique.

— J'espère que vous dansez le quadrille écossais de la même façon que nous autres en Amérique.

— Pourquoi pas ? D'ailleurs, continua-t-il à l'oreille de sa cavalière, si la musique vous laisse perplexe, arrêtez-vous : je leur demanderai un autre morceau. Au bout de quelques essais, cela finira bien par marcher.

Horrifiée à l'idée de subir pareille humiliation, elle allait protester quand elle le vit sourire. Avec un clin d'œil, il la laissa traverser la piste pour prendre sa place et la vérité sauta aux yeux d'Abby. Spencer, l'homme politique si réservé, était en train de la taquiner. Et en plus, juste après qu'elle lui eut fait honte devant tous ses amis. La vie est pleine de surprises. À l'instant précis où elle croyait que le hautain vicomte avait totalement occulté l'aimable gentleman qu'elle avait découvert en Amérique, il la sidérait complètement.

Lorsque la danse commença, elle découvrit un autre sujet d'étonnement. Spencer était excellent danseur. Son élégance sur la piste faisait oublier les autres hommes. Il se permettait même de rattraper les petites erreurs qu'Abby commettait : c'était stupéfiant. Au bout d'un moment, elle se détendit et se laissa porter par la musique.

Dieu merci, c'était bien la danse qu'elle avait pratiquée autrefois. En outre, son cavalier lui facilitait les choses. Les mains de Ravenswood la guidaient dans ses virevoltes avec vivacité et précision, elle avait l'impression de voler. Et d'être vraiment mariée.

Ah non ! se gronda-t-elle. Arrête avec ça !

Il y avait des moments où elle arrivait à ne pas regretter qu'il ne fût pas son mari : quand il se conduisait en grand seigneur impérieux. Mais quand il baissait la garde, Abby sentait le cœur lui manquer. Chaque contact semblait prétexte à caresse, chaque regard promesse de baiser. Cette perspective la mettait dans tous ses états.

À la fin du quadrille, elle avait oublié l'humiliant échec de la valse. Elle aurait oublié jusqu'à son propre nom, tant elle était absorbée par la main sous son bras qui la guidait sur la piste. Elle sentit un bref parfum citronné lorsqu'il se pencha à son oreille.

— Il y a des personnes à qui je désire vous présenter.

— Ne me présentez pas à trop de gens. Vous vous rendez compte, quand il faudra expliquer ma disparition à tout ce monde ?

— Non, les Blakely sont des amis. Blakely et sa femme me soutiendront quoi qu'il arrive. D'ailleurs, ils sont déjà au courant, pour nous.

— Quoi ? Vous leur avez révélé la vérité ? Je croyais que ce serait un épouvantable scandale si nous étions percés à jour ?

— Il fallait que Blakely soit au courant. Il est sous mes ordres et j'ai eu besoin de lui pour couvrir la disparition de Nat. Comme sa femme aurait fini par lui tirer les vers du nez tôt ou tard, je ne voyais pas de raison valable pour la garder à l'écart.

Abby se raidit, entre autres parce que l'orchestre entamait une nouvelle valse. Les gens lui décochaient des regards suffisants en prenant place sur la piste. En outre, elle était furieuse que des amis de Ravenswood sachent la vérité.

— Ils doivent me prendre pour une scélérate…

— Ne vous inquiétez pas, ils ne vous blâment en rien. Ils sont habitués à mes manigances. Aussi longtemps que vous resterez comme vous êtes, aimable et gaie, lady Clara va vous adorer. Vous êtes exactement le type de femme qu'elle aime.

Qu'entendait-il par là ?

— Et son mari ?

Un pétillement mystérieux éclaira le regard du vicomte.

— Je crois qu'il aura à peu près la même réaction. Enfin, une fois qu'il aura mis de l'eau dans son vin.

10

« Apprendre le *Debrett* par cœur, ou en garder un exemplaire à portée de main en permanence. »

Vade-mecum du parfait domestique,
par le maître d'hôtel d'une très grande maison

Quand Spencer vint présenter Abby aux Blakely, il était si empressé que la présence d'Evelina ne le gêna pas. Ainsi, songea-t-il, Blakely prenait Abby pour une aventurière à la recherche d'un riche mari ? Spencer avait grand-hâte de voir combien de temps elle mettrait à le convaincre qu'il la méjugeait.

Il les présenta sous le nom de capitaine Blakely et lady Clara. Puis il précisa :

— Blakely est l'un de mes plus vieux amis. Nous étions dans la marine ensemble. J'étais chargé de recevoir les dépêches de quelques capitaines.

— Je vois, répondit Abby. Je croyais que vous aviez grandi avec milord, de la même façon qu'avec Evelina et sa famille.

— Je n'ai pas grandi avec lady Evelina et sa famille, dit Blakely, surpris.

À l'instant où Spencer comprenait la gaffe d'Abby, Evelina intervint avec douceur :

— Je pense, monsieur, qu'elle parlait à son mari.

— J'ai dit une bêtise, n'est-ce pas ? demanda Abby en plantant ses ongles dans le bras de Ravenswood.

Lady Clara intervint :

— Généralement, on n'appelle pas mon mari « milord », expliqua-t-elle avec un sourire chaleureux.

Abby acquiesça.

— Je l'ai cru lord, puisqu'on vous appelle lady. J'ai pensé que le métier des armes passait d'abord, et que c'était la raison pour laquelle on l'appelait capitaine. En fait, les capitaines font des choses utiles, mais les lords, que font-ils ?

Blakely éclata de rire.

— Tu entends ça, Ravenswood ? Ta femme ne manque pas de bon sens. À quoi sert un lord ?

Evelina et Spencer se renfrognèrent alors que lady Clara répliquait d'un ton sévère :

— Morgan, tais-toi. Tu mets dans l'embarras la pauvre femme de lord Ravenswood.

— Mais dis donc, je croyais que c'était moi le lord ? plaisanta Blakely alors que sa femme lui décochait un coup de coude dans les côtes.

Il s'adressa de nouveau à Abby.

— Pardon, lady Ravenswood, tout cela n'est pas votre faute. Simplement, je ne rate jamais une occasion de taquiner votre mari.

Abby, comme toutes les femmes, n'était pas insensible au charme gouailleur de Blakely.

— Je vous comprends tout à fait. Je suis pareille.

— Ne faites pas attention à mon gredin de mari, renchérit Clara. Il sait parfaitement qu'on a du mal à s'y retrouver dans les titres de noblesse anglais et la façon de s'adresser aux gens. Lui non plus n'a pas grandi en Angleterre.

— J'ai eu du mal à absorber tout cela car, jusqu'à l'âge de treize ans, on m'avait mis en pension en Irlande, confirma Blakely. À mon retour, j'ai jeté mon *Debrett* à la figure de mon professeur, ce qui m'a valu une raclée. J'ai mis des années à tout comprendre. Mon frère, lui, a grandi en Angleterre. Quand il m'a présenté en société, j'ai insulté une baronne. Personne ne m'avait appris comment s'adresser à une femme possédant un titre en propre.

— Les femmes ont des titres ? s'étonna Abby. Est-ce pour cela que l'on appelle votre femme lady et que l'on ne vous appelle pas lord ?

— Pas exactement, répondit lady Clara.

Puis elle se lança dans une explication. Pendant ce temps, Spencer se maudissait de ne pas avoir mieux préparé Abby. La valse, les gaffes à répétition à propos des titres... Tout cela aurait pu être évité. Dans sa hâte d'éviter le scandale, il n'avait pas prêté l'oreille aux craintes de la jeune femme. Pourquoi n'avait-il pas compris, lui qui se targuait d'être un grand stratège, qu'il ne suffisait pas de la jeter dans un océan de règles compliquées et de la laisser se débrouiller ?

Parce qu'elle lui faisait perdre ses moyens. S'il l'avait rencontrée alors qu'il était à la tête des services de renseignements, l'Angleterre aurait perdu la guerre !

Il la vit du coin de l'œil écarter ses maudites mèches. Une fois de plus. Peut-être la soubrette avait-elle raison, après tout : il y avait des cheveux qu'on ne pouvait friser.

— Je n'arriverai jamais à me mettre dans la tête ces titres de noblesse, se plaignit Abby.

— Mais si ! Il suffit que Spencer y mette du sien, riposta Evelina en décochant à celui-ci un regard acrimonieux. Abby ne peut apprendre en un jour ce qui vous a pris la moitié de votre vie, à toi et au capitaine Blakely.

— Bien sûr que je le peux ! rétorqua Abby, un peu aigre. Vous ne le saviez pas ? Quand lord Ravenswood donne un ordre, on l'exécute. Enfin, c'est ce qu'il m'a dit.

— Écoutez, Abby... commença-t-il.

— Lord Ravenswood a l'odieux travers de prendre les gens pour des marionnettes, renchérit lady Clara.

— Ça, c'est vrai, continua Evelina. Il n'y a qu'à voir la façon dont il impose sa loi à Nathaniel.

— Et comment il nous a manipulés, Morgan et moi, il y a trois ans. Vous n'en auriez pas cru vos oreilles.

— Mais si, poursuivit Abby que ce petit jeu amusait. Je sais mon mari capable de tout. Mais ne soyez pas trop sévères avec lui. Tout ce qu'il fait, c'est pour notre bien. Pas question que nous en fassions à notre guise alors que lord Ravenswood l'omniscient est là pour décider à notre place !

— Vous n'avez pas un peu terminé, mesdames ? grommela Spencer. Prenez-vous-en un peu à Blakely : il n'est pas parfait lui non plus.

— Non, mais mes défauts sont moins intéressants que les tiens, dit Blakely avec bonne humeur. Je ronfle, je ne prends rien au sérieux…

— Voilà une chose que l'on ne peut pas reprocher à Spencer, convint Abby. Même ses plaisanteries restent sérieuses.

— Lord Ravenswood dit des plaisanteries ? s'écria lady Clara. Je voudrais bien entendre ça.

— Ma femme ne m'a jamais entendu lancer de plaisanteries, expliqua sèchement Spencer. C'est certainement cela qu'elle a voulu dire.

— Moi, j'ai entendu Ravenswood dire une blague, un jour ! révéla Blakely avec un enthousiasme qui laissait craindre le pire.

— Ah oui ? Dites-nous laquelle ! supplia Evelina.

— Bien, attendez que je réfléchisse… annonça Blakely avec une grimace de clown. Quand Jacques Ier est arrivé en Angleterre, un vieux prêtre l'a béni en ces termes : « Que le Ciel fasse de toi un homme, malgré la mauvaise matière première dont il dispose. » C'était *ça* le bon mot de Ravenswood.

— Vous voyez ? triompha Abby. Même ses blagues sont sérieuses.

— Et il n'y a pas de quoi se rouler par terre en riant, ajouta lady Clara.

— Pour dire vrai, précisa Blakely, il en a déjà sorti de bonnes, mais trop grivoises pour être racontées ici.

— Oh, Spencer ! Grand polisson ! s'exclama Abby en feignant l'indignation.

Spencer était outré.

— Je n'ai jamais raconté une histoire paillarde de ma vie.

— Mais si ! Tu as oublié parce que tu étais soûl. Tu sais, la fois où nous avons fini une bouteille du meilleur cognac de Mme Dupuis, à Paris ?

Spencer se renfrogna. Blakely se frotta le menton et poursuivit :

— En fait, c'est la seule fois que je t'ai vu ivre. Et c'est aussi la seule fois que je t'ai entendu proférer une plaisanterie.

— Oui, se moqua Abby. Mon mari n'est drôle que lorsqu'il a bu. Il sort des bons mots, il cite des poètes...

— Ravenswood ? s'exclama lady Clara. De mieux en mieux ! Qui cite-t-il ?

Le sourire d'Abby s'effaça.

— En fait, je ne l'ai pas entendu. Je l'ai... enfin...

— Byron, trancha Evelina. Il a cité Byron : « Sa beauté sans pareille a des douceurs de nuit, / De cimes enneigées et de cieux éblouis. » Il faisait allusion à Abby.

— Vraiment ? demanda Blakely en croisant le regard de sa femme. Ravenswood, espèce de voyou ! Il faut que je te fasse boire plus souvent.

Abby était cramoisie. Spencer fusilla Evelina du regard.

— Comment sais-tu cela ?

— C'est Nathaniel qui me l'a dit.

— Tu as parlé à Nathaniel ?

Spencer vit sur le visage d'Evelina passer un éclair de panique, si bref qu'il n'en fut pas vraiment sûr.

— Naturellement. À son retour d'Amérique. Il m'a parlé de cette soirée où vous vous êtes enivrés.

Curieuse coïncidence. Qu'est-ce qu'il avait dit ce soir-là d'assez mémorable pour que Nat en parle à Evelina ? Un homme ne répète pas à une dame ce que l'on raconte sous l'empire de l'alcool. Cela ne se fait pas.

Mais Nat n'était pas du genre à observer les convenances.

— Eh bien, conclut Spencer, il aurait mieux fait de se taire.

— Avec vous, Spencer, rétorqua Abby avec emphase, tout relève de la vie privée. Si ce n'était pas le cas, vous ne seriez pas aussi sérieux tout le temps.

Assailli sur plusieurs fronts, Spencer se raidit, puis préféra changer de sujet.

— À propos, as-tu annoncé la bonne nouvelle à ton frère ? demanda-t-il à son ami. Qu'en pense Templemore ?

— Il est ravi, évidemment, répliqua Blakely en enlaçant sa femme avec un regard tendre. Il aime avoir de nouveaux neveux et de nouvelles nièces, presque autant que des fils et des filles.

En vérité, Ravenswood voulait parler du nouveau modèle de pistolet. Mais il était trop tard pour contredire Blakely, Evelina intervenait déjà :

— Oh, lady Clara ! Êtes-vous enceinte ?

— Oui, répondit lady Clara en rougissant.

— Est-ce la première fois ? s'enquit Abby.

— Non, la seconde, annonça triomphalement Blakely. Nous avons déjà une fille, Lydia. Elle a presque un an.

Spencer se dit que parler d'enfants était la dernière chose dont il avait besoin ce soir-là.

— C'est merveilleux, s'enthousiasma Abby. J'adore les bébés. J'aimerais bien la voir.

Le regard d'envie qu'il lisait sur son visage fut comme un coup de poing dans l'estomac de Spencer.

— Je l'amènerai avec moi la prochaine fois, promit lady Clara.

Elle surprit l'expression douloureuse de Spencer.

— Mais pendant une absence de votre mari. Lord Ravenswood n'aime guère les enfants.

— Allons donc ! protesta Abby avec un regard interrogateur à Spencer. Comment peut-on ne pas aimer les enfants ?

— Ce n'est pas rare chez les célibataires ni chez les jeunes mariés, confirma lady Clara. C'est parce qu'ils n'en ont pas. Ils ne savent pas s'y prendre avec eux. Vous auriez vu lord Ravenswood, la première fois que je lui ai donné Lydia. Il a fait un bond en arrière comme si je lui présentais un serpent.

— J'avais peur de la laisser tomber, mentit Spencer.

Lady Clara eut un rire cristallin, inconsciente de la torture qu'elle lui infligeait.

— Ou bien vous aviez peur qu'elle ne bave sur votre manteau. Morgan était pareil jusqu'au jour où il s'est retrouvé papa.

— C'est faux, grommela Blakely. J'adore les enfants. Plus que Ravenswood en tout cas.

— Peut-être te soucies-tu moins des renvois sur ton col, concéda lady Clara d'un ton apaisant, mais je me rappelle t'avoir entendu faire des commentaires au sujet de marmots braillards. Avant la naissance de la nôtre.

— Bah ! Une fois, pas plus.

— Alors, vous espérez que cette fois, ce sera un garçon ? demanda Abby que le sujet passionnait.

C'en fut trop pour Spencer.

— Viens, Blakely, allons chercher du punch pour ces dames. Cela leur donnera quelque chose de mieux à faire de leur bouche que de parler enfants.

— Bonne idée ! convint le capitaine en quittant sa femme. Je pense même qu'elles peuvent faire beaucoup mieux avec leur bouche que boire du punch.

— Morgan, tu n'as pas honte ? s'écria lady Clara.

Blakely eut un rire léger. Puis Abby posa une autre question concernant Lydia et, tandis que Spencer et Blakely s'éloignaient, les trois femmes continuèrent joyeusement à papoter.

Spencer proféra un juron à mi-voix.

— Elle te rend chèvre, n'est-ce pas ? s'esclaffa Blakely.

— J'ignore ce que tu veux dire.

— Cette Américaine que tu as épousée. Celle avec le beau sourire, les yeux rieurs et un vif intérêt pour les bébés.

— Alors, tu ne crois plus que c'est une aventurière qui cherche fortune ?

— Une femme qui taquine lord Ravenswood devant ses amis n'est pas une aventurière. Une femme en quête d'argent flatterait, au lieu de taquiner.

— Abby passe son temps à se moquer de moi, grommela Spencer. C'est sa façon de se venger de moi, pour l'avoir forcée à jouer toute cette comédie.

— Tu lui as offert le double de sa dot. Je n'appelle pas cela « forcer » !

— Tout ce qu'elle demandait, c'était l'argent que Nat lui a volé. J'ai refusé, car je voulais étouffer le scandale.

— Ce n'était pas ta seule motivation, j'ai l'impression. Tu la gardes ici parce que tu la veux, non ?

J'ai autant besoin d'elle que de l'air que je respire, songea-t-il. Mais cela n'avait rien à voir.

— Si la question est de savoir si je la désire, la réponse est évidente. Elle attirerait n'importe quel homme normalement constitué, non ? Elle est séduisante.

— Mais pas assez pour que tu en fasses réellement ta femme. J'imagine qu'un vicomte a besoin de quelqu'un de plus... de plus en vue.

— Toi aussi, tu t'y mets ? Décidément, tout le monde a l'air de penser que je suis l'homme le plus prétentieux d'Angleterre.

Ils arrivaient devant la table où l'on servait les punchs.

— Si cela t'indiffère tellement, pourquoi ne pas te marier tout de bon ? Elle ne demande que cela.

Spencer s'affaira avec les verres : il fallait à tout prix qu'il écarte de son esprit le visage radieux d'Abby lorsqu'elle le regardait. Il remplit deux verres d'une main tremblante.

— Je n'ai pas envie de me marier, Blakely. Cela n'a rien à voir avec elle en particulier. Je suis incapable d'être un bon mari, c'est tout.

— Ridicule ! De toute façon, tu finiras bien par te marier : si ce n'est pas avec cette jolie Américaine, ce sera avec une autre femme. Il faut que tu engendres un héritier.

— Rien ne m'oblige à faire ce dont je n'ai pas envie. Je ne suis pas comme toi. Je ne veux pas d'une ribambelle de marmots braillards.

— Crois-en Clara : cela te passera quand tu les auras. Inutile donc de...

— Assez avec ce sujet ! Mes affaires personnelles ne regardent personne. Ne t'en mêle pas.

— Bien, répondit Blakely, piqué. Je saurai m'en souvenir.

— Je compte sur toi.

Spencer s'éloigna sans attendre Blakely. Il était las d'esquiver les questions de tout le monde, las de les entendre énumérer ce qu'ils attendaient de lui. Tant pis s'ils le trouvaient pédant, arrogant ou borné. Tout valait mieux que leur révéler la vérité, qui lui attirerait leur pitié. Personne n'avait eu de pitié pour lui depuis la mort de sa mère, et il n'était pas disposé à la supporter, surtout de la part de ses amis.

Il préférait souffrir dans la solitude.

Un peu plus tard, Abby eut une lueur d'espoir quant à ses capacités de survivre dans ce champ de mines qu'est la bonne société londonienne. Lady Clara et Evelina lui avaient fait absorber un cours accéléré sur les titres de noblesse anglais. Elle n'était pas encore sortie d'affaire, mais elle se sentait capable de se débrouiller.

Son optimisme ne fut pas affecté par la mélancolie de Spencer quand il revint et lui proposa une danse folklorique. L'exercice détendit un peu le vicomte et sembla l'apaiser.

Il eut même un sourire lorsque le capitaine Blakely demanda à Abby de lui accorder un quadrille écossais, ce qu'elle accepta. Ils se joignirent aux couples qui se disposaient en cercle.

— On dirait que vous vous sortez à merveille de votre rôle.

Abby eut un instant de panique, avant de se remémorer que Blakely savait tout.

— J'essaie. Mais je me demande si c'était une bonne idée.

— Dans ce cas, pourquoi avez-vous accepté ?

Les couples tournaient à la queue leu leu, formant un grand cercle.

— Il ne m'a pas laissé le choix. Soit je passais pour sa femme, soit il me jetait à la rue sans un sou.

— C'était du bluff. J'espère que vous en êtes convaincue. Spencer est incapable de laisser une femme dans la misère. Surtout pas celles qu'il apprécie.

— Spencer ne m'apprécie pas. Il me tolère. Et puis, il me... Enfin, peu importe. Quels que soient ses sentiments, il les cache.

— Peut-être, mais je persiste à croire qu'il ne vous aurait pas chassée.

— Je ne demande qu'à vous croire, soupira-t-elle. Il m'a proposé de doubler ma dot. En vérité, j'avais le sentiment de lui devoir quelque chose, parce que j'avais fait confiance à son frère. Rien de tout cela ne serait arrivé si je m'étais montrée sceptique face au bagout de Nathaniel.

— Pourquoi ne l'avez-vous pas été ? Vous me semblez intelligente.

— Merci. Spencer me trouve naïve et trop optimiste. D'après lui, c'est pour cela que j'ai cru Nathaniel.

— Mais vous, qu'en dites-vous ?

La douceur du capitaine Blakely poussa la jeune femme à la confidence.

— Je pense que j'appréciais Spencer plus qu'il ne l'aurait fallu. En fait, je voulais croire aux histoires de Nathaniel.

— Je me demande bien pourquoi. Ravenswood est un bon garçon, mais il est très sérieux. Vous êtes trop fougueuse pour lui.

— En Amérique, il était différent.

Les couples étaient à présent en place, et le quadrille écossais n'est pas une danse qui prête à la conversation. Le capitaine Blakely était un danseur acceptable et Abby adorait le quadrille. Le parfum des lilas et des primevères utilisés pour la décoration embaumait toute la pièce. Elle finit par oublier ses soucis et, au salut final, elle et son cavalier riaient de bon cœur.

En sortant de la piste, le capitaine l'entraîna à l'écart au lieu de la ramener vers leurs compagnons. Ils reprirent leur conversation là où ils l'avaient laissée.

— Vous disiez qu'en Amérique, Ravenswood était différent ?

Abby s'en voulut d'avoir dit cela. Elle ne savait même pas si, à l'époque, le comportement de Spencer était sincère ou non.

— C'est dur de l'expliquer. De toute façon, il s'est toujours montré plus sérieux que la plupart des hommes de ma connaissance.

Elle baissa les yeux sur son insupportable fichu.

— Comprenez-moi bien : les messieurs que je connais en Amérique sont soit des amis de mon père – et beaucoup trop vieux pour moi – soit des gens dont je considère les activités comme frivoles.

— À l'évidence, Ravenswood n'entre pas dans cette catégorie.

— Absolument. Je l'ai trouvé terriblement séduisant. Il parlait de l'Angleterre avec une telle ferveur, il exprimait ses opinions politiques avec une telle passion ! Et puis, il s'est sincèrement intéressé à la tribu de ma mère. Il n'a jamais formulé de jugement sur leurs coutumes, ni critiqué leur culture.

— Une tribu ? s'étonna-t-il.

Flûte ! Elle avait encore dit un mot de trop mais, maintenant que c'était fait, autant tout révéler.

— J'ai grandi dans la famille de mon père à Philadelphie, mais ma mère est la fille d'un chef amérindien, de la tribu des Sénécas.

Elle toisait fièrement le capitaine, à la recherche d'un signe de mépris.

— Ma mère a autant contribué à mon éducation que mon père.

Il sourit.

— Je ne puis en dire autant. J'ai beau être fils de baron, je n'ai été élevé que par ma mère. Et comme la vie n'était guère tendre pour elle, j'ai fini par devenir pickpocket dans les rues de Genève, jusqu'au moment où mon oncle m'a ramené en Angleterre.

Elle fut si stupéfaite de cet aveu qu'elle ne trouva pas de réponse. D'ailleurs, il n'en attendait pas.

— Mais vous étiez en train de m'expliquer comment était Ravenswood en Amérique, reprit-il.

— Il avait beau être sérieux, voyez-vous, il était gentil, aimable et prévenant.

— Aimable ? Ce mot ne me serait jamais venu à l'esprit à son propos.

— Si, il l'était. D'ailleurs, cela m'a fait penser…

Elle laissa sa phrase en suspens, pour ne pas dévoiler l'étendue de sa sottise.

— Êtes-vous en train de dire qu'il vous a laissée entendre qu'il allait demander votre main ? s'enquit le capitaine Blakely d'un ton nettement réprobateur.

— Non, non, pas du tout. Il s'est toujours comporté en parfait gentleman. Mais nous étions amis, vous comprenez ? C'est pour cela que j'avais envie de l'épouser. En Amérique, je pouvais parler de tout avec lui. Il m'y encourageait. Même quand il n'était pas de mon avis, il m'écoutait avec intérêt.

— Et ici ?

— Il est très autoritaire et possessif. Il veut toujours parvenir à ses fins, quoi que je dise.

— Là, je reconnais Ravenswood.

— Cela me rend folle.

— Pas exactement le style de mariage auquel vous vous attendiez.

— Non, j'aurais cru que ce serait... Enfin bref, j'avais tort. Mais cela ne fait rien. Tout cela n'est qu'une comédie. Spencer n'a pas l'intention de se marier pour le moment, et de toute façon pas avec moi.

— Si j'étais vous, j'aurais une opinion plus nuancée.

Abby n'eut pas le temps de demander des éclaircissements, car un brouhaha annonça le retour de Spencer, accompagné d'une créature de rêve, vêtue d'une robe d'une indécence inouïe. La femme posa la main sur son bras et se pencha pour lui dire quelque chose à l'oreille. Le cœur d'Abby se serra.

— Qui est cette femme ? souffla-t-elle.

Le capitaine Blakely fut sans indulgence.

— Personne d'important. Venez, allons rejoindre ma femme et lady Evelina.

Tandis que le capitaine l'entraînait vers leurs compagnons, Abby se sentit défaillir.

— C'est sa maîtresse, n'est-ce pas ?

— Mais non, voyons ! Enfin, il a eu une aventure avec Geneviève, mais c'est fini depuis plus de deux ans. Ils sont bons amis maintenant.

Très bons amis, à en croire la familiarité avec laquelle cette femme le touchait, et l'attention avec laquelle il l'écoutait. Geneviève... Elle avait tout d'une maîtresse.

— Comment se fait-il que lady Tyndale l'ait invitée ?

— Elle ignore sans doute sa liaison avec Ravenswood. Geneviève s'est toujours montrée discrète sur ce plan. Quant à Ravenswood, n'en parlons pas. De toute façon, elle est maintenant femme de baron et parfaitement respectable.

— Bien sûr ! D'ailleurs, il n'y a qu'à la voir...

— Je vous assure, Abby, insista-t-il en lui pressant la main, qu'il n'y a plus rien entre cette femme et lui.

Elle fit la moue.

— De toute façon, je n'ai pas le droit de me plaindre, n'est-ce pas ? Ce n'est pas comme si j'étais vraiment sa femme…

— Si, vous avez le droit qu'il vous respecte. Mais à mon avis, c'est le cas. À votre place, je ne m'inquiéterais pas.

C'était au-dessus des forces d'Abby. Une fois de retour avec les autres, la jeune Américaine n'arrivait même pas à suivre leur conversation. Elle était obsédée par trop de questions sans réponse. Spencer avait-il une maîtresse en titre ? Continuait-il à la voir alors qu'elle feignait d'être sa femme ? D'ailleurs, aurait-elle le droit de lui demander de rompre ?

Bien sûr que non. Mais comme elle aurait voulu pouvoir le faire !

Abby continua à bavarder avec les Blakely une fois que Spencer les eût rejoints. Son visage s'éclaira lorsque l'orchestre attaqua un morceau qui lui était familier : un cotillon.

— Oh, j'adore cette chanson ! On la jouait à tous les bals quand j'étais petite fille.

— Alors me l'accorderez-vous ? demanda Spencer en lui offrant le bras.

Elle hésita. Geneviève était encore là. Et si Abby allait commettre un impair énorme en sa présence ? Non, c'était son morceau préféré et elle dansait le cotillon à la perfection.

— Volontiers, répondit-elle en prenant son bras.

Mais le sort s'acharna sur elle. À peine étaient-ils sur la piste qu'elle sentit une épingle tomber dans sa robe. Le rythme endiablé du précédent quadrille avait eu raison des attaches du fichu.

Il était trop tard, elle refusait de s'arrêter une deuxième fois en pleine piste. En outre, elle avait si énergiquement cloué ce maudit carré de tissu qu'une épingle de plus ou de moins ne changerait sans doute pas grand-chose.

Les danseurs prirent place en cercle de huit et la danse commença. Abby comprit que l'aiguille perdue changeait pas mal de choses. À chaque mouvement, le fichu glissait. Il découvrait son corsage de façon irrésistible.

Doux Jésus ! Il fallait à tout prix qu'il tienne jusqu'à la fin de la danse. Elle se réfugierait alors aux toilettes pour se rajuster. C'était la seule solution. Impossible de le remettre en place tant qu'elle était sur la piste. Cela serait aussi vulgaire que de le laisser tomber par terre.

Un instant, il sembla s'immobiliser et elle se détendit : sans doute les autres épingles tenaient-elles bon. Puis Spencer la fit vivement tournoyer et le maudit fichu s'envola. Elle tenta de le rattraper au vol, mais le manqua. Horrifiée, elle le vit se poser sous les pieds d'un danseur.

Le parquet était si poli qu'il aurait pu être de marbre. L'homme perdit l'équilibre et tomba, les quatre fers en l'air. Sa cavalière le suivit avec un piaillement effrayé. Du coup, tout le groupe s'effondra, dans une confusion générale.

Sauf Spencer et elle. Il avait eu la présence d'esprit de l'empoigner, pour qu'elle ne soit pas entraînée par le reste du groupe. Ils regardaient les autres couples amoncelés, bouche bée.

— Qu'est-ce qu'il leur prend ? gronda-t-il en tendant une main secourable au danseur le premier tombé.

L'homme se releva, le fichu au poing. Il le tendit à Abby d'un geste raide.

— Si je ne me trompe, madame, ceci est à vous, souligna-t-il avec une morgue que seuls les gentlemen anglais savent afficher.

L'humiliation était cuisante.

Elle récupéra son bien et s'enfuit, bousculant au passage les danseurs ahuris, les commères outrées et bon nombre de dandys hilares. Si elle restait là une seconde de plus, elle mourrait de honte.

Elle se précipita aux toilettes, espérant qu'elles seraient libres. Fort heureusement, la pièce était déserte ; elle s'effondra sur un fauteuil.

Les larmes jaillirent et elle fut secouée de sanglots déchirants pour toutes les indignités qu'elle venait de subir. Elle était si malheureuse qu'elle n'entendit pas la porte s'ouvrir : quelqu'un entra. Pourquoi n'avait-elle pas songé à s'enfermer ?

C'était lady Clara. Elle mit le verrou.

— Allons, allons ! commença-t-elle en lui prenant les mains. Ce n'est pas si grave.

— J'ai réussi à faire dégringoler tous les danseurs avec ce fichu ! hoqueta Abby. Est-ce que ça pourrait être pire ?

— Pas tous, juste quelques-uns.

— Pour moi, c'est comme si c'était le pays tout entier.

Lady Clara lui tendit un mouchoir.

— Ce n'est pas votre faute, ma chérie. Evelina m'a dit que c'était Ravenswood qui vous avait obligée à le mettre. Si la responsabilité en incombe à quelqu'un, c'est à lui.

— Je l'ai senti glisser. J'aurai dû refuser de danser ou... je ne sais pas.

— Cela aurait été pire. Vous avez fait ce que n'importe qui aurait fait : espérer que ça tienne et tâcher de sortir de ce mauvais pas.

— Je me suis ridiculisée, et lui aussi, au passage.

Clara se rembrunit.

— Si j'étais vous, je ne me ferais pas de souci pour votre prétendu mari. Il ne mérite pas que vous vous inquiétiez de lui : après tout, c'est lui qui vous a entraînée dans cette histoire ridicule.

— Mais il fallait qu'il empêche un scandale. Et maintenant, je le couvre de honte. Il n'aurait pu choisir pire épouse, et il le sait. Autrement, il n'aurait pas parlé avec cette... cette femme.

— De quelle femme parlez-vous ? s'étonna lady Clara.

— Sa maîtresse. Enfin, votre mari m'a dit que c'était l'ancienne maîtresse de Spencer, mais...

— Mon mari aurait mieux fait de se taire, rétorqua Clara, indignée.

— Ne lui faites pas de reproche. J'ai remarqué combien elle compte pour Spencer. Cela devrait m'être égal, mais c'est plus fort que moi, je...

Un sanglot l'étouffa. Lady Clara souffrait de la voir si malheureuse.

— Abby, mon cœur ! Vous l'aimez, c'est ça ?

— Non ! Ne dites pas de bêtises. Quand je suis venue ici, je croyais vraiment que nous étions mariés. Je me suis aperçue que c'était faux et...

Elle se moucha à grand fracas.

— Je l'aime bien, vous comprenez. C'est bête, mais j'avais envie qu'il m'aime aussi, ne serait-ce qu'un peu.

— Je crois que c'est le cas... à sa façon. Je l'ai toujours trouvé insupportablement cassant. Mais quand il est avec vous, il se... radoucit.

Abby hocha la tête, morose.

— Après cette soirée, j'aurai de la chance s'il ne me met pas dans le premier navire pour l'Amérique.

— N'est-ce pas ce que vous souhaitez ?

Abby observa ses ongles, en se remémorant la façon dont Spencer l'avait embrassée la veille.

— Si, parfois. Mais d'autres fois... Enfin, cela ne fait rien. Après ce qui s'est passé ce soir, il va me détester.

— S'il le fait, il sera hautement blâmable. Ne vous laissez pas faire, vous m'entendez ? C'est vous qui lui rendez service, quoi qu'il en dise.

— Mais si je n'avais pas prêté l'oreille aux paroles de son frère...

— Sottises ! C'est son frère qui vous a escroquée. Si vous voulez rentrer en Amérique, exigez votre argent et menacez de tout révéler à la presse s'il n'obtempère pas. Ne vous laissez pas manipuler : il n'a aucun droit de le faire.

Retirant ses mains de l'étreinte de lady Clara, Abby observa le regard ardent de cette dernière. Elle était si humiliée qu'elle avait perdu de vue l'origine de toute cette histoire. Depuis le début, elle était le jouet des circonstances. Elle n'avait rien demandé à personne, on s'était servi d'elle. Spencer et son frère s'étaient servis d'elle, tous les deux.

— C'est vrai : il n'a pas le droit, n'est-ce pas ? Je le lui dirai.

— Bravo !

— Mais pas ici. Pas devant tant de gens.

Elle vit son reflet dans le miroir derrière lady Clara, et le cœur lui manqua. Doux Jésus, quelle tignasse. Sa coiffure s'était effondrée. Ses pauvres anglaises lui pendouillaient devant la figure, ses yeux étaient gonflés de larmes et son nez était rouge comme celui d'un ivrogne.

— Je ne puis retourner dans la salle de bal avec une tête pareille. Il faut que je me rajuste un peu. Je dois rentrer. Pouvez-vous m'emmener ?

Lady Clara hésita, puis acquiesça.

— Mais n'oubliez pas, ne vous laissez pas faire. Les hommes sont tous pareils : donnez-leur un œuf, ils vous volent un bœuf. De vous à moi, Abby, vous ne pouvez pas vous laisser dépouiller davantage.

11

« Quand les maîtres vont au bal, préparez une collation pour leur retour. Car au bal, tout peut arriver. »
Vade-mecum du parfait domestique,
par le maître d'hôtel d'une très grande maison

Spencer, furieux, faisait les cent pas dans la salle de bal. Il ne pouvait oublier l'expression d'Abby devant cette scène ridicule sur la piste de danse. Quant à lui, l'incident lui avait surtout donné envie de rire. Jusqu'au moment où il l'avait vue si catastrophée. Puis elle s'était enfuie avant qu'il n'ait pu la retenir.

Evelina s'approcha.

— Où est-elle ? grogna-t-il. Où est Abby ?

— Lady Clara l'a raccompagnée. Je suis chargée de dire qu'elle est indisposée. Dois-je l'annoncer moi-même ou préfères-tu t'en charger ?

— Fais-le ! répondit-il d'un ton sec. Quant à moi, je vais la rejoindre.

— Tu ne vas pas la gronder au moins ? demanda Evelina.

Il la scruta d'un regard étonné.

— Ce que je fais avec ma femme me regarde.

— C'est toi qui l'as contrainte à porter ce fichu, donc je ne te laisserai pas la réprimander là-dessus.

— Mais je n'ai pas l'intention de la réprimander, bon Dieu !

— Elle a déployé les plus grands efforts pour te plaire et, pour le moment, elle a le sentiment d'avoir échoué.

Ravenswood s'attendait à tout sauf à cela. S'était-il montré si impérieux et exigeant pour qu'un incident plutôt comique la mette en fuite de la sorte ?

Il se remémora la scène de la chambre : en exigeant le fichu et la coiffure, il s'était imposé dans un domaine où elle n'avait pas de conseils à recevoir de lui.

Il n'était pas donc pas étonnant qu'elle ait refusé de lui dire qu'elle partait.

Il baissa le ton.

— Je te promets de ne pas la tancer, mon chou.

— Une dernière chose, enchaîna Evelina en rougissant un peu. À l'avenir, évite d'exhiber devant elle tes anciennes liaisons.

— Mes anciennes liaisons ? répéta-t-il, stupéfait. Mais Abby ignore jusqu'à l'existence de Geneviève.

— Ton ami, cet idiot de capitaine Blakely, s'est empressé de le lui dire.

Bon sang ! Il allait devoir présenter encore plus d'excuses qu'il ne l'avait pensé. Ravenswood se serait donné des gifles, bien que les mots échangés avec Geneviève aient été sans conséquence.

— Je reconnais, poursuivait Evelina, que maman a eu tort d'inviter cette femme. Si j'avais su, je l'en aurais empêchée.

— Je vais présenter mes excuses à mon épouse. Autre chose ?

— Non.

— Cela fait déjà pas mal, tu ne trouves pas ?

— Elle mérite ton respect, tu sais, même si elle n'est pas ta…

— Ma quoi, Evelina ?

— Ton grand amour, dit-elle avant de prendre une profonde inspiration. Je sais que tu l'as sans doute épousée par pitié, étant donné la situation de son père. Mais cela ne diminue pas tes devoirs de mari.

De nouveau, Ravenswood se demanda si elle savait la vérité. De la bouche de lady Clara, peut-être, ou même d'Abby ? Si tel était le cas, aurait-elle fait semblant de ne pas être au courant ?

À moins que...

— As-tu parlé avec Nathaniel depuis ton dîner de fiançailles, Evelina ?

Elle pâlit, mais ne baissa pas les yeux.

— Comment aurais-je fait ? Je n'ai pas eu le temps de le voir avant que tu ne l'emmènes dans l'Essex.

Il la dévisagea attentivement. Mais comment pourrait-elle être de connivence avec son frère ? La probe Evelina ne risquait pas d'approuver la façon dont Nat avait fait main basse sur une dot. Non, elle était simplement bouleversée par tout ce qui était en train d'arriver.

— Fort bien, conclut-il. Il faut que j'y aille. Dis à nos invités que ma femme a eu un malaise et que je l'ai raccompagnée. D'accord ?

Elle hocha la tête.

Le maître d'hôtel l'avertit que lady Clara et Abby étaient parties seulement quelques minutes plus tôt. Tant mieux. Ravenswood ne souhaitait pas qu'elle souffre plus que nécessaire. Evelina avait raison : Abby s'appliquait à lui plaire et cela ne lui avait valu que des humiliations – précisément ce qu'il avait juré de lui épargner.

Enfin, il se rattraperait le lendemain. Il lui ferait un cadeau : un bijou, une babiole à la mode ou quelque chose d'approchant. Les femmes aimaient ces frivolités. Il lui trouverait un maître de danse et un précepteur. Ainsi, elle serait moins effrayée par les sorties.

Mais d'abord, il fallait qu'il lui parle, lui présente ses excuses et la console. Puis il lui promettrait d'être plus prévenant à l'avenir.

Par bonheur, lady Clara était déjà repartie quand il arriva chez lui. Il n'était pas d'humeur à les affronter toutes les deux. Il redoutait assez son entretien avec

Abby. Celle-ci était sensible, elle pleurait certainement en ce moment. Ravenswood savait comment s'y prendre avec les débordements d'émotion féminine. Il avait accumulé avec ses anciennes maîtresses une expérience considérable des griefs larmoyants.

Tandis que McFee le débarrassait de sa veste, il demanda :

— Où est ma femme ?

— Dans sa chambre, milord. Mme Graham a dit qu'elle se couchait.

Nom d'un chien, songea Spencer, elle est vraiment fâchée. Eh bien, il n'était pas homme à remettre les choses au lendemain. Il ne voulait pas qu'elle se ronge toute la nuit.

Il monta vivement les volées de marches et traversa le couloir jusqu'à la chambre. Là, il s'arrêta net. Mme Graham montait la garde. Dès l'instant où elle le vit arriver, elle se plaça devant la porte.

— Il me faut parler à ma femme, expliqua-t-il.

— Elle ne le souhaite pas. Elle m'a dit qu'elle préférait vous voir demain matin.

— C'est urgent. Écartez-vous.

— C'est hors de question. De toute façon, elle est déjà en chemise de nuit, donc vous ne pouvez pas entrer. Cela ne serait pas convenable.

Il allait répondre qu'il pouvait voir sa femme dans la tenue qu'il voulait, mais se rappela à temps que la harpie qui servait de servante à Abby connaissait la vérité. La peste soit de toutes ces bonnes femmes !

— Parfait. Je passerai par la porte de communication, annonça-t-il en partant vers sa chambre.

— Elle est fermée à clef, lança-t-elle. Celle-ci aussi, d'ailleurs.

Se heurter chez soi à des portes fermées à clef ! La colère le prit et il se pencha par-dessus la rampe.

— McFee ! tonna-t-il. Monte tout de suite !

Le maître d'hôtel avait en général une démarche compassée, mais il connaissait assez Spencer pour savoir que le moment était venu de hâter le pas. Il se présenta sur le palier au bout de quelques instants, hors d'haleine.

— Oui, milord ?

— Donne-moi les clefs de la chambre à coucher de ma femme, je te prie.

McFee opina, sortit son porte-clefs et se mit à chercher. Mme Graham ne perdait rien de la scène. Le majordome passa toutes les clefs en revue une fois, puis deux.

Il était consterné.

— Je... milord... On dirait que... elles ont... disparu...

— Voilà ce qui arrive quand on s'endort pendant le service, monsieur McFee, éclata l'Écossaise avec une joie mauvaise. Je n'allais quand même pas laisser cette petite à la merci de lord Ravenswood. Il aurait pu entrer et sortir de sa chambre à sa guise. J'ai pris la liberté de vous soulager de ces clefs hier matin.

McFee s'empourpra de fureur.

— Maudite sorcière ! cracha-t-il avec une hargne que Spencer ne lui connaissait pas. Vous avez osé me faire les poches !

— Suffit, McFee, intervint Spencer. Votre souci de défendre votre maîtresse est louable, madame, mais encore faut-il la protéger à bon escient.

— Vraiment ? demanda-t-elle en pointant le menton. Cette petite est rentrée avec des yeux tout rougis. Un homme qui renvoie sa femme à la maison dans un état pareil ne mérite pas l'accès de sa chambre.

— Je ne l'ai nullement renvoyée à la maison : elle s'est enfuie sans me laisser le temps de m'excuser. Vous croyez vraiment qu'il vaut mieux pour votre maîtresse rester claquemurée à se consumer de larmes, plutôt que d'entendre les excuses de la personne qui l'a mise dans cet état ?

— Les excuses, vous dites ?

— Oui. Je sais que j'ai eu tort. Je voudrais me faire pardonner. Mais ce sera difficile si je reste debout sur ce palier, vous ne croyez pas ?

— Prêtez-lui l'oreille, ma fille, intervint McFee. Il a beau être anglais, c'est un homme d'honneur. Il n'abusera pas de la situation.

Mme Graham les dévisageait à tour de rôle. Elle soupira et finit par sortir deux clefs de la poche de son tablier.

— Je me rends, soupira-t-elle. Mais dites-lui que vous avez dû me passer sur le corps pour me les arracher.

— En y réfléchissant bien, c'est une idée, grommela McFee tandis que Spencer prenait les clefs.

Laissant les domestiques se chamailler sur le palier, il passa par sa chambre et déverrouilla la porte de communication donnant sur celle d'Abby. Quand il entra, elle était assise sur le lit à baldaquin devant la cheminée, le dos tourné. Elle brossait avec une lenteur sensuelle sa lourde chevelure qui cascadait sur ses épaules.

Dans le feu de l'action, Ravenswood avait oublié ce que Mme Graham lui avait dit de la tenue d'Abby. Sa chemise de nuit ne cachait pas mieux qu'une vitre l'admirable silhouette de la jeune femme. Surtout quand elle se tourna de profil par rapport à la cheminée. La forme de ses seins se dessinait nettement à travers la fine étoffe. Ravenswood sentit son sang lui monter à la tête.

Refoulant sa réaction déplacée, il entra dans la pièce et ferma la porte derrière lui. Puis il mit le verrou, pour être sûr que la servante ne viendrait pas l'interrompre au milieu de ses excuses.

— Alors, qu'a-t-il dit ? s'enquit-elle, pensant que c'était Mme Graham.

— Il a demandé pardon, commença Spencer d'une voix rauque. Il n'avait pas du tout l'intention de vous gâcher votre bal.

Elle bondit du lit et pivota vers lui.

— Vous ?

Horrifiée, elle saisit à deux mains l'encolure de sa chemise de nuit.

— Comment êtes-vous entré ?

— Je suis ici chez moi, vous savez ?

— Je ne le sais que trop, riposta-t-elle, furieuse. Grâce à vous, je ne l'oublie pas un instant.

Il remarqua alors qu'elle avait les yeux et le nez rouges. Le remords lui noua la gorge.

— Mon Dieu, Abby ! Je n'avais pas l'intention de vous rendre malheureuse…

— Ce n'est pas vous.

Sa voix était tremblante alors qu'elle se recroquevillait, les bras autour de la taille.

— C'est moi qui me suis fait du mal en vous laissant me dicter mes actes. Cela n'arrivera plus, vous m'entendez ?

— Non, jamais plus !

Il se serait fait couper en morceaux pour effacer de son visage cette expression tourmentée.

— Nous allons nous passer de bals et de fêtes pendant quelque temps. Je vais engager tout ce qu'il vous faut : précepteur, maître de danse, gouvernante… Vous aurez tout ce que vous voudrez. Quant à vos tenues, vous les choisirez vous-même.

— Vraiment ? Même si j'ai l'air d'une *fille de joie* ? demanda-t-elle avec une ironie appuyée. Même si je ne me coiffe pas du tout comme l'élégante Evelina ?

— J'ai eu tort pour la coiffure, pour la tenue… et pour le reste.

Même s'il devait prendre des bains glacés matin et soir pendant les semaines qui allaient suivre, il supporterait avec le sourire toutes les robes qu'elle choisirait, provocantes soient-elles.

Toutefois, il était impossible d'imaginer tenue plus ensorcelante que celle qu'elle portait à l'instant même. Certes, la chemise de nuit lui montait jusqu'au cou, mais elle épousait chaque forme de son joli corps.

La sueur aux tempes, il s'efforça de regarder la jeune femme dans les yeux.

— Je n'ai rien à redire, Abby, à la façon dont vous vous habillez.

Tout au moins en public, ajouta-t-il en pensée.

— En revanche, il y a beaucoup à redire sur la façon dont je me comporte, soupira-t-elle.

— Admettons, mais c'est seulement parce que je ne vous ai pas préparée. Pardonnez-moi de n'avoir pas tenu la promesse que je vous ai faite de ne vous exposer à aucune humiliation. Je n'avais pas prévu cela, je le jure... J'ignorais...

— que je n'avais absolument aucune connaissance des us et coutumes anglais ? Il me semble me rappeler vous l'avoir avoué.

— Et je ne vous ai pas écoutée. Mais cela va changer, dorénavant.

— Inutile, il n'y aura pas de « dorénavant ». Je ne peux plus continuer comme ça.

— Mais bien sûr que vous pouvez ! s'écria-t-il, affolé. Vous avez juste besoin de quelques leçons et...

— Et quoi ? La bonne société londonienne va accueillir à bras ouverts votre cruche d'Américaine ? Non, merci. Demain dès l'aube, vous me verserez la somme de cinq cents livres. C'est à peine un dixième de ce que votre frère m'a pris : je ne vous en demande pas plus, tant que vous ne l'avez pas retrouvé. Cela devrait me suffire à payer mon retour en Amérique et mon installation pour reprendre l'affaire de papa.

Elle voulait vraiment partir.

— Abby...

— Si vous ne vous exécutez pas, je vais trouver lady Brumley et je lui dirai tout. Je sais qu'elle me croira. Et vous l'aurez, votre scandale.

Ravenswood eut l'impression qu'elle venait de lui envoyer un coup en pleine poitrine.

— Vous me haïssez à ce point ?

Cette question la stupéfia.

— Je ne vous hais pas, affirma-t-elle, les larmes aux yeux. Sachez simplement… que je parle sérieusement. Je n'en peux plus de cette mascarade. Je ne suis pas d'ici. Je ne puis rien pour vous.

— Mais si ! Vous seule pouvez me sortir de là.

Il s'approcha d'elle. Il agissait d'instinct, il avait perdu tout repère. Mais il fallait à tout prix qu'elle reste à Londres. À ses côtés.

— Il ne faut pas partir, pas encore. Je ne vous laisserai pas.

— Vous ne pouvez m'en empêcher, Spencer. Vous m'aviez convaincue que je n'avais pas le choix, mais j'ai recouvré la raison.

Il cherchait avec frénésie l'argument capable de la convaincre.

— Et Evelina ? Que vous vous moquiez d'attirer le scandale sur ma famille, d'accord, mais sur sa famille à elle ?

— Il n'y aura pas de scandale si vous me laissez partir avec mes cinq cents livres.

Il eut un ricanement.

— Personne ne s'étonnera que ma femme me plante là après une semaine à peine de vie commune ? Vous plaisantez ! Comment expliquerai-je cela ?

— Par exemple, je me suis aperçue que nous n'étions pas faits l'un pour l'autre. Après la bouffonnerie de ce soir, ils n'auront aucun mal à vous croire.

Il s'approcha encore, les poings sur les hanches.

— Je refuse. Vous n'aurez pas un sou. Allez raconter ce que vous voulez à cette marchande de ragots. Quoi qu'elle écrive, cela ne pourra pas être pire que ce qu'ils diront à mon sujet si vous partez.

Abby le foudroya du regard.

— Bien. Ne me donnez rien. Clara m'offre l'hospitalité jusqu'au retour de votre frère. Dès qu'il revient, je l'attaque en justice pour récupérer ma dot. On verra si c'est cela que vous préférez.

Bon sang ! La colère de Ravenswood tournait à la frustration. Chaque phrase qu'il ajoutait renforçait sa colère contre lui.

— Mais que me voulez-vous, à la fin ? implora-t-il avec un désespoir qui lui ressemblait peu. Vous avez envie de vous faire supplier ? Vous voulez me voir à genoux pour vous venger de l'humiliation de ce soir ? Eh bien, bravo ! Vous y êtes arrivée.

— Vraiment ? demanda-t-elle, perplexe.

— Vous le savez bien.

— Alors, Spencer, quel effet cela vous fait-il d'être à la merci de quelqu'un ? De savoir que l'on peut vous ruiner ?

Il se raidit.

— Je me sens comme le soir où vous vous êtes présentée à ma porte. Vous n'êtes pas la seule, Abby, que mon frère a roulée. Vous n'êtes pas la seule à devoir vous adapter.

— C'est juste. Alors pourquoi ne pas en finir avec nos malheurs communs ? Reconnaissez-le : si vous n'aviez pas si peur du scandale, vous seriez ravi que je déguerpisse. Un souci de moins ! Moi partie, vous pourrez chercher votre frère à votre guise. Vous n'aurez plus besoin de faire semblant d'être marié. Vous pourrez reprendre votre vie de garçon. Quel soulagement !

— Quel supplice, au contraire ! Si vous partez, je serai dévoré de remords. Vous savoir seule en Amérique, sans argent et par ma faute ! Je ne vivrai plus, je me reprocherai à jamais de vous avoir fait fuir.

— Mais il ne faut pas, conseilla-t-elle en posant une main sur son bras. Personne ne vous demande de réparer les bêtises de votre frère. C'est vous qui vous en êtes fait un devoir. Vous auriez pu me traiter de folle, me jeter à la rue ou me dénoncer aux autorités. Mais vous ne l'avez pas fait. Vous en avez fait bien plus que la justice et même l'honneur l'exigeaient. Je regrette seulement de ne pas vous avoir aidé davantage, en jouant mieux le rôle que vous m'avez attribué.

— Vous vous en êtes sortie à merveille, rétorqua-t-il en scrutant ses yeux. Si je ne m'en étais pas mêlé, le bal de ce soir se serait déroulé à la perfection.

Il posa la main sur celle d'Abby.

— Et puis, vous vous êtes bien entendue avec mes amis. La danse vous a plu, tout au moins au début.

— Jusqu'au moment où je me suis mise à jouer aux quilles avec les danseurs... Non, le reste du temps, je ne savais quelle contenance adopter. Et vous aviez honte de moi. Ça se voyait.

— Moi, honte d'avoir la plus belle femme du bal ? Je ne vous aurais échangée contre personne au monde.

Elle retira sa main.

— Même pas Geneviève ?

Bon sang, il l'avait complètement oubliée...

— Certainement pas Geneviève. Si j'avais pu la supporter une soirée entière, je ne l'aurais pas quittée. D'ailleurs, cela remonte à plus de deux ans.

— Vous sembliez parfaitement à l'aise avec elle ce soir.

— Quelques minutes seulement. Elle m'a demandé pourquoi j'ai décidé de me marier après toutes ces années de célibat et je lui ai répondu. C'est tout.

— Que lui avez-vous dit ? Que tous vos succès finissaient par vous lasser ? Que le fait de civiliser une Américaine à moitié sauvage constituait pour vous un nouveau défi ?

Ravenswood se maudit d'avoir à ce point privé Abby de sa confiance en elle. D'un doigt, il lui releva le menton avec douceur.

— Je lui ai dit que ma femme était la plus ensorcelante des créatures que je connaisse.

Sa lèvre tremblait tandis qu'elle le regardait.

— Bref, vous avez menti.

— Je ne mens jamais pour les choses importantes.

— Vraiment ? Dans ce cas, Spencer, j'ai une question. Avez-vous une maîtresse ?

— Je vous ai déjà répondu. J'ai rompu avec Geneviève...

— Pas elle. Une maîtresse ordinaire. Une fille facile installée dans un petit appartement, dans un mauvais quartier. D'après ce que j'ai entendu ce soir, la moitié des hommes mariés entretiennent quelqu'un, et c'est pareil pour la quasi-totalité des célibataires.

— Doux Jésus, qui vous a dit cela ?

— J'ai passé un bon moment dans les toilettes des dames à rajuster mon fichu. C'est un endroit où l'on entend des tas de choses.

— Quoi que vous ayez entendu sur mon compte, c'est un mensonge. Je n'ai pas de maîtresse.

— Personne n'a dit que vous aviez une maîtresse, mais... on a dit que vous étiez discret. Tant que vous restez discret, ça va. Mais j'ai déjà du mal à supporter ceux qui, derrière mon dos, critiquent ma vulgarité d'Américaine... Je ne voudrais pas qu'ils pensent que vous préférez une fille de joie à votre femme.

— Il n'y a pas de fille de joie, Abby. Personne depuis Geneviève.

Il fit glisser son doigt vers la gorge de la jeune femme, et dessina des cercles sur sa peau douce comme un pétale de fleur. Il savait qu'il avait tort de la toucher, mais il ne pouvait s'en empêcher.

— Vous êtes la première femme qui m'intéresse depuis longtemps.

— Je ne vous crois pas, riposta-t-elle, soupçonneuse. Vous l'avez dit vous-même. Vous n'avez éprouvé pour moi que du désir, comme pour n'importe quelle jolie femme qui se serait appuyée contre vous.

Il fit la grimace.

— J'ai pensé qu'en disant ces mots, ils deviendraient vrais. Mais ils sont faux.

D'un bras, il lui enlaça la taille.

— J'ai envie de vous avec une violence que je n'ai éprouvée vis-à-vis d'aucune femme. Je m'attends toujours que ce besoin se dissipe, mais il est là.

Elle leva vers lui ses irrésistibles yeux verts. Il écarta les doigts sur son cou fragile, palpitant.

— Vous aviez beau porter ces mèches ridicules et ce fichu absurde dont je vous avais affublée, je n'avais qu'une envie en vous regardant ce soir : vous embrasser de nouveau.

— Eh bien, qu'est-ce que vous attendez ?

Il n'en fallait pas plus pour qu'il glisse la main sous la lourde chevelure d'Abby, sur sa nuque, et que leurs lèvres se rejoignent. Un baiser, rien qu'un baiser, songea-t-il. Doux et merveilleux, dont il chérirait le souvenir toute sa vie s'il n'arrivait pas à la convaincre de rester.

Quand elle s'écarta, il sut qu'il se mentait : jamais il ne serait capable de se contenter d'un seul baiser.

12

« Ce qui se passe dans la chambre à coucher du maître ne vous concerne pas. Oublier ce principe est le plus sûr moyen de perdre sa place. »

Vade-mecum du parfait domestique, par le maître d'hôtel d'une très grande maison

Abby se reprochait d'avoir encouragé Spencer à l'embrasser. Où avait-elle la tête ? Ce vil sournois était déjà parvenu à la faire hésiter quant à son départ ; qu'elle s'aventure plus loin, et elle serait tentée de rester. Était-ce pour cela qu'il l'avait embrassée ?

Non. Elle aurait juré que ce n'était pas la seule raison.

À des mots si doux, si implorants, comment résister ? Surtout qu'il se comportait de nouveau comme l'aimable gentleman pour lequel elle n'avait pas hésité à traverser l'océan. Elle était enchantée que cet homme l'embrasse. Il y mettait une telle ferveur qu'elle en avait les paumes moites. Pourquoi ne pas s'abandonner à ce délice ? L'occasion ne se représenterait peut-être pas.

Elle croisa les bras autour du cou de Spencer et s'abandonna tout entière. Elle ouvrit davantage la bouche et lui toucha la langue avec la sienne. Il l'étreignit plus fort en grondant, et elle sentit une onde grisante lui parcourir le dos.

Après lui avoir dévoré les lèvres, il passa au menton, au creux du cou, la taquinant du bout de la langue.

— Abby... souffla-t-il, haletant. La nuit, je rêve de vous tenir ainsi.

Encore des mots doux. Qu'elle absorbait comme du miel.

— C'est vrai ?

Elle aussi rêvait de lui, elle rêvait de caresser les cheveux courts sur sa nuque comme elle le faisait à présent, un geste intime comme celui d'une vraie femme.

— Je n'arrive pas à penser à autre chose. Je sens même votre parfum dans mes rêves. Comment s'appelle-t-il, celui qui a une odeur de fleur et de romarin ?

— Ce n'est pas un parfum, susurra-t-elle à son oreille.

Elle embrassa le lobe, et fut ravie de le sentir tressaillir.

— C'est le Mead. Je m'en sers pour me parfumer l'haleine.

— Et pour me rendre fou.

Il inclina la tête afin de fouiller le creux à la base du cou tandis qu'elle se grisait de son odeur virile, faite de musc, de fumée de chandelle et de bergamote.

— Chaque fois que je le sens, je pense à vous. J'ai envie de vous embrasser, de poser mes lèvres sur vous... Ciel ! Comme je vous désire !

Sa main découvrit les petits boutons du col de la chemise de nuit et, de ses doigts agiles, il se mit à les défaire fébrilement, ouvrant une large échancrure.

— C'est là que je veux goûter à votre peau, murmura-t-il en baisant le petit creux dénudé.

Tandis que dansait sa langue, ses doigts couraient sur les boutonnières.

— Ici, aussi.

Il inclina la tête plus bas pour déposer un chapelet de baisers entre ses seins.

Abby perdait le souffle. Pareille privauté était sûrement défendue.

Mais, d'un autre côté, pourquoi ne pas en profiter un peu ? Histoire d'avoir des souvenirs à chérir quand elle serait seule.

Tous les boutons au-dessus de la taille étaient maintenant défaits. Elle sentait le souffle court de Spencer sur sa peau. Il écarta l'étoffe et dévoila un sein.

— Et puis là, expliqua-t-il d'une voix rauque. C'est surtout là que j'ai envie de vous embrasser…

Sans lui laisser le temps de s'effaroucher, il referma la bouche sur son sein en suçant fermement, faisant jaillir un tourbillon de sensations. De la langue, il frottait sans pitié le mamelon. Abby haletait, lui appuyant la tête contre sa poitrine. Lorsqu'il glissa la main sous sa chemise de nuit pour lutiner l'autre sein, elle gémit et se laissa aller.

Il se redressa.

— C'est mal, ce que je fais. Je ne devrais pas profiter de vous.

— En effet, convint-elle, tout en lui plaquant le visage contre l'autre sein pour qu'il le suce à son tour.

Il la fit reculer jusqu'au lit et la poussa à la renverse, sur la courtepointe. Et il s'affala sur elle.

Le regard étincelant, il se cala à son aise entre ses cuisses.

— Encore un peu, juste un peu, promit-il d'une voix rauque.

Puis, à pleine bouche, il entreprit de « profiter » du sein nu en l'accablant de caresses si polissonnes qu'elle se mit à geindre, toute cambrée pour en avoir davantage.

— Je vais bientôt m'arrêter, je le jure, bafouilla-t-il en changeant de nouveau de côté, tandis que sa main empoignait et taquinait l'autre sein encore humide.

— Prenez votre temps, murmura-t-elle. Je ne suis pas pressée.

Elle avait envie de caresser sa peau nue. Elle tira sur le revers de l'habit de Ravenswood, qu'il arracha d'une secousse et jeta de côté. Gilet et cravate suivirent le même chemin. Quand elle s'en prit aux boutons de la chemise, il leva la tête, stupéfait.

— Que faites-vous ?

— J'ai envie de vous toucher. Il n'y a pas de raison, après tout.

Il avait une expression vorace.

— C'est juste : il n'y a pas de raison…

Dès qu'elle en fut au dernier bouton, il se débarrassa de sa chemise, prit la main d'Abby et la posa sur son torse.

— Touchez-moi et nous serons quittes.

Je ne vais pas me faire prier, songea-t-elle en frôlant les muscles solides. Quelques poils frisaient autour de ses mamelons d'homme tout plats, qui formèrent une petite pointe sous la caresse. Une idée lui vint : faire à Spencer ce qu'il venait de lui faire.

Elle se pencha pour le lécher, et il sursauta.

— Bon sang, Abby, vous allez trop loin.

Toutefois, il se garda bien de l'arrêter quand, ayant fini de taquiner le droit, elle entreprit de sucer le gauche.

— Quoi ? C'est juste un petit jeu.

— Vous appelez ça un jeu ? grommela-t-il.

— C'est ainsi que maman appelait ça. Quand deux personnes se font l'une à l'autre ce dont elles ont envie, avant de faire l'amour.

Spencer s'écarta, soudain solennel.

— Nous n'allons pas faire l'amour.

Flûte, voici qu'il recouvrait ses esprits ! Bientôt, il allait lui débiter son discours habituel : il n'avait pas le temps de s'occuper d'une femme, d'ailleurs elle n'était pas du tout son genre.

— Dans ce cas, continuons à jouer un moment, souffla-t-elle en lui faisant un collier de ses bras.

— Vous ne savez pas ce que vous demandez. Vous ne savez même pas vraiment comment jouer, affirma-t-il avec un appétit féroce.

Effectivement, elle était ignorante, mais peu importait. Sa mère lui avait dit que c'était la façon dont son père et elle avaient *joué* avant leur mariage qui avait décidé celui-ci à demander sa main.

Un espoir défendu vint à l'esprit d'Abby. Si cela avait marché pour sa mère…

— Eh bien, Spencer, apprenez-moi, demanda-t-elle en le serrant de plus près. Comme cela, je saurai ce que c'est. Nous nous interromprons quand cela ira trop loin.

— J'ignore si j'en suis capable.

— Allons donc ! Je croyais lord Ravenswood maître de lui comme de l'univers.

Elle tenta de lui ployer la nuque vers son sein, mais il résista.

— Alors comme ça, c'est vous qui me provoquez, maintenant ?

— Je n'ai pas le choix, rétorqua-t-elle d'un petit air sage.

Il enfouit le visage au creux de son cou.

— D'accord, petite enjôleuse, jouons. Mais à une condition : vous restez à Londres et vous faites semblant d'être ma femme. Vous ne rentrez pas en Amérique tant que nous n'avons pas trouvé mon frère.

— Du chantage, encore ?

— Je n'ai pas le choix.

La peste soit de ce vicomte ! Il se servait de quelque chose d'intime, de magnifique, pour arriver à ses fins. Rien que pour cela, il méritait qu'elle le repousse.

Si elle ne le fit pas, c'est qu'elle sentait dans la requête de Ravenswood autre chose qu'un simple calcul. S'il la voulait près de lui, ce n'était pas seulement pour étouffer le scandale, mais tout simplement pour être avec elle.

Peut-être avait-elle tort d'espérer un avenir commun, mais il n'avait pas de maîtresse : il était un homme libre et il la désirait. C'était un commencement, n'est-ce pas ?

De surcroît, elle ne pouvait rentrer en Amérique sans avoir au moins essayé de le convaincre qu'ils étaient faits l'un pour l'autre. Autrement, elle se demanderait toute sa vie si sa lâcheté ne lui avait pas fait rater sa seule chance de bonheur.

— D'accord, je reste en Angleterre, murmura-t-elle. Mais ce soir, c'est moi qui déciderai là où notre jeu s'arrêtera.

Une lueur sauvage passa dans son regard et il se pencha au-dessus d'elle.

— Si vous avez l'intention de me torturer, je vous avertis : je suis prêt à tout endurer si cela vous fait rester.

Puis il fondit sur elle pour s'emparer de ses lèvres avec une voracité qui n'avait d'égale que celle d'Abby. C'était sauvage, dévorant, implacable. Elle se tortilla de plaisir sous le rude contact de cette main qui pressait et pinçait son mamelon.

Faisant jouer ses doigts sur son torse velu, elle explora centimètre par centimètre ses muscles sculpturaux et son imposante carrure. Ce soir, il lui appartenait : elle voulait qu'il s'en souvienne. Elle détacha sa bouche de celle de Ravenswood et lui lécha les mamelons tour à tour.

— Alors comme ça, vous avez envie de jouer ? s'enquit-il en lui tirant la tête en arrière pour un bref baiser.

Il se pencha alors jusqu'à son sein et lui rendit la pareille. Elle frissonna de la tête aux pieds.

Elle se cambra pour offrir son sein mais il se contenta de mordiller l'autre mamelon, puis il l'abandonna.

— Je vous en supplie… soupira-t-elle.

Il gloussa.

— Les taquineries, cela marche dans les deux sens, ma chère.

Il souffla sur le mamelon humide et la regarda se tortiller.

— Ça aussi, c'est jouer, vous savez.

Elle glissa la main plus bas et frotta la bosse qui tendait son pantalon.

— Et ceci !

Quand elle retira sa main, il l'empoigna et la plaqua contre son membre viril.

— Jouez à la loyale, Abby.

— Seulement si vous le faites.

Il se remit alors à la téter avec ardeur, à dévorer ses seins, à les lécher de caresses brûlantes. Elle répondait de son mieux, malgré le peu qu'elle savait des hommes. En se laissant guider par les grognements et les coups de reins de Ravenswood contre sa main, elle excitait de son mieux sa virilité à travers le pantalon.

Soudain, la main d'Abby glissa par mégarde et frappa l'aine de Ravenswood. Il releva vivement la tête avec un juron de douleur.

— Je vous ai fait mal, constata-t-elle en retirant brusquement sa main, comme si elle s'était brûlée.

— Ce n'est rien. Simple blessure de guerre.

— Si près de votre… ?

— Eh oui, avoua-t-il sombrement.

— Je suis désolée. Je ferai attention.

Il déboutonna son pantalon, puis son caleçon.

— Comme cela, ce sera plus facile.

Avec un regard de braise, il prit la main d'Abby, l'introduisit dans son caleçon et referma les doigts de la jeune femme sur sa virilité.

— Accrochez-vous à ce manche et vous ne risquerez pas de vous perdre. Puisque vous avez envie de jouer, c'est là que ça se passe, dit-il avec un sourire.

Elle se sentit saisie par une griserie folle. Ce morceau de chair n'était que force virile.

Il posa la main sur celle d'Abby et lui montra comment le caresser. Dès les premiers essais, il se mit à chuchoter :

— Bien, oui, Abby… encore…

Elle comprit qu'elle tenait là une arme pour le dominer : le besoin qu'il avait d'elle.

Elle pouvait faire de lui ce qu'elle voulait. D'ailleurs, il s'y prêtait volontiers. Tandis qu'elle le caressait ainsi, il laissait échapper des sortes de râles impérieux, qui attisaient son propre désir.

Il attrapa sa chemise de nuit par l'ourlet et la troussa jusqu'aux hanches. Comme pour détourner l'attention d'Abby, il se remit à l'embrasser, mais elle avait une conscience aiguë de ce que faisait sa main. Quand la chemise de nuit fut assez relevée et qu'il commença à glisser les doigts pour atteindre son entrejambe humide, elle arracha ses lèvres à la bouche de Ravenswood.

— Spencer… est-ce bien raisonnable ?

Il avait à présent une expression sauvage, brûlante.

— On joue, souvenez-vous ?

Il se mit à la caresser et une chaude excitation envahit Abby.

— Vous jouez avec moi. J'ai envie de jouer avec vous.

De la pointe du pouce, il toucha le petit bouton sensible.

— Mon Dieu ! suffoqua-t-elle.

Elle se tendait sous sa main comme une corde de violon.

— Oh, c'est… Oh… c'est trop… Spencer…

C'était trop bon pour être du jeu, à présent.

— Vous avez arrêté, observa-t-il d'une voix gutturale. Continuez. Jouons tous les deux.

Quand Abby, étourdie de plaisir, comprit ce que Spencer venait de dire, elle se remit à caresser le membre érigé. Ravenswood perdit alors toute retenue. Sa bouche était partout : elle lui dévorait les seins, lui suçait la gorge, le derrière de l'oreille. Mais toute l'attention d'Abby était focalisée sur ce doigt diabolique qui s'enfonçait en elle.

Tandis qu'elle caressait le membre viril du vicomte, elle adopta sans s'en rendre compte le rythme du doigt brûlant qui la fouillait. Il pénétra profondément avec deux doigts, tandis que son pouce appuyait sur sa chair palpitante. Elle gémissait et se tordait.

Lorsqu'il accéléra, elle suivit le rythme. Ils étaient en nage tous les deux, leurs haleines se mêlaient fébrilement. Elle entendit alors un rugissement bizarre qui s'amplifiait à chaque caresse, de plus en plus fort, de plus en plus rauque.

— Oui, Abby, oui ! Comme ça... Dieu... quelle petite sauvage vous faites... Ma rose sauvage, ma chérie...

Le mot « chérie » la toucha au cœur et la fit basculer dans l'ivresse : elle hurla. Elle hurla sans retenue alors que le plaisir explosait par vagues, la faisant vibrer.

Dans sa main, elle sentit le membre de Spencer saisi de spasmes. Et il proféra à son tour un cri. C'était le nom d'Abby qu'il répétait de façon cadencée tandis qu'il frissonnait de la tête aux pieds. Ignorant ce qu'elle avait fait, elle retira vivement sa main, non sans avoir senti une chaleur gluante dans le caleçon.

Il se laissa rouler sur le dos, hors d'haleine.

— Par Dieu, ma femme, dit-il au bout d'un moment, vous me tuez.

Une merveilleuse lassitude envahissait Abby, mais elle était inquiète.

— Est-ce que j'ai de nouveau heurté votre blessure ? souffla-t-elle. Je crois avoir senti du sang...

— Pas du sang ! s'esclaffa-t-il. C'était ma semence.

Désorientée, elle se leva sur un coude pour le regarder.

— Mais je croyais que nous n'avions pas...

— Nous n'avons pas ! assura-t-il. Nous nous sommes donné du plaisir séparément, c'est tout. Vous êtes encore vierge.

Elle n'avait plus l'impression d'être vierge. Et maintenant qu'elle savait qu'elle ne l'avait pas blessé, elle se sentait merveilleusement bien. Femme, tellement femme... Ils s'étaient fait mutuellement des choses trop intimes pour appeler cela un simple jeu. D'ailleurs, il l'avait appelée « chérie ». L'avait-il fait consciemment ?

Elle se laissa retomber sur le lit et se pelotonna contre lui. Elle posa la main sur son torse, et il eut un haut-le-corps comme si ce poids léger le blessait. Mais il ne l'écarta pas.

— Spencer ?

— Oui, Abby ?

Son ton était de nouveau froid, un ton de vicomte qu'elle avait espéré ne plus entendre. Elle voulait son Spencer qui lui disait des choses tendres, qui avait besoin d'elle à ses côtés.

Elle ne se laissa pas abattre.

— Je n'avais pas l'intention de pousser le jeu si loin, mais je suis heureuse que nous l'ayons fait.

Il ne dit rien, mais elle le sentit se raidir.

La peur gâchait un peu la joie d'Abby, pourtant elle s'enquit d'un ton qui se voulait enjoué :

— Alors, quand recommençons-nous ?

Il bredouilla un vague juron. Il écarta la jeune femme d'un bras et s'assit au bord du lit. Il était droit comme un i et, quand elle lui toucha le dos, il tressaillit. Elle laissa retomber sa main, le cœur serré.

— Jamais, Abby, dit-il avec effort. C'est trop… trop difficile.

— Difficile ? Comment cela ?

— Ça rend les choses compliquées.

— Pas pour moi ! Donc, ça rend les choses compliquées pour vous.

— Exactement, admit-il en se levant sans la regarder. Car si nous continuons ces jeux, j'aurai envie…

Il n'acheva pas sa phrase.

— Donc, on ne peut pas, conclut-il. D'accord ?

Il se retourna vers elle : elle gisait toujours sur la courtepointe, un sein dénudé, la chemise retroussée jusqu'en haut des cuisses. Elle avait négligé de se rajuster. Le désir le saisit de nouveau tandis que son regard brûlant s'attardait sur elle.

Enfin, il eut un soupir tremblé et avança d'un pas. Elle eut un espoir fugitif, mais il se pencha pour tirer la chemise de nuit jusqu'aux chevilles et refermer le décolleté.

— À l'avenir, mieux vaudrait que nous bavardions ailleurs que dans votre chambre.

Abby n'en revenait pas qu'il balaie ce qui venait de se passer d'un revers de main. Sous ses yeux affligés, il ramassa ses vêtements et quitta la pièce.

— Nous nous verrons au petit déjeuner.

La jeune femme avait déjà tant pleuré qu'elle croyait ne plus avoir de larmes. Elle se trompait. Elles jaillirent sans retenue, et elle s'enfouit le visage dans un oreiller.

Qui était cet homme, imprévisible et versatile ? Il l'avait appelée chérie, il la désirait passionnément. Puis il l'écartait comme… une intruse.

Elle l'attirait mais il ne lui reconnaissait pas les qualités indispensables pour qu'elle devienne sa femme.

Peut-être avait-il raison. Elle n'était pas sûre de pouvoir être l'épouse de cet austère vicomte.

Mais il y avait un autre homme derrière cette façade : quelqu'un qui la désirait et l'aimait au point de renoncer à sa fierté, de présenter des excuses pour ses erreurs. De celui-là, elle pouvait être la femme. Elle le souhaitait, d'ailleurs. Elle voulait qu'il lui parle de nouveau de façon détendue, qu'il partage avec elle ses espoirs et ses déceptions.

Elle se cala sur les oreillers pour contempler le baldaquin. Elle voulait révéler la vraie nature de cet homme. Il fallait qu'elle ressuscite le Spencer gentil, passionné.

Et dont elle ferait un mari comblé. Car c'était sûr à présent : elle voulait être jusqu'à la mort la femme de Spencer Law, vicomte de Ravenswood.

Mais le chemin était parsemé d'embûches. Pour quelque raison connue de lui seul, il reprenait ses manières d'aristocrate sectaire. Et il nourrissait d'étranges préjugés sur l'incompatibilité du mariage avec ses ambitions. Après ce qui était arrivé au bal, il devait être plus convaincu que jamais de l'incapacité d'Abby à devenir une bonne vicomtesse.

Donc, si elle souhaitait rester mariée avec lui, elle devait apaiser ses craintes. Il fallait qu'elle devienne une épouse parfaite : apprendre la valse, jongler avec ces titres grotesques, assimiler coutumes, maintien, étiquette, protocole… bref, tout ce qu'une vicomtesse a besoin de savoir. Elle allait lui prouver qu'une femme pouvait le seconder dans sa carrière, sans parler de sa maison bien sûr.

Grâce à son « optimisme d'Américaine naïve », elle se rendrait indispensable à Spencer. Elle le conquerrait. Face à l'optimisme naïf des Américains, le cynisme anglais n'avait aucune chance.

Un peu plus tard, Spencer se coucha en proie à de vifs remords. En acceptant de « jouer » avec la jeune femme, il avait complètement perdu la tête. S'ils recommençaient, il était sûr qu'il ne pourrait s'empêcher d'accomplir pleinement son devoir conjugal : et le mariage serait bel et bien consommé. Alors, il n'y aurait plus rien à faire.

Excepté lui faire l'amour tous les soirs, l'avoir à sa table à chaque repas, la toucher à sa guise, danser avec elle…

… et voir l'adoration d'Abby tourner à la rancœur puis à la haine, en comptant les mois qui passeraient sans la moindre grossesse. Elle n'aurait jamais de bébé dans les bras. Elle serait enchaînée à lui pour la vie, sans enfant pour l'occuper, tandis que lui passerait ses jours au Parlement ou au ministère.

En effet, à cause des éclats d'obus qui lui avaient criblé l'aine des années plus tôt, il ne pouvait avoir d'enfant. La plupart des projectiles avaient été extraits, et ses organes étaient pratiquement intacts, mais tous les docteurs qui l'avaient ausculté partageaient la même inquiétude. Un minuscule éclat avait sectionné un vaisseau. Tout fonctionnait à merveille, mais il était probablement stérile.

Au début, il ne s'en était guère préoccupé. Un jeune et vigoureux soldat apprécie de pouvoir multiplier les aventures sans souci des conséquences. Mais, une fois la guerre finie, il avait fallu se rendre à l'évidence. Il ne pourrait jamais engendrer d'héritier.

Ni bien sûr donner à son épouse ce que toute femme désire : des bébés. Alors il s'était juré de rester célibataire, jusqu'au jour où Nat avait arrangé ce mariage avec Abby !

Mais si d'aventure… Non, c'était impensable. Abby ne pouvait que désirer des enfants. Et elle le méritait, d'ailleurs. Pas question de l'en priver. Dès qu'elle aurait récupéré sa dot, elle pourrait faire un vrai mariage : surtout dans une grande métropole comme New York, où ses ascendances sénécas compteraient moins. Elle dénicherait un brave garçon et aurait tous les bébés qu'elle voudrait.

La pensée d'Abby dans les bras d'un autre lui tordit l'estomac. Saisi d'une rage impuissante, il se mit à marteler son oreiller. Quelle injustice ! C'était à lui de l'épouser, de prendre soin d'elle…

Dans son besoin de la garder, il essayait de se raccrocher au moindre fétu de paille. Peut-être sa stérilité serait-elle indifférente à Abby ? Peut-être ne verrait-elle nul inconvénient à adopter un enfant ? Ce serait la même chose que d'en faire un ensemble, après tout…

Arrête de te conter des sornettes, Spencer, songea-t-il en évoquant sa belle-mère. Les enfants d'une autre, ce n'est jamais la même chose : il le savait mieux que personne. Toutes les femmes veulent un bébé à elles. Abby ne faisait pas exception. Mais il était incapable de lui en donner.

Bon sang, quel gâchis ! Maintenant qu'elle savait à quel point il la désirait, elle s'attendait à aller plus loin. Il l'avait convaincue de rester, mais à quel prix ? Il aurait mieux fait de la laisser rentrer en Amérique, et d'affronter seul le scandale.

Néanmoins, cette solution n'aurait pas fait de lui la seule victime. Evelina et sa mère auraient été égratignées. On aurait fait le rapprochement entre la disparition de Nat et celle d'Abby.

Il fallait donc qu'elle reste jusqu'au retour de son frère. Cela signifiait pour Ravenswood gérer l'attrait obsessionnel exercé sur lui par la jeune Américaine.

La seule façon de surmonter l'épreuve était de se jeter dans le travail, et de ne l'apercevoir que lors des occasions les plus officielles. Elle s'était liée à lady Clara et à Evelina : qu'elles sortent ensemble.

Pas de tête-à-tête, pas de moments seul avec elle dans une pièce, une voiture ou tout endroit clos où il pourrait la séduire. Pas de contact physique, sauf nécessité absolue et en public.

Et surtout pas de baiser. Aucun baiser, nulle part. Sinon, le mariage serait tôt ou tard consommé.

13

« Si le maître reçoit mal, il est indispensable de le former. Autrement, vous passerez votre temps à rattraper ses gaffes. »

Vade-mecum du parfait domestique,
par le maître d'hôtel d'une très grande maison

Le lendemain du bal, dans l'après-midi, Abby se rendit dans la salle à manger de Spencer, espérant y trouver quelque chose en désordre, n'importe quoi. Pas de chance ! Un ordre parfait y régnait, comme dans toutes les autres pièces. Le personnel était irréprochable : Abby ne trouva pas une pièce qui ne fût décorée avec art et d'une propreté immaculée. L'argenterie étincelait, les lambris miroitaient, et même les fentes des colonnes antiques encadrant les portes n'avaient pas un grain de poussière.

Doux Jésus ! Comment se rendre indispensable à un homme qui a tout, y compris un régiment de serviteurs modèles ?

Surtout quand il n'était pas là pour apprécier les efforts qu'elle déployait. Abby était soucieuse. Spencer avait quitté son hôtel particulier longtemps avant qu'elle ne s'éveille. Elle savait pertinemment que le sort de l'Angleterre dépendait de ses travaux au ministère de l'Intérieur. Pourtant, il s'était montré au petit déjeuner la veille et l'avant-veille. Qu'y avait-il de particulier ce jour-là ?

Sans doute avait-il décidé de la fuir.

Elle toucha le col de sa robe de jour, à l'endroit où il l'avait embrassée la veille au soir. Une chaleur envahit son ventre. Spencer avait beau la fuir, il la désirait. Et ce désir, c'était un atout décisif pour qu'elle devienne sa véritable épouse.

À Philadelphie, elle s'était attiré la dévotion d'un prétendant en préparant son plat favori la fois où il était venu lui faire la cour. Peut-être devait-elle s'enquérir des goûts culinaires de Spencer ?

— Excusez-moi, madame, déclara McFee en se présentant devant la porte ouverte.

— Monsieur McFee, je suis ravie de vous voir. Sauriez-vous par hasard quel est le plat préféré de monsieur ?

— Les coquilles Saint-Jacques sautées, madame. Nous en faisons tous les vendredis soir.

— J'aurais dû m'en douter, soupira-t-elle.

— Je suis venu vous avertir que vous avez de la visite. Lady Clara Blakely. Madame est-elle disponible ?

— Eh bien, je suis là, non ? répliqua-t-elle, surprise par la question.

— Oui, bien sûr, madame est là. Suis-je distrait !

— Introduisez-la dans le petit salon. Dites-lui que j'arrive.

— Fort bien, madame.

Et McFee disparut comme par enchantement.

Elle se débarrassa de son tablier et s'arrêta devant un miroir pour ajuster sa coiffure et sa tenue.

Sa garde-robe serait prête dans deux jours mais, en attendant, le couturier avait retouché à la perfection les robes de la belle-mère de Spencer. En ajoutant un fichu de soie brodée à une vieille robe de style Empire, il avait transformé une vieillerie en tenue tout à fait convenable. Marguerite l'avait coiffée à l'ancienne, sans anglaises qui lui allaient si mal. Bref, Abby était une tout autre personne que la malheureuse dont Clara avait fait la connaissance la veille.

Sûre d'être présentable, elle monta rejoindre sa visiteuse. Dès qu'Abby entra dans le petit salon, Clara se leva avec un aimable sourire et lui tendit la main.

— Je ne vous demande pas comment vous allez, car vous êtes radieuse.

Abby serra avec effusion la main de Clara.

— C'est en grande partie grâce à vous, et je vous serai à jamais reconnaissante de votre gentillesse.

— Heureusement que vous n'avez pas pris la chose trop à cœur. Je n'ai pas vu de malles dans l'entrée. Dois-je en conclure que vous avez décidé de rester parmi nous ?

— Oui. Spencer a promis de ne plus se mêler de ma tenue ni de ma coiffure, et il m'a présenté des excuses avec beaucoup d'élégance. Je lui laisse donc sa chance.

Elle s'abstint de préciser qu'elle avait accepté de rester au prix d'une séance de « jeux » délicieux. Dont elle ne regrettait pas la moindre minute.

— Je suis enchantée de vous voir. Asseyez-vous, je vous en prie.

Dès qu'elles furent toutes les deux sur le canapé, Clara la dévisagea, les yeux brillants.

— Alors, disiez-vous, lord Ravenswood vous a présenté des excuses ?

— Il a reconnu qu'il avait eu tort.

— Ça, c'est nouveau !

— C'est effectivement surprenant. Je regrette presque de l'avoir persécuté à propos de sa maîtresse.

— Geneviève, vous voulez dire ?

— Elle… et toutes les autres.

— Vous avez discuté de ses maîtresses ? s'étonna Clara.

— Parfaitement. Je tenais à savoir s'il en avait une en ce moment. Le fait que je fasse semblant d'être sa femme ne veut pas dire que je doive supporter d'être humiliée dans mon dos. Je lui ai donc demandé s'il en avait une, et il m'a répondu que non.

— Lui demander une chose pareille ! s'esclaffa Clara.

J'aurais voulu voir ça ! Lord Ravenswood n'est pas habitué au franc-parler des femmes. Il a dû se montrer terriblement hautain, comme chaque fois qu'il trouve quelqu'un impertinent.

Abby rougit violemment.

— Euh... pas précisément. Il m'a demandé de rester et puis... il m'a embrassée.

— Oh, de mieux en mieux ! s'écria Clara, surexcitée.

— C'était un geste irréfléchi. Il n'en avait pas l'intention, d'ailleurs ça l'a énervé, ensuite.

— Les hommes sont comme ça, expliqua Clara en tapotant le bras d'Abby. Enfin quelqu'un qui énerve l'auguste vicomte ! Cela fait trop longtemps qu'il obtient tout ce qu'il veut.

McFee se présenta à la porte.

— Lady Brumley demande si madame est là. Que dois-je lui dire ?

Abby soupira : lady Brumley était bien la dernière personne qu'elle avait envie de voir. Mais de toute façon, il faudrait bien qu'elle l'affronte un jour. Autant que ce soit en compagnie d'une amie.

— Faites-la entrer, McFee. Merci.

Le domestique disparut et Clara interrogea Abby :

— Vite, dites-moi ce que lady Brumley sous-entendait dans son éditorial. Je suis sûre que c'est la raison de sa présence ici.

— Vous voulez dire celui qu'elle a écrit l'autre jour ?

— Non, non. Celui de ce matin. Elle dit que la nouvelle lady Ravenswood possède un trésor secret qui stupéfiera l'opinion une fois dévoilé. Qu'est-ce que cela signifie ?

— Je n'en ai pas la moindre idée, avoua Abby, bouleversée. Que dit-elle d'autre ? A-t-elle cité mes exploits d'hier soir ?

Clara n'eut pas le temps de répondre : McFee se présenta à la porte et annonça lady Brumley. Abby se leva pour l'accueillir, avec le sentiment qu'une catastrophe menaçait.

La commère fit irruption dans la pièce avec un grand froufrou, comme un vaisseau toutes voiles dehors.

— Par bonheur, votre mari n'est pas là. Peut-être allons-nous enfin pouvoir vraiment parler.

— Vous connaissez lady Clara Blakely, je suis sûre, dit Abby en essayant de cacher son inquiétude.

— C'est évident, confirma lady Brumley en s'asseyant sans y être invitée. Je suis ravie que vous soyez là, vous aussi. Vous allez m'aider à convaincre lady Ravenswood.

— Me convaincre de quoi ? demanda Abby.

McFee se racla la gorge.

— Puis-je disposer, milady ?

Elle hésita, et il lui souffla quelque chose qui devait être le mot « thé ». Abby se mordit les lèvres, navrée de ne pas y avoir pensé toute seule. En fait, elle et son père avaient eu rarement de la visite, ces dernières années.

— Mmm… monsieur McFee, soyez assez aimable pour nous faire porter du thé.

— Tout de suite, milady, acquiesça-t-il d'un ton approbateur.

À peine eut-il disparu qu'elle se tourna vers lady Brumley, qui affichait un air renfrogné.

— Installez-vous donc, ma petite. Il faut que je vous parle de la façon dont une vicomtesse tient son rang.

Abby fronça les sourcils. La dernière chose dont elle avait besoin, c'était d'un sermon de lady Brumley sur les erreurs qu'elle avait commises au bal.

— Je suis sûre, intervint faiblement Clara, qu'elle apprendra petit à petit.

— Le plus tôt sera le mieux, si elle a l'intention de mettre au pas Ravenswood.

— Inutile de faire des commentaires sur mes erreurs d'hier soir, avertit Abby. Je sais que ça a été la catastrophe sur le plan de la danse et…

— Oh, foin de la danse ! Vous apprendrez la valse en un après-midi. Non, je parle de quelque chose de beaucoup plus important : la façon de parler à vos gens.

— Mes gens ? répéta Abby.

— Une vicomtesse ne demande pas à son maître d'hôtel d'apporter du thé. Elle le lui ordonne.

Abby tombait des nues. En Amérique, les meilleures maisons ne comptaient que quelques domestiques, et ceux-ci prenaient fort mal les comportements autoritaires.

— Mais c'est si... si...

— Insupportable ? acheva lady Brumley.

— Oui.

— Je l'espère bien ! Y a-t-il meilleur moyen de montrer à vos domestiques qui commande chez vous ? Si vous manquez de fermeté, ils vous passeront sur le corps et riront entre eux de vous. En quelques jours, toute la ville sera au courant.

— Depuis hier soir, la ville entière n'a pas besoin de mes serviteurs pour rire de moi.

— Entendez-moi ça ! D'accord, les langues doivent aller bon train : vous avez été maladroite, votre tenue était démodée et vous êtes américaine. Mais aux yeux de tous, vous êtes la femme du vicomte et il faut que vous teniez votre rang.

Abby pâlit, et Clara intervint.

— Vous savez, lady Brumley, je ne sais pas si vous lui rendez service...

— Mais bien sûr que si ! Cette petite a quand même eu assez d'esprit pour séduire Ravenswood, non ? Je ne sais pas comment elle a fait, mais maintenant il ne faut pas qu'elle s'endorme sur ses lauriers. Elle doit tout apprendre de la façon dont se conduit une femme dans sa situation. Et c'est vous qui devez le lui apprendre.

— Étant donné la liberté que vous prenez vis-à-vis de cette dame que vous connaissez à peine, rétorqua Clara, glaciale, je m'étais dit que vous souhaiteriez faire les choses vous-même.

— Non, Seigneur ! Je suis ici pour un tout autre sujet.

Lady Brumley ouvrit son sac à main et brandit le flacon de Mead qu'elle avait chipé à Abby.

— Cette préparation est un chef-d'œuvre. Un trésor, ma jeune dame.

Abby retrouva le sourire.

— Ah ! Il a eu raison de vos indigestions ?

— Laissez donc mes boyaux tranquilles. Non, je parle de son parfum. Je n'ai pas senti de fragrance aussi exquise depuis des années. Savez-vous que c'est devenu un casse-tête de trouver un parfum convenable ? Celui-ci est d'une grande finesse, et il dure. Sentez-moi ça et dites-moi si ce n'est pas l'odeur la plus merveilleuse qui vous ait chatouillé les narines.

Le visage de Clara se troubla alors qu'elle saisissait le flacon et l'ouvrait.

— Ne l'écoutez pas, intervint Abby. Le Mead sent bon, j'en conviens, mais c'est d'abord un médicament.

— Aucune importance, trancha Clara. Je suis rarement d'accord avec lady Brumley mais, pour une fois, elle a raison. C'est féerique. Un parfum somptueux.

— Vous voyez ?

Lady Brumley rajusta son couvre-chef, sorte de turban de soie torsadée décoré d'un chapelet d'ancres dorées.

— Faites comme les inventeurs de l'eau de Cologne. Ils avaient concocté un élixir destiné à devenir médicament. Il paraît que Napoléon en personne en a bu des bouteilles. J'ai essayé : c'est infect. Mais comme parfum, quelle carrière ! Et le vôtre est deux fois mieux.

Abby interrogea du regard Clara, qui lui fit un signe d'acquiescement. À cet instant, la soubrette apporta le thé. Machinalement, Abby, en bonne maîtresse de maison, servit ses invitées.

Elle avait toujours trouvé que le Mead sentait bon. D'ailleurs, elle s'en servait pour parfumer son haleine : cela n'avait rien d'original, puisque de nombreux médicaments servaient à ça.

Mais de là à en faire un parfum ! Elle ne l'avait jamais envisagé. De toute façon, elle ne se parfumait pas : sa mère lui avait toujours dit que l'eau et le savon sont les seuls parfums dont la femme a besoin.

— Pourquoi me parlez-vous de tout cela ? demanda-t-elle enfin.

— Parce que vous devriez en profiter. Je crois savoir que le vicomte a investi dans la société de votre père, et que son frère y est associé. Si vous pouvez les convaincre de fabriquer le Mead en tant que parfum, il risque de connaître un succès considérable.

Lady Brumley eut un sourire éclatant, promesse de fortune et de gloire.

— Naturellement, je ne demande qu'à me rendre utile. Quelques allusions bien placées dans mes éditoriaux, et mes lectrices me supplieront d'en dire davantage. Si vous et moi – et vous aussi, lady Clara, si vous le souhaitez – le portons en public, les gens commenceront à en demander. Ce nouveau parfum fera fureur et votre belle-famille en tirera tout le bénéfice.

Lady Brumley ponctua son discours d'un clin d'œil complice.

— Votre mari, j'en suis sûre, saura se montrer reconnaissant. La blessure de son frère l'empêche de monter l'affaire pour le moment. Mais si vous vous en occupez personnellement, l'entreprise sera remise sur pied quand M. Law sera rétabli. Les gens feront la queue pour en acheter. Cela donnera une plus-value à l'investissement de votre mari, et vous valorisera à ses yeux. L'homme apprécie que sa femme apporte dans le couple davantage que sa jolie personne.

Clara restait sceptique.

— Mais quel intérêt avez-vous à promouvoir cette entreprise ?

Bonne question, songea Abby.

— Ah, vous me connaissez. Moi aussi, j'ai mes motivations secrètes. D'abord, je veux une quantité illimitée de ce fabuleux élixir.

Elle leva le flacon vers la lumière.

— Ce que lady Ravenswood m'a donné est déjà à moitié consommé.

— Je ne vous l'ai jamais donné... commença Abby.

— Ensuite, je demande un pourcentage sur les bénéfices en échange de mon aide. J'ai des goûts de luxe, voyez-vous, et feu mon cher mari ne m'a pas laissé suffisamment.

— Voici qui explique votre bienveillance, remarqua Clara. Mais qu'arrivera-t-il si M. Law ne se remet pas de ses blessures ?

Clara échangea de nouveau un regard avec Abby. Oui, le frère de Spencer pouvait bel et bien ne jamais revenir. Mais c'était délicat à dire à lady Brumley.

— Bah, nous n'avons pas besoin d'un homme, affirma celle-ci. C'est lady Ravenswood qui a inventé ce produit ; du moment qu'elle peut fournir, avec l'accord de son mari...

— Êtes-vous sûre que je l'obtienne ? coupa Abby.

— Pourquoi refuserait-il que sa femme et son fabuleux parfum deviennent célèbres ?

— On m'a toujours dit que, pour un noble anglais, faire du commerce est dégradant.

— Sauf quand il s'agit d'un inventeur. En plus, n'est-ce pas charmant pour une lady d'inventer quelque chose ? Tant que tous ignorent que vous participez à la gestion directe de l'entreprise, cela ne devrait qu'améliorer votre réputation.

— Lady Brumley a raison, admit Clara. Cela ne fait jamais de mal à une femme de posséder quelque chose en propre. Ainsi, au lieu de n'être connue qu'en tant que femme de vicomte, vous deviendrez célèbre en tant que créatrice du parfum. Vous comprenez ?

Abby comprenait. Si Nat restait introuvable et si les relations avec Spencer se détérioraient, elle serait peut-être contrainte de démarrer sa propre affaire ici, ne serait-ce que pour payer son retour en Amérique. Le fait d'avoir une solution de secours ne lui déplaisait pas.

— Et vous êtes sûre que mon mari sera heureux du succès du Mead ?

— Vous deviendrez la coqueluche de la ville, insista lady Brumley en secouant le flacon. Dès qu'elles sentiront ceci, les dames s'extasieront sur la finesse de votre nez. Votre récent faux pas sera pardonné et oublié. Votre mari sera ravi.

Elle posa sa tasse.

— D'abord, il faut trouver un nom. Désolée, ma chère, mais les élégantes ne vont pas se bousculer dans les échoppes pour s'arracher du Mercer's Medicinal Mead.

— Si on choisissait Élixir aromatique d'Abigail ? suggéra Clara.

— On dirait des sels pour les jeunes filles qui ont des vapeurs, trancha lady Brumley. Non, je pensais à quelque chose du style Brise marine.

— Pourquoi pas Teinture d'iode, tant que vous y êtes ? intervint sèchement Clara.

— Et Eau de parfum ? suggéra Abby.

— Trop simple, décréta lady Brumley.

— J'y suis ! s'écria Clara. Eau de Providence. Vous voyez, providentielle comme le remède.

Lady Brumley resta un instant rêveuse, les lèvres en cul-de-poule. Elle répéta le nom comme si elle le mastiquait.

— Mmm… oui, ce n'est pas vilain. C'est mignon. Eau de Providence. Dès demain, dans ma chronique, je commence à parler du secret de beauté de lady Ravenswood. Je les chauffe bien, je les laisse sur le gril une semaine…

— Elles vont se lasser, prédit Abby, peu convaincue.

— Aucune femme ne se lasse d'apprendre des secrets de beauté, ma chère. Et après toutes ces fines allusions, il faudra faire du lancement un événement. J'ai une idée. J'offrirai des flacons aux dames qui viennent à mon petit déjeuner hebdomadaire le samedi. Vous-même et votre mari êtes invités, bien sûr. Et dans ma chronique du dimanche, la révélation : le nom du parfum de lady Ravenswood.

— Merveilleuse idée ! s'exclama Abby. Combien de flacons vous faut-il ?

— Oh, une centaine devrait suffire.

— Une centaine ! Mais nous sommes jeudi. Cela ne me laisse que neuf jours. Je ne sais pas si je vais y arriver...

— Mais si, mais si ! D'ailleurs, je les paie, dit-elle en sortant un billet de banque qu'elle tendit à Abby. Voilà qui devrait suffire à couvrir vos dépenses.

Abby prit les cinquante livres, et Clara observa :

— Vous aurez vos cent flacons, ne vous inquiétez pas.

— Je ne m'inquiète pas le moins du monde, affirma lady Brumley en se levant. J'arrive toujours à mes fins.

Tandis qu'Abby et Clara se levaient à leur tour, lady Brumley se dirigea vers la porte comme un voilier qui vire de bord. Là, elle fit escale.

— Une dernière chose, très chères : pas un mot à qui que ce soit. Vos maris, d'accord, mais personne d'autre.

— Et pourquoi ? demanda Clara.

— Pour l'effet d'annonce, enfin ! Il faut que personne ne soit au courant avant que je le présente.

Elle attendit d'avoir leur accord à toutes les deux, puis quitta la pièce, laissant derrière elle un parfum de Mead et la certitude de sa supériorité.

À la seconde même où lady Brumley passa la porte, Abby s'effondra sur le canapé.

— Doux Jésus ! Elle est tout le temps comme ça ?

— Oh oui ! confirma Clara en reprenant sa tasse de thé. Lady Brumley se prend pour le nombril de la haute société. Et en général, elle a raison.

— Comment faire pour préparer d'ici samedi cent flacons de Mead – enfin, je veux dire d'Eau de Providence ? Je n'ai même pas les produits nécessaires, sans parler des récipients. Et puis, il faut rédiger les étiquettes à la main, laver les flacons...

— Ça ne va quand même pas vous prendre plus de quelques jours ? protesta Clara.

— Mais je n'ai que deux jours. Le produit doit reposer au moins une semaine. Il me faut préparer et sceller les flacons samedi pour qu'il soit à point samedi en huit. Mon Dieu, comment faire ?

— Il vous faut du monde.

— Je ne veux pas déranger les gens de Spencer car ils ont leur travail.

— J'ai une solution, annonça Clara. Lord Ravenswood ne vous l'a peut-être pas appris, mais je tiens un hospice d'anciens pickpockets. Ces jeunes ont besoin d'apprendre des métiers utiles, et voici qui conviendrait à merveille. Montrez-leur comment on fait ce parfum, et ils vous le prépareront. Une des jeunes filles a une écriture magnifique. Je ne puis vous promettre qu'il n'y aura pas quelques ratés, mais...

— Excellente idée, acquiesça Abby. Je serai ravie de les rencontrer. Moi qui adore les enfants, je n'en vois jamais.

— Je ne sais pas si vous les adorerez toujours après quelques heures en leur compagnie, rétorqua Clara en riant. Mais une chose est sûre : eux vous adoreront. À l'instant même où vous arriverez à l'hospice...

— L'hospice ? Mais nous ne pouvons préparer du parfum au sein de votre institution. Je suppose que vous ne disposez pas d'une surface de travail suffisante pour ce genre de projet. Et puis, je n'ai pas envie de trimballer les flacons partout, une fois pleins.

Abby réfléchit un instant, puis reprit :

— Ici, il y a toute la place que l'on veut. Il y a une immense salle à l'étage. Je suis sûre que Spencer ne verra aucun inconvénient à me la céder pour quelque temps.

— Je n'en suis pas si certaine, Abby. Sachant la façon dont il supporte les enfants, il ne sera pas ravi de voir son hôtel particulier envahi par de petits voleurs.

— Je n'y avais pas pensé, avoua Abby. Êtes-vous sûre qu'il déteste les enfants ?

— Tenez-vous vraiment à risquer de le contrarier ?

— Non, bien sûr…

— Enfin, c'était une bonne idée. Malgré tout, je pense que je peux vous aider. Je vais faire venir quelques grandes : il y en a deux ou trois qui devraient faire l'affaire. Malheureusement, je ne puis rester loin de mon bébé toute la journée : notre nouvelle nurse est l'une de mes protégées, et elle a toujours peur de mal faire. Je lui ai donc promis de rester quelque temps à la maison.

Abby sentait son désir d'enfant se réveiller. Cela faisait si longtemps que cette envie la tenaillait. Comme ce serait merveilleux d'avoir des enfants de Spencer…

Toutefois, s'il détestait les enfants, peut-être ne voulait-il pas en avoir du tout. Mais comment pouvait-on haïr les enfants ? C'était ridicule. De toute façon, un personnage de son rang était censé laisser un héritier.

— Abby ? demanda Clara, l'arrachant à ses pensées. Alors, je vous amène du monde ?

— Mais oui, bien sûr. Dès demain, et autant que vous pouvez en trouver. Je vais tout de suite cueillir des plantes, nettoyer la place et acheter des flacons.

Elles précisèrent le projet dans ses détails, puis Clara s'en alla. Longtemps, Abby demeura seule assise sur le canapé, repensant à leur projet. Si lady Brumley avait raison, le Mead l'introduirait dans la bonne société londonienne, et Clara allait certainement se montrer utile pour lui enseigner les usages. D'ailleurs, elles pourraient en causer dès le lendemain en travaillant à la préparation du parfum.

Tout se mettait en place. Dès que les robes seraient livrées, elle prouverait à Spencer qu'elle était capable de s'habiller avec goût. Un peu plus tôt, il lui avait fait dire qu'il avait engagé un maître de danse : ainsi, Abby n'aurait plus de problème au bal. Bref, tout indiquait qu'elle serait prochainement une épouse parfaite.

Sauf sur un point : Ravenswood semblait décidé à ne pas recommencer leurs « jeux » de la veille.

Il fallait à tout prix qu'elle reste dans ses pensées, même quand il était absent. Il lui fallait une sorte de souvenir… Un portrait peut-être, ou bien…

Elle se redressa et faillit crier de joie. Le Mead, bien sûr ! Un sourire éclaira son visage. *Je sens même votre parfum dans mes rêves.*

À elle de s'assurer qu'il ne la sente pas qu'en rêve. Qu'il la sente au bureau, au Parlement et, surtout, pendant son sommeil. Elle n'avait qu'à se glisser dans sa chambre et asperger de Mead ses cravates et ses oreillers. Pas en quantité telle qu'il le remarquât, mais suffisamment pour que le mécanisme de mémoire se mette en place.

14

« Ce que votre employeur ignore ne le fait pas souffrir. »

Vade-mecum du parfait domestique,
par le maître d'hôtel d'une très grande maison

Agacé de devoir rentrer chez lui en fin d'après-midi, Spencer descendit de voiture devant son hôtel particulier. Une convocation de Sa Majesté n'était pas chose à prendre à la légère : pour rencontrer le souverain, il fallait qu'il se change.

Quel fâcheux contretemps ! Tout ce qu'il espérait, c'était de ne pas tomber sur Abby. Il avait passé la moitié de la matinée à rêver d'elle. Il était obsédé par le grain de sa peau, la lueur d'extase dans son regard quand elle avait atteint l'orgasme, le plaisir fabuleux qu'il prenait à se repaître de sa bouche, de ses seins, de sa...

Il proféra un juron étouffé. Pour rencontrer Sa Majesté, il fallait qu'il écarte ces idées de son caleçon ! Le roi était d'un naturel irascible, et mieux valait ne pas faire de faux pas.

— McFee ! tonna-t-il en faisant irruption dans le hall.

Le maître d'hôtel apparut, curieusement pris de court alors qu'il remettait un carnet dans sa poche. Ce n'était pas la première fois que Spencer surprenait McFee avec un carnet. Étrange. Peut-être était-ce la raison pour laquelle il parvenait à garder la maison en si bon ordre.

— Oui, milord ?

— Envoie James dans ma chambre. Je dois m'habiller, j'ai rendez-vous avec le roi.

— Tout de suite, milord.

Le maître d'hôtel s'éloigna, un sourire aux lèvres. Comme tous les gens de maison, il appréciait que son maître fût reçu par le roi.

— Eh bien, soupira Spencer, le malheur des uns fait le bonheur des autres...

Il n'avait qu'une heure pour se mettre en tenue d'audience. Il monta l'escalier quatre à quatre et remarqua distraitement une nouvelle couleur violette dans le couloir. Tiens, il y avait des bouquets de lilas sur les guéridons, se reflétant tout au long des miroirs. Depuis quand McFee mettait-il des fleurs dans la maison ?

Une autre surprise l'attendait dans sa chambre. Sa prétendue femme était penchée sur son lit, offrant son mignon derrière dans une position des plus tentantes.

Après une demi-journée à l'imaginer dans cette position – entre autres –, la réaction qui lui venait spontanément était d'aller à elle et de la trousser.

La peste soit de cette fille ! Que faisait-elle là ? Furieux, il claqua la porte derrière lui.

Elle sursauta et virevolta si prestement qu'elle lâcha ce qu'elle tenait ; l'objet vola en éclats en tombant sur le plancher.

Un puissant parfum de romarin et de citron vert les enveloppa tandis que, piteuse, elle regardait les morceaux de verre.

— Oh, zut ! Pardon, Spencer. Je ne vous attendais pas. Je vais tout de suite chercher un balai...

Elle avança d'un pas, et des éclats de verre crissèrent sous ses fines pantoufles bleu marine.

— Ne bougez pas !

Il se maudit de lui avoir fait peur : c'était sa faute si elle avait lâché ce flacon. Il fit deux pas en avant sur les débris, et la souleva dans ses bras.

— Que faites-vous ? s'étonna-t-elle en passant les bras autour de son cou.

— Ces éclats de verre risquent de déchirer vos pantoufles, sans parler de vos pieds.

Abby fondit de tendresse.

— Cela devient une habitude, de me porter dans vos bras.

— Est-ce ma faute si vous avez tout le temps besoin d'être secourue ? répondit-il d'un ton bourru.

— Je n'aurais pas besoin d'être secourue si vous ne me preniez pas tout le temps par surprise.

Elle resserra son étreinte autour du cou de Ravenswood et ajouta :

— Mais je ne me plains pas. J'aime bien que vous vous portiez à mon secours.

Il en perdait le souffle. Sa bouche pulpeuse s'ouvrait en un sourire taquin, et ses yeux brillaient de gaieté. Un instant, il faillit la déposer sur le lit pour profiter de l'agréable intermède qu'elle lui offrait. Mais la porte s'ouvrit et le valet de chambre entra.

— Oh, pardon, milord ! bégaya l'homme en battant en retraite.

— Tout va bien, James ! dit Spencer en reposant Abby. Lady Ravenswood a eu une petite mésaventure. Fais venir quelqu'un pour nettoyer ces morceaux de verre, je te prie.

— Tout de suite, milord, répondit James en ressortant.

Abby tourna son regard vers les morceaux de verre.

— Je vais nettoyer moi-même.

— C'est aux domestiques de le faire. Et d'abord, que faisiez-vous dans ma chambre ?

La question eut l'air d'affoler la jeune Américaine. Elle tripotait les cordons de son tablier, ne sachant que dire.

— Eh bien, je... voilà... ou plutôt... enfin... C'était un petit cadeau pour vous.

— Un cadeau ?

— Une bouteille de Mead, expliqua-t-elle en désignant le verre brisé. Je m'étais dit qu'il pouvait vous être utile pour vous parfumer l'haleine, apaiser vos aigreurs d'estomac, que sais-je encore. Vous pouvez même vous parfumer avec, si vous…

— Je ne me parfume pas.

— J'ai remarqué plusieurs fois que vous sentiez la bergamote. Vous devez utiliser une sorte de parfum. C'est pourquoi… je… j'ai eu l'idée de vous offrir un flacon de Mead.

Ravenswood était outré qu'on le prenne pour un dandy écervelé dont les vêtements et les cheveux sentiraient la cocotte.

— Écoutez, je ne suis pas un godelureau qui s'attache à dégager l'odeur d'un jardin fleuri. Je ne mets jamais de parfum. Vous avez dû vous tromper.

— Si vous le dites… De toute façon, j'ai cassé le dernier flacon qu'il me restait. J'en ferai d'autres demain – mais pas pour vous, si vous ne vous parfumez pas.

Était-ce de l'ironie dans sa voix ? Probablement. De toute façon, elle ne le croyait jamais.

— Je suis désolé de vous avoir fait casser votre dernier flacon, mais je ne m'attendais pas à vous trouver ici en entrant pour me changer.

— Vous changer ? Et pourquoi donc ?

— Je suis convoqué par le roi.

— Le roi de quoi ?

Juste Ciel, l'ignorance d'Abby était pire que ce qu'il redoutait.

— D'Angleterre, ma chère. Nous en avons un ici, vous vous souvenez ?

— Je sais, confirma-t-elle en rougissant, mais je ne pensais pas qu'il recevait des gens ordinaires comme… Je n'avais pas réalisé… Je veux dire, mais alors vous êtes quelqu'un de très important ?

— Uniquement quand le chef de cabinet est absent. Un de mes devoirs consiste à le remplacer, et notamment de répondre à sa place aux convocations de Sa Majesté.

Il attendit sa réaction : comme celle de ses domestiques, fiers de faire partie d'une maisonnée dont le maître est reçu par le souverain.

Mais son froncement de sourcils le surprit.

— Il ne manque pas de toupet, en exigeant que vous lâchiez tout pour vous précipiter à sa demande. Je suppose que vous avez des choses plus importantes à faire. D'ailleurs, votre tenue est impeccable. Vous pouvez y aller dans cet habit, il est parfaitement coupé.

Ravenswood éclata de rire. En fait, elle exprimait tout haut ce qu'il pensait tout bas.

— Mais c'est le roi ! Il donne les ordres qu'il veut.

— Ah bon ? Pour moi, c'est un grossier personnage. Je me demande comment vous faites, vous autres Anglais, pour supporter la monarchie. Vous devriez les flanquer à la porte une fois pour toutes, et diriger ce pays vous-mêmes, comme nous en Amérique. Tous les hommes naissent libres et égaux en droits.

— Attention, ma chère, veillez à garder cette opinion pour vous, rétorqua-t-il sèchement. On pend des gens pour moins que ça.

Elle porta les mains à son cou, horrifiée.

— On me pendrait pour dire ce que je pense ?

— Si ce que vous pensez est un crime de lèse-majesté ou relève de la haute trahison, oui.

Pris d'une méchante inspiration, il se pencha pour lui glisser à l'oreille :

— Mais ne vous en faites pas, je m'arrangerai pour que vous soyez simplement enfermée dans la Tour de Londres, avec les autres criminels endurcis.

Elle resta un moment interdite, puis un soupçon l'effleura.

— Lord Ravenswood, vous vous moquez de moi.

— Pas le moins du monde ! s'exclama-t-il en tâchant de garder son sérieux. Pour nous autres Anglais, le loyalisme passe avant tout. À votre avis, pourquoi le roi m'a-t-il convoqué ? Il veut savoir que faire de cette insupportable Américaine que j'ai épousée et qui brandit l'étendard de la révolution dans tout Londres.

— Vraiment ? demanda-t-elle avec un sourire mutin. Et vous allez lui conseiller de me boucler dans la Tour de Londres ?

— Il faut bien protéger la population des fauteurs de troubles.

— Bon. Eh bien, bouclez-moi s'il le faut. Mais à condition de venir me rendre visite. Je suis sûre que cela vous réconfortera de me voir enchaînée, après tous les ennuis que je vous ai causés.

Un instant, Spencer imagina la scène. Puis, dans l'instant qui suivit, les vêtements disparurent : vêtue de ses seules chaînes, elle s'offrait à la bouche vorace de son amant, dont les mains couraient sur ses seins, ses cuisses écartées et cet endroit si doux, si brûlant...

Par le Ciel, elle le rendait fou. Il fallait qu'il cesse de la taquiner car de la taquinerie, il passerait au marivaudage puis à d'autres choses encore.

Il se détourna brusquement.

— Enfin, James va revenir d'un instant à l'autre pour m'aider à me changer. Il vaut mieux que vous sortiez.

Avant que je vous enchaîne à moi pour le reste de mes jours...

— Et la prochaine fois que vous voulez me faire un cadeau, ajouta-t-il, remettez-le à McFee, il s'en occupera.

— Pourquoi ? Vous craignez que si vous me laissez accéder à votre chambre, je ne fasse des bêtises ?

— Non. J'ai peur de ce que je ferais, moi... Bon, sortez maintenant, il faut que je m'habille.

— Mais je dois vous parler du Mead...

— Plus tard, Abby. Je n'ai pas le temps.

— Oh, d'accord ! Décidément, seul le roi est capable de vous plier à sa volonté.

Elle sortit avec de grands airs de dignité outragée et, un instant, Ravenswood eut envie de courir derrière elle pour la couvrir de baisers. Mais il se contenta de la regarder quitter la pièce et refermer la porte.

Il retirait son habit et son gilet quand le valet revint avec une soubrette, armée d'un balai pour enlever les éclats de verre. James portait un seau d'eau fumante, il était très excité.

— Une audience avec Sa Majesté ? Nous devons vous faire propre comme un sou neuf, milord.

Spencer soupira.

— Oui, mais je n'ai qu'une heure.

Il retira sa chemise toute moite.

— Puis-je vous raser avant que vous ne vous habilliez ? demanda James.

— Oui, Sa Majesté déteste les gens mal rasés. Et pas d'estafilades. Saigner en sa présence est probablement illégal.

— Ne vous inquiétez pas, milord, répondit le valet en riant. Je serai doux comme un agneau.

Il versa l'eau brûlante dans une cuvette et sortit le matériel de rasage. En général, Spencer ne faisait guère attention à tout cet appareillage mais, ce jour-là, il remarqua que James versait quelques gouttes d'un produit dans l'eau de rasage.

Il désigna le récipient.

— Qu'est-ce que c'est ?

— De l'huile de bergamote, milord. Cela assouplit la peau.

— Tu en mets chaque fois que tu me rases ?

— Bien sûr. Tous les gentlemen mettent de l'huile parfumée dans leur eau de rasage, de sorte que le savon ne dessèche pas la peau. En plus, ça sent bon.

Abby avait donc raison. Il lui avait fait reproche de le prendre pour un dandy, alors qu'elle avait tout simplement du nez. Regrettant de s'être comporté en malotru, il s'installa dans le fauteuil que son valet lui désignait.

Il ne s'était jamais senti aussi peu sûr de lui qu'avec Abby. Il ne pouvait ouvrir la bouche sans la blesser ou lui faire la cour. C'était exaspérant.

Et combien il aurait préféré qu'elle n'eût pas brisé ce flacon dans sa chambre ! Toute la pièce gardait le parfum d'Abby qui le poursuivait comme une obsession. Il regarda la soubrette qui balayait les éclats de verre.

— Quand tu auras fini de balayer, brique le plancher. Et mets quelque chose pour neutraliser l'odeur. On étouffe, dans cette pièce.

Pourtant, la fragrance était exquise. Exquise au point de le transformer en esclave, aux pieds de la femme ainsi parfumée. Pire que des chaînes. Oui, des chaînes : si quelqu'un en portait, c'était lui. Il ne pouvait rester un moment sans songer à toutes les façons dont il désirait faire l'amour avec elle. Au diable la Tour de Londres ! Il avait envie de l'enchaîner nue sur son lit pour lui apprendre ce qui arrive aux taquines irréfléchies...

— Je vais chercher vos vêtements, murmura James une fois le rasage terminé.

Arraché à ses rêveries érotiques, Spencer grogna. De nouveau, il était en érection. Décidément, il fallait qu'il cesse de songer à Abby avant que son valet ne revienne : autrement, celui-ci constaterait sa réaction. Et le fait de se changer allait devenir bien gênant. Penser à autre chose. Au roi. Oui : cela serait propice à calmer les pires ardeurs. Il réfléchit à la façon de s'y prendre avec Sa Majesté. Il repassa en pensée la dernière loi en projet à la Chambre des lords. Cela le refroidit assez pour qu'il puisse enfin s'habiller.

Jusqu'au moment où James lui noua sa cravate. Brusquement, l'image d'Abby s'imposa de nouveau, éclatante. Son parfum semblait plus présent que jamais, comme si ce maudit flacon était ouvert juste sous son nez.

Bon sang, c'était de la folie ! Son imagination lui jouait des tours. Si elle parvenait à l'obséder à ce point alors qu'elle n'était pas présente, comment allait-il se débrouiller lorsqu'il serait près d'elle ? Il fallait qu'il la renvoie en Amérique avant qu'elle ne vienne complètement à bout de sa détermination.

Il se promit d'interroger de nouveau les limiers à la recherche de son frère, en espérant avec ferveur que l'odeur d'Abby s'estomperait.

Mais elle le suivait, à chaque pas. Il fut incapable de l'écarter de son esprit, de sa voiture, du palais et même de la salle d'audience, en présence du roi. Le parfum d'Abby ne le quittait plus.

— Lord Ravenswood ?

C'était la voix du monarque.

— Oui, Majesté ?

— Que pensez-vous de notre voyage à Édimbourg en août ? Nous serions le premier roi d'Angleterre à mettre le pied en Écosse depuis Charles II. Vous vous rendez compte ?

— C'est vrai. Mais Votre Majesté doit déterminer ce qu'elle attend vraiment de ce déplacement. Veut-elle évaluer les sentiments des catholiques vis-à-vis de l'émancipation ? Ou simplement rappeler aux Écossais la bienveillance de la Couronne ? Dans le premier cas, le déplacement est inutile, car cela peut se faire d'ici. Mais dans le second, il peut s'avérer utile.

Ravenswood s'aperçut que le roi le dévisageait avec stupéfaction. En fait, il n'attendait de lui qu'une approbation. Or la flagornerie n'était pas dans sa nature.

— Mais naturellement, Votre Majesté a déjà réfléchi à tout cela…

— Vous avez des opinions bien tranchées, milord.

— Pardonnez-moi, mais vous m'avez demandé mon avis.

— Oui, et vous y êtes allé carrément.

Le roi se souleva lourdement de son trône qui grinça, et s'avança à pas lourds vers la fenêtre.

— Voyez-vous, Ravenswood, c'est cela qui est insupportable chez vous. Vous êtes tout le temps maussade, et beaucoup trop sûr de vous.

Spencer eût préféré que cette dernière affirmation fût vraie. Jusqu'à ce jour, il ne s'était jamais douté de l'antipathie qu'il avait suscitée chez le monarque. Lui restait-il un avenir politique ? Il se sentait curieusement calme, flatté d'être méprisé par un souverain aussi médiocre.

— Mais, ces derniers jours, nous croyons avoir décelé un côté moins sombre que nous le pensions, continua le roi.

— Je vous demande pardon ?

— Nous avons su que vous avez pris femme. Et pas n'importe qui : une Américaine qui ne répugne pas à semer la perturbation dans les bals.

— C'est... c'est exact, Majesté. J'ai dernièrement épousé une Américaine.

— Tant mieux pour vous ! Les marieuses ont dû grincer des dents. Elles vous voyaient déjà avec une oie blanche de leur dernière couvée, mais vous avez montré qui vous êtes, n'est-ce pas ?

— On peut voir les choses sous cet angle.

Spencer songea que le roi était la victime favorite de ces vieilles commères friandes de ragots. Le monarque s'était senti injustement critiqué plus d'une fois. Et le mariage de Spencer ressemblait à une rébellion contre ces colporteuses de cancans.

— J'en viens à me demander, poursuivit le roi avec un léger sourire, si vous n'êtes pas un joyeux drille, au fond. C'est bien, Ravenswood. C'est bien.

Cette conversation était si inattendue que Spencer ne savait que dire.

— Merci.

— Nous avons appris que votre femme est une beauté, poursuivit Sa Majesté.

Spencer se transforma brusquement en statue de glace. Malgré la liaison affichée que le monarque avait avec lady Stewart, il n'avait pas les yeux dans sa poche.

— Certains ne la trouvent pas vilaine, il est vrai, concéda-t-il.

Son sang se figeait à la simple idée du regard lubrique de George IV sur Abby.

— Nous aimerions que l'on nous présente cette beauté américaine, insista le souverain, parfaitement conscient de la jalousie de Spencer. Le 1er mai, nous honorerons de notre présence une petite fête champêtre chez les Throckmorton. On dansera, il y aura un mât de fête, comme tous les 1er mai, et même un feu d'artifice. Je suis sûr que vous êtes invité : ne manquez pas de venir avec votre femme. J'aimerais voir comment se débrouille une Américaine avec nos danses désuètes.

Spencer était stupéfait. Le roi n'avait jamais exprimé le désir de partager avec lui ne serait-ce qu'une tasse de thé. Le fait d'accéder à cette demande ne manquerait pas de donner un coup de pouce à sa carrière politique.

Mais Abby ? Jamais elle n'accepterait. Si elle se sentait mal à l'aise dans une simple soirée privée, elle ne supporterait certainement pas de fréquenter la famille royale.

— Je pense que cela ne sera pas possible, Votre Majesté.

— Comment ? s'offusqua le roi. Pourquoi ? Veuillez m'expliquer pourquoi cela n'est pas possible de satisfaire le bon plaisir de votre seigneur !

Spencer se sentait déjà la corde au cou, mais il s'obstina à défendre sa position.

— Ma femme est très intimidée au contact de la bonne société. Elle a reçu en Amérique une tout autre éducation, il lui faut du temps pour s'accoutumer aux mœurs anglaises. Elle n'a jamais vu un roi de sa vie, pour commencer, ni…

— Fadaises ! Elle s'en sortira très bien, affirma le roi en recouvrant son flegme aristocratique. Nous n'ignorons pas tout des mœurs des Américains. Nous fermerons les yeux sur d'éventuelles maladresses. Nous souhaitons simplement rencontrer l'audacieuse qui a su conquérir le cœur d'un de nos plus nobles sujets.

Abby ne s'était pas contentée de faire main basse sur le cœur de Spencer : c'est tout son avenir dont elle était désormais maîtresse. Elle pouvait anéantir sa carrière d'un revers de manche.

Mais ce n'était pas cela qui contrariait le plus Spencer. C'était le fait que le roi ait un œil sur elle. Aussi ridicule que cela semblât, il ne voulait partager avec personne sa prétendue femme.

— Nous ferons savoir à lady Throckmorton que votre épouse et vous-même serez présents, Ravenswood.

Ce n'était pas une question.

— Bien, Majesté.

Un sourire suffisant s'ébaucha sur les lèvres du roi.

— Et puis, dites à votre femme d'apporter ce trésor cité par lady Brumley dans sa chronique, ce matin.

Nous aimerions juger par nous-même si la chose est aussi merveilleuse qu'on le dit.

— Si tel est votre bon plaisir, Majesté.

Il fallait que Ravenswood se procure toutes affaires cessantes un exemplaire de la chronique de lady Brumley, pour savoir à quoi le roi venait de faire allusion.

Une chose en tout cas était certaine : Abby n'entrait pas dans la société londonienne sur la pointe des pieds ! Elle y effectuerait un plongeon remarqué : Spencer espérait que ce plongeon n'allait pas les faire couler.

Tard dans la soirée, Abby eut enfin le temps de faire le point sur l'avancement de ses travaux. Dans la grande salle, tout était pratiquement prêt pour le lendemain. Avec Mme Graham, elle avait tout déballé et installé des postes de travail sur la longue table pour qu'elle et ses amies rédigent et collent les étiquettes, remplissent les flacons et nouent les rubans. Grâce à l'obligeance des gens de Spencer, de nombreux sièges étaient disposés autour de la table, et Abby avait tous les produits pour faire le Mead... c'est-à-dire l'Eau de Providence.

Elle se disait que le projet de lady Brumley était une folie mais, si la « gazette des cancans » décrétait que le Mead était un parfum, pourquoi pas ? Elle n'avait rien à y perdre.

— Dommage que tu aies refusé l'offre de lady Clara : ces enfants nous auraient été bien utiles.

Mme Graham ramassa des livres éparpillés sur la table, et les rangea sur les étagères.

— Cela nous aurait fait gagner du temps. Mais, sachant l'aversion du vicomte pour les enfants, je crois que tu as eu raison de ne pas en prendre.

— Qu'ont dit les domestiques ?

— Qu'il se plaint toujours des garnements de l'autre côté de la rue. Je reconnais que c'est une bande de chenapans, toujours en train de fouiner partout, mais ce n'est pas une raison pour leur interdire son jardin. Ils ne font de mal à personne.

— Spencer est un solitaire. Il travaille ferme et il écoute des discours assommants du matin au soir. Quand il rentre chez lui, il a besoin d'un jardin tranquille pour se reposer. Peut-on le lui reprocher ?

— Ce n'est pas tout. M. McFee m'a dit que M. Nathaniel a autorisé les enfants à jouer dans le jardin quand lord Spencer n'est pas là. Mais lorsque lord Spencer l'a appris, il s'est fâché. Mieux vaut donc ne pas faire venir d'enfants à son insu.

Abby sentit un frisson lui courir le long de la colonne vertébrale.

— M. McFee, continua Mme Graham, a dit que tu avais raison de les tenir à l'écart. Le fait d'avoir des enfants chez lui risquerait de mettre monsieur en fureur. Ce n'est pas à cela que tu veux arriver, n'est-ce pas ?

Effectivement. Abby l'avait déjà échappé belle pendant l'après-midi, lorsque Spencer l'avait surprise en train d'asperger ses oreillers de Mead. Heureusement qu'elle avait déjà fini de parfumer les cravates.

Il y eut un moment de silence, puis Mme Graham reprit :

— M. McFee a dit aussi...

— Arrête de me casser les oreilles avec ce snob de maître d'hôtel, coupa Abby, maussade. Depuis quand tiens-tu compte de ses avis ? Je croyais que tu le détestais.

À sa surprise, Mme Graham rougit.

— C'est vrai. La plupart du temps, précisa-t-elle en s'agitant autour des livres. Ça ne veut pas dire que tout ce qu'il dit est faux. Surtout à propos du lord. J'espérais qu'il te garderait comme femme, mais je n'en suis plus si sûre. Il est plus hautain ici qu'en Amérique, tu ne trouves pas ? En plus, les hommes qui n'aiment pas les enfants font de mauvais pères.

— Il est célibataire, riposta Abby, furieuse d'entendre ses soucis exposés de façon si crue. Tous les célibataires détestent les enfants. C'est tout.

Tout au moins espérait-elle que c'était tout. Elle aurait aimé trouver un moyen de s'en assurer sans s'attirer la colère de Ravenswood. Ce que disait Mme Graham des gens qui n'aiment pas les enfants n'était pas entièrement faux. Et Abby avait la ferme intention d'en avoir, tôt ou tard. Elle aurait souhaité que ce soit avec Spencer.

Mme Graham eut un soupir sonore.

— Cela me ronge de le voir te briser le cœur.

— Il ne pourra le briser que si je le lui donne. Et je ne suis pas assez sotte pour le donner à un homme qui n'en veut pas.

Ou pour discuter de ces questions intimes avec ma domestique trop curieuse. Elle prit un carton et le vida.

— Regarde ces flacons. Tu penses qu'ils feront l'affaire ? J'ai tâché d'en trouver de jolis, mais c'est tout ce que j'ai déniché.

Mme Graham fit le tour de la table.

— Ils sont un peu crasseux, mais on va les nettoyer comme il faut.

Quelques minutes plus tard, une voix masculine retentit :

— Je suis rentré.

Abby se retourna vivement. Spencer était appuyé contre l'encadrement de la porte et les regardait, impassible. Il portait des pantalons en casimir bleu marine, un habit assorti à col de velours et boutons dorés qui moulait ses larges épaules, son torse musclé et sa taille élancée. Il avait l'air de ce qu'il était : un homme puissant, riche et d'une beauté redoutable.

Et totalement inaccessible à une femme comme Abby.

Elle tenta de calmer son cœur en folie.

— Vous êtes superbe.

— C'est ma tenue de travail, répondit-il en souriant. Qu'est-ce que c'est, tout cela ?

— M. McFee m'a dit que je pouvais disposer de cette salle pour y faire du Mead. J'ai voulu vous demander l'autorisation, mais vous n'étiez pas là.

Ravenswood entra et inspecta les marmites, les entonnoirs et les braseros pour chauffer l'eau.

— C'est une véritable usine que vous installez. Tout cela pour quelques bouteilles ?

Abby retenait son souffle, bien consciente que Mme Graham l'observait sans cesse.

— Je ne vais pas produire seulement quelques bouteilles. Lady Brumley est passée cet après-midi, elle propose que je vende le Mead comme parfum. Clara et elle m'ont convaincue. Nous l'appellerons Eau de Providence.

Il prit un flacon, l'examina sous tous les angles.

— Approprié.

— Vous croyez ? s'enquit-elle, heureuse de son intérêt. Je trouvais leur idée folle, mais elles sont formelles : cela sent si bon qu'il faut le vendre en tant que parfum. Lady Brumley a déjà passé une grosse commande, Clara vient ici demain avec quelques amies pour m'aider à le fabriquer.

— Hélas, ma chère, il faudra que cela attende un peu. Pendant quelque temps, vous allez être trop occupée.

— Par quoi ?

— Je sais que vous ne vouliez plus vous montrer dans les bals. Mais nous venons de recevoir une invitation à laquelle il est impossible de se soustraire.

— Laquelle ?

— Sa Majesté sera à la fête champêtre le 1er mai. Cela fait des semaines que j'ai reçu mon carton d'invitation, je n'avais pas l'intention de m'y rendre. Mais le roi insiste. Et il faut que vous veniez avec moi, afin qu'il fasse votre connaissance.

— Oh, milady ! s'écria Mme Graham. Magnifique !

Abby crispait les doigts sur le dossier de la chaise devant elle.

— Non, c'est impossible.

— Si. De toute façon, nous n'avons pas le choix. Cette affaire ne me plaît pas plus qu'à vous. J'ai tout fait pour vous excuser, mais le roi a été catégorique.

— Mais pourquoi diable me veut-il à cette fête ? maugréa Abby, piquée par le fait que Spencer ait eu honte de présenter sa femme au souverain. N'a-t-il pas assez de jongleurs et de baladins pour le distraire ? Il croit qu'une gauche américaine sera plus drôle ?

— Ne dites pas de sottises.

— Il a certainement su ce qui s'est passé au bal de...

— Cela lui est égal. Il m'a dit que... qu'il voulait connaître la femme qui avait su conquérir mon cœur.

Elle eut un rire amer.

— Il se trompe de personne !

Spencer reposa sèchement le flacon sur la table.

— Il le croit, et c'est tout ce qui compte. Je ne vais pas lui raconter ma vie.

Elle écarta une chaise de la table et se laissa tomber dessus, égarée. Elle avait voulu prouver à Spencer qu'elle était capable d'être sa femme en toute circonstance pour qu'il soit fier d'elle. Mais elle n'avait jamais pensé devoir s'aventurer au sommet de l'échelle sociale.

— Ce n'est pas le bagne, poursuivit-il. Consacrez un peu plus de temps à Clara et à votre maître de danse, voilà tout. Et vous avez deux semaines devant vous.

Deux semaines ? Pour se préparer à comparaître devant le monarque en personne ? Si elle se ridiculisait, Spencer la répudierait sur-le-champ.

— C'est trop court. J'ai promis à lady Brumley cent bouteilles d'Eau de Providence pour son petit déjeuner hebdomadaire de samedi. Avant toute autre activité, il faut que je fabrique ces flacons. Cela me laisse à peine plus d'une semaine, en comptant les dimanches...

— Lady Brumley n'a qu'à attendre.

— Ce n'est pas possible, je me suis engagée ! Elle va tout mettre dans les journaux, et le reste. Elle n'est peut-être pas le roi, mais elle a le pouvoir de la plume.

Vous ne voulez pas que je m'attire ses foudres, quand même ? De toute façon, deux semaines ne suffiront pas pour que je sois prête à rencontrer le roi.

— Prête ou pas, il a demandé à vous rencontrer et vous êtes tenue d'obtempérer. Si vous refusez, c'en est fini de ma carrière.

— Mais si j'accepte, je la détruirai encore plus sûrement.

— Sottises ! Je croyais que pour les Américains, tous les hommes naissent et demeurent égaux ? Le roi n'est qu'un homme, après tout : n'ayez pas peur. Il y a quelques heures, vous me disiez que je le valais bien.

— Parfaitement. *Vous*, vous valez bien ce personnage.

— Et vous aussi.

— Il se peut, mais vous autres Anglais ne voyez pas les choses comme cela. La façon dont on se comporte en société compte beaucoup plus ici qu'en Amérique. Si j'anéantis votre avenir par une gaffe…

— Mais non ! s'écria-t-il en s'appuyant des deux mains sur la table. Allons, Abby, j'ai besoin de vous. Je vous donnerai tout ce que vous voulez, si vous faites cela pour moi.

— Je ne veux rien de plus…

— Elle veut toute la garde-robe que vous lui avez achetée, coupa Mme Graham. Elle veut la garder et la remporter en Amérique.

— J'ai l'impression, riposta Spencer en se tournant vers la servante, que je ne me suis pas adressé à la bonne personne… D'accord pour la garde-robe. D'ailleurs, qu'en ferais-je après votre départ ? Quoi d'autre ?

— Écoutez, Spencer… commença Abby.

— Elle veut les rubis que vous lui avez fait mettre avant-hier soir, poursuivit Mme Graham en croisant les bras sur son opulente poitrine. Et pas seulement les boucles d'oreilles : toute la parure.

— D'accord. Et puis ?

— Plus un mot ! rugit Abby en se levant d'un bond. Je ne veux rien de tout cela.

— Mais s'il est d'accord pour payer…

— Je n'ai pas l'intention d'accepter de bijoux ni d'habits en échange de mes services. Je ne suis pas une… une fille de joie !

Elle se tourna vers Spencer, releva le front et précisa :

— Je ne suis quand même pas tombée si bas.

— Je vois. Alors, qu'accepteriez-vous ? Je suis prêt à vous donner tout ce que vous voulez. Dites-moi quoi !

Elle l'observa, indécise. Comme elle aimait ce menton énergique, cette bouche dispensant des baisers étourdissants, ces bras qui l'enlaçaient avec tant de tendresse !

C'est vous, songea-t-elle, c'est vous que je veux…

Ce n'était sans doute pas la réponse qu'il attendait. De toute façon, elle ne voulait pas l'obtenir par la contrainte. Elle voulait le convaincre qu'ils seraient heureux ensemble, qu'ils auraient des enfants…

— Que vous me laissiez livrer la commande de lady Brumley.

— J'accepte, concéda-t-il sèchement. Du moment que vous consacrez le reste de votre temps à vous préparer pour le roi, faites ce que vous voulez avec le Mead.

— Ce n'est pas tout, enchaîna-t-elle en prenant une profonde inspiration. Si je ne veux pas que cela me prenne une semaine, il faut que je fabrique de quoi remplir ces cent flacons samedi même. Il me faut donc de la main-d'œuvre. Clara m'a proposé de faire venir ses voleurs repentis. Si vous le voulez bien, les enfants viendront ici demain, pour m'aider à mettre l'Eau de Providence en bouteilles.

— Pourquoi ne pas faire cela à l'hospice ?

— Je n'ai pas envie d'y transporter tout mon matériel. De plus, Clara n'a pas la place pour un projet de cette importance. Alors qu'il y a ici toute la place qu'il faut. Avec une quinzaine de personnes motivées, cela ira beaucoup plus vite qu'avec quelques amies.

— Prenez mes domestiques.

— Cela perturberait la maison. Je croyais, précisa-t-elle non sans une pointe d'ironie, que vous ne vouliez pas que les activités de votre femme bouleversent la maison ?

Il se détourna en grommelant un juron et elle ajouta :

— De toute façon, ce ne sera pas du temps perdu. Clara peut m'apprendre l'étiquette, les titres et tout le saint-frusquin pendant que je remplirai les flacons et que j'écrirai les étiquettes.

— Mais elle pourrait faire ça sans les enfants...

— Spencer, vous avez mon offre. C'est à prendre ou à laisser.

— C'est tout ce que vous voulez ? Avoir les enfants ici pour vous aider ?

— Oui.

— J'aurais préféré vous donner les bijoux... D'accord, va pour les enfants. Mais à la condition que je ne les aie pas dans les jambes. Le vendredi, la réunion parlementaire finit tôt, donc je rentre dîner à sept heures. Qu'ils soient partis avant mon arrivée.

— Bien.

Elle comprenait parfaitement. Il voulait que tout soit fait à sa manière.

Eh bien, il n'en était pas question. Ce serait une occasion pour Abby de tester ses réactions face aux enfants.

15

« La présence d'enfants dans une maison demande au maître d'hôtel des talents très particuliers. »

Vade-mecum du parfait domestique,
par le maître d'hôtel d'une très grande maison

Abby jubilait. Au milieu d'une grappe d'enfants rieurs de différents âges, elle trônait à la longue table de la salle et découpait des rubans. Elle avait du mal à croire que ces amours au visage d'ange étaient d'anciens voleurs… sauf quand on les regardait travailler. Leurs petites mains étaient si adroites que l'on avait du mal à en suivre le mouvement.

— Sont-ils charmants ! dit-elle à Clara. Ils ont vite appris.

Clara était en train de calligraphier une étiquette avec minutie.

— Vous n'avez pas vu Jack quand il a essayé de chiper la porcelaine en montant, ni Mary évaluant l'argenterie de son œil d'aigle.

— Mais ils n'iraient quand même pas jusqu'à nous voler !

— Bien sûr que si, s'ils croyaient pouvoir s'en sortir.

Clara aida une petite de sept ans qui remplissait de parfum un flacon avec une carafe. L'enfant, qui s'appelait Lily, eut un sourire timide.

— Peu importe, décréta Abby, conquise. Qu'ils volent, si ça leur fait plaisir. Spencer n'en sera pas plus pauvre.

— Faites attention à ce que vous dites ! s'écria Clara en s'efforçant de ne pas rire. Je me tue à leur faire perdre l'habitude de voler.

— Je ne vole plus, observa fermement Lily. Depuis que je suis grande.

— Tu sais que je te gronderai si tu voles.

Lily se mit à remplir un nouveau flacon, très concentrée.

— De toute façon, j'aime pas voler. J'ai trop peur quand je me fais prendre.

Abby avait du mal à imaginer une fillette faisant les poches des passants. Pourtant elle savait que ce n'était pas rare à Londres. Ni même à Philadelphie, d'ailleurs. Mais Londres avait peut-être davantage de pickpockets, avec des châtiments plus cruels.

C'est pourquoi Clara se dévouait tant pour son hospice.

— Est-ce que nous arriverons à fabriquer cent flacons ? demanda Clara en observant, par les fenêtres de la salle, que le crépuscule n'était pas loin.

— Je pense que oui. Combien en avons-nous, Jack ? demanda Abby en se tournant vers un galopin décharné qui collait les étiquettes.

— Quatre-vingt-neuf, milady, répondit-il en regardant Lily avec sévérité. On en serait à quatre-vingt-onze si cette empotée n'en avait pas renversé deux.

— Mais il y avait une araignée ! s'exclama Lily. Je déteste les araignées.

— Moi aussi ! intervint Abby en se penchant au-dessus de la table pour tapoter sa main. Ne t'inquiète pas : deux bouteilles de moins, nous n'en mourrons pas. Et nous pourrons travailler un peu plus tard, n'est-ce pas, Clara ?

— Oui, mais il faut que je prévienne l'hospice de garder le dîner au chaud.

— Pas question. Vous dînez avec nous ici, rétorqua Abby. J'ai déjà donné mes ordres en cuisine. C'est le moins que je puisse faire pour vous, en échange de tout ce travail.

— Et Spencer ? Êtes-vous sûre qu'il acceptera d'avoir tous ces chenapans à sa table ?

— Il m'a dit qu'ils pouvaient venir à la maison, non ? En outre, j'ai fait faire un menu spécial : de la soupe, des saucisses et des boulettes de porc. J'ai tâché de faire quelque chose qui plaira aux enfants.

Elle s'adressa à Mme Graham :

— As-tu montré au cuisinier comment faire de la soupe aux fruits de mer et aux légumes ?

— Bien sûr, répliqua Mme Graham en nouant un ruban autour du goulot d'un flacon. Il était outré que l'on mette du bacon avec des clams. « Bientôt, vous me demanderez de mettre des moules avec le rôti de porc », m'a-t-il dit. Je lui ai répondu que c'est milady qui le voulait, qu'il n'avait donc pas le choix. M. McFee y veillera, d'ailleurs. Il s'occupe aussi des sorbets au citron.

— Des sorbets au citron ? répéta Jack. Eh, les gars, vous avez entendu ? On a des sorbets au citron, ce soir !

— On dirait que je ne les nourris que de gruau et de sauce, constata Clara d'un ton maussade en voyant l'excitation des enfants.

Leur joie faisait plaisir à Abby.

— Oh, vous connaissez les enfants. La moitié du plaisir vient du fait qu'on les gâte en dehors de chez eux.

— Il n'y a pas que cela. L'hospice n'a pas les moyens de leur faire des sorbets en plein mois d'avril. Cela coûte une fortune. J'espère que vous en êtes consciente.

— Oui, confirma Abby.

Mais il fallait qu'elle sache une fois pour toutes si Spencer détestait vraiment les enfants. S'il lui reprochait la dépense, ce serait révélateur.

La porte de la salle s'ouvrit et une jeune nurse entra, un gros bébé sur la hanche.

— La petite a fini sa sieste, milady. J'ai pensé que cela ne vous dérangerait pas si elle vient se joindre au reste de la compagnie.

— Bien sûr que non, répondit Abby à la place de Clara, tandis que tous les enfants se bousculaient pour accueillir le nourrisson.

Elle tendit les mains et demanda à Clara si elle pouvait la prendre.

— Mais je vous en prie, répliqua celle-ci avec un sourire.

Émerveillée par les beaux yeux noisette de la petite et son doux parfum de bébé, Abby la serra contre elle. Ah, si seulement cette enfant était à elle… à Spencer et à elle.

Soudain, la porte s'ouvrit.

— Mais enfin, qu'est-ce que… ?

En entendant Spencer, Abby leva vivement la tête : le vicomte était en état de choc. Il restait tétanisé par le spectacle de la jeune femme avec un bébé dans les bras.

— Pardon de vous déranger, s'excusa-t-il sèchement. Abby, puis-je m'entretenir avec vous un instant dans mon bureau ?

Son regard était glacial, autant que son ton.

— Mais bien sûr, répondit-elle.

Ainsi, tout s'effondrait. Elle avait voulu en avoir le cœur net quant aux sentiments de Ravenswood concernant les enfants. Elle était fixée.

Spencer faisait les cent pas dans son bureau. Il avait une furieuse envie de casser quelque chose. Il cherchait à tout prix à recouvrer son sang-froid avant l'arrivée d'Abby mais n'y arrivait pas. C'était plus fort que lui : le spectacle de cette troupe piaillante de marmots l'avait jeté dans une colère aveugle.

Parce qu'ils étaient tous autour d'Abby. Parce qu'elle tenait dans ses bras la petite Lydia – pour lui, l'identité du bébé ne faisait aucun doute – et elle regardait cette enfant avec tant de tendresse que Spencer avait eu l'impression de recevoir un coup de couteau dans le ventre.

La peste ! Elle avait fait exprès de garder toute cette marmaille. Pourtant, il avait précisé que les enfants devaient avoir quitté la maison avant son retour.

La porte s'ouvrit. Abby entra, mais il ne lui laissa pas le temps de parler.

— Qu'est-ce que ces gosses font ici ? Je vous ai dit que je ne voulais pas les voir. Il fait presque nuit : ne me racontez pas que vous avez oublié l'heure !

Elle pâlit.

— C'est que… nous n'avons pas fini.

— Je m'en moque !

Il avait toujours présent à l'esprit l'image de la jeune femme avec ce bébé dans les bras. Jamais il ne pourrait lui en donner un. Cela le déchirait.

— Qu'ils partent, vous m'entendez ? Et pas plus tard que tout de suite.

— Ce n'est pas possible. Ils méritent une récompense après ce long travail. Je leur ai promis un bon dîner. Et ils l'auront, même si cela chamboule votre petite existence bien rangée.

Il se raidit.

— Fort bien, faites-les dîner si cela vous chante. Je vais à mon club. Mais si jamais je les revois ici…

— Vous ne les reverrez pas. Si j'avais su que cela vous dérangeait à ce point, je ne les aurais pas exposés à votre colère. Je n'aurais jamais cru que vous vous en prendriez à des enfants.

— Vous racontez n'importe quoi : je ne m'en suis pas pris à eux.

— Ils ont très bien compris, je vous assure. Ils sont marqués par l'opprobre car ils viennent de la rue.

— Vous ne croyez quand même pas que je les chasse parce que ce sont des voleurs ? demanda-t-il, incrédule.

— Quelle autre raison auriez-vous d'être irrité par leur présence ? Il est naturel que vous redoutiez le vol de votre argenterie et autres objets de pacotille. Une fois dépouillé de vos biens, vous ne…

— Mais par tous les saints, cela n'a rien à voir ! Si j'avais peur qu'ils me volent, je n'aurais jamais pris l'un d'eux comme palefrenier.

— Vous ? demanda-t-elle, bouche bée.

— Oui, moi. Cela fait des années. Et deux valets de pied, plus tard.

Mais c'étaient des jeunes gens, presque des adultes ; ils n'étaient plus des enfants, capables de le torturer avec la pensée de ce qu'aurait été sa vie s'il avait été en mesure d'en avoir.

— Demandez à lady Clara si vous ne me croyez pas. Ce ne sont pas les voleurs que je ne supporte pas : ce sont les enfants. Vous le savez pertinemment.

— Oui, c'est ce que m'ont dit vos amis au bal, mais je n'en ai pas cru un mot. Pourquoi un adulte aurait-il de la répugnance pour de petits êtres ?

Elle le dévisageait avec attention : il avait le sentiment qu'elle lui tendait un piège. C'était cousu de fil blanc et il refusait de dévoiler sa honte : il ne voulait pas que la colère d'Abby tourne à la pitié. Surtout maintenant qu'il avait surpris son expression quand elle tenait la petite Lydia dans ses bras. Elle voulait des enfants et il ne pouvait lui en donner. Rien n'y changerait.

— Peut-être l'adulte que je suis supporte mal de voir sa tranquillité perturbée, sa maison envahie et ses opinions défiées à tout moment.

— Parlez-vous des enfants ou de moi ?

— Je n'ai pas envie de polémiquer avec vous, déclara-t-il en se dirigeant vers la porte, raflant au passage son porte-documents. Qu'ils dînent et disparaissent. Je serai au club.

Quand il ouvrit la porte, il entendit tout un remue-ménage provenant du hall. Qu'est-ce que ces petits voyous fabriquaient ? Il s'avança d'un pas rapide, Abby sur les talons. Lorsqu'ils arrivèrent dans l'entrée, lady Clara était en train de donner aux enfants leurs bonnets et leurs gants.

— Mais attendez ! protesta Abby. Que faites-vous ?

— Nous avons pensé qu'il valait mieux retourner à l'hospice, pour vous laisser tranquille avec votre mari.

Une petite aux cheveux bouclés toisa Spencer.

— Et sans saucisses, en plus. C'est pas juste.

— Tais-toi, Lily ! gronda lady Clara.

Abby se tourna vers Spencer et il sentit son cœur se serrer. Il ne savait que trop ce qu'elle voulait.

— Ce n'est pas la peine de partir, déclara-t-il. De toute façon, je vais au club. Abby a fait préparer un dîner : on ne va quand même pas le jeter.

Des cris de joie fusèrent. Lady Clara ne savait où se mettre.

— Mais enfin, lord Ravenswood, c'est à nous de partir et non...

— Non, restez. Je vous en prie.

Il aperçut McFee, auquel les enfants lançaient déjà leurs gants et leurs couvre-chefs.

— McFee, mon chapeau et mon manteau !

— Tout de suite, milord, répondit le maître d'hôtel.

Abby entraîna sa bande de petits brigands, en adressant un dernier sourire à Spencer.

— Par ici, les enfants. Allons directement à la salle à manger.

— Mais doucement ! ajouta lady Clara en regardant à son tour Spencer. Tout ce bruit risque de donner la migraine au vicomte...

Ravenswood faillit lui dire que le bruit était le cadet de ses soucis, mais il tint sa langue. Tout ce qu'il voulait, c'était partir. Mais il y eut soudain un fracas retentissant, en haut dans le salon, suivi d'un tintement. Il monta les escaliers quatre à quatre. Il entra dans le salon juste à temps pour trouver un gamin qui tentait fébrilement de redresser une table, tandis qu'une coupe d'argent tournait encore par terre. L'enfant avait une boîte à côté de lui et, derrière lui, la commode en bois de citronnier que Spencer gardait en général fermée à clef était grande ouverte.

— Jack ! s'écria lady Clara en arrivant derrière Spencer. Que se passe-t-il ?

Jack pivota vers eux avec toute l'agressivité d'un petit pickpocket, mais derrière cette façade, il était terrifié.

— Je voulais juste voir ce qu'il y a là-dedans, expliqua-t-il en désignant la commode. J'ai fait attention en l'ouvrant.

Après l'avoir crochetée, pensa Spencer avec irritation.

— Quand j'ai essayé d'ouvrir la boîte, j'ai trébuché et… j'ai renversé la table. Mais je n'étais pas en train de voler, milord. Je vous jure.

— Je suis vraiment navrée, lord Ravenswood… commença lady Clara.

— Restons-en là, trancha Spencer. Il faut bien que jeunesse se passe.

Il remit la table en place et ramassa la boîte que Jack avait posée. Celle-ci était peinte de couleurs vives. Avec un soupir, il ôta le crochet et la boîte s'ouvrit en accordéon, triplant de longueur.

— Qu'est-ce que c'est ? s'étonna Jack.

— Un phénakistiscope. Tu tournes ça vers la bougie et tu regardes par le trou. Alors, tu vois une chasse au renard.

Jack prit l'objet avec circonspection et le porta à son œil. Spencer connaissait par cœur la scène en trois dimensions qu'il avait observée des milliers de fois, quand il était petit. Il s'agissait de dessins régulièrement espacés, représentant des chasseurs en veston écarlate traquant un renard. Ils galopaient entre les arbres vers un soleil rouge sang.

— Que c'est beau ! s'exclama Jack.

Spencer aperçut derrière lui Clara et Abby qui le surveillaient, bouche ouverte. Les autres enfants s'attroupaient pour voir ce qui se passait.

Sortant de sa stupeur, Abby s'avança et remarqua les dix boîtes rangées dans la commode.

— Vous avez une collection de phénakistiscopes, observa-t-elle.

Spencer rougit brusquement.

— Je n'ai pas de collection de quoi que ce soit, gronda-t-il. Ne me faites pas passer pour un écolier stupide.

Lady Clara s'approcha, curieuse. Abby soutenait le regard de Ravenswood.

— Si ceci n'est pas une collection, comment l'appelez-vous ?

— Ce sont des phénakistiscopes que je me suis procurés quand j'étais jeune.

— Et que vous gardez dans une commode.

— Oui, sous clef, précisa Jack.

— Parfaitement, sous clef, confirma Spencer en foudroyant le galopin du regard. Alors, tu m'expliques comment tu l'as ouverte ?

Jack se contenta d'avaler sa salive.

— Oh, arrêtez de changer de sujet, intervint Abby. Écoutez, Spencer, ce n'est pas grave. Le sous-chef de cabinet du ministère de l'Intérieur possède une collection de phénakistiscopes. Cela n'a rien de honteux.

— Mais je n'en ai pas honte ! se récria le vicomte. Et ce n'est pas une collection. Ils sont rangés ensemble...

— N'aggravez pas votre cas, lord Ravenswood, renchérit lady Clara, amusée. Abby a raison : vous êtes démasqué.

— Et peut-être que si les enfants le demandent gentiment, le vicomte les laissera-t-il admirer ses boîtes ? Peut-être leur montrera-t-il comment elles fonctionnent ?

Un chœur de supplications s'éleva. Spencer dévisageait Abby. Nom d'un chien, espérait-elle qu'il allait inviter des enfants à venir le tourmenter ?

Oui, elle l'espérait. Et leurs petits cris plaintifs ne faisaient qu'empirer les choses. Ils avaient si peu, et cela leur ferait tant plaisir ! Spencer n'était pas cruel au point de le leur refuser...

Mais il ferait payer à Abby de l'avoir mis dans une telle situation.

— Je serai ravi de montrer aux enfants comment ça marche, dit-il d'une voix qui se voulait calme.

Cette phrase lui valut des clameurs d'exultation de la part des petits lutins, et un sourire de la part d'Abby.

Pendant une heure, il eut l'impression d'évoluer dans un brouillard. Les enfants le harcelaient sans cesse. Ils regardaient par-dessus son épaule tandis qu'il montrait à un petit garçon aux yeux de biche comment observer la scène du lac. Puis ils se mirent à lui tirer la manche pour lui demander telle boîte ou telle autre. Une fois même, une petite main fragile se glissa dans la sienne. Il tressaillit, mais ne la repoussa pas.

Enfin, Spencer se réfugia sur sa bergère favorite pour échapper à l'assaut. Lily, la petite fille des rues qui regrettait tant ses saucisses, eut l'audace de le suivre et de monter sur ses genoux.

Très sérieuse, elle tenait l'un des phénakistiscopes.

— Monsieur, je n'arrive pas à le faire marcher. Je regarde, mais je ne vois rien.

Sa lèvre tremblait comme si elle était au bord des larmes, et il sentit son estomac se nouer.

Voilà ce qui manquait pour faire de cette soirée un vrai cauchemar : une enfant en larmes. Une petite mignonne à croquer, avec de jolies boucles noires et de ravissants yeux bleus.

— Regarde, Lily.

Il prit la boîte des mains de la fillette et l'orienta vers la cheminée.

— Il faut que tu tournes la boîte vers la lumière. Par exemple, le feu ou une bougie.

L'enfant regarda par le trou et son visage s'éclaira.

— C'est une course de chevaux ! Est-ce qu'ils bougent ?

Il ne put se retenir de sourire.

— Regarde.

Il glissa les mains sous la boîte pour tirer les ficelles, ce qui faisait cabrer et courir les chevaux. Lily était ravie.

— Ça y est ! Ils galopent !

Spencer eut un rire étranglé.

— Ça ne vaut pas une vraie course, mais au moins on choisit le vainqueur.

Le fait d'observer l'adorable Lily s'avéra pour lui une véritable torture. Sans cette blessure de guerre, c'est sa propre fille qu'il aurait pu avoir sur les genoux, qui aurait tenu le phénakistiscope avec l'insouciance désinvolte de l'enfance.

Il avait si mal qu'il chercha des yeux la femme qui bouleversait sa vie. Abby était radieuse. Elle pensait certainement lui rendre service en l'obligeant à affronter ce qu'il faisait mine de haïr. Elle prouvait ainsi qu'il n'était pas si méchant que cela. Comme un rosier sauvage, elle envahissait sa maison et son existence.

C'était presque comme si…

— Vous n'avez pas des boîtes avec des choses pour les filles ? lui demanda Lily. Par exemple des danses, des dames dans des voitures ?

— Eh non. Tu aimes ça, les dames dans les voitures ?

— Beaucoup, confia-t-elle avec un sourire timide. Surtout quand elles sont belles comme lady Clara et lady Ravenswood. Lady Ravenswood a la même odeur qu'avait maman, toute parfumée et douce.

— *Qu'avait ?*

Les beaux yeux de la petite s'emplirent de larmes.

— Maman est allée au ciel. Et je n'ai pas de papa. Il est parti en mer avant ma naissance.

Une boule se formait dans la gorge de Spencer.

— Et qui s'occupait de toi avant l'hospice ?

Elle écrasa une larme de son petit poing.

— Mon oncle. Mais il m'obligeait tout le temps à aller voler. J'aime pas voler.

— Tu as raison, dit-il. Obéis bien à lady Clara, et tu ne seras plus jamais obligée de le faire.

Il se promit de doubler son don à l'hospice à la fin de l'année.

Cette petite était trop attendrissante. Elle se pelotonna contre lui.

— Je t'aime bien. T'es pas méchant comme les garçons.

Elle fourra le nez dans sa cravate et la huma.

— Et tu sens bon. Comme lady Ravenswood.

Un petit rire lui échappa.

— Ah bon ?

— Mais oui, confirma-t-elle en lui fourrant sa cravate sous le nez. Tu vois ?

Pour lui faire plaisir, il renifla. Assurément, c'était bien le parfum d'Abby. Mais ce n'était pas lui qui l'y avait mis...

McFee entra dans le salon et annonça :

— Madame est servie.

Il faillit perdre contenance en apercevant Spencer avec Lily sur les genoux.

— Je... Milord, si vous... Je tiens le manteau et le chapeau de monsieur à sa disposition s'il souhaite toujours aller à son club.

Lily eut un regard enjôleur pour Spencer.

— Tu vas pas aller à ton club, monsieur. Ici, il y a du sorbet au citron. Je suis sûre qu'il n'y a pas de sorbet au citron au club.

— Du sorbet au citron ? répéta Spencer en interrogeant Abby du regard.

Non seulement elle l'accablait d'enfants, mais elle voulait le faire mettre en prison pour dettes ?

— Où avez-vous trouvé du sorbet au citron en cette saison ?

— Eh bien... commença-t-elle, gênée. M. McFee m'a aidée.

Spencer regarda son maître d'hôtel en haussant un sourcil : l'homme se raidit.

— Madame m'a demandé ce qui plairait le plus aux enfants comme dessert : j'ai suggéré le sorbet au citron.

Je n'ai pas pris en compte la difficulté qu'il pourrait y avoir à se le procurer…

— Ni le prix, précisa sèchement Spencer.

Il ne savait plus à quel saint se vouer. Sa prétendue femme et son maître d'hôtel avaient beau rougir comme des gamins pris en faute, ils l'avaient bel et bien possédé. Sans les grands yeux pleins d'espoir de Lily, il les aurait tous envoyés au diable et serait parti se retrancher dans son club.

Mais il n'était pas tombé si bas qu'il pût blesser une fillette – une fillette inconsciente des souffrances que lui infligeait chacun de ses charmants sourires.

Il s'adressa solennellement à la petite.

— Eh bien, mon chou, tu as raison. Ce sorbet au citron, je ne veux pas le rater. D'autant que ma femme et mes gens se sont donné beaucoup de mal pour le préparer.

Abby retrouva le sourire. Oui, songea-t-il, elle avait certainement quelque chose en tête. Il décida de s'incliner momentanément mais, le moment venu, il saurait lui faire cracher le morceau. Et si c'était ce qu'il soupçonnait, elle ne s'en tirerait pas comme cela.

16

> « Il ne faut jamais se demander ce qui se passe derrière les portes fermées à clef. »
>
> *Vade-mecum du parfait domestique, par le maître d'hôtel d'une très grande maison*

Abby s'était un peu détendue tandis que Spencer était avec les enfants mais, une fois tout le monde assis à table, l'angoisse la reprit. Devant la mine sombre de son mari, le cœur de la jeune femme se serra. Lorsque les valets apportèrent la soupe, sa confusion s'aggrava. Surtout quand Spencer, regardant le fond de son bol, demanda :

— Qu'est-ce que c'est ?

— Je... C'est de la soupe de fruits de mer accompagnés de légumes. C'est américain. J'ai pensé que vous aimeriez. Car... il paraît... que vous aimez les coquillages, les fruits de mer.

— Qui vous l'a dit ?

— Vos gens.

Les enfants attendaient qu'il se prononce. Sachant que tous les yeux étaient sur lui, il prit une cuillerée. Puis une autre. À la troisième, n'y tenant plus, Abby s'enquit :

— Alors ? Qu'en dites-vous ?

Ravenswood mangeait paisiblement.

— Hum ? De quoi ?

— Mais de la soupe, enfin !

— Ah ! La soupe...

Abby le foudroya du regard.

— Elle est bonne, assura-t-il. Excellente, même. Vous n'êtes pas de mon avis, vous autres ?

Les enfants se mirent à manger avec entrain. Les compliments fusèrent. Spencer se permit un sourire. Abby l'aurait giflé.

Le reste du dîner se déroula sans incident. Abby fut même surprise de la façon dont Spencer amusa ses invités. Il leur raconta ses aventures en Italie, ses promenades à Venise, en gondole au milieu des cygnes.

Lorsque Jack claironna qu'il détestait les cygnes, Spencer approuva.

— Tu as bien raison ! Les cygnes ont reçu la beauté pour cacher leur stupidité flagrante.

Les enfants riaient de bon cœur.

Les sorbets au citron étaient à peine finis que Spencer se tamponna la bouche avec sa serviette et se leva.

— Je suis désolé de devoir vous quitter mais j'ai du travail. Après le départ de nos invités, ma chère, continua-t-il à l'adresse d'Abby, j'aimerais que vous me rejoigniez un instant dans mon bureau.

— Certainement, acquiesça-t-elle, incertaine.

Son malaise n'avait pas échappé à Clara qui demanda après le départ du vicomte :

— Vous pensez que lord Ravenswood est toujours en colère à cause de la présence des enfants ?

— Bien sûr que non. Ce doit être autre chose. Il s'est montré charmant. Je crois qu'il veut simplement me parler du programme de demain.

Une fois le groupe parti, Abby se dirigea vers le bureau, de nouveau en proie au malaise. Elle en ignorait la cause, mais celui-ci ne la quittait pas.

Quand elle arriva devant la pièce, la porte était grande ouverte. Ravenswood était en manches de chemise, debout entre le feu et son énorme bureau d'acajou.

Spencer en manches de chemise ! Abby repéra l'habit et le gilet sur un fauteuil. Il avait jeté sa cravate sur son épaule.

Abby eut un pressentiment, mais elle choisit de l'ignorer. Elle n'avait rien à craindre de Ravenswood. Il avait bien le droit de s'habiller de façon décontractée chez lui.

Sauf qu'il ne l'avait jamais fait jusque-là.

En l'observant par la porte entrouverte, elle chercha à percer son humeur. Elle le voyait de profil, il était grave, pensif. D'une main, il faisait tourner un alcool dans un verre, de l'autre il tenait un phénakistiscope.

— Entrez, Abby, dit-il sans se retourner.

Elle sursauta. Le cœur battant, elle obéit.

— Refermez la porte et verrouillez-la.

Cet ordre sec lui serra l'estomac.

— Pourquoi ?

— Je ne veux pas être interrompu par mes gens en pleine conversation.

— Je vois.

La réponse était logique, mais c'est d'une main tremblante qu'elle poussa la porte et tourna la clef.

Quand elle lui fit face de nouveau, il avait posé son verre vide sur son bureau et avait toujours à la main le phénakistiscope. Les reflets du feu dans la cheminée déposaient des ombres inquiétantes sur son visage.

— Vous aimez les enfants, n'est-ce pas ? lança-t-il.

— Bien sûr. Comme tout le monde. Et surtout, ne me dites pas une fois de plus que vous ne les aimez pas. Je ne vous croirais pas. Je vous ai vu avec tous ces petits. Vous étiez plein de compassion, vous les avez amusés…

— Je sais faire face à l'adversité quand elle se présente.

— Cela n'a rien à voir. Vous auriez pu filer à votre club, mais vous ne l'avez pas fait. Un homme qui déteste les enfants ne leur raconte pas des blagues, il ne se laisse pas grimper dessus. Reconnaissez-le : vous appréciez leur compagnie.

Il pivota vers elle et la scruta de son regard d'acier.

— C'est pour cela que vous les avez fait venir ? Pour savoir si j'étais capable de les tolérer ?

Abby se sentit chavirer.

— Non ! s'écria-t-elle. Je… J'avais besoin de leur aide.

— Et c'est pour ça que vous avez fait préparer un dîner pour eux ? Avec des plats qui leur étaient destinés, et d'autres à moi ?

Voilà qui était plus difficile à justifier.

— Eh bien, je… Quand vous avez dit qu'ils devaient être partis avant le dîner, je ne vous ai pas cru.

Il la dévisageait avec une persistance troublante.

— Vous n'aviez pas de motivations cachées ? La seule raison, c'était la préparation de votre parfum ?

— Assurément, bafouilla-t-elle.

— Je vois, fit-il avec un sourire énigmatique. J'ai quelque chose à vous montrer, ajouta-t-il en désignant le phénakistiscope.

Le cœur d'Abby battait la chamade. L'interrogatoire était-il terminé ?

— Je ne me rappelle pas avoir vu celui-ci tout à l'heure.

— Je ne le range pas avec les autres. Ceux-là, mon père me les a offerts quand j'étais petit. Celui-ci, c'est Nat. Il l'a déniché à Paris, il y a quelques années.

— Ah bon ?

— Je veux que vous regardiez, ordonna-t-il avec une étrange tension.

— D'accord.

Elle traversa le tapis turc et tendit la main. Mais au lieu de lui donner la boîte, il tira la jeune femme vers lui. Il la fit tourner sur place, s'appuya sur le bureau, jambes écartées, en sorte qu'elle ait les fesses posées contre lui. Il la bloqua dans cette position en passant un bras autour de sa taille.

Doux Jésus ! Était-ce de la perversité ou bien avait-il enfin accepté l'attirance qu'il combattait à tout instant ? Et si c'était le cas, pourquoi maintenant ?

Elle sentit avec jubilation l'effet que l'intimité de leur contact provoquait chez Spencer. Puis il l'embrassa dans les cheveux et elle se prit à espérer. Peu importait la raison pour laquelle il avait changé d'avis, il la prenait dans ses bras et l'embrassait. Cela lui suffisait.

Il plaça la boîte entre ses mains et se pencha pour lui chuchoter à l'oreille :

— Regardez, Abby.

Elle mit un moment à focaliser son regard sur l'image. Ravenswood l'aidait à orienter vers le feu l'ouverture recevant la lumière. Puis l'image se forma et elle eut un haut-le-corps. La scène représentait un bordel. Des femmes à peine vêtues s'exhibaient dans des positions scandaleuses, se tripotaient, se faisaient peloter par des hommes...

Le feu aux joues, elle écarta l'objet de ses yeux.

— C'est... c'est...

— Un phénakistiscope érotique. Vous voyez, tous ne sont pas pour les enfants.

— Oh!

De sa main libre, il lui caressait le ventre, ce qui faisait frémir Abby malgré le tissu de la robe et de la combinaison. Quand de l'autre main il commença à déboutonner sa robe dans le dos, elle ne sut s'il lui fallait se réjouir ou s'inquiéter.

— Que faites-vous, Spencer? souffla-t-elle.

— Je crois que vous appelez cela un jeu.

Le fait de sentir son haleine sur sa nuque fouettait le sang d'Abby.

— Je croyais que vous ne vouliez plus de ces jeux-là.

— C'est plus fort que moi, dit-il en libérant les derniers boutons.

Il lui reprit la boîte et la posa sur la table. Puis il dégagea aux épaules la robe, qui glissa à terre avec un léger froufrou.

— En fait, vous n'attendiez que cela.

— Je ne sais pas ce que vous voulez dire, répondit-elle avec une crainte mêlée d'excitation.

Il lui passa quelque chose autour du cou et elle comprit que c'était sa cravate.

— C'est vous qui avez imbibé mes cravates de Mead, n'est-ce pas? C'est pour cela que je vous ai surprise dans ma chambre. Ce n'est que ce soir que j'ai compris.

Quand une des fillettes m'a parlé de mon odeur, j'ai compris que le parfum était trop fort pour n'être que le fruit de mon imagination.

La panique gagnait Abby.

— Euh… elle a dû sentir votre parfum sur votre cravate, c'est tout. Je sais que vous affirmez ne pas en mettre, mais…

— C'est James qui parfume mon eau de rasage. Mais je suis monté dans ma chambre après dîner, et j'ai vérifié mes cravates. Elles sentent toutes comme ça.

Il porta aux narines d'Abby le tissu soyeux, puis le laissa glisser à terre.

— Comme vous, comme votre parfum. Reconnaissez-le.

Elle ne dit rien.

— Petite entêtée, murmura-t-il.

Puis il se mit à dénouer le cordon de sa combinaison. Elle essayait de se tourner face à lui, mais il l'obligea à rester de dos.

— Autre chose, poursuivit-il, et cette fois je veux la vérité. Pourquoi, Abby, avez-vous décidé de faire venir ces enfants ?

Juste Ciel, il recommençait. Sur ce point aussi, il l'avait percée à jour ?

— Je vous l'ai dit.

— Non. Vous connaissiez mon avis. Vous aviez donc une raison précise pour les garder après l'heure que je vous avais fixée. Je crois deviner votre motivation. Mais je veux l'entendre de votre propre bouche.

— Bon, d'accord ! Je voulais savoir si vous détestiez vraiment les enfants. Et je pense avoir prouvé que ce n'est pas le cas.

— Je comprends.

Il semblait étrangement calme tandis qu'il faisait glisser la combinaison jusqu'à la taille d'Abby. Ses seins étaient à présent dénudés. Comme il faisait frais, elle sentit ses mamelons durcir. Dans sa nuque, le souffle de Spencer se faisait plus fort.

— C'était un piège, alors ? susurra-t-il en lui mordillant le lobe de l'oreille.

Tous ses muscles intimes se contractaient en un nœud presque douloureux.

— Que voulez-vous dire ? Quel genre de piège ?

De nouveau, il glissa le bras autour de la taille de la jeune femme, mais cette fois sur sa peau nue.

— Pour voir si je ferais un bon mari.

Décidément, il fallait toujours qu'il devine tout.

— Ne dites pas de bêtises. Puisque de toute façon, nous allons nous séparer à la fin, quelle importance cela aurait-il pour moi ?

— Bonne question, confirma-t-il en faisant du bout du doigt le tour de son nombril. Je me suis posé la même question. Et la seule réponse que j'ai trouvée, c'est que vous préféreriez que notre mariage devienne définitif.

Ça, elle n'était pas assez sotte pour le reconnaître.

— Pour rien au monde !

— Non ? insista-t-il en lui pianotant les côtes de ses doigts légers.

— Non !

— Obstination ! grommela-t-il avec une pointe d'agacement. Mais dites-moi, Abby, savez-vous ce qu'est le supplice de Tantale ?

— Quelle question bizarre !

— Je sais. Répondez quand même.

— Je pense que oui.

Avec un grondement, il posa sa grande main à plat sur le ventre d'Abby et la plaqua fermement contre lui, afin qu'elle sente la bosse révélatrice qui gonflait son pantalon.

— Eh bien, moi, je ne le crois pas. À mon avis, vous n'avez pas la moindre idée de ce que c'est. Prenez le phénakistiscope et regardez de nouveau, ordonna-t-il durement.

Il y avait chez Abby un côté polisson : elle ne demandait qu'à trouver l'expérience follement intéressante. Mais elle hésitait.

— Pourquoi ?

— Parce que je vous le demande. Vous êtes ma femme. En Angleterre, la femme obéit à son mari sans poser de question, quand elle sait que c'est pour son bien.

Cette nuance voilée lui donna le frisson.

— Mais je ne suis votre femme que pour faire semblant.

— C'est curieux que vous ne vous en souveniez que lorsque cela vous arrange. Allez, regardez. Ce n'est qu'un jeu. Un jeu érotique. Vous aimez cela, les jeux érotiques, non ?

Sauf quand vous vous comportez de façon bizarre, faillit-elle dire. Puis il lui appliqua un baiser brûlant sur le cou, bouche ouverte, et toutes les objections d'Abby s'évaporèrent.

— Regardez dans la boîte, Abby…

Avec un soupir, elle porta l'objet à ses yeux.

— Voilà, comme ça ! approuva-t-il en repliant les doigts sur son ventre nu. Et maintenant, dites-moi exactement ce que vous voyez. En commençant par la gauche.

De nouveau, Abby sentit qu'elle s'empourprait. Sa voix n'était qu'un souffle.

— Il y a une femme de… debout à côté du rideau.

— De quoi est-elle vêtue ?

— De rien du tout.

Comme pour la récompenser, il lui couvrit le haut du cou d'un chapelet de baisers.

— Continuez. Que fait-elle ?

— Vous savez bien, accusa-t-elle.

— Oui. Mais dites-le-moi quand même, insista-t-il en lui suçant le lobe de l'oreille. C'est un jeu, d'accord ? Et vous aimez les jeux.

Pourquoi répétait-il cela tout le temps ?

— Elle est… comment dirais-je ? Il y a un homme derrière elle, qui la tient.

— Comme je vous tiens ?

— Oui, c'est ça.

— Et que fait-elle avec cet homme ?

Maintenant qu'Abby entrait dans le jeu, elle était prise d'une excitation terrible.

— Elle appuie la main de l'homme sur son sein.

— Montrez-moi comment.

Elle hésita, puis obéit.

— Comme ça.

Avec un grognement approbateur, il se mit à la caresser, de toute sa paume, en excitant le mamelon. Il la rendait folle. Ses poumons manquaient d'air. Elle aurait voulu avoir la bouche de Spencer sur la sienne.

Elle voulut se tourner vers lui mais il l'en empêcha.

— Continuez, lui glissa-t-il à l'oreille. Dites-moi tout. La femme au milieu, que fait-elle ?

— Je crois que vous avez regardé dans cette boîte plus d'une fois, observa-t-elle, un peu agacée. J'ai l'impression que vous connaissez l'image par cœur.

Il eut un rire dur.

— C'est vrai. Même l'homme le plus sérieux recherche parfois le plaisir. Dites-moi ce qu'il y a au milieu, Abby, répéta-t-il en lui tordant doucement le mamelon.

Avec un hoquet de plaisir, elle remit l'œil devant l'ouverture.

— La femme est vautrée dans un fauteuil, la robe ouverte. Le fauteuil a des pieds dorés et…

— Peu importe le fauteuil. Décrivez la femme.

— Elle est assise, jambes écartées, et c'est tout. Et il y a un… un coussin noir ou quelque chose comme ça entre ses jambes.

Il eut un rire étouffé.

— Ce n'est pas un coussin. Regardez mieux.

Perplexe, elle déplaça la boîte pour mieux voir.

— D'accord, c'est un coussin avec un pelage mais… oh… Vous avez raison : ce n'est pas un coussin, dit-elle, à présent complètement cramoisie.

— Effectivement. C'est la tête d'un homme.

Abby fronça les sourcils.

— Que fait-il ?

— C'est à vous de me le dire, répondit-il de sa belle voix grave qui lui donnait des frissons partout.

— Je… je suppose qu'il… qu'il l'embrasse.

— Où ?

— Vous savez bien, soupira-t-elle.

Cette fois, il eut pitié d'elle et mit sa main un peu plus bas sous la combinaison qui la couvrait encore en dessous de la taille, juste au-dessus des bouclettes entre ses cuisses.

— Là ? demanda-t-il d'une voix étranglée.

Elle avait la bouche trop sèche pour parler.

Elle acquiesça.

Il appliqua toute la main et se mit à frotter. Elle fut prise d'une faiblesse et s'affala contre lui. De l'autre main, il se remit à taquiner le sein d'Abby. Elle avait l'impression qu'elle allait mourir, qu'elle allait s'envoler au milieu des nuages. C'était délicieux, si délicieux ! Qu'il la touche, qu'il la touche partout. Puis il écarta les boucles d'un doigt et se mit à agacer un endroit sensible de façon si adroite qu'elle se mit à gémir et à onduler des hanches.

Elle en voulait davantage.

— Est-ce que vous aimeriez que je vous embrasse là ? Comme sur l'image ?

— Je… je ne sais pas, avoua-t-elle.

Cette réponse dut lui suffire car il se glissa face à elle. Poussant la boîte de côté, il fit descendre la combinaison jusqu'à terre. Puis il lui écarta doucement les jambes et s'agenouilla.

Elle retint son souffle quand il se mit à écarter ses boucles avec une impatience qui n'avait d'égale que celle d'Abby.

Mais il s'immobilisa soudain.

— J'avais raison, non ? Vous vouliez savoir si je déteste les enfants afin d'envisager ou non un mariage définitif ?

Elle voulut nier, mais il était difficile de mentir à un homme qui observait sa nudité la plus secrète. Comme elle ne disait mot, il leva la tête et lut la réponse sur son visage.

— C'est bien ce que je pensais.

Elle ouvrit la bouche pour s'expliquer, pour lui exposer que le mariage entre eux était envisageable. Mais à cet instant, il plaqua les lèvres entre ses jambes, et l'esprit d'Abby cessa de fonctionner.

Par le Ciel ! Cela n'avait rien à voir avec un baiser.

Érotique. Merveilleux. Et complètement ensorcelant. Elle ferma les yeux, posa les mains sur la tête de Spencer, enfouit les doigts dans sa chevelure pour le tenir plus près.

Il s'écarta le temps de quelques mots.

— Vous aimez ça, Abby ? Cela vous plaît ?

— Oui… Oh… oui.

Avec un grognement satisfait, il se remit à la tâche de façon si irrésistible qu'elle se tortillait, ruait et soupirait. De la langue, des lèvres et du bout des dents, il l'attirait dans le plaisir, comme le vent qui se lève, souffle en rafales et emporte tout en tourbillons. Chaque caresse emmenait Abby plus loin, plus haut…

Il se retira brusquement et se leva d'un bond. Elle eut un cri pour protester.

— Spencer, je vous en supplie ! gémit-elle.

Il avait les yeux fous et le pantalon déformé par l'ardeur de son désir, mais il ne céda pas à son appel.

Éperdue, elle tendit les bras vers lui tandis qu'il s'éloignait vers la porte.

— Maintenant, proféra-t-il d'un ton hargneux, vous savez vraiment ce qu'est le supplice de Tantale.

Abby était transpercée de douleur. Il avait fait exprès de l'amener jusqu'à l'extrême bord de l'orgasme. Puis il l'avait abandonnée, car il n'avait pas l'intention de la combler.

— Pourquoi ? Pourquoi faites-vous ça ? Parce que… je vous ai contrarié aujourd'hui ?

Avec un juron, il saisit la poignée de la porte.

— Je vous avais prévenue que rien de bon ne sortirait de ce prétendu mariage. Je vous avais dit que je ne voulais pas qu'il devienne réalité, mais vous vous êtes obstinée.

Il tourna la clef.

— Moi aussi, je peux jouer. La prochaine fois que cela vous prendra de parfumer mes cravates, d'amener des meutes d'enfants ici ou de me faire des agaceries, rappelez-vous cela. Si vous recommencez, je vous jure que vous aurez ce que vous méritez : je coucherai avec vous.

Un violent soupir le secoua tout entier.

— Mais cela ne changera rien, vous m'entendez ? Dès que j'aurai déniché Nat, je vous mettrai dans le premier bateau pour l'Amérique, ruinée ou pas.

Un désir brûlant se lisait dans son regard, alors que ses yeux s'attardaient longuement sur Abby.

— Et si voulez à tout prix rester à Londres, je me ferai un plaisir de vous installer dans une garçonnière à Chelsey.

Sa voix était glacée comme une tempête d'hiver.

— Mais jamais je ne ferai de vous lady Ravenswood pour de bon. Est-ce que je me suis bien fait comprendre ?

Ébranlée par sa fureur, elle ne put que hocher la tête.

— Parfait.

Il ouvrit la porte à la volée, sortit et la claqua.

Un long moment, elle demeura les yeux bêtement fixés sur le battant, en proie à un tourbillon d'émotions : désir frustré, hébétude, désespoir.

Et enfin la colère, en réalisant ce qu'il venait de lui faire. Il l'avait convoquée ici pour la tenter et l'exciter, puis pulvériser ses espoirs en s'interrompant brusquement et en proférant des méchancetés.

Et elle qui avait envisagé de rester mariée à ce monstre au cœur de pierre ! Proférant un juron ordurier, elle saisit le phénakistiscope et le jeta contre la porte.

Les larmes lui brûlaient les yeux. Elle les refoula tout en ramassant ses vêtements avec des gestes rageurs. En fait, il ne supportait de l'avoir dans sa vie que lorsque cela lui convenait. Il voulait tout contrôler et se débarrasser d'elle à sa guise. Il lui proposait même de devenir sa maîtresse !

Elle enfila sa combinaison puis sa robe. Il s'abaisserait éventuellement à faire d'elle sa maîtresse, à partager son lit, mais pas question qu'elle empiète sur sa carrière ou ses projets d'avenir en voulant... en voulant...

En voulant lui appartenir !

Brisée, elle éclata en sanglots et s'effondra sur le plancher. Une chose était bien claire : elle ne lui appartiendrait jamais. Depuis le début, elle n'avait rien compris. Elle avait cru que sa prévenance, ses attentions et même ses caresses étaient bien celles du merveilleux gentleman qu'elle avait rencontré en Amérique.

Mais il n'y avait pas de merveilleux gentleman. Il la désirait, certes, mais c'était tout. Il ne voulait que le corps d'Abby, et non sa personne. Rien n'avait changé depuis leur première rencontre : elle était toujours cette Américaine follement naïve, incapable d'être la femme d'un riche vicomte.

Furieuse, elle essuya ses larmes avec les poings : elle s'en voulait de pleurer la perte d'un homme qui, de toute façon, ne lui avait jamais appartenu. Ah, s'il lui avait laissé une chance, le temps de faire ses preuves...

Non, il était trop sûr de ce qu'il voulait. Mais cela ne signifiait pas qu'elle n'eût aucune chance de faire ses preuves. En fait, c'était un défi. Il fallait qu'elle lui montre son erreur.

Son regard se perdit dans les flammes de la cheminée. Pourquoi pas ? Pourquoi ne pas chercher vengeance de sa froideur ? Elle deviendrait un parangon de distinction aristocratique. L'occasion allait être cette fête où on la présenterait au roi. De toutes les élégantes ladies, elle serait la plus distante. Elle allait lui faire regretter de ne pas l'avoir prise, tant qu'elle était à sa portée. Quand il serait réduit à ramper à ses pieds, elle le rejetterait.

Juste pour voir comment il apprécierait la chose.

Spencer était toujours devant la porte du bureau, appuyé au mur. Les sanglots d'Abby s'étaient calmés, Dieu merci.

Il avait le sentiment d'être allé trop loin. Il n'aurait

jamais dû s'abandonner à cette colère perverse, mais ce dîner avait été pour lui la goutte d'eau qui fait déborder le vase. Il avait touché du doigt à quel point la vie avec Abby pourrait être exquise, sans sa maudite impuissance à engendrer des enfants. Il avait perdu la tête. Mais, s'il n'avait pas réagi, elle aurait persisté dans ses manœuvres pour le pousser à bout.

Finalement, tout cela avait au moins un intérêt : désormais elle le haïssait. Et ce n'était pas plus mal. Il supporterait plus facilement la haine d'Abby que ses regards enamourés et ses tentatives pour le séduire. De toute façon, la simple présence de la jeune femme sous son toit constituait une tentation insupportable.

Dis-lui tout. Dis-lui la vérité...

Pourquoi pas? Sauf qu'elle jurerait peut-être que son infirmité ne comptait pas. Peut-être le penserait-elle sincèrement. Jusqu'au jour où, après lui avoir donné son cœur et son âme, il suivrait le même chemin que son père avec Dora : des années sans enfants frustrent une jeune femme, et finissent par faire voler le couple en éclats. Ainsi son père s'était-il retrouvé seul.

Non, pas question de courir ce risque!

McFee se présenta à l'extrémité du palier. Quand il repéra Spencer, il s'avança à pas comptés. Celui-ci vint à sa rencontre, soulagé de s'occuper l'esprit avec quelque détail domestique.

— Un des enquêteurs a des nouvelles de votre frère, milord, annonça McFee sans préambule. Puis-je l'introduire dans votre bureau?

— Non! répondit Spencer en se passant la main dans les cheveux. Non... Abby y est, et ne souhaite pas être dérangée. Je vais le rejoindre dans le petit salon.

— Bien, milord. Dois-je faire mander Mme Graham auprès de madame?

Le cœur de Ravenswood se souleva à l'idée que la vieille demoiselle trouve sa chère maîtresse en train de vitupérer sur son compte. Puis il se dit qu'Abby avait peut-être du mal à se rhabiller.

— Ce n'est pas bête, acquiesça-t-il d'un ton las.

— Bien, milord.

Le maître d'hôtel rectifia son nœud de cravate et se racla la gorge.

— Je ne voudrais pas fâcher monsieur…

— Eh bien, tais-toi, conseilla Spencer.

McFee s'empourpra, mais son sens du devoir était le plus fort.

— Que monsieur pardonne mon impertinence, mais monsieur a peut-être perdu de vue… comment dirais-je… que monsieur n'est pas en tenue.

Spencer redescendit sur terre. Il poussa un juron en constatant qu'il était en bras de chemise. Par tous les saints, cette fille lui faisait perdre la tête !

— Merci, McFee. Introduis cet homme dans le petit salon et je… je monte dans ma chambre pour me changer.

— Bien, milord.

Avec le doigté d'un vrai professionnel, McFee s'éloigna sans se demander une seconde pourquoi son maître évoluait dans une telle tenue, ni pourquoi il ne pouvait pas tout bonnement remettre cravate, gilet et habit.

Un domestique discret est une bénédiction, songea Spencer. Cette maison était le seul endroit où l'on obéissait à ses ordres sans discuter. Jusqu'au jour où sa « femme » était arrivée, bien sûr.

Il monta l'escalier en maugréant. Sa femme ! C'est en se mettant à la désigner de ce nom si doux que ses ennuis avaient commencé. Elle n'aurait jamais imaginé faire de leur mariage une réalité, s'il n'avait succombé à son offre de « jouer » dans sa chambre à coucher.

Aussi, il ne fallait pas qu'il prenne Abby pour sa femme, sauf s'il souhaitait qu'elle le devienne vraiment. Il ne fallait voir en elle qu'une invitée, une personne qui, provisoirement, utilisait son nom. Le fait qu'il fût tenté de la séduire à tout moment n'y changeait rien. Le fait qu'elle tienne place à sa table avec tant de grâce et d'autorité non plus.

Elle n'était pas sa femme et ne saurait le devenir : pourquoi cette évidence avait-elle tant de mal à lui entrer dans le crâne ?

Avec un juron, il enfila d'autres vêtements. Puis il descendit pour rencontrer le limier, en souhaitant de tout son cœur que, cette fois, celui-ci lui apportât des nouvelles. Plus tôt il ramènerait Nat à la maison, plus tôt il chasserait cette enjôleuse de chez lui.

Quand il entra dans le petit salon, le grand jeune homme dégingandé qui l'attendait se leva pour s'incliner profondément. Il avait un regard pénétrant et une mèche sur le front.

— Bonsoir, milord. Pardon de venir si tard, mais j'ai pensé que vous auriez hâte d'avoir la nouvelle.

— Cela va de soi, répondit Spencer en faisant signe au jeune homme de se rasseoir.

Il était quant à lui trop impatient pour prendre un siège. Il croisa les mains derrière le dos et se mit à faire les cent pas devant la cheminée.

— Alors, vous l'avez trouvé ?

— Euh... non, pas encore. Mais nous avons fait une étrange découverte. Il ne s'est pas enfui sur le continent, comme nous le croyions.

Spencer fut surpris.

— C'est ce qu'il avait toujours fait, pourtant.

— Trois témoins l'ont reconnu sur la route du Nord. Malheureusement, nous avons perdu sa trace dans le Derbyshire. Le dernier indice, c'est un cheval qu'il a acheté à Derby. Il a dû quitter la grand-route à cet endroit, ce qui rend l'enquête plus difficile, mais nullement impossible. Quelqu'un assurément l'aura vu ou l'aura hébergé. Sauf s'il a des amis dans la région, dont vous pourriez nous donner l'adresse...

— Je ne lui connais pas d'amis dans le Nord.

— C'est d'ailleurs pour cela que nous avons mis tant de temps à le repérer. Personne ne s'attendait qu'il fût parti dans cette direction.

Le limier se pencha et prit un ton confidentiel.

— Mais j'ai ma petite idée.

— Vraiment ?

— Comme vous nous l'aviez demandé, nous avons reconstitué son emploi du temps des derniers jours avant sa disparition. Nous avons découvert qu'il a rencontré trois gros industriels tour à tour, dans une chambre d'hôtel. Malheureusement, aucun des trois n'est en ville en ce moment : il ne nous est pas possible de les interroger. Mais l'un d'eux habite York.

— Dans le Nord.

— Exactement. Et Derby est sur la route d'York.

Spencer, le regard perdu dans les flammes de la cheminée, se frottait le menton. De gros industriels… Nat s'était-il emparé de la dot pour développer la compagnie du Dr Mercer ? Mais pourquoi pareille idée ? Si tel était son seul but, il eût été plus simple de lui demander l'argent. Spencer avait déjà donné son accord, et sans se mettre un mariage sur les bras.

Il était donc probable que Nat n'utilisait pas les fonds dans une affaire honnête, le voyou !

Spencer allait le tuer. *Quand* il le trouverait.

— Ce que je conseille, continua le détective, c'est d'envoyer des gens chez ces trois industriels. Il est très possible qu'on l'ait vu chez eux, et nous retrouverons sa piste.

— Excellente idée. Poursuivez ainsi. Et tenez-moi au courant. Avertissez-moi dès l'instant où vous le localiserez. Compris ?

— Certainement, milord.

Le limier se leva : il était clair que l'entretien était terminé.

— Ce ne sera pas long, je vous assure.

Il vaudrait mieux que ce ne soit pas long, songeait Spencer en le raccompagnant.

Car si Abby restait encore longtemps chez lui, il allait devenir fou à lier.

17

« Les domestiques doivent nourrir un attachement sans faille pour la Couronne, et demander dans leurs prières que cesse l'engouement pour la culture française. »

Vade-mecum du parfait domestique,
par le maître d'hôtel d'une très grande maison

Une semaine et un jour après le désastreux épisode dans le bureau de Spencer, Abby arpentait le salon de lady Tyndale avec une impatience peu féminine. Lady Tyndale et Evelina devaient être prêtes à dix heures, et il était déjà la demie passée. Elle refusait d'être en retard au petit déjeuner de lady Brumley, surtout le jour où cette dernière présentait Eau de Providence à toutes ses amies.

Abby avait l'estomac dans les talons, mais n'y pensait pas. Elle s'était réveillée dès huit heures, et avait eu tant à faire pour se préparer qu'elle n'avait même pas touché à un toast. Il y aurait tout ce qu'il faudrait au petit déjeuner.

Lady Tyndale entra en coup de vent, Evelina sur les talons.

— Ah, vous êtes là, ma chère ! Comme c'est gentil de passer nous prendre puisque notre voiture est en réparation !

Abby ébaucha un sourire. La voiture des Tyndale était en réparation depuis si longtemps qu'on aurait pu en construire trois. C'était sans doute la raison pour laquelle Spencer prêtait la sienne chaque fois que possible.

— Allons-y. Nous n'avons pas de temps à perdre.

Lady Tyndale et Evelina, docilement, suivirent la jeune femme vers la voiture. Avant de monter, lady Tyndale glissa quelques mots au cocher : elle détestait aller vite.

Une fois tout le monde assis à l'intérieur, elle s'étonna.

— Où est lord Ravenswood ?

— Nous le prenons au ministère, répondit Abby en faisant signe au cocher de partir. Il travaille même le samedi, figurez-vous.

— Je crois simplement qu'il voulait éviter de nous accompagner, maman et moi, pour nos courses avant le petit déjeuner, dit Evelina en riant.

— Des courses ? demanda Abby.

— Oui, deux courses urgentes pour le mariage. Lord Ravenswood nous a promis sa voiture pour cela. Tu ne le savais pas ?

— Mais... si, bien sûr.

Abby n'avait nulle envie de leur apprendre que, depuis des jours, Spencer évitait de lui parler.

— Du moment que nous n'arrivons pas en retard au petit déjeuner...

— Nous avons tout notre temps, assura lady Tyndale. Cela ne commence qu'à deux heures.

— Si tard ? Vous êtes sûre ?

Evelina sortit un carton de son sac à main et le tendit à Abby.

— C'est marqué sur l'invitation.

Abby consulta la carte ornée de dorures. C'était la première fois qu'elle la voyait. Spencer l'avait reçue longtemps avant qu'elle n'arrive à Londres et, quand on lui avait demandé d'aller chercher ces dames à dix heures, elle avait pensé...

— Alors comme ça, vous n'étiez pas au courant ? s'esclaffa lady Tyndale en donnant un coup de coude à sa fille. Cette pauvre petite s'imaginait que nous y allions tout droit. Comme si on prenait un petit déjeuner à onze heures ! Il n'y aurait personne...

Abby était ulcérée du ricanement de lady Tyndale. Et puis, elle ne voulait être la « pauvre petite » de personne. Enfin elle enrageait que, malgré ses efforts, lady Tyndale s'obstine à la considérer comme une vulgaire étrangère. Il fallait en finir avec cette condescendance.

— Ne dites pas de sottises, riposta-t-elle du ton hautain de vicomtesse qu'elle utilisait désormais avec Spencer. Je savais que c'était dans l'après-midi, mais j'ignorais l'heure exacte.

Evelina gardait un doute.

— Mais tu as mangé avant de sortir, j'espère ?

— C'est évident. Qui pourrait rester à jeun jusqu'à une heure pareille ?

Une simple étrangère, par exemple.

Fasse le Ciel que, lors de ces courses en vue du mariage, elles passent devant une boulangerie, histoire d'acheter un gâteau.

Pas de chance : elles allèrent d'abord à la paroisse pour discuter avec le pasteur des détails de la cérémonie. Il leur offrit une tasse de thé, rien de plus. Qui pouvait avoir faim tôt dans la journée, n'est-ce pas ? Ensuite, elles se rendirent chez la couturière pour un essayage de la robe d'Evelina. Pas l'ombre d'une pâtisserie en vue.

Au bout d'une heure, Abby avait une faim de loup. Au bout de deux heures, elle enrageait. Au bout de trois, elle n'en pouvait plus. Sans les manières pontifiantes de lady Tyndale, elle les aurait suppliées de s'arrêter pour acheter une corbeille de fraises dans la rue.

Quand elles remontèrent en voiture en sortant de chez la couturière, Abby en était à se demander combien de temps l'homme peut rester sans nourriture avant de défaillir.

— Eh bien, observa Evelina en s'asseyant, voilà qui est fait et bien fait. Nous pouvons aller chez lady Brumley, maintenant.

— Il est trop tôt, protesta sa mère. Il n'est qu'une heure et demie. Nous devrions avoir le temps de passer chez la modiste pour cette question de voile. De toute façon, il n'y aura pas un chat au petit déjeuner avant trois heures.

Trois heures !

— Mais il nous faut encore prendre Spencer, rétorqua Abby. Nous devrions y aller maintenant.

Ce qui exigerait une demi-heure de trajet. Quelle journée !

Heureusement, lady Tyndale ne fit pas d'embarras. Mais Spencer n'était pas prêt. Elles l'attendirent vingt minutes avant qu'il ne dévale les marches du ministère.

— Bonjour, mesdames, dit-il en montant en voiture.

Il fit signe au cocher d'avancer, et s'assit à côté d'Abby.

— Pardon de vous avoir fait patienter, mais je ne vous attendais pas si tôt.

— C'est votre femme qui a peur d'arriver en retard au petit déjeuner, commenta lady Tyndale sans laisser à Abby le temps d'ouvrir la bouche. Je lui ai dit que personne ne se rend à l'heure à ce genre d'invitation, mais elle a insisté.

Abby eut un sourire contraint.

— Tout simplement, je ne voulais pas me montrer désinvolte vis-à-vis de lady Brumley.

Ni mourir de faim. Elle aurait préféré être fouettée plutôt qu'admettre son erreur devant le vicomte.

— Lady Brumley ne se formalisera pas, ma chère, je vous assure, rétorqua lady Tyndale, piquée. Vous autres Américaines avez de ces idées…

Abby eut un sourire glacial à l'intention de lady Tyndale et chercha une transition élégante pour changer de sujet. Mais Evelina la devança.

— Tu as pu faire avancer les choses, Spencer ?

— Oui, répondit-il avec un soulagement manifeste. Il y a de nets progrès. Le samedi, quand il n'y a personne, cela va plus vite qu'en semaine.

— Mon pauvre garçon, vous en faites beaucoup trop, observa lady Tyndale avec un vague sourire à Abby. On ne voit que lui au ministère de l'Intérieur, à la Chambre des lords et ailleurs.

C'était une critique à peine voilée. Au début de leur mariage, les gentlemen ne sont pas censés travailler autant. Les jeunes femmes s'attachent à ce que leur foyer soit accueillant, afin que leurs maris n'aient pas envie de travailler le week-end.

— Mon travail me passionne, précisa Spencer sans aménité. Il y a des tas de dossiers à boucler avant la fin de la session parlementaire.

Avec cette conclusion sans appel, il avait remis lady Tyndale à sa place. Celle-ci renonça à dénigrer Abby devant son mari, et un lourd silence s'installa dans la voiture.

Nerveux, Spencer décroisa et recroisa les jambes. Ce faisant, il appuya accidentellement le genou contre celui d'Abby. Celle-ci lui coula un regard discret.

Il affichait la même humeur depuis une semaine, c'est-à-dire passablement renfrognée, mais il était beau à croquer. Le rubis de son épingle de cravate scintillait sur la blancheur immaculée de sa chemise.

Son gilet blanc en soie légère avait de jolis petits boutons… qu'Abby aurait mâchés comme des amandes. Décidément, il fallait qu'elle mange sans tarder ou bien, comestibles ou pas, elle allait se jeter sur ces boutons ! Le gilet s'ouvrirait alors sur la fine chemise de batiste, glaçage blanc qu'elle lécherait jusqu'à dénuder le large torse…

Décidément, la faim la faisait délirer.

Evelina la vit rougir.

— Tu ne trouves pas ta femme charmante, aujourd'hui ? demanda-t-elle à Spencer.

— Si. Énormément, confirma-t-il après un vague coup d'œil à Abby.

Evelina en était pour ses frais. Elle insista.

— Je trouve que ce turban te va à merveille, dit-elle à Abby. Quand l'as-tu acheté ?

Abby était contente de cette distraction.

— C'est lady Brumley qui m'a aidée à choisir. Comme mes cheveux sont difficiles à friser, j'ai pensé que ce satin blanc représentait un heureux compromis.

— C'est ravissant. En vérité, tout ce que tu portes est très à la mode.

— Merci, dit-elle en remarquant du coin de l'œil que Spencer se renfrognait. Selon M. McFee, j'ai tout à fait l'air d'une Anglaise. Qu'en pensez-vous, milord ?

Ravenswood se tourna ostensiblement vers la fenêtre et répondit d'un ton rogue :

— Il a raison. Vos façons de parler, de vous habiller et de vous comporter sont celles d'une Anglaise typique.

Son ton acerbe exaspéra Abby. Mais qu'attendait-il d'elle, à la fin ? Depuis une semaine, elle lui obéissait à la lettre. Elle avait renoncé à tout espoir d'un avenir commun, et coopérait de la façon la plus sincère. Pourtant, cela ne semblait pas lui suffire : depuis deux jours, il était d'une humeur de dogue.

Étaient-ce ses progrès récents qui affectaient Spencer ? Regrettait-il d'avoir trop tôt voulu se débarrasser d'elle ? Si c'était le cas, la situation devenait fort intéressante.

Et il n'avait encore rien vu. Clara avait fait de la jeune Américaine l'une des étoiles montantes de la vie mondaine. Elle était décidée à l'éblouir par son aisance.

Lorsqu'ils arrivèrent chez lady Brumley, Abby avait recouvré son sang-froid. Le grand jour était arrivé. Si elle surmontait cette épreuve, elle pourrait aller tranquillement à la rencontre du roi, le 1er mai. Mais il y avait cette maudite faim qui lui tordait l'estomac. Il existait probablement une obscure règle de bienséance qui interdisait de fendre la foule comme une flèche pour se ruer sur le buffet. Pourtant, Dieu sait que l'odeur des bonnes choses planait sur les jardins de lady Brumley !

Dieu merci, dès l'instant où ils pénétrèrent sur les pelouses, Abby repéra Clara debout seule près d'un massif d'aubépine. Avec Clara, elle pourrait parler à cœur ouvert, crier famine et se gorger de nourriture.

— Je vous prie de m'excuser, annonça-t-elle à ses compagnons, j'aperçois mon amie. Il faut que j'aille l'embrasser.

Lady Tyndale et Evelina acquiescèrent courtoisement tandis qu'Abby allongeait le pas, agacée que Spencer la suive. Il choisissait mal son moment pour renoncer à tenir ses distances, celui-là !

— Je suis tout à fait désolé de vous avoir fait attendre, lança-t-il gravement. Je n'ai pas songé une seconde au fait que vous souhaiteriez arriver ici à l'heure.

— Oh, ce n'est rien, dit-elle d'un ton léger pour se débarrasser de lui.

Elle n'avait nulle envie qu'il la regarde s'empiffrer tel un goret.

— Vous n'avez pas besoin de m'escorter partout, vous savez. Je me débrouille.

C'était clair, mais il ne saisit pas l'allusion.

— Vous devez être furieuse contre moi, si vous en êtes à me fuir.

— Je ne suis pas furieuse, Spencer, précisa-t-elle avec la voix chantante que Clara s'escrimait à lui enseigner. Une dame n'est jamais furieuse : ce n'est pas distingué.

Distingué, le mot qu'elle haïssait entre tous ! Le comble du snobisme !

Heureusement, Clara les vit et vint à leur rencontre. À peine s'étaient-ils salués que Spencer commença à se plaindre.

— Auriez-vous la bonté de dire à Abby que lady Brumley ne s'est sans doute pas aperçue que nous étions en retard ?

— Il est distingué d'arriver en retard, Abby, confirma Clara en riant.

De nouveau, ce mot insupportable !

— Je comprends, répondit Abby en promenant un regard d'envie sur les tables croulant de nourriture. C'est mon mari qui ne cesse de me harceler.

— Vous ne me regardez même pas, doux Jésus ! rétorqua Spencer. Je sais que vous êtes furieuse.

— Et pourquoi le serais-je ?

— Je le sais, c'est tout ! gronda-t-il. Parce que je vous ai fait attendre au ministère. J'ai des devoirs, des responsabilités, figurez-vous.

— Personne ne dit le contraire.

— Vous allez au bureau un samedi, lord Ravenswood ? s'étonna Clara. Le Parlement ne siège pas le samedi.

Abby s'impatientait sérieusement et il était clair que Spencer n'avait nulle intention de décamper.

— Il ne fait pas cela par passion pour son travail, je vous assure. Simplement, il n'avait aucune envie de faire tout Londres à la remorque de lady Tyndale. Il m'a confié cette corvée. Malheureusement, il ne s'était même pas donné la peine de m'avertir.

— Mais si, j'ai bien dû vous dire quelque chose...

— Non. Je m'en serais souvenue.

Clara rit de nouveau, ses yeux pétillaient de gaieté.

— Vous êtes éblouissants ! À vous entendre, il ne viendrait à l'esprit de personne que vous n'êtes pas mariés. Vous jouez vos rôles respectifs à la perfection.

Cette remarque mit fin au débat, et Abby reprit ses esprits. Une vicomtesse ne se chamaille pas avec son mari en public. Elle n'aurait jamais cru qu'elle parviendrait à se laisser provoquer de la sorte.

Quant au vicomte, il lui fallait quelque chose sur quoi passer son aigreur.

— Mais qu'est-ce que c'est que tous ces torchons ? grommela-t-il. Lady Brumley décore ses arbres avec des surplus de filature, à présent ?

Irritée que Spencer ne s'éloigne pas, Abby consentit à jeter un coup d'œil. Effectivement, c'était surprenant.

Des mètres et des mètres de gaze blanche étaient drapés dans les branches, comme de gros toupets de coton. Cela cherchait-il à ressembler à des nuages ?

Sur les tables chargées de victuailles, elle avisa des anges en pâte d'amandes, des serviettes en forme d'ailes et des pièces montées qui évoquaient les portes du paradis. Soudain, elle comprit.

— C'est le paradis, Spencer !

— Si c'est ça le paradis, je préfère le purgatoire...

— Les tissus dans les arbres, ce sont des nuages. Et puis, il y a les anges, etc. Tout cela représente le paradis. Le ciel, quoi !

— Ah, je comprends maintenant la présence des joueurs de harpe.

Des joueurs de harpe ? Effectivement, Abby en remarqua plusieurs groupes de trois, qui jouaient à différents endroits du jardin.

— C'est à cause du parfum d'Abby, expliqua Clara. « Eau de Providence. »

— C'est précisément pour cela que je ne voulais pas arriver en retard. C'est aujourd'hui que lady Brumley présente mon parfum à tous ses amis.

— Je comprends à présent, dit Spencer. Je ne suis pas un goujat. Je croyais simplement que vous m'en vouliez de vous avoir retardée. Je suis sûr que vous n'avez pas avalé une bouchée depuis votre petit déjeuner et il est presque trois heures.

C'en était trop pour Abby, qui capitula.

— Je n'ai rien mangé depuis hier soir, Spencer.

— Comment ? s'exclama-t-il. Et pourquoi diable ?

Toute la hargne qu'avait accumulée Abby éclata brusquement.

— Nous sommes à un petit déjeuner, je vous le rappelle. Personne ne s'est donné la peine de me dire que, pour les gens « distingués », le petit déjeuner a lieu dans l'après-midi ! Je pensais que cela commençait vers onze heures.

— Seigneur, vous devez mourir de faim ! s'écria Clara.

Abby lui adressa un faible sourire.

— J'ai passé le stade de la faim, j'en suis au délire, avoua-t-elle. Toutes ces tables avec de bonnes choses, c'est cela le paradis pour moi à cet instant.

— Qu'attendez-vous, lord Ravenswood ? demanda Clara à Spencer qui restait là les bras ballants. Allez chercher une assiette pour votre pauvre femme, par pitié !

— Pardon, Abby. Je ne savais pas…

Clara le bouscula carrément.

— Allez, remuez-vous ! Avant qu'elle ne tombe d'inanition.

— Merci, murmura Abby tandis que Spencer se dirigeait enfin vers le buffet.

— Vous auriez dû le dire plus tôt. À vous voir, on n'imagine pas que vous avez sauté deux repas.

Tant mieux ! Cela voulait dire que, dans une certaine mesure, elle était parvenue à conserver la dignité propre à une vicomtesse.

— En fait, confia-t-elle à son amie, j'ai failli céder à la gloutonnerie, mais je ne voulais pas que Spencer me voie.

— Pourquoi ?

— Je tenais à garder ma dignité.

Clara rit de bon cœur.

— Vous avez besoin de dignité, en plus d'un mari bourrelé de remords aux petits soins pour vous ?

Spencer remontait les tables d'un bon pas, rebutant tous ceux qui tentaient d'engager la conversation.

— Regardez-le se démener. Il sait que vous pouvez lui remémorer cet épisode pour toujours.

— Tout au moins tant que le Parlement ne siège pas, rectifia Abby avec raideur.

— Vous savez, il est capable de vous surprendre. Tout le monde vous trouve faits l'un pour l'autre. Même Morgan.

Comme Spencer revenait, Abby garda sa réponse pour elle, mais le fait que Clara s'improvisât marieuse l'irritait. Même s'il décidait sur le tard qu'il pouvait se contenter d'elle en qualité de femme, elle refusait la condescendance. Elle n'était pas désespérée à ce point.

Ce qui minait sa détermination, c'était précisément quand Spencer se montrait gentil et prévenant. Il lui tendit assiette et fourchette : il y avait de quoi faire un banquet avec tout ce qu'il avait entassé.

Il n'avait même pas pris le temps de se servir. Mais, bien sûr, il n'était pas sorti à jeun.

— Allez-y, dit-il avec une ébauche de sourire. Ne m'attendez pas, je vous en prie.

Elle ne se le fit pas dire deux fois. Elle mordit à belles dents dans un pain de viande hachée. Un régal ! Mais dans l'état où elle se trouvait, tout était un régal.

— Je vous ai apporté des *homards au gratin,* de la *gelinotte*, des *épinards* et ce *veau en croûte* que vous êtes en train de manger, expliqua-t-il en nommant les plats en français. J'espère que ça ira.

— Oui, bafouilla-t-elle, la bouche pleine.

— Vous savez ce que sont ces mets ?

Elle n'en avait pas la moindre idée, mais acquiesça tout en avalant la dernière bouchée de *veau*. En fait, il fallait que la vicomtesse de Ravenswood apprenne à parler couramment le français gastronomique. Elle engloutit une bouchée verte, puis attaqua quelque chose d'osseux couvert de sauce – probablement du gibier.

Spencer ne la quittait pas des yeux.

— J'imagine que le penchant des Anglais pour tout ce qui est français doit vous sembler bizarre.

— Non, pas du tout, répondit-elle en mastiquant avec conviction de gros grumeaux crémeux, au goût de poisson.

En fait, se disait-elle, les Anglais se faisaient une idée grotesque de la cuisine française et inondaient de sauce gluante des pièces de bœuf et de mouton qui auraient été excellentes telles quelles. Abby Mercer avait des idées très arrêtées là-dessus. Mais la vicomtesse de Ravenswood se devait d'emboîter le pas à la mode.

Comme s'il lisait dans ses pensées, Spencer continua :

— Certains s'étonnent que nous autres Anglais persistions à rendre un culte à la France, mais nous venons à peine de signer la paix avec ce pays. En fait, on dirait que c'est la France qui a gagné la guerre.

Le snobisme aristocratique voulait en effet que l'on émaille sa conversation de mots français. On embauchait des couturiers français et on faisait venir des chefs cuisiniers de France.

Avec un regard appuyé à Abby, Clara intervint :

— De surcroît, les dames les plus distinguées ne supportent que des femmes de chambre françaises à leur service. Si elles n'en ont pas les moyens, elles prennent de braves Anglaises, mais les obligent à faire semblant d'être françaises.

— Vous ne trouvez pas tout cela un peu niais, Abby ? hasarda Spencer.

Elle se tamponna la bouche avec une serviette. Si. Elle trouvait même cela ridicule. Mais depuis une semaine elle gardait pour elle ses véritables opinions : elle n'allait pas anéantir tous ses efforts en rompant le silence.

— Les femmes de chambre françaises savent mieux coiffer, rétorqua-t-elle, essayant de deviner ce qu'aurait dit une Anglaise. Et personne ne souhaite recruter du personnel incompétent, ni surtout que cela se sache.

— En effet… admit Spencer, le regard dans le vague.

Clara lui glissa un regard furtif.

— Lord Ravenswood, n'est-ce pas le chef de cabinet du ministère de l'Intérieur que j'aperçois là-bas avec lord Liverpool, sous le marronnier d'Inde ?

— Si. Il faut d'ailleurs que j'aille le saluer.

Spencer débarrassa Abby de son assiette vide et s'éloigna pour la poser sur une table. Au passage, il prit une coupe de punch présentée par un valet.

Dès qu'il fut hors de portée de voix, Clara murmura :

— Vous savez, vous pouvez donner votre avis sans faire preuve de vulgarité.

— Sauf devant Spencer. Je ne supporterai plus qu'il le prenne de haut avec moi.

Le valet arriva avec son plateau de punch : Clara prit deux coupes et en tendit une à Abby.

— Je ne crois pas qu'il le prenne de haut avec vous. Malgré son sérieux apparent, c'est quelqu'un de relativement ouvert pour son milieu. Il sait prendre les gens tels qu'ils sont, et non tels que la société souhaite qu'ils soient.

La gorge d'Abby se serra.

— À une exception près : sa prétendue femme.

— Que voulez-vous dire ?

Abby s'accorda une gorgée de punch avant de répondre.

— Allons, Clara. Pourquoi, à votre avis, s'est-il lancé dans cette bouffonnerie ? Parce qu'il ne voulait en aucun cas être définitivement marié à une femme de mon rang. C'est la façon qu'il a trouvée de sortir de cette situation sans provoquer de scandale.

Comme s'il avait deviné que l'on parlait de lui, Spencer les regarda, depuis l'autre bout du jardin. Son regard croisa celui d'Abby et il leva sa coupe en un toast silencieux, un léger sourire aux lèvres. Elle fit exprès de lui tourner le dos.

— Spencer n'a pas mâché ses mots. Abigail Mercer est une asociale qu'il ne saurait épouser. Elle n'a ni les relations, ni le vernis, ni toutes les autres qualités dont un homme d'État a besoin à ses côtés.

— Il vous a dit ça ? demanda Clara, incrédule.

— Cela n'a pas été nécessaire. Il m'a raconté que sa carrière l'occupe trop pour qu'il ait du temps à consacrer à une femme. Mais je sais que ce n'étaient que des mots. Ce dont il ne veut pas, c'est de moi. C'est tout.

— En êtes-vous si sûre ?

— Je n'ai plus le moindre doute.

Elle n'avait pas oublié la dure leçon qu'il lui avait administrée dans son bureau. Chaque fois qu'elle était tentée de succomber au charme du vicomte, elle se remémorait l'épisode.

— Mais enfin, Abby, continua Clara en réfléchissant tout haut. Quand un homme ne quitte pas une femme des yeux comme le fait Spencer avec vous, c'est qu'il en est épris.

Abby suivit le regard de Clara : Spencer n'accordait qu'une attention distraite à ses compagnons et la fixait toujours. Son sourire s'était évanoui, mais son regard d'argent la dévorait, semblait explorer tout son corps, frôler ses lèvres, ses seins, son ventre... L'odieux mufle ! Il n'avait pas le droit de la regarder ainsi, comme s'il la désirait, alors qu'il était décidé à ne jamais passer à l'acte. Elle releva fièrement la tête. Plus jamais il ne la toucherait, après l'affront qu'elle avait subi.

— La moitié des femmes ici présentes seraient prêtes à tout pour que leurs maris les regardent comme ça, vous savez, observa Clara. Il vous veut, cela saute aux yeux.

— C'est vrai, il veut mon corps. Mais le reste ne l'intéresse pas.

— Ce n'est pas mon avis. Je le connais de longue date et je ne l'ai jamais vu regarder quelqu'un comme cela. Il se consume pour vous.

— Spencer ne s'est jamais consumé pour quoi que ce soit depuis le jour de sa naissance. Il a tout ce qu'il veut.

— Tous les hommes ne sont pas capables de dire ce qui les habite. Ils savent ce qu'ils désirent, mais non ce dont ils ont vraiment besoin. Et lord Ravenswood a tragiquement besoin de vous. J'en mettrais ma main à couper.

— Eh bien, vous vous retrouveriez manchote ! répliqua Abby amèrement.

— Laissez-lui une chance, insista Clara avec un gentil sourire. Et si la seule chose qui inquiète le vicomte, c'est votre manque de bonnes manières, vous en viendrez à bout. Vous avez déjà réalisé des progrès considérables.

— Oui, bien sûr. Maintenant que je sais faire la courbette devant un duc, je puis devenir une vicomtesse exemplaire.

— Vous savez très bien ce que je veux dire. Vous avez plus confiance en vous qu'il y a une semaine. Et le rôle vous va à merveille.

— C'est gentil à vous de dire cela, Clara, mais nous savons toutes les deux que ce n'est pas vrai. Je n'ai ni les relations ni la fortune…

— Lord Ravenswood n'a pas manqué de partis qui possèdent tout cela et il est toujours garçon. En vérité, vous êtes la première pour laquelle il manifeste un véritable intérêt.

Abby ouvrit la bouche pour protester mais Clara ne lui en laissa pas le temps.

— Et ne me dites pas qu'il n'a pas le choix. Il aurait pu vous faire passer pour sa maîtresse, ou vous remettre dans un bateau… Il a toute la police sous ses ordres, ne l'oubliez pas. Il aurait pu faire de vous ce qu'il voulait. Mais il ne l'a pas fait.

— Oui, malgré tous ses défauts, c'est un homme d'honneur.

Sauf accroc passager.

— Et c'est aussi parce qu'il vous respecte. S'il avait pour vous aussi peu de considération que vous le dites, pourquoi aurait-il proposé ce soi-disant mariage ?

Elle aurait préféré ne pas entendre les remarques de Clara, qui lui tordaient l'estomac aussi férocement que sa faim un quart d'heure plus tôt. Spencer lui avait offert de devenir sa maîtresse. Mais Abby soupçonnait que c'était davantage une menace qu'une véritable éventualité. Sinon, pourquoi aurait-il refusé cette solution précédemment ?

Clara s'approcha tout près.

— Il y a un moyen de savoir si votre milieu d'origine compte tellement à ses yeux. Joignez-vous à eux tant qu'il bavarde avec sir Robert Peel et lord Liverpool : ce sont deux personnages clefs de sa carrière. Si Spencer a honte de vous, il essaiera de vous chasser dès qu'il vous verra approcher. Ou bien, au bout de quelques mots, il vous écartera. Alors vous saurez quels sont ses vrais sentiments à votre égard.

— C'est une idée. Je pourrais aussi me jeter dans les pattes d'un pur-sang emballé pour voir s'il risque sa vie pour me sauver. Mais je refuse.

Clara haussa les épaules.

— Lâche !

— Ce n'est pas de la lâcheté que de refuser de me ridiculiser devant le Premier ministre et le ministre de l'Intérieur ! C'est du simple bon sens.

— Est-ce pire que d'accepter de rencontrer le roi ?

— C'est différent : là, je suis obligée.

— Oui, mais par votre mari, qui est censé avoir honte de vous.

— On lui a forcé la main : il ne m'a pas caché qu'il était furieux de cette situation.

— Eh bien, montrez-lui qu'il s'est trompé sur votre compte. Prouvez-lui que vous êtes capable de plaire à ses amis les plus haut placés en étant tout simplement vous-même, et non une gauche imitation d'Anglaise snob. Sauf, bien sûr, si vous vous en sentez incapable...

La peste soit de cette Clara qui la connaissait si bien ! Abby était incapable de refuser un tel défi.

— Si je me ridiculise, ce sera votre faute. Quand Spencer me tancera, je lui dirai que c'est à cause de vous.

— D'accord. Je n'ai pas peur du vicomte. Mais la question est de savoir si vous, vous avez peur de lui.

18

« Plus importante est la personne, plus prudent l'on doit être. Gardez soigneusement vos distances tant que vous n'êtes pas explicitement invité à les réduire. »

Vade-mecum du parfait domestique,
par le maître d'hôtel d'une très grande maison

Spencer resta bouche bée lorsqu'il vit Abby arriver droit sur lui. Que manigançait-elle ? Depuis sa muflerie imbécile de la semaine dernière, elle demeurait impassible : on ne pouvait savoir ce qu'elle avait en tête.

Il soupira. Elle n'allait quand même pas faire une bêtise ? Car à présent, elle était une authentique imitation de l'aristocratie anglaise. Il ne supportait pas cette nouvelle Abby. Il détestait son air distant et son raffinement figé. Elle refusait désormais de dire ce qu'elle pensait. Par-dessus tout, elle ne l'écoutait plus comme avant, ne lui adressait plus ses regards extasiés.

Si elle se montrait distante, c'était entièrement sa faute. Mais qu'importait. Comme un enfant capricieux, Spencer voulait qu'on lui rende son Abby d'autrefois, ses opinions péremptoires, ses taquineries, ses sourires enjôleurs…

Tout cela le minait.

— Ainsi, vous êtes là, constata Abby avec ce sourire énigmatique qu'il haïssait.

Elle glissa sa main gantée au creux de son bras.

— Je me demandais où vous étiez passé, chéri.

Ce mot tendre perça le cœur de Ravenswood. Malgré sa douleur, il se tourna vers ses compagnons.

— Messieurs, je crois que je ne vous ai pas encore présenté ma femme.

Abby s'inclina avec une assurance souveraine.

— Je suis enchantée. Mon mari m'a tellement parlé de vous deux…

— J'espère qu'il ne nous a pas fait paraître trop compassés, répondit sir Robert avec un clin d'œil.

Spencer ne riait pas. La galanterie de pacotille que sir Robert étalait vis-à-vis du beau sexe ne l'avait jamais dérangé… jusqu'à aujourd'hui.

Abby se mit à minauder.

— N'ayez nulle crainte : Spencer n'est qu'éloges quand il parle des hommes avec lesquels il travaille.

— Et comment trouvez-vous notre bonne ville, madame ? demanda lord Liverpool avec une morgue hautaine. Cela doit vous changer des bourgades de nos colonies.

Le sourire d'Abby devint plus contraint, mais elle ne mordit pas à l'hameçon.

— J'ai si peu vu Londres que je ne puis honnêtement vous répondre. Mon mari m'a promis de me faire visiter, mais il n'en a pas encore eu l'occasion.

— Évidemment, vous avez d'autres chats à fouetter, concéda sir Robert avec un sourire égrillard pour lequel Spencer l'aurait volontiers étranglé. Les jeunes mariés ont des activités plus intéressantes à la maison.

— C'est vrai, nous lisons beaucoup, répliqua-t-elle joyeusement, non sans rosir car elle avait parfaitement compris le sous-entendu graveleux. Non, je faisais allusion au travail de Spencer. Le ministère de l'Intérieur l'absorbe tant qu'il n'a guère de loisirs.

— Les affaires de l'État passent avant le reste, lady Ravenswood, observa Liverpool d'un ton acerbe. Même les jeunes mariés ne sauraient négliger leur devoir au profit de choses frivoles.

Spencer espérait qu'Abby remettrait une bonne fois ce goujat à sa place, comme elle l'avait tant de fois critiqué lui-même pour son excès de sérieux.

Mais elle était désormais une personne *distinguée*.

— Comme vous avez raison, lord Liverpool. La responsabilité du pays repose sur vos épaules, l'Angleterre doit passer d'abord.

Liverpool acquiesça, vaguement apaisé.

— C'est précisément ce que je disais.

— Êtes-vous marié ? s'enquit-elle.

— Je l'étais, jusqu'à la mort de ma femme. Et j'ai l'intention de convoler de nouveau. Il est important qu'un homme de mon rang donne au pays une image de stabilité.

— Bien. Donc, les hommes d'État anglais estiment que le fait d'avoir épouse et enfants est un bienfait pour leur carrière. Je commençais à me demander si ce n'était pas le contraire.

Spencer comprit l'allusion et se rembrunit.

— Évidemment, poursuivit Liverpool. Mais à condition que la femme sache rester à sa place.

— Et quelle est donc « sa place », milord ?

— Elle doit être le soutien et l'auxiliaire de l'homme, cela va de soi. La femme de l'homme d'État ne doit rien exiger de son mari. Les activités liées à la chose publique lui imposent suffisamment de contraintes. Elle doit accepter le fait qu'il ne lui accorde qu'une part minime de ses attentions. Elle doit se consacrer tout entière à le seconder, dans la mesure du possible.

Sir Robert encourageait Spencer du regard à arrêter Liverpool dans ses inepties. Mais il retenait son souffle en attendant la réaction d'Abby, qui ne le déçut pas.

— Et si elle se montre exigeante vis-à-vis de son mari ? demanda-t-elle avec un sourire trompeur. Doit-il lui refuser ce qu'elle réclame ?

Liverpool s'engouffra dans le piège sans le voir.

— Absolument, si les exigences de la femme contrarient les buts du mari. Il doit faire preuve de fermeté et trancher dans le vif avant qu'elle ne fasse des dégâts.

— Je vois.

Mais une lueur malicieuse perçait dans son regard.

— Eh bien, vous n'avez nulle inquiétude à avoir pour moi, poursuivit-elle. Mon mari n'hésite pas à faire preuve d'autorité. L'autre jour encore, il m'a menacée de m'enchaîner si je ne m'amendais pas.

Spencer se retint pour ne pas applaudir des deux mains. La véritable Abby était de retour ! Grâce à Liverpool et à ses idées d'un autre âge.

— Que pouvais-je faire ? répliqua-t-il, la poussant dans ses retranchements. Vous vous étiez montrée insupportable.

— Effectivement, c'était assurément un moyen efficace de me rappeler quelle est ma « place ».

Le regard de Liverpool allait du mari à la femme, incrédule.

Sir Robert entra de bon cœur dans le jeu.

— Et où comptiez-vous enchaîner cette récalcitrante, Ravenswood ? Avez-vous des oubliettes sous votre hôtel particulier, que vous auriez creusées à notre insu ?

— J'ai pensé à la Tour de Londres. Je me suis dit que Sa Majesté ne verrait nul inconvénient à me prêter une cellule, étant donné les démêlés qu'il a eus lui-même avec sa femme. Qu'en pensez-vous, Liverpool ?

L'allusion directe à la reine Caroline, aujourd'hui décédée, incita Liverpool à réagir car il faisait précisément partie de ceux qui avaient exigé des mesures exemplaires.

— Eh bien… je… je n'irais sans doute pas jusqu'aux chaînes, voyez-vous…

— Mais si, vous devriez tous enchaîner vos femmes dans la Tour de Londres quand elles font des bêtises ! insista Abby qui s'amusait énormément. Il y a toute la place pour cela.

— Lady Ravenswood, je ne suis pas sûr que... commença Liverpool.

Sir Robert éclata de rire.

— Elle vous taquine, mon cher. Enchaîner nos femmes dans la Tour de Londres ! Vous êtes donc incapable de comprendre lorsqu'une femme plaisante ?

Très fier de son épouse, Spencer se joignit à l'hilarité. Mais Liverpool ne riait pas. Il resta là, les bras ballants et l'air furieux.

Spencer tenta de l'apaiser.

— Je vous prie d'excuser ma femme, Liverpool. Elle ne cesse de se moquer. Je l'ai menacée de l'enchaîner dans la Tour de Londres si elle ne s'amendait pas, mais elle sait parfaitement que c'est une blague.

— Comment ? s'écria Abby avec une feinte incrédulité. Mais j'étais certaine que vous parliez sérieusement ! Vous êtes toujours tellement sérieux. Tout le monde le sait.

Quand elle décocha à Spencer l'un de ses sourires d'autrefois, plein d'une tendre ironie, il jubila. D'instinct, il lui prit la main et la serra, grisé par la jolie rougeur qui apparaissait sur ses joues. Cela faisait une semaine qu'il ne l'avait vue rougir.

— Mieux vaut un tempérament sérieux qu'impertinent, décréta lord Liverpool, lugubre comme un bourreau.

— Ne soyez pas si collet monté, conseilla sir Robert d'un ton léger. C'est une Américaine : tout le monde sait qu'elles ont leur franc-parler.

— Seulement quand les Anglais menacent de les remettre à leur place, sir, précisa Abby.

— Mais vous êtes mariée à un Anglais, s'obstina lord Liverpool. Il vous appartient de ne pas l'oublier, la prochaine fois que vous serez tentée de parler à la légère, madame.

— Allons, mon ami... commença sir Robert.

— Quant à vous, sir, poursuivit Liverpool en fixant sur Spencer son regard courroucé, je déplore que les erreurs de votre père ne vous aient pas servi au moment où vous avez choisi votre épouse.

Cette injure jeta un froid. Devant l'humiliation qui effaçait le sourire d'Abby, Spencer fut pris de fureur.

— L'erreur de mon père a consisté à épouser une femme qui avait la moitié de son âge, gronda-t-il en s'approchant à quelques millimètres du nez de Liverpool. Et comme je ne suis pas gâteux, et que ma femme n'est plus une écolière, je ne vois pas le rapport entre son couple et le mien.

Liverpool ne se départit pas de son sourire méprisant et glacé.

— Ah oui, j'oubliais. On vous a bouclé au pensionnat après le mariage de votre père avec lady Dorothea. C'est pourquoi vous n'êtes pas au courant de ses folles escapades, de son insolence notoire et de ses mœurs totalement dissolues.

— Si, je suis au courant. Je sais également que vous lui avez demandé sa main avant mon père, et qu'elle vous a éconduit. C'est depuis ce jour que vous cherchez à la faire passer pour une femme perdue.

Liverpool ouvrit la bouche pour riposter, mais Spencer coupa court.

— À présent, messieurs, je vous demande de nous excuser : mon épouse et moi-même avons des amis à voir.

Il posa la main sur les reins d'Abby et l'entraîna, écumant intérieurement de rage.

Dès qu'ils furent assez écartés, Abby s'excusa.

— Pardon, Spencer. Je n'aurais pas dû être si franche.

— Taisez-vous. Cet individu est un insupportable mufle.

— Je n'aurais pas dû le provoquer. Je ne recommencerai pas, je vous le promets.

La perspective que les insultes de Liverpool fassent rentrer Abby dans sa coquille de snobisme le rendait fou.

— Il ne faut pas que ce grigou acariâtre ait la moindre influence sur vous. Vous ne pouviez pas deviner qu'il n'a aucun sens de l'humour. Ni qu'il est assez bête pour croire vraiment à toutes ces âneries concernant la place de la femme.

Abby était encore blême d'émotion.

— J'ai le sentiment que vous ne l'aimez guère.

— Je n'aime pas les gens qui vous insultent. S'il s'était agi de quelqu'un d'autre, nous serions sortis nous expliquer.

— Ne dites pas de bêtises. Vous n'auriez pas fait une chose pareille !

— Personne n'insulte impunément ma femme.

D'une petite voix, elle commenta :

— Alors je suppose que ce qu'il a dit est vrai. Toutes ces histoires à propos de votre belle-mère débauchée et frivole…

La peste soit de Liverpool pour avoir mis des idées pareilles dans la tête d'Abby !

Ils arrivèrent devant la table du punch. Spencer prit une coupe, l'emplit et regarda les invités alentour : tous étaient en grande conversation. Il tendit la coupe à Abby et en prit une à son tour.

— C'est en grande partie vrai, confirma-t-il en baissant le ton. Mais lady Dorothea n'avait que vingt ans quand elle a épousé mon père et, à cet âge, beaucoup de femmes ne songent qu'à s'amuser.

— Vingt ans ! s'exclama-t-elle. Mais quel âge avait votre père ?

— Quarante-huit. Il l'a épousée deux ans après la mort de maman en couches, en mettant Nat au monde.

— C'est pour cela que lord Liverpool parlait d'erreur à propos de ce mariage ?

Spencer l'entraîna à l'écart.

— Dora était… pleine de vie et de jeunesse, trop sans doute pour mon père. Elle demandait une attention de tous les instants, qu'il ne pouvait lui accorder.

— Cela a dû être dur pour elle.

— J'imagine. En tout cas, elle l'a bien caché, surtout au début. Elle a essayé d'être une bonne mère pour nous et a beaucoup gâté Nat, qui était encore au biberon. Même mon frère aîné, Theo, qui était encore en vie à l'époque, jouissait de toutes les attentions de Dora.

— Alors, vous l'aimiez bien ?

— Au début, non. Mais ce n'était pas sa faute. Je n'étais pas un garçon facile. À dix ans, c'est dur de changer de mère. Je lui en voulais.

— Vous aviez perdu votre maman deux ans plus tôt, Spencer. C'est normal.

La compassion d'Abby mettait du baume sur un point de son cœur où il avait enfermé beaucoup de douleurs. Spencer s'appuya contre un arbre et prit une gorgée de punch.

— De toute façon, j'en suis venu à l'aimer autant que ma propre mère. L'ennui, c'est qu'elle voulait des enfants à elle, et que mon père les lui refusait. Il avait déjà trois fils. Il semble que, au moment de lui demander sa main, il ait posé la condition qu'elle abandonne tout espoir d'avoir des enfants de lui. Elle a dû se marier en se disant que, tôt ou tard, l'amour lui ferait changer d'avis. Elle a insisté des années, sans avoir raison de son obstination.

— Mais dormaient-ils ensemble ? s'enquit Abby, perplexe.

— Bien sûr. Mais je pense qu'il prenait des précautions. De toute façon, les choses se sont détériorées. Vers la fin, ils ne cessaient de se disputer à propos de ce désir d'enfant. Heureusement, je n'étais guère à la maison. J'ai été pensionnaire dès douze ans. Quand je suis rentré à la maison, l'Angleterre a déclaré la guerre à Napoléon. J'ai supplié mon père de m'acheter une charge d'officier à l'armée, je n'en pouvais plus de regarder Dora et lui s'entre-déchirer. Comme je n'étais pas encore son héritier à l'époque, il a accepté.

— Quel âge aviez-vous ?

— Dix-huit ans. Deux ans plus tard, Dora a commencé à faire des bêtises, à prendre des amants. Comme tout cela n'a pas fait broncher papa, elle s'est enfuie en Italie avec un comte.

— Votre père a dû beaucoup souffrir…

— Je n'en sais rien : j'étais à la guerre. D'après Nat, papa n'y a guère attaché d'importance. En revanche, il a été anéanti lorsque Theo s'est fait tuer lors d'une rixe dans une maison de jeu clandestine. Il a attrapé une pneumonie et est mort quelques mois plus tard.

— Est-ce que votre belle-mère est rentrée, après sa mort ?

— Non. Nat reçoit une lettre d'elle de temps en temps. Quant à moi… je n'ai jamais répondu, alors elle a cessé de m'écrire. D'après Nat, elle a épousé son comte après la mort de papa, et ils ont plusieurs enfants. Elle a eu ce qu'elle voulait.

C'est-à-dire des enfants à elle, et non d'une autre. Cette même chose que souhaitait certainement Abby. Cette certitude transperçait le cœur de Ravenswood.

— Voilà l'histoire. L'histoire sordide de ma belle-mère, et la raison pour laquelle elle ne convenait pas du tout à mon père.

— Comme moi pour vous, murmura-t-elle.

— Je n'ai pas dit ça.

— Lord Liverpool l'a dit.

— C'est un goujat.

— Vraiment ? demanda-t-elle en cherchant son regard.

Brusquement, un tintamarre musical éclata à quelques mètres d'eux et ils pivotèrent.

Lady Brumley était debout au milieu de la pelouse, entourée d'un cercle de valets qui secouaient des clochettes à la volée. Conformément à l'esprit de la décoration, elle était tout de blanc vêtue et avait renoncé à ses couvre-chefs maritimes au profit d'une auréole dorée.

Quand elle eut obtenu le silence de chacun, elle fit signe aux valets d'arrêter leurs carillons. D'autres valets vinrent se ranger derrière elle, avec des plateaux de coupes de champagne et des paniers emplis de flacons enrubannés.

Elle scruta la foule, cherchant Abby.

— Ah, vous êtes là, ma chère ! Venez à côté de moi pour l'annonce.

Abby rougit, tendit à Spencer sa coupe de punch et se hâta de rejoindre la maîtresse de maison. Il vida la coupe et les posa toutes les deux sur la table voisine. L'affaire commençait à l'intéresser.

— Mes chers amis, lança lady Brumley, j'ai un petit cadeau pour les dames aujourd'hui.

Elle fit signe aux valets qui s'éparpillèrent au milieu des invités, offrant du champagne aux messieurs et un flacon aux dames. Spencer prit son verre de champagne sans cesser d'observer son épouse. Il se demandait si elle n'était pas gênée d'être ainsi le point de mire. Elle semblait parfaitement à l'aise.

Lady Brumley poursuivit.

— Mon excellente amie lady Ravenswood a inventé le parfum le plus prodigieux que j'aie eu le plaisir de humer. La première fois qu'elle l'a porté en ma présence, j'ai été si captivée par la qualité de sa fragrance que j'ai tenu à en avoir. Elle a eu l'amabilité de me faire cadeau de son propre flacon.

Lady Brumley adressa un sourire à Abby, qui le lui rendit en toute sérénité.

— Vous me connaissez : quand je trouve quelque chose qui me plaît, je n'ai de cesse de le faire connaître. J'ai donc convaincu lady Ravenswood de me fournir des flacons d'Eau de Providence pour toutes mes amies proches, afin qu'elles l'essaient. À mon avis, vous serez aussi conquises que moi.

Spencer observait les gens autour de lui. Des dames avaient déjà retiré les bouchons et reniflaient avec méfiance le contenu des récipients. Çà et là, l'une ou l'autre s'était mis une goutte de parfum sur le poignet, et le faisait sentir à ses voisins.

— De toute façon, conclut lady Brumley, les flacons sont à vous : c'est un cadeau de ma part et de celle de lady Ravenswood. Profitez de la fin de notre petite fête, et donnez-nous votre avis. Pour ma part, je n'ai plus l'intention de porter quoi que ce soit d'autre.

Les rares invités qui avaient les mains libres applaudirent poliment. Quelques dames se précipitèrent tout de suite vers lady Brumley et Abby, suivies par Clara.

— J'ai l'impression que la préparation de ta femme a du succès, commenta une voix grave à côté de Ravenswood.

C'était Blakely, qui sirotait son champagne.

— Quand es-tu arrivé ?

— Juste avant le petit discours de lady Brumley. Je suis resté au travail aussi longtemps que je pouvais le faire. Je savais que cette fête allait d'être d'un ennui mortel. Un truc de bonnes femmes, précisa-t-il en levant son verre. En plus, elle a fait venir des joueurs de harpe ! Il n'y a vraiment que lady Brumley pour avoir des idées pareilles.

— Je n'aime guère lady Brumley, confirma Ravenswood. Elle a une mauvaise influence sur Abby.

— Ah bon ?

— Tu as dû remarquer combien ma femme change. Elle devient plus anglaise de jour en jour, réservée, coincée en somme. Pour avoir son avis, il faudrait lui griller les pieds dans la cheminée. Le reste du temps, elle est hypocrite comme une hyène.

— Et cela te déplaît ?

— Totalement. C'est artificiel.

Surtout pour une jeune femme qui n'avait pas la langue dans sa poche.

Spencer essaya de la repérer, mais la foule qui l'entourait devenait plus dense à chaque instant. Il eut la surprise de constater que lady Brumley distribuait des petits cartons. Même Evelina, qui semblait légèrement pâlotte, s'enfonça dans la cohue pour en avoir une.

Puis elle se tourna, avisa Spencer et vint le trouver.

— Je te cherchais, commença la jeune femme en glissant la carte dans son sac à main.

— Je peux voir ? s'enquit-il.

Le bristol ne comportait qu'une ligne imprimée en lettres d'or : *Apothicaire Jackson, Strand Street*.

— Qu'est-ce que c'est ?

— L'adresse à laquelle les personnes intéressées peuvent acheter l'Eau de Providence. Abby vient de m'annoncer que c'est lady Brumley qui les a fait imprimer : ainsi, les dames qui désirent se procurer davantage de parfum ont un endroit où le trouver. Abby ne pouvait tenir commerce dans ton hôtel particulier, cela aurait été vulgaire.

— J'ignorais qu'elle le vendait.

Blakely lui décocha un regard étonné.

— Je croyais qu'Abby t'avait prévenu. Clara m'a dit que tu étais au courant.

— Je savais que lady Brumley voulait des flacons de ce machin, et qu'Abby lui en fournissait, mais…

Et puis quoi ? Que pensait-il qu'elle ferait d'autre ?

— Si, ça me revient. Je crois bien qu'elle m'en a parlé…

Evelina lui retira la carte des mains.

— De toute façon, je t'avertis que maman et moi partons. Elle a mal à la tête.

— Tu n'as pas l'air dans ton assiette non plus.

Elle eut un pâle sourire.

— Ça va. Ne t'inquiète pas pour la voiture : des amis nous raccompagnent. Abby et toi pouvez rester ici et vous amuser. À bientôt !

Et Evelina s'éloigna. Spencer but une grande lampée de champagne pour calmer sa soudaine inquiétude.

— Le succès d'Abby doit être un soulagement pour toi. Tu n'as plus de souci à te faire pour ce qu'il adviendra d'elle après votre séparation. Son affaire démarre sans ton frère, elle a sans doute moins besoin de l'argent qu'il lui a volé. On chuchote que lady Brumley a payé cinquante livres les flacons qu'elle a offerts. Ensuite, selon les accords signés avec l'apothicaire pour la suite des affaires...

— La peste soit de lady Brumley ! bougonna Spencer.

— Pourquoi ? Qu'est-ce qui te prend ?

— Mais enfin, tu ne comprends pas ? Avec cinquante livres, Abby est libre de me quitter.

— Elle n'irait pas loin avec ça, s'esclaffa Blakely. D'autant qu'elle en a dépensé une partie pour fabriquer le produit.

— Tu ignores les autres versements que cette commère lui a peut-être faits. Et combien elle recevra de l'apothicaire.

— Qu'est-ce que cela peut te faire ? Si elle s'en va, cela veut dire qu'elle n'attend plus rien de toi. Tu devrais l'encourager dans cette voie. Tu pourrais alors te consacrer à la recherche de Nat.

Abby avait dit la même chose presque mot pour mot le soir du bal.

— Ce n'est pas l'argent qui m'inquiète. C'est le scandale.

Spencer vida sa coupe et en prit une autre sur le plateau d'un valet qui passait. Si elle était tirée d'affaire financièrement, Abby pouvait filer comme une anguille. La semaine précédente, elle avait accepté de rester tant qu'il aurait besoin d'elle mais, à ce moment-là, elle espérait encore que leur mariage deviendrait définitif. L'épisode dans le bureau l'avait fait changer d'avis.

— Peut-être qu'en m'éveillant demain matin, je m'apercevrai que l'oiseau s'est envolé. Cela fera jaser dans les chaumières.

— À mon avis, insinua Blakely, ce n'est pas seulement le risque de scandale qui te perturbe...

— Mais si, voyons !

Il mentait, ce qui le plongea dans une vive agitation. Ce qu'il voulait, c'est qu'Abby reste. Il la voulait avec lui car il avait besoin d'elle. Même si elle était distante, il fallait qu'elle demeure à proximité, et pas seulement en qualité de prétendue femme. En dépit de tous ses efforts, il comprit qu'il avait perdu la bataille. Bon sang !

— Tu t'inquiètes pour rien, continuait Blakely. Abby ne va pas te laisser tomber pour quelques livres. En outre, tu lui as offert une véritable fortune si elle reste jusqu'au bout. Elle serait bien sotte de jeter cela aux orties.

Juste. Mais elle l'avait déjà menacé de le faire et, pour la garder, il lui avait laissé des espérances concernant l'avenir. Maintenant que celles-ci étaient pulvérisées, l'argent ne lui servait plus à rien.

De loin, Spencer vit lady Brumley tendre à Abby une nouvelle feuille de papier que la scélérate, imperturbable, s'empressa de glisser dans son sac à main. Sans doute un billet au porteur, pour faciliter son évasion.

— La peste soit de lady Brumley ! gronda-t-il dans un souffle.

Blakely lui administra une claque sur l'omoplate.

— Allez, tu ne vas pas en faire une maladie ! Ce qu'il te faut – ou plutôt ce qu'il nous faut à tous les deux –, c'est une bonne bouteille de vieux cognac, mon ami.

Blakely appela un valet et fit sa commande. Le domestique fila vers la maison pour y répondre.

— Nos femmes sont occupées pour un bon moment. Alors profitons-en !

19

« Ne jamais contrarier un lord ivre ! »
Vade-mecum du parfait domestique,
par le maître d'hôtel d'une très grande maison

La nuit était tombée lorsque la foule de femmes qui cernait Abby et lady Brumley commença à se disperser. Il y en avait deux ou trois qui interrogeaient encore Clara, mais Abby pouvait enfin se détendre.

— Ouf ! glissa-t-elle à l'oreille de lady Brumley. Je suis stupéfaite par l'enthousiasme de ces dames.

— Ne vous avais-je pas dit qu'elles en raffoleraient ?

— C'est parce que vous avez prétendu que c'est distingué, rétorqua sèchement Abby.

— Sottises ! Ce parfum s'impose de lui-même.

— En tout cas, je vous suis reconnaissante pour toutes vos bontés. Si le lancement de l'Eau de Providence réussit, c'est plus important pour moi que vous ne sauriez l'imaginer.

Elle n'aurait plus à s'inquiéter de ce qui passerait si l'on retrouvait Nat.

Lady Brumley fit un geste désinvolte de la main.

— Vous n'avez aucune inquiétude à avoir, ma chère. Je serais vraiment très surprise que cela ne marche pas. Toutes ces dames sont convaincues que c'est grâce à votre fabuleux parfum que vous avez mis la corde au cou de ce riche parti qu'est Ravenswood. D'ailleurs, quand on parle du loup…

Abby suivit le regard de lady Brumley : effectivement, Spencer se dirigeait dans leur direction. Le capitaine Blakely le suivait.

— Ravenswood n'a pas l'air commode, ce soir. Vous l'avez averti, pour tout cela ?

— Bien sûr, se récria Abby. Mais ne faites pas attention à ses états d'âme. Il a si mauvais caractère depuis quelque temps que je ne sais que faire de lui.

— Les hommes sont des êtres simples, ma chère. S'ils ont les plaisirs de la table et du lit, ils sont contents. Pour les premiers, j'imagine que vous n'avez pas de difficultés. Donc, insistez sur les seconds. Un mari comblé sur l'oreiller est un mari de bonne humeur.

Choquée par ce franc-parler, Abby resta muette. Elle ne pouvait quand même pas lui révéler la vérité.

D'ailleurs, Spencer était là.

— Il est tard, Abby. C'est l'heure de partir.

— Tard ? répéta lady Brumley en minaudant. Allons, très cher lord Ravenswood, il n'est que sept heures. Pourquoi tant de hâte ?

Il la toisa d'un regard glacial.

— Ce n'est pas à vous que je m'adresse, lady Brumley.

Quelques personnes l'entendirent et haussèrent les sourcils.

— Ne parlez pas comme ça, murmura Abby, elle a tant fait pour moi.

— Vous trouvez ?

Spencer s'avança d'un pas et la saisit par le bras. Il avait l'air solide sur ses jambes, mais il sentait le cognac à plein nez. Cela expliquait peut-être le fait qu'il parle si fort.

— J'estime qu'elle devrait se mêler de ses oignons.

Lady Brumley accusa le coup et, sous leur épaisse couche de poudre, ses grosses joues se firent rubicondes.

— Je crois, lady Ravenswood, que vous feriez mieux de ramener votre mari à la maison. Il semble avoir oublié les égards que l'on doit à une hôtesse.

— Je ne vous dois rien, bougonna Spencer d'une voix légèrement pâteuse. Ma femme non plus.

— Allez, du calme, Ravenswood, intervint Blakely.

— Il est évident qu'il est ivre, déclara Abby. J'imagine que c'est vous que je dois remercier, capitaine Blakely ?

— Probablement, confirma Clara en prenant son mari par le bras. Viens, chéri, rentrons. Tu en as assez fait pour ce soir.

Tandis que Clara entraînait le capitaine malgré ses protestations, Spencer s'obstina.

— Je ne suis pas ivre. Je sais ce que je dis, Abby. Elle vous a complètement exploitée. Allez, nous partons nous aussi...

— Exploitée ? s'exclama Abby en libérant son bras. C'est injuste ! Je ne bougerai pas d'un pas tant que vous n'aurez pas présenté vos excuses.

— Je refuse de m'excuser auprès de cette colporteuse de ragots et de...

— N'insistez pas, ma chère, intervint lady Brumley qui avait retrouvé le sourire. Il est inutile de polémiquer avec un homme qui a un coup dans le nez.

Spencer fit volte-face pour la toiser.

— Je n'ai rien du tout dans le nez, surtout pas de coup. Sachez-le bien. De surcroît, madame...

— Vous avez raison, partons ! décréta Abby.

Nombreuses étaient les oreilles curieuses, attentives à chaque mot scandaleux.

— Partons avant que l'on devienne la risée de tout le monde, insista-t-elle.

— Et comment, nous partons ! s'écria Spencer en empoignant Abby par la taille.

Il l'entraîna et, par bonheur, baissa le ton.

— Vous ne remettez plus les pieds ici, vous m'entendez ? Cette garce ne mérite pas votre confiance.

Abby tombait des nues. Qu'est-ce qui avait pu mettre Spencer dans un tel état ? Elle se retourna vers lady Brumley, qui la saluait gaiement comme si tous les maris s'enivraient à ses petits déjeuners mondains.

— Je viens vous voir demain ! lui lança Abby.

— Pas question ! gronda Spencer en lui faisant traverser la maison en trombe.

Il trébucha dans le couloir, preuve qu'il n'était pas en possession de toutes ses facultés. Mais il se ressaisit et ils poursuivirent leur cavalcade.

— Ni demain ni jamais !

— Vous êtes fou, répondit Abby en s'arrachant à son étreinte. Ce n'est pas parce que j'accepte de faire semblant d'être votre femme que cela vous autorise à choisir mes amies !

— Ne dites pas n'importe quoi, pour l'amour du Ciel ! chuchota Spencer en désignant de la tête les valets qui les entendaient.

— Pourquoi ? Ce que je dis, moi, n'a rien de déraisonnable.

D'un froncement de sourcils menaçant, il ordonna à un valet de faire avancer sa voiture. Puis il revint à Abby.

— Je me contente de veiller sur les intérêts de ma femme.

— En vous donnant en spectacle devant tout Londres ? Dites-moi, Spencer, si lady Brumley aime tant que cela colporter des cancans, pourquoi vous comporter comme un aliéné devant elle ?

Il ouvrit la bouche pour répondre, mais rien ne sortit. Tant mieux. Il barbotait dans le cognac, mais il lui restait assez de bon sens pour se rendre compte qu'elle avait raison.

Un valet de pied vint aider Abby à endosser sa fourrure, un autre tendit à Ravenswood son manteau et son chapeau. Il mit le chapeau mais laissa choir le manteau. Lorsque Abby voulut le ramasser, il lui lança un regard désapprobateur alors qu'il se penchait pour l'attraper lui-même. Heureusement, il ne s'étala pas de tout son long, mais eut quelque difficulté à l'enfiler. Il s'empêtra dans les manches, et finit par le prendre sur le bras en bougonnant.

— De toute façon, je n'ai pas froid. Et je ne suis pas soûl.

— Mais non, mais non, concéda-t-elle, ironique. La grande mode, en ce moment, c'est Eau de Cognac.

Le visage de Ravenswood se décomposa.

— Qu'est-ce qu'elles vous ont fait, ces femmes ?

— Quelles femmes ? s'étonna Abby.

— Lady Brumley. Et Clara. Avant, vous étiez si...

— Votre voiture est avancée, milord, annonça le valet de pied.

Spencer hocha la tête et offrit le bras à Abby.

— Eh bien, allons-y !

— Et Evelina et lady Tyndale ?

— Elles en avaient assez de vous attendre, elles se sont débrouillées pour rentrer de leur côté.

Ce reproche attrista Abby. Elle fit un effort pour se taire, jusqu'au moment où ils furent dans la voiture. Dès que celle-ci s'ébranla, elle attaqua.

— Ça ne suffit pas que je me tue à apprendre la valse, les courbettes et mille autres usages dont je ne me servirai plus jamais ? Il faut que je supporte en plus votre sale caractère, votre autoritarisme et...

— Que vous appreniez la valse, je m'en moque. Mais vous m'avez promis de faire semblant jusqu'au bout d'être marié avec moi, et vous n'êtes pas encore quitte.

— Que voulez-vous dire ?

— Lady Brumley et l'argent qu'elle vous donne. Je suis au courant pour les cinquante livres. Et pour ce qu'elle vous a donné ce soir.

— Elle ne m'a rien donné ce soir. Elle m'a donné cinquante livres la semaine dernière, c'est tout.

— Elle vous a donné quelque chose ce soir, insista-t-il. Vous l'avez mis dans votre sac à main.

Abby comprit de quoi il s'agissait. Elle ouvrit son sac.

— Ce n'était pas de l'argent, dit-elle en lui tendant un document. C'est le contrat avec l'apothicaire qui vend Eau de Providence. Elle voulait que je le lise avant de signer.

Il déplia le feuillet pour vérifier qu'elle disait la vérité, mais il n'était guère calmé. Elle lui arracha le papier.

— De toute façon, ce qu'elle me donne ne vous regarde pas.

Un éclair d'acier passa dans le regard de Ravenswood, qui saisit au vol le poignet d'Abby.

— Je croyais qu'en qualité de mari, je possédais la moitié de votre affaire.

— Vous avez dit aussi que vous n'en vouliez pas. Vous avez oublié ?

— Vous, vous avez dit que vous iriez jusqu'au bout de notre engagement. Et maintenant, vous essayez de gagner de quoi payer votre retour en Amérique, pour filer sans que je puisse vous retenir.

Enfin ! Il avait lâché le morceau : c'était donc cela qui le contrariait au point qu'il se conduise comme un parfait crétin. Toujours ce maudit scandale qui le tourmentait !

— Mais par tous les saints du ciel ! Je n'ai aucune intention de partir. Qu'est-ce qui vous met pareille idée en tête ?

Elle tenta de libérer son poignet, mais il tenait bon.

— Vous ne m'avez pas dit, pour les cinquante livres.

— Pourquoi l'aurais-je fait ? Cela n'a rien à voir avec vous.

D'un geste rageur, il lui arracha le contrat et le fourra dans la poche intérieure de son manteau.

— Dans ce cas, cela ne vous ennuiera pas que je le soumette à mon avocat. Pour être sûr que lady Brumley et son Jackson ne vous escroquent pas.

— Je suis parfaitement capable de gérer mes affaires, merci beaucoup ! Comme de toute façon, il faudra que je me débrouille seule un jour, autant commencer tout de suite.

Elle tendit la main.

— Rendez-moi ce contrat, Spencer.

— Pas avant que mon avocat ne l'ait lu. Pas tant que vous n'aurez pas tenu la partie qui vous incombe de nos engagements.

— Vous perdez complètement la tête...

Elle retira ses gants et les fourra dans son sac à main.

— C'est faux, rétorqua-t-il en croisant les bras. Je connais mieux que vous lady Brumley.

— Et vous me connaissez, moi, moins que vous ne le croyez. Je ne suis pas une oie blanche. Lady Brumley ne m'exploite pas, rassurez-vous. Et de surcroît...

Elle se tut car la voiture s'arrêtait brusquement. Le valet de pied ouvrit la portière et Spencer bondit dehors, puis l'aida à descendre. Au moment où il la prenait par la taille, elle glissa la main dans la poche du manteau et récupéra le contrat. Puis elle monta les escaliers quatre à quatre, sûre que, dans l'état où il se trouvait, il était incapable de la rattraper.

En fait, il arriva le premier sur le perron.

— Bon sang, Abby! Donnez-moi ça, ordonna-t-il en l'empoignant par le bras.

Elle lui envoya un coup de coude dans les côtes et il dégringola plusieurs marches, tandis qu'elle s'engouffrait dans la maison. Sans se soucier du juron de Ravenswood ni de la stupéfaction des valets, elle passa devant eux à pas précipités, glissant dans son corsage le fameux papier. Ce n'était certainement pas là que Spencer allait venir le chercher, lui qui voulait à tout prix éviter les tentations.

Elle se dirigea droit vers l'escalier, espérant trouver refuge dans sa chambre. Mais il la rejoignit dès la deuxième marche. Il l'attrapa par la taille et la traîna vers son bureau.

— Arrêtez! protesta-t-elle en se débattant.

Elle n'était pas retournée dans le bureau de Ravenswood depuis l'affreux épisode de la semaine précédente.

— Je ne vous le rendrai pas, même si vous me rudoyez.

— Vous voulez que j'aille le chercher dans votre corsage devant mes gens? Alors venez et ne faites pas d'histoires.

Abby se retourna : McFee et trois valets les regardaient. Elle rougit.

— Vous n'oseriez jamais vous comporter de façon aussi scandaleuse.

— Vous avez vu ce que je n'hésite pas à faire chez les autres : vous croyez que j'hésiterais une seconde à faire pire chez moi ?

C'était d'une logique implacable. Quand il la tira, elle suivit sans résistance. Mais à peine la porte du bureau refermée, elle se libéra d'une secousse.

Furieux, Spencer la fusilla du regard. Poussé par les vapeurs du cognac et la crainte de la voir s'enfuir en Amérique, il était incapable de se maîtriser.

Lorsqu'il s'avança, elle croisa les bras devant sa poitrine ; ses yeux lançaient des éclairs.

— Ne vous risquez pas à me l'arracher de force.

— Eh bien, donnez-le-moi de plein gré, riposta-t-il en tendant la main. Je ne vous laisserai pas encaisser les bénéfices de votre parfum et filer en Amérique pendant que j'ai le dos tourné.

Elle bondit se réfugier derrière le bureau.

— Je vous ai promis que je ne le ferai pas.

— Ça, répondit-il en faisant le tour de l'énorme meuble, c'était avant. Quand vous croyiez que nous resterions mariés. Maintenant, plus rien ne vous retient.

À la surprise de Ravenswood, Abby explosa.

— Sauf ma parole ! Qui, à vos yeux, ne vaut rien. Je ne suis qu'une Américaine inconséquente, c'est ça ? Je n'ai ni honneur ni principes...

— Ne me faites pas dire ce que je n'ai pas dit. Où allez-vous chercher des idées aussi saugrenues ? Je voulais simplement dire que... Enfin, je... je sais à présent que vous me détestez. À cause de ce que je vous ai fait dans cette pièce...

— Ce n'est pas pour cela que je vous déteste, répondit-elle en continuant à tourner dans le même sens que lui. Vous m'avez rendu service en me prouvant l'inanité de mes espérances.

— Mes couilles !

Juste Ciel, fallait-il qu'il soit soûl pour se montrer grossier à ce point ! Mais la mauvaise foi d'Abby le mettait hors de lui. Jusque-là, elle ne lui avait jamais menti.

— Vous vous montrez guindée et distante... Vous prenez de grands airs pour vous moquer de moi.

— Me moquer de vous ? s'écria-t-elle, partagée entre la surprise et l'indignation. Vous m'avez dit de garder mes distances, et je vous ai pris au mot. Je fais simplement ce que vous m'avez demandé.

— Je ne vous ai jamais dit d'en arriver à ce... à cette... Vous êtes froide comme un glaçon. Vous ne me souriez plus, vous faites tout dans mon dos.

— C'est un comble ! s'exclama-t-elle en serrant les poings, rouge de colère. Oui, j'ai agi sans vous consulter. Vous ne vouliez pas que je vous dérange, je me suis faite toute petite.

— Oui, mais...

— Quant à mes grands airs, vous vous plaigniez que j'étais une cruche d'étrangère, qui parlait sans réfléchir et vous suivait partout comme... comme un chien. Alors j'ai travaillé d'arrache-pied pour avoir l'air d'une vraie vicomtesse, celle dont vous avez besoin pour vos projets.

Ravenswood, horrifié, vit les larmes jaillir des yeux d'Abby ; elle les écrasa de deux poings rageurs.

— Mais cela ne suffisait pas. Vous n'en avez jamais assez, lord Ravenswood.

Deux choses heurtèrent Spencer. D'une part, elle avait vraiment pensé qu'il voulait une vicomtesse parfaite. D'autre part, il comptait assez à ses yeux pour qu'elle s'efforce de lui plaire.

— Je n'ai jamais eu un mot pour me plaindre de ce que vous êtes, seulement de ce que vous exigez de moi.

— C'est pareil. Je voulais être votre femme pour de vrai, mais cela ne vous convenait pas. Aujourd'hui, je sais enfin pourquoi. Vous pensiez que je suis comme la belle-mère qui vous a abandonné : irresponsable, irréfléchie, tout ce que vous ne voulez pas chez une vicomtesse.

Décidément, elle avait tout pris de travers. Et les paroles de Liverpool n'avaient fait qu'aggraver les choses.

— Vous n'avez rien de commun avec Dora, vous m'entendez ? affirma-t-il. Je n'ai rien à redire : vous êtes parfaite depuis le premier jour !

— Si parfaite que vous vous êtes donné un mal inouï pour anéantir mes espérances d'être un jour votre épouse ! J'étais tellement la femme qu'il vous faut que… vous m'avez humiliée, menacée.

Nom de nom ! Depuis le début, il s'était efforcé de ne pas la séduire. Il ne s'était donc jamais demandé comment elle prenait ses refus catégoriques.

— Le fait que vous me conveniez ou pas n'a rien à voir dans l'affaire, je vous jure. Je vous ai dit d'emblée…

— Oui, que votre carrière vous empêchait de vous marier, riposta-t-elle avec une ironie amère. Je ne suis pas stupide : nous savons tous les deux que cela n'a rien à voir. En outre, la session parlementaire va se terminer et vous auriez tout le temps pour vous marier. Si vous le vouliez vraiment, ce qui n'est pas le cas. Enfin, pas avec moi…

Chaque mot qu'elle prononçait était un coup de poignard dans le cœur de Spencer. Depuis le début, elle était convaincue que c'était elle le problème ; lui, en revanche, croyait qu'elle avait gobé ses faciles prétextes. Il aurait dû se douter qu'elle était trop fine mouche pour cela.

Mais comment pouvait-elle penser qu'il ne la voulait pas pour femme ?

— C'est vrai, je vous ai menti en parlant de ma carrière. Mais je vous donne ma parole que mon désir de rester célibataire n'a rien à voir avec vos plus ou moins grandes qualités…

— Plus un mot ! Vous dites cela parce que vous avez peur que je m'enfuie et que cela fasse un scandale. Soit, je ne m'enfuis pas : mais je ne vais pas non plus rester bouche bée à prêter l'oreille à vos mensonges. Que cela vous plaise ou non, j'ai lancé mon entreprise et je refuse que vous vous en mêliez.

Elle bondit vers la porte. Avec un juron, il partit comme une flèche et la rattrapa. Il la saisit par la taille, la souleva et la reposa sur le bureau, puis lui bloqua les jambes entre ses cuisses.

Elle se mit à lui marteler la poitrine.

— Laissez-moi partir, espèce de... brute sauvage !

— Non, répondit-il d'une voix rauque.

Il la saisit par les poignets et les tira derrière son dos.

— Je sais que je le devrais. Ce serait mieux pour nous deux, mais c'est plus fort que moi...

Seul l'instinct le guidait à présent. L'instinct et la faim qu'il devait satisfaire.

— Je ne vous laisserai pas partir.

Elle se débattait mollement, une incrédulité douloureuse se lisait sur son visage.

D'une main, il lui bloqua les deux bras dans le dos.

— Cela n'a plus rien à voir avec ma peur du scandale. Je veux que vous restiez, et je ferai tout pour m'en assurer.

Il porta sa main libre à sa bouche, et avec les dents retira son gant.

En la regardant droit dans les yeux, il plongea la main dans le chemisier d'Abby pour récupérer le contrat. Elle tressaillit et la peur s'estompa dans son regard. Dans le même temps, Ravenswood sentit une onde de désir brûlant le balayer. Il lui fallait toute sa maîtrise de lui-même pour se concentrer sur sa fouille, pour ne pas lui déchirer son chemisier et se repaître de la chair tendre que ses doigts frôlaient.

Décidément, il ne parviendrait jamais à la laisser partir.

— Je ne veux pas que vous vous en alliez. Pas maintenant. Jamais, en fait.

Abby était au bord du désespoir.

— Vous ne savez pas ce que vous voulez…

— Vous vous trompez.

Il trouva le contrat, le sortit et le lança à l'autre bout de la pièce.

Puis il se pencha pour lui effleurer l'oreille avec la bouche, humant le délicieux arôme de sa chevelure.

— Je le sais parfaitement, ajouta-t-il. Ce que je veux, c'est vous.

Quand il lui embrassa l'oreille, elle frissonna. Sa réaction le faisait jubiler.

Il avait eu beau la blesser, il ne lui était pas devenu indifférent.

— Je refuse de devenir votre maîtresse, Spencer, chuchota-t-elle, ne serait-ce que quelques semaines…

— Je ne veux pas de vous comme maîtresse.

Il n'aurait jamais dû faire ce marché idiot. Il aurait dû comprendre d'emblée qu'il la voulait pour de bon. Cela leur aurait évité bien des souffrances.

Mais il allait se rattraper, et pas plus tard que tout de suite.

— Je n'ai aucune envie que vous deveniez une vicomtesse exemplaire. Je veux que vous soyez vous-même, que vous soyez ma femme. C'est tout.

— Mais vous aviez juré que jamais…

— Je sais. J'ai eu tort.

Un instant, il lut une question dans ses yeux, puis il lui prit la bouche. Il sentit monter en lui une bouffée de triomphe quand les lèvres d'Abby, après quelques instants d'hésitation, s'entrouvrirent. Il l'embrassa avidement, profondément, pour effacer le moindre doute de son esprit.

Il fallait qu'il lui dise la vérité. Tôt ou tard. Mais d'abord, il tenait à lui prouver combien leur relation pouvait être exquise, et combien il avait besoin d'elle. Il se refusait à prendre le risque de la perdre tout de suite.

Centimètre par centimètre, elle était en train de fondre contre lui. Il lui lâcha les poignets pour retirer son deuxième gant. Puis il s'attaqua aux boutons de sa robe.

Elle écarta ses lèvres des siennes, elle avait des yeux immenses.

— Quelle nouvelle cruauté... ?

— Non, promit-il d'une voix enrouée, taquinant d'abord le joli lobe de son oreille et ensuite la peau parfumée en dessous.

— C'est fini, je vous le jure. Je n'en peux plus de me passer de vous. De toi.

Il crut qu'elle allait continuer à protester et il se mit à l'embrasser avec fougue en défaisant ses boutons. Lorsqu'il essaya de faire glisser la robe des épaules d'Abby, elle s'écarta brusquement, comme en proie à la panique. Elle tenta de s'éloigner du bureau, mais il s'y opposa.

— Laisse-moi te faire l'amour, ma chérie, souffla-t-il. J'ai besoin de toi ! Ah, Dieu, comme j'ai besoin de toi...

Elle détourna le visage.

— Vous dites cela parce que nous sommes en train de jouer mais, après...

— Ce n'est plus un jeu, dit-il en lui prenant le menton pour tourner son visage vers lui. Je te veux dans mon lit. Toute la nuit. Et toutes les autres nuits.

D'un seul élan, il se débarrassa de son habit et de son gilet. Puis de nouveau, il essaya de lui ôter sa robe.

Elle lui saisit les mains.

— Vous êtes trop ivre pour avoir les idées claires.

— Ou peut-être pas assez !

Pourtant, il ne se sentait nullement grisé. Certes, il avait trop bu de cognac à cause de Blakely et son esprit était un peu embrumé, mais il savait parfaitement ce qu'il faisait. Il était en train de convaincre sa femme de partager son lit.

— Un jour, tu m'as dit que je ne m'amusais qu'après avoir bu.

Elle se rembrunit et s'agrippa aux poignets de Spencer.

— Oui, mais quand vous reprenez vos esprits le lendemain, vous avez des regrets. Cela aussi, vous le regretterez.

Elle glissa un regard rapide sur le reste de la pièce.

— À supposer que vous finissiez ce que vous avez commencé…

Bon sang, ce moment d'égarement allait le suivre jusqu'à la mort. En tout cas, il en payait amèrement le prix. Et dire qu'une semaine plus tôt, il avait pris comme une bonne chose qu'elle le déteste !

Eh bien, la preuve était faite qu'endurer la haine d'Abby était un enfer. Le simple fait qu'elle ne lui fasse pas confiance était un supplice, bien qu'il ne pût la blâmer de se méfier de lui. Deux fois déjà, il avait commencé quelque chose et n'avait pas conclu.

Le remords lui serrait la gorge. Il s'était vraiment comporté comme un âne. Il n'aurait pas dû la conduire ici, à l'endroit précis où il avait piétiné sa dignité.

Il posa une main sur la joue d'Abby. Du pouce, il caressa cette peau si douce, y trouva l'humidité des larmes. Son remords se fit plus poignant. Il se promit de se rattraper.

— Tu as toutes les raisons de te méprendre sur moi, chérie. J'ai été injuste, je l'admets. Mais c'est fini. Cette fois, nous irons jusqu'au bout et je ne le regretterai pas.

Sur ce dernier point, il n'était guère sûr de lui, mais ce n'était pas le moment de tergiverser.

— Je veux que nous consommions ce mariage. Montons dans ma chambre, au diable ce maudit bureau et…

Elle secoua la tête.

— Non. Je veux que ce soit ici, sur le lieu de ma honte.

— Pourquoi ?

— Parce que je préfère. C'est comme ça.

Cette insistance le surprit, mais il décida de ne pas discuter.

— D'accord.

— Mais d'abord, j'ai quelque chose à te demander.

— Quoi donc ? s'enquit-il, sachant qu'il n'allait probablement pas aimer la réponse.

— Je veux que tu retires tous tes vêtements.

20

> « Les secrets de votre employeur constituent un dépôt intangible. C'est un honneur de les garder, une honte de les violer. »
>
> *Vade-mecum du parfait domestique,*
> *par le maître d'hôtel d'une très grande maison*

Abby retint son souffle, curieuse de voir la réaction de Ravenswood.

— Pourquoi veux-tu rester dans ce bureau ? demanda-t-il, la gorge nouée. Pour me rendre la monnaie de ma pièce ? Et m'abandonner ici seul, nu et tout excité ?

— Tu penses que c'est cela que tu mérites ?

Il grimaça un sourire.

— Oui.

En effet, l'idée de se venger l'avait effleurée. Après tout, elle s'était juré de ne plus jamais succomber à ses charmes. Elle s'était promis de lui faire regretter son acte et désirer qu'elle reste, pour ensuite le rejeter avec autant de cruauté qu'il l'avait elle-même rejetée.

Mais maintenant, au pied du mur, tout avait changé. Peut-être l'avait-il toujours aimée telle qu'elle était ? La raison pour laquelle il avait refusé de l'épouser vraiment demeurait un mystère, mais il semblait désormais avoir fait machine arrière. Tout au moins, il en donnait l'impression.

Mais la jeune femme ne voulait pas prendre de risque. Il était capable de changer d'avis entre le bureau et la chambre. Ou de commencer à la séduire et de se retirer.

Non. S'il la voulait, il fallait qu'il le prouve. Il fallait qu'il mette en jeu ce qu'elle-même avait risqué à chaque fois : son amour-propre.

Veillant à demeurer impassible, elle lui remit en place une mèche qui se rebellait sur sa tempe.

— Il n'y a aucun moyen que tu saches ce que je vais faire, n'est-ce pas ? Depuis que je suis devenue cette créature au cœur de pierre qui agit dans ton dos ?

— Je suppose que je mérite cela également, grommela-t-il.

Il la scruta d'un regard brûlant.

— Tu mets à l'épreuve ma sincérité ?

— Une mise à l'épreuve, si l'on veut. Ou une vengeance.

Elle refusait de faire baisser les enchères.

— À toi de choisir !

Il détourna le visage et elle se demanda si elle n'était pas allée trop loin. Mais il se retourna vers elle et la regarda bien en face.

— Nous devons donc bien faire les choses.

Il la laissa assise sur le bureau et alla prendre quelque chose dans un coffre en chêne. Quand elle vit la boîte qu'il tenait, elle se figea.

— Non !

— Ce n'est pas la même, Abby.

Il revint vers elle à longues enjambées.

— Mais si tu veux me faire ce que je t'ai fait…

Il lui tendit le phénakistiscope. Malgré l'appréhension d'Abby, sa curiosité fut la plus forte. Que risquait-elle de jeter un coup d'œil ? Elle s'attendait à quelque chose de croustillant et risqua un regard.

Par le Ciel, c'était effectivement osé. Sous le titre *Circé et Ulysse*, la scène montrait la belle sorcière qui attire sur son île l'infatigable voyageur grec. Sur l'image, la femme était nue, mais l'homme aussi. Nu et en pleine érection. Il était allongé sous une tonnelle de verdure, offrant son solide torse, ses jambes musclées et son membre impressionnant à la bouche et aux mains de Circé, qui les caressait avec une intimité stupéfiante.

Elle retira brusquement l'œil du trou et s'appliqua à reprendre contenance. Ce n'était pas facile, car elle avait rougi à en illuminer la pièce.

— Combien de ces polissonneries as-tu, à la fin ?

Avec un vague sourire, il s'assit sur un divan pour retirer ses bottes.

— Ces deux-là, seulement.

— J'en doute ! répondit-elle, méfiante.

— La seule façon pour toi de le savoir, c'est de t'installer ici. Puisque tu es ma femme, tu peux fouiller cette fichue baraque de haut en bas et mettre au jour tous mes petits secrets.

Il se releva, de nouveau sérieux.

— Ou encore, si tu tiens à me faire souffrir pour te venger avant de partir, tu as à présent les moyens de le faire. Je ne t'en empêcherai pas.

Il s'avança jusqu'à la porte en socquettes et ferma à clef. Ce bruit résonna douloureusement dans la mémoire d'Abby. Peut-être, après tout, devait-elle lui en faire voir de toutes les couleurs avant de lui pardonner. S'il supportait ce qu'elle avait supporté, c'est qu'il était sincère.

— D'accord, acquiesça-t-elle.

Lorsqu'il pivota vers elle, il était manifestement curieux de savoir l'option qu'elle avait prise.

— D'accord pour la boîte.

Ses yeux d'acier tournèrent couleur d'ardoise mouillée. Il semblait si perdu qu'elle faillit changer d'avis. Mais il était temps qu'il sache ce que cela fait de ne jamais être fixé sur son sort.

Elle se laissa glisser du bureau, le phénakistiscope à la main, consciente que sa robe était ouverte dans son dos. Sans se soucier de l'air frais sur ses épaules, elle vint à lui et lui tendit l'objet.

— Regarde et décris ce que tu vois.

— Je n'ai pas besoin de regarder. Je connais l'image par cœur.

— Sapristi, est-ce que tes amis en politique sont au courant de tes vices ? Savent-ils que tu te rinces l'œil avec ces cochonneries ?

— Je ne pense pas. Pourquoi ? Tu as l'intention de les mettre au courant ?

Abby se sentait soudain un pouvoir énorme.

— Pourquoi pas ? répliqua-t-elle en tapotant la boîte.

— Dans ce cas, précise que ce n'est pas un vice solitaire, ajouta-t-il en la regardant de la tête aux pieds. Dis-leur que ma charmante femme a elle aussi un penchant pour la chose.

Ces paroles créèrent un nœud de désir ardent dans le ventre d'Abby, qui se maudit de réagir comme une fille facile. Pas question de se laisser manipuler : cette époque était révolue.

Elle posa le phénakistiscope sur le bureau et saisit Spencer par la cravate.

— Dis-moi ce qu'il y a au milieu du tableau, ordonna-t-elle en dénouant le tissu de soie.

Il avait le souffle court, légèrement parfumé de cognac et de son incontournable parfum de bergamote.

— Il y a un homme et une femme étendus par terre.

Elle jeta la cravate et s'en prit aux boutons de la chemise.

— Que portent-ils comme vêtements ?

— Rien du tout.

Elle trouva le ton de Ravenswood un peu ironique et constata qu'il souriait.

— Attends un peu, gronda-t-elle. J'ai bien aimé cette partie du jeu moi aussi, tu te souviens ? Mais ensuite…

Le sourire de Spencer s'effaça. Pas mécontente d'elle-même, elle lui retira sa chemise et tenta de ne pas regarder. Mais c'était impossible.

Ulysse et Spencer auraient pu être jumeaux : ils avaient le même torse musclé, la même taille svelte qui semblait sculptée dans le marbre ; un fin sillon velu descendait de la gorge au ventre et se perdait sous le pantalon, lequel présentait une bosse révélatrice. Ce simple spectacle faisait battre plus vite le cœur d'Abby.

Était-il excité à ce point tandis qu'il la tentait, l'autre soir, avant de la planter là ? Naturellement, il faisait toujours preuve d'un sang-froid total. Eh bien, elle se sentait capable de la même maîtrise de soi.

— Dis-moi maintenant, continua-t-elle, ce que la femme fait à l'homme.

— Elle l'embrasse sur le torse, dit-il rapidement.

Elle posa la bouche sur le mamelon de Spencer, et se mit à taquiner du bout de la langue le petit bouton durci.

— Comme ça ? demanda-t-elle en enchaînant une kyrielle de baisers sur ce torse musclé, jusqu'à l'autre mamelon.

— Oui, dit-il d'une voix étranglée.

Elle se mit à mordiller le deuxième mamelon, et il eut une sorte de ronronnement grave qui s'accentua quand, du bout des doigts, elle libéra les boutons de son pantalon.

— Que fait-elle encore ?

Elle le contourna pour se placer derrière lui.

— Elle lui caresse le ventre d'une main et...

Le souffle lui manqua lorsqu'elle lui glissa la main jusqu'au ventre par-derrière. Elle caressait la peau bien tendue, et immisça les doigts jusqu'au caleçon qu'elle se mit à déboutonner.

— Et alors ? Que fait-elle de l'autre main ?

— Elle lui caresse le... euh... membre.

— Montre-moi ça, exigea-t-elle.

— Mais enfin, Abby, jusqu'où vont aller ces provocations ?

— Ce n'est pas moi qui ai commencé et laissé le chantier en plan. C'était ta tactique.

— Arrête de remuer le couteau dans la plaie ! C'était un moment de folie.

— Eh bien, voyons si tu es revenu à la raison. Maintenant, lord Ravenswood, montrez-moi comment la femme touche l'homme.

Il lui prit la main et la guida à l'intérieur de son caleçon, puis referma les doigts sur son membre dressé.

— Comme ça, petite tortionnaire. Tu es contente ?

— Pas tout à fait, murmura-t-elle contre son épaule musclée. Mais j'y arrive.

Elle était franchement surprise qu'il ait supporté ses agaceries jusque-là. Elle appréciait de plus en plus la situation. Elle commença à le caresser de haut en bas, grisée par la rigidité de son membre. Elle sentait le sang palpiter sous ses doigts. Il soupirait et gémissait à chaque va-et-vient.

De sa main libre, elle lui baissa le pantalon jusqu'en dessous des hanches. Puis elle continua à le caresser, ne pouvant résister au désir de lui embrasser le dos en frottant son nez contre la peau lisse, gorgée de son parfum viril. Il ne tarda pas à balancer ses hanches à la rencontre de la caresse, pour accentuer le frottement de la main d'Abby.

Brusquement, il se dégagea et lui prit la main pour l'immobiliser.

— Si tu comptes me planter là tout nu et excité, chérie, il faut que tu me lâches à présent.

— Pourquoi ?

— Tu te souviens de notre « jeu » dans la chambre ?

Il n'avait pas besoin d'en dire plus. Ce jour-là, il avait atteint l'orgasme sous ses caresses.

Elle n'en revenait pas. Il aurait pu se laisser faire jusqu'au bout : elle était trop ignorante pour veiller à ce que cela ne se produise pas. Il semblait donc parfaitement sincère quand il disait qu'il ne l'empêcherait pas de se venger. En l'avertissant ainsi, il lui donnait un bâton pour se faire battre. Rien ne pouvait davantage prouver sa sincérité.

Libérée de tout doute ou toute crainte, elle retira en riant sa main du caleçon de Spencer. Lorsqu'elle revint devant lui, il la regarda comme si elle avait perdu tout bon sens. Elle se pencha, lui retira complètement son pantalon et le jeta de côté, puis saisit son caleçon.

— Non ! dit-il en retenant sa main.

— Tout nu et excité, tu te souviens ? le taquina-t-elle.

Il ne sourit pas.

— J'ai des… cicatrices, Abby. Ce n'est pas beau à voir.

Ah oui, ses blessures de guerre. Elle avait oublié.

Il eut un rire sinistre.

— Toutefois, je suppose que cela donnerait plus de sel à ta vengeance. Tout nu, couturé de cicatrices et terriblement frustré, debout dans son propre bureau.

Abby en eut le cœur serré. Il était temps de changer de registre.

— À moins que… commença-t-elle en s'avançant vers la porte, nous ne continuions la partie dans un lieu plus confortable, comme une chambre à coucher. Je pourrais ainsi couvrir de baisers tes blessures, pour les soigner.

Elle tourna la clef dans la serrure.

Quand Spencer entendit le déclic, il crut qu'elle sortait. Puis il comprit ce qu'elle voulait dire. Il la dévisagea, incrédule.

Mais le sourire d'Abby était chaleureux. Elle lui avait pardonné. Elle le voulait pour de bon. Elle lui donnait une chance.

Sans un mot, il vint la prendre dans ses bras et l'embrassa avec la passion frénétique qu'il refoulait depuis une semaine. Elle lui répondit ardemment, ce qui scella son sort. Il voulait qu'elle devienne sa femme ce soir même, et il refusait de penser au lendemain.

Lorsqu'il la lâcha, la violence de leur désir les fit tous deux vaciller.

— Montons, souffla-t-elle.

Il s'avança pour ouvrir la porte et regarda : il n'y avait personne, sauf un valet qui dormait au fond du hall, à côté de l'entrée.

— Je n'ai pas l'intention de me rhabiller. Tu aurais le temps de changer d'avis, chérie. Prenons l'escalier de service jusqu'à ma chambre. Pour le cas où quelqu'un serait encore debout. Ce serait gênant que nous nous fassions surprendre dans cette tenue.

— Gênant pour toi, murmura-t-elle. Moi, j'ai tous mes vêtements.

— Pour le moment, rétorqua-t-il en essayant de lui saisir sa robe.

Elle pouffa de rire, sortit en trombe et courut à toutes jambes vers l'escalier de service. Il la suivit. Au pied de l'escalier, elle s'arrêta une seconde pour s'orienter et il la rattrapa. Elle n'eut pas le temps de s'esquiver, il lui ôta vivement sa robe et la mit sur son épaule.

Lorsqu'il tenta de saisir le jupon, elle se libéra et s'élança dans l'escalier. Il la suivit sans trop se presser et ne put s'empêcher d'annoncer ses intentions.

— Cela ne me dérange pas que tu coures, ma biche, à condition que tu sois nue quand je te rattraperai.

Un joli rire cascada jusqu'à lui et elle disparut par la porte donnant sur le palier. Il lui vint à l'esprit qu'elle pouvait l'enfermer hors de sa propre chambre, si elle avait vraiment l'intention de le tourmenter. Il hâta le pas. Quand il fit irruption dans sa chambre, elle s'était débarrassée de son jupon et avait ôté son deuxième bas.

Elle se leva avec un sourire engageant. Elle n'était plus vêtue que de sa combinaison et il s'arrêta, la bouche sèche. Elle portait aussi son turban, mais c'était tout.

Par tous les dieux du ciel, quelle beauté ! Sa fine combinaison, faite de la mousseline la plus légère, tombait tout droit sous ses seins. Des ombres mystérieuses soulignaient ses mamelons et un triangle obscur entre ses jambes. Vue dans le cadre que formait le baldaquin en chêne du lit, elle présentait une image plus érotique que toutes les filles de joie des phénakistiscopes. À un détail près.

— Enlève-le, demanda-t-il d'une voix rauque.

D'un air coquin, elle saisit les rubans de sa combinaison.

— Non, je veux dire… d'abord ce fichu turban.

— Fichu ? répéta-t-elle en le soulevant. Tu n'aimes pas mon turban ?

— Je l'exècre, avoua-t-il en toute candeur.

Perplexe, elle l'ôta.

— Pourquoi ? Je croyais que tu trouverais ça plus digne que mon style précédent qui, d'après toi, me faisait ressembler à une fille de rien.

Elle retira ses épingles et sa chevelure tomba en cascade sur ses épaules comme un rideau soyeux couleur de jais. Le cœur de Ravenswood battait la chamade.

— C'est pour cela que tu le portais ?

Il lui prit le turban des mains et le jeta au loin.

— C'était pour me fourrer le nez dans mon indignité ?

— Non : je croyais vraiment que tu préférais cela.

Certaines phrases qu'elle avait prononcées plus tôt lui revinrent.

— Tu croyais que je préférerais tes façons maniérées et ton air froid.

— Oui. Ou au moins que tu m'admirerais et me respecterais pour cela. C'est tout ce que je cherchais.

Il entoura une mèche autour de sa paume et l'embrassa.

— Donc, ce n'était pas pour me punir.

Elle secoua la tête.

— Le châtiment devait arriver quand tu aurais compris que j'étais devenue la vicomtesse que tu souhaitais. Alors, je t'aurais fait payer ton injustice de vouloir me mettre à la porte parce que tu estimais que je n'étais pas assez bien pour toi.

— Eh bien, observa-t-il avec un ricanement discret, la preuve est faite. Mais pas de la façon que tu avais prévue. Tu m'as manqué, Abby.

— Mais… je ne suis pas partie.

— Non, mais tu as changé. Ce qui m'a manqué, ce sont tes taquineries, tes sourires. L'Américaine spontanée au franc-parler. Il faut que je te le dise une fois pour toutes : je n'ai jamais rien trouvé à te reprocher.

— Spencer… commença-t-elle, sceptique.

— Je suis sincère. Tout ce que je déplorais dans ta coiffure et ta tenue avant le bal, c'est qu'elles te rendaient trop désirable à mes yeux. Je me suis dit que si tu étais déguisée en véritable Anglaise, je ne serais plus obsédé du matin au soir par l'ardent désir de te mettre dans mon lit.

— Et ça a marché ?

Il eut de nouveau un petit rire et appliqua la main sous un sein, à travers sa combinaison.

— D'après toi ? Non, je voulais qu'on me rende ma rose sauvage d'Amérique. Et plus tu cultivais la variété anglaise, plus tu me rendais fou.

— Mais si je te convenais comme j'étais avant, pourquoi donc…

Il l'interrompit d'un baiser. Il savait ce qu'elle allait demander, il savait ce qu'il aurait été contraint de répondre mais, dans son égoïsme, il ne voulait pas tout gâcher maintenant. Il voulait d'abord faire l'amour avec elle en sorte que la vérité, quand elle éclaterait par la suite, fût plus supportable.

Sa conscience lui criait d'être juste, de le lui dire tout de suite. Mais il préféra se réfugier contre le velours palpitant de sa bouche, le pur plaisir de son étreinte.

Lorsqu'il se recula, il lut un éclat malicieux dans les yeux d'Abby.

— Vous êtes encore en caleçon, lord Ravenswood. Si j'ai bonne mémoire…

Lestement, il se dévêtit. Il tournait le dos à la cheminée, elle n'avait sans doute pas assez de lumière pour distinguer les cicatrices sur la partie gauche de son ventre. Quand elle regarda sa verge, elle détourna vivement les yeux en rougissant. Spencer comprit que la modestie virginale d'Abby était sa meilleure alliée.

— À ton tour.

Il se rapprocha d'elle et dénoua les cordons de la combinaison qu'il fit glisser des épaules de la jeune femme. Le léger vêtement tomba aux pieds d'Abby qui se trouva offerte tout entière au regard ardent de Ravenswood.

Il posa les mains le long de ses splendides hanches, remonta jusqu'à sa taille svelte, et continua jusque sous les seins épanouis, qu'il brûlait de toucher.

— Je crois, commença-t-elle en bégayant, que j'ai la peau plus sombre que la plupart des Anglaises.

— Comme une Italienne, précisa-t-il en caressant des deux pouces les mamelons d'un beige rosé.

Lorsque les pointes saillirent, il exulta.

— Et tu sais ce que l'on dit des Italiennes ?

— Non. Quoi ?

Elle eut un haut-le-corps tandis que son autre main descendait le ventre doré pour caresser les boucles noires entre ses cuisses.

— On les dit passionnées. Elles raffolent des caresses des hommes.

Quand il enfonça les doigts un peu plus bas et trouva les pétales déjà couverts de nectar, il sourit. Il releva le bras pour lui montrer ses doigts luisants.

— Comme toi, par exemple. Je connais des dizaines d'Anglais qui donneraient la prunelle de leurs yeux en échange d'une femme passionnée, quelle que soit la couleur de sa peau.

Elle rougit mais, en baissant les paupières, elle lui coula un regard lascif.

— Eh bien, milord, faites de moi votre femme…

Il n'y avait aucune fausse pudeur chez elle. Comme la rose sauvage qu'il avait si longtemps convoitée, elle leva les bras pour enlacer son cou et l'inciter à l'embrasser.

Et le baiser de Spencer fut passionné. Sans l'interrompre, il la fit reculer jusqu'au lit et ils y basculèrent. Il la couvrit tout entière ; du genou, il lui écarta les cuisses afin de s'installer entre ses jambes. Puis il se remit à caresser la chair moite cachée sous la douce toison.

Elle eut comme un hoquet lorsqu'il introduisit deux doigts dans l'étroite ouverture. Elle était déjà délicieusement trempée. Il n'avait qu'une envie : s'enfoncer en elle. Mais elle était vierge, il devait donc prendre son temps. Il la caressa tout en suçant ses seins à tour de rôle, ivre de cette fragrance qui n'appartenait qu'à elle.

Alors que les doigts de Ravenswood allaient et venaient dans sa cachette brûlante, elle lui rendit sa caresse en descendant le long de ses flancs pour empoigner son membre en érection.

Il eut un grognement sonore. C'était plus qu'il n'en pouvait supporter.

— Je veux te pénétrer, chérie, dit-il en abandonnant un instant le sein. Guide-moi en toi.

— Mais je... commença-t-elle. Je ne sais pas comment faire.

Lentement, il retira les doigts d'entre ses jambes.

— Mets-moi à la place où j'avais les doigts. Relève les genoux et guide-moi en toi. Je ne veux pas te faire plus mal que nécessaire. Tu es au courant de... ?

Entre les paupières entrouvertes d'Abby filtrait un ardent regard.

— Oui, répondit-elle avec un sourire mutin. Maman m'a expliqué. Elle m'a dit que l'homme doit briser l'innocence de la femme pour cueillir son plaisir, comme l'ours démolit la ruche pour récolter le miel.

Il sourit.

— Mais ne me dis pas que l'homme libère un essaim d'abeilles quand il déflore une vierge.

— Tu n'es pas au courant ?

— Je n'ai jamais pris la vertu d'une femme, chérie.

— Eh bien, observa-t-elle en riant, le moment me semble bien choisi pour en avoir le cœur net, non ?

Elle l'attira vers elle et il se laissa guider jusqu'à ce que la pointe de sa virilité frôle les membranes glissantes.

Abby ne sachant plus que faire, il lui écarta la main. Avec une lenteur délibérée, il la pénétra. Tandis que la chaleur soyeuse de la jeune femme se refermait autour de son membre, il était terriblement difficile pour Ravenswood de ne pas se ruer jusqu'au fond.

— Mon Dieu, Abby, que c'est bon ! Tu ne peux imaginer pour moi ce que c'est.

— Tu ne peux pas non plus imaginer pour moi ce que c'est, répondit-elle.

Comme il avançait millimètre par millimètre, il vit le visage souriant d'Abby se contracter. Il marqua une pause, pour la laisser s'habituer. Cela lui coûtait un effort tel qu'il devait y mettre tout son sang-froid. Elle se tortilla pour trouver une position plus confortable, et il crut exploser à l'instant même.

Il était à présent appuyé contre l'hymen de la jeune femme. Ils avaient les yeux dans les yeux, mais Abby, quoique inquiète, ne se crispait pas.

— Retiens les abeilles, murmura-t-il avant de s'enfoncer en elle d'un trait.

Il alla tout droit, jusqu'au bout, et eut l'impression de sentir le cœur de sa femme palpiter.

Elle eut un haut-le-corps mais ne gémit ni ne cria, contrairement à ce qu'il redoutait. Elle avait l'air intriguée.

— Il n'y a pas d'abeilles, milord.

— Dieu merci ! dit-il, concentré sur la nécessité de maîtriser son furieux désir.

Elle lui attira la tête vers elle pour un baiser et Spencer perdit toute notion d'espace, de temps et de maîtrise. Sans même s'en rendre compte, il commença à bouger, jusqu'à ce qu'Abby le saisisse par les cheveux.

Doucement, se dit-il. Détends-toi.

Comme si c'était possible ! Il faisait l'amour à Abby, la merveilleuse Abby qui lui embrassait l'épaule. Ses lèvres douces comme des pétales ne faisaient qu'accélérer l'issue.

— Arrête... de m'embrasser, ordonna-t-il, au bord de l'explosion.

— Tu attends quoi ? demanda-t-elle, les yeux brillants, tout en promenant la pointe de sa langue sur un mamelon.

— J'attends que... tu aies du plaisir... toi aussi.

Elle eut un rire joyeux, sauvage.

— Tu n'as aucune raison de te retenir, lança-t-elle en s'agrippant à lui comme une vigne à une treille. Le fait que tu me possèdes me donne assez de plaisir.

— Mais non, ce n'est rien encore.

Il étendit le bras et releva la cuisse d'Abby.

— Noue les jambes autour de ma taille. Cela va te plaire.

Elle obéit. Ce changement de position l'introduisit encore plus profondément en elle, si c'était possible, et il se mit à la marteler énergiquement. Il était décidé à lui faire partager son excitation.

— Ah ! Mon Dieu…

— C'est mieux ? fit-il avec un rire nerveux.

— Oui, Seigneur… Spencer… Spencer…

Elle tournait violemment la tête de côté et d'autre, tout en lui serrant la taille des deux jambes. Elle l'aspirait en elle, il sentit les muscles intimes d'Abby se contracter, et son souffle prendre une cadence échevelée.

— Tu es ma femme maintenant, haleta-t-il. Tu ne me quitteras plus.

— Plus jamais, jura-t-elle.

Puis elle eut un spasme convulsif et un cri.

— Spencer… je t'aime !

C'en fut trop pour lui. Avec un cri étranglé, il donna une dernière poussée et son plaisir explosa. Son « je t'aime » résonnait toujours dans sa tête quand il se laissa aller sur elle.

À présent, comme il ne méritait pas ce « je t'aime », il allait falloir en tirer les conséquences.

21

« Il n'est pas toujours avisé de connaître les secrets de votre employeur. Certains gagnent à être ignorés. »

Vade-mecum du parfait domestique,
par le maître d'hôtel d'une très grande maison

Abby restait étendue, ivre de félicité, sous le poids brûlant de Spencer qui gisait sur elle. Elle se demandait si l'on pouvait mourir de bonheur. Son cœur était près d'éclater.

Elle souriait contre cette joue au parfum de bergamote. Non, elle ne voulait pas mourir. Surtout maintenant qu'elle avait Spencer pour elle.

Elle serra les bras autour de son dos musclé, et l'attira plus près encore. Il était à elle. À elle pour toujours, quoi qu'il arrive. Jamais il n'aurait fait l'amour avec elle, s'il n'avait pas l'intention de la garder. Il était trop gentleman pour se dédire.

L'haleine de Spencer contre sa joue retrouvait progressivement un rythme normal.

— Ça va, ma chérie ? murmura-t-il en lui embrassant l'oreille. Tu n'as pas eu trop mal, j'espère ?

— Mal ? répéta-t-elle, amusée. J'étais censée avoir mal ?

Il eut un rire grave, qu'elle sentit vibrer dans ses seins.

— On dirait que non.

Il roula sur le côté, le regard brillant.

— Un mari plus méfiant douterait de ton innocence.

— Et toi, milord ? Tu as des soupçons ?

— Je suis un sacré veinard d'avoir une femme aussi ardente.

Il appuya la tête sur sa paume, tout en lui caressant le ventre de l'autre main.

Avec un petit sourire effronté, elle lui frôlait le flanc et la taille. Il était à présent tourné vers la cheminée et, pour la première fois, les cicatrices qui lui labouraient le flanc gauche étaient bien éclairées.

Elle ne put s'empêcher de les observer.

Les cicatrices avaient plissé la peau. Elle en suivit une d'un doigt léger.

— Je vais te guérir tout cela à force de baisers.

— Si ça marche, que cela reste entre nous, plaisanta-t-il. Ou alors, des dizaines de soldats blessés viendront frapper à notre porte.

— Comment est-ce arrivé ?

— À la bataille de Bussaco. Mon voisin avait un genou à terre et avait épaulé son fusil, mais la culasse a explosé. J'ai eu plus de chance que lui : il a pris un éclat dans la tête et est mort sur le coup. Quant à moi, les éclats n'ont fait que me blesser.

— Pourquoi cela est-il encore douloureux ? Je me souviens de la fois où je t'ai touché…

— C'est qu'il y a encore un éclat à l'intérieur.

— Les médecins t'ont laissé du métal dans le corps ? demanda-t-elle, incrédule.

— Plusieurs éclats étaient trop proches des organes vitaux pour que l'on se risque à les retirer.

— Ah ! fit-elle en palpant les cicatrices avec précaution. Et cela te fait encore souffrir ?

— Seulement si je me cogne.

— Ou si ta femme te triture, dans un élan d'enthousiasme !

Il ne répondit pas. Mais il la regarda si sombrement qu'elle prit peur.

— Spencer ?

— Quand tu m'as dit « je t'aime », le pensais-tu vraiment ?

— Bien sûr que je le pensais !

Ainsi, il avait entendu ce qu'elle n'avait pas voulu dire tout haut. Et cette déclaration n'avait pas dû lui plaire.

Le plaisir d'Abby s'envola. Mon Dieu, songea-t-elle, faites que ce ne soit pas comme l'autre soir dans ma chambre. Je ne le supporterais pas.

— Il y a une chose que j'aurais dû te dire depuis longtemps, ma chérie, en tout cas avant de faire l'amour avec toi. Mais je ne voulais pas risquer de te perdre.

Ouf ! se dit Abby.

— Tu ne me perdras jamais.

— Peut-être que si, quand tu sauras.

Il hésita, la main toujours sur le ventre de sa femme, les yeux dans le vague reflétant une tristesse insondable.

— Tu avais raison : ma carrière n'a rien à voir avec mon refus de t'épouser. À dire vrai, je n'ai jamais eu l'intention de me marier, jusqu'au jour où je t'ai rencontrée.

— Jamais ?

— Non. Je ne te l'ai pas dit car tu m'aurais posé des questions auxquelles je ne voulais pas répondre. Maintenant, je n'ai plus le choix.

Il eut un long soupir, et poursuivit d'un ton mal assuré :

— Eh bien, voilà : je ne peux… je ne peux pas avoir d'enfant.

Un immense soulagement s'empara d'Abby.

— Si c'est pour me dire une fois de plus que tu ne les aimes pas…

Son regard torturé faisait pitié à voir.

— Je n'ai pas dit que je n'en voulais pas, Abby. J'ai dit que je ne *pouvais* pas en avoir.

Elle le regardait sans comprendre.

— Mais nous venons juste de…

— Oui, je ne suis pas impuissant. Je suis stérile.

Il se plaça sur le dos et fixa le baldaquin damassé.

— Un des éclats de métal qui m'a transpercé empêche mes organes sexuels de fonctionner normalement. Je peux faire l'amour et connaître le plaisir, mais je ne peux pas engendrer.

Petit à petit, Abby mesurait l'étendue de la catastrophe et son sang se figeait. Si cela était vrai... Avec une véritable terreur, elle posa le regard sur ces fameuses cicatrices et constata que plusieurs se prolongeaient jusque sur les organes génitaux.

— Tu es sûr ? demanda-t-elle.

Avec un soupir, il croisa les mains derrière la nuque.

— Des tas de médecins m'ont dit à l'époque que je risquais de ne jamais avoir d'enfant. Et pendant des années, j'ai connu beaucoup de femmes sans jamais réussir à les démentir.

Le remords creusait ses traits.

— Pourquoi, à ton avis, ai-je tant lutté pour esquiver ce mariage ? Toutes les femmes – et toi en particulier – méritent un mari capable de leur donner des enfants. Moi, je n'en fais pas partie.

Il se tut. Dans le silence, le crépitement des bûches résonnait comme des coups de pistolet.

— Si tu restes ma femme, nous demeurerons à jamais tous les deux, c'est tout.

Ces mots étaient une douche froide sur la joie toute récente d'Abby. Pas d'enfant. Jamais.

Soudain, certaines choses s'expliquaient. Le comportement irrationnel de Ravenswood quand elle avait amené les enfants. Ses réactions violentes quand elle avait cherché à le séduire. La façon qu'il avait de la désirer un moment, et de lui en vouloir le moment d'après.

Elle aurait dû être heureuse qu'il n'ait rien à lui reprocher, mais son esprit était obsédé par le fait qu'elle n'aurait *jamais* d'enfant. Pas de bébé comme Lydia, ou de galopin comme Jack. Elle se laissa glisser du lit et tâtonna un moment pour trouver sa combinaison.

Jamais d'enfant.

Quand elle pivota vers lui, il était en train de s'adosser contre le chevet. Il s'était caché le bas du corps sous le couvre-lit doré. Elle lui jeta un coup d'œil furtif, gênée qu'il remarque son expression abasourdie.

— Je sais, j'aurais dû te le dire avant de prendre ta virginité.

Elle songea combien elle avait souffert en s'imaginant qu'il la jugeait incapable de devenir sa femme. La colère la prit.

— Tu aurais dû me le dire il y a longtemps. Le meilleur moment eût été quand je suis arrivée et que je t'ai annoncé que j'étais ta femme.

— Ce n'est pas le genre de chose qu'un homme dévoile facilement. Tu es la toute première à qui je le dis. À l'exception de Geneviève. Mais pour elle, ma stérilité était une qualité. Pour toute autre femme…

Lorsqu'il détourna le regard, elle ressentit sans le vouloir un pincement de sympathie. Un lord anglais a le devoir d'engendrer un héritier pour poursuivre la dynastie. Quel malheur que d'en être incapable ! À l'évidence, il ne pouvait mettre ses amis au courant de ce manque de virilité.

Mais sa famille était-elle au courant ?

— Est-ce que Nat le sait ?

— Non. Il ne comprendrait pas.

— Comment peux-tu en être sûr puisque tu ne lui en as jamais parlé ? C'est ton frère, sapristi !

Comme il affichait un air surpris, le sang d'Abby ne fit qu'un tour et elle vint jusqu'au lit.

— C'est ça l'ennui avec toi, Spencer. Tu ne dis jamais rien. Tu échafaudes des combines tarabiscotées pour protéger ta famille du scandale, mais tu ne prends pas la peine de nous expliquer. Tu vas de l'avant sans te soucier de nous, comme si cela nous était égal que tu nous effaces de ta vie.

La lumière du feu faisait briller ses yeux. Comme elle faisait mine de s'éloigner, il l'attrapa par le bras et la fit asseoir à côté de lui.

— Quand tu es arrivée, tu m'as pris par surprise. À ce moment-là, je n'ai pas eu le sentiment de te devoir la moindre explication. Ce n'est pas moi qui t'avais manipulée. Et comme je n'avais nulle intention – du moins le croyais-je – de donner suite à ce mariage, je n'ai pas pensé une seconde à te révéler un secret que je considère comme extrêmement personnel.

— Oui, mais plus tard ? Quand tu t'es aperçu que je t'aimais ?

— J'avais peur que tu ne dises que c'était sans importance. Et j'aurais voulu tellement te croire que j'aurais fini par penser que c'était vrai. J'avais peur que, lorsque tu reviendrais à la réalité et comprendrais ce qu'impliquait ma mutilation, tu n'aies le désir de te libérer de moi. Je craignais que la douleur de te perdre après t'avoir possédée ne me soit insupportable. J'ai jugé qu'il valait mieux ne pas prendre ce risque.

— Tu as donc préféré me laisser croire que tu me prenais pour une sotte et une rustre, qui n'a pour elle que son joli corps.

— Je ne peux pas te laisser dire ça ! s'exclama-t-il en la prenant par le menton pour la contraindre à croiser son regard. Je croyais que le fait d'expliquer tout cela par ma carrière était convaincant. Si j'avais imaginé une seconde ce qui s'est passé…

— Tu m'aurais dit la vérité ?

— Peut-être, esquiva-t-il en lui lâchant brusquement le menton. Je ne sais pas. C'est ce soir seulement que j'ai appris la façon dont tu interprétais mon refus du mariage.

— Qu'est-ce qui t'a fait changer d'avis, à propos de notre avenir ? Pourquoi es-tu prêt maintenant à risquer « la douleur de me perdre », comme tu dis ?

Un feu ardent brillait dans les profondeurs argentées du regard de Spencer.

— Je sais maintenant que je ne pourrais supporter de te perdre. Et j'espérais que, si nous faisions l'amour, tu resterais. Au moins un moment. C'est parfaitement égoïste de ma part, et j'ai eu tort. Mais je ne regrette rien. Je… je te veux plus que tout au monde, Abby.

Elle sentit son pouls s'accélérer. Il semblait si sincère. Comme il devait en coûter à cet homme si fier d'avouer une telle dépendance ! Pourtant, il ne parlait toujours pas d'amour. Qu'entendait-il par « au moins un moment » ?

— Voyons si je te comprends bien, dit-elle. Tu veux que je demeure ta femme.

— Étant donné les circonstances, je n'ai aucun droit à le revendiquer mais oui, je le souhaiterais. Je profiterai de toi aussi longtemps que tu le voudras.

— Tu t'estimes trop peu, Spencer.

— Tu as le droit d'avoir des enfants. Je ne peux t'en donner. Tôt ou tard, cela te manquera. Et ce jour-là, je ne veux pas te sentir… piégée dans cet état de mariage. Il n'y a pas de raison pour que nous ne puissions réaliser mon projet initial d'ici cinq mois, ou deux ans, ou dix. Tu es jeune, après tout.

— Que veux-tu dire, à la fin ?

— Quand tu seras lasse de cette union stérile, nous irons en Amérique, nous divorcerons légalement et nous nous quitterons.

— Après avoir vécu ensemble des années…

— Les tribunaux ne sont pas obligés de le savoir. Nous pouvons inventer une raison pour dire que nous ne nous sommes aperçus de rien jusqu'à…

— Ce n'est pas du problème légal dont je parle. Comment peux-tu imaginer que je songe à te quitter après avoir vécu avec toi plus d'une journée ?

Il esquissa un triste sourire.

— Je te laisse une porte de sortie, c'est tout.

— Et si je n'en veux pas, de ta porte de sortie ? Et si je veux un mariage où nous resterons unis « jusqu'à ce que la mort nous sépare » ?

— Je suis sûr que c'est le cas… pour le moment. Mais je ne puis te donner d'enfant, Abby.

— On n'est pas obligé d'avoir des enfants de son propre sang. Il y a des orphelins et…

— Non, répondit-il durement. Pas d'adoption.

La dureté de Spencer alarma Abby.

— Pourquoi pas ? Tu ne vas quand même pas me dire que tu crois à toutes ces sornettes sur l'hérédité ! Et si c'est le cas, nous pourrons toujours dénicher quelque jeune femme aristocrate qui a fait un faux pas…

— Cela n'a rien à voir avec la situation sociale, trancha-t-il.

— Je ne vois pas quelle différence cela fait de savoir qui l'a mis au monde.

— Une différence énorme, crois-moi. Cela fait toujours une différence, insista-t-il avec aigreur. Il y a des liens entre la mère et son propre enfant qui n'existeront jamais chez une femme qui se contente de prendre l'enfant d'une autre.

— Tu dis que si une femme ne porte pas un enfant dans son ventre, elle ne s'en occupera pas avec le même amour ?

Il eut l'air troublé.

— Je dis simplement que ce n'est pas la même chose, voilà tout.

Elle émit un soupir.

— Elle t'a vraiment fait souffrir, n'est-ce pas ?

— Qui ?

— Ta belle-mère.

Ravenswood proféra un juron, sortit de sous le couvre-lit et alla enfiler son caleçon.

— Elle n'a rien à voir là-dedans.

— Si, elle a tout à voir. Elle a épousé ton père à certaines conditions, puis elle a tenu à les modifier. Elle a commencé par bien s'occuper de toi, puis elle t'a abandonné.

— Ce n'était pas sa faute. Quand elle a compris à quoi elle avait renoncé, elle l'a regretté.

— Et tu te figures que je vais faire la même chose ! s'exclama-t-elle avec une colère mêlée de pitié. Donc, tu ne prends pas de risques. Tu ne veux pas t'engager auprès d'une femme dont tu es sûr qu'elle finira par te quitter. En outre, tu refuses l'idée de confier un enfant à un couple autre que ses parents, car la mère risque de l'abandonner, faute de l'indispensable « lien du sang ».

— Abby...

— Tu as préféré te préparer d'emblée aux douleurs de la rupture, c'est ça ? Ainsi, tu ne seras pas pris de court quand ta femme deviendra ce à quoi tu t'attendais : un être sans parole ni honneur, ni sens des responsabilités.

— Tu déformes toujours ce que je dis, pour arriver à me faire dire du mal de toi.

— Et ce n'est pas le cas ? éclata-t-elle, car elle était vraiment blessée. Une femme de caractère reste fidèle à ses choix. Elle ne quitte pas l'homme qu'elle aime et les enfants qui ont besoin d'elle, simplement parce qu'elle a changé d'avis. J'en conclus que tu ne me considères pas comme une femme de caractère.

— Je crois que tu es trop jeune et inexpérimentée pour savoir ce que tu attends exactement de la vie. Ce n'est pas une question de caractère : un jour, tu découvriras que tu attends davantage que ce que je puis t'offrir.

— Tout le monde, jeune ou vieux, court le risque de voir sa vie basculer de façon imprévue. Surtout en ce qui concerne le mariage. Certains s'aperçoivent, en fin de compte, qu'ils ne sont pas faits pour cet état. Ou bien, leurs conjoints connaissent une fin précoce, à cause d'une maladie. Le mariage, c'est justement cela : tout miser sur une personne.

— Ne parle pas de mise, répondit Spencer d'un ton acerbe. J'investis plus que tu ne l'imagines en rendant définitif notre mariage, sachant ce qui risque d'arriver.

— Savoir ce qui pourrait arriver et le planifier sont deux choses différentes, Spencer. Ce n'est pas prendre des risques que de maîtriser ses élans de cœur et refuser d'envisager l'adoption. Parce que, si un imprévu survient, tu ne perds rien. Tu savais d'avance ce qui arriverait. Mais tu ne gagnes rien non plus.

— Alors, qu'attends-tu de moi ? gronda-t-il. Tu veux que je construise ma vie et ma famille avec toi, en sachant ce qui va arriver ? Je ne m'en sens pas capable. Mais je ne veux pas non plus te perdre.

Elle laissa passer un silence.

— J'ai besoin de quelques jours de réflexion. Car si je reste, ce sera pour toujours. Tu es peut-être capable d'être à moitié marié, mais pas moi. Il faut que je juge si j'arrive à renoncer à toute possibilité d'enfant – à moi ou d'une autre – simplement parce que tu ne veux pas prendre ce risque.

— Et si la réponse est non ?

— Eh bien, nous suivrons ton projet jusqu'au bout : nous continuerons ce mariage apparent jusqu'à ce que tu retrouves Nathaniel, puis nous partirons en Amérique pour le faire annuler.

— Mais je ne veux pas, nom de Dieu ! Pourquoi diable n'acceptes-tu pas de laisser les choses suivre leur cours, quel qu'il soit ?

— Jusqu'à ce que je sois si amoureuse de toi que je ne puisse plus me libérer ? Le résultat serait celui que tu prévois : mes regrets empoisonneraient complètement notre relation.

Elle s'éloigna pour se retirer dans sa chambre, mais il l'arrêta. Lorsqu'il l'enlaça, elle se raidit.

— Il n'y a aucune raison pour que tu ne partages pas mon lit en attendant, murmura-t-il.

Elle se tortilla pour échapper à cette étreinte trop tentante.

— Non, décréta-t-elle. Tu n'es pas le seul à avoir un cœur à protéger. Je t'aime, Spencer, mais je ne te laisserai pas utiliser mon amour – ou le plaisir que tu me donnes au lit – pour me plier à ta volonté. Je reviendrai dans ton lit si je décide de rester.

— Eh bien, déclara-t-il en la regardant droit dans les yeux, on verra combien de temps tu résistes à ma cour assidue…

— Tente seulement de me voler un baiser, et je déménage. Clara m'hébergera jusqu'à ce que j'aie pris ma décision. Tu as compris ?

— D'accord, plus de baisers. Pour le moment…

Il s'approcha à la frôler. Sa haute stature musclée dégageait une force à laquelle il était sûr qu'Abby ne saurait résister.

— Mais seulement parce que je le veux bien. Sois sûre que si tu tardes à te décider, personne ne m'empêchera de te revendiquer pour femme.

— Au moins provisoirement, c'est ça ?

— Ce n'est pas moi qui te quitterai au bout du compte.

— Qu'en sais-tu ? Il n'y a aucun engagement ferme entre nous. Il se peut que je me lasse la première, mais il se peut que ce soit toi. Après tout, il te suffit d'un voyage en Amérique pour effacer ce mariage.

— Mais je ne le ferai pas, protesta-t-il.

— Certes, certes, confirma-t-elle d'un ton aigre. Tu es un homme de caractère. C'est moi qui suis un être faible et désemparé.

— La peste soit de toi, Abby !

— Je te communiquerai ma décision dans quelques jours.

Éperdue de douleur, elle pivota vers la porte de communication donnant sur sa chambre à coucher.

— Attends ! s'écria-t-il quand elle posa la main sur la poignée.

— Oui ?

— Pardon de ne pas t'avoir parlé plus tôt de ma stérilité. Tu aurais été en droit d'avoir cette information au moment où elle t'était encore utile. J'ai vraiment été égoïste d'avoir empêché que tu te maries avec un autre.

Elle le gratifia d'un sourire triste.

— Tu sais, je ne pourrai jamais en aimer un autre. J'étais à toi bien avant que tu prennes ma virginité. Mais je ne le regrette pas. Fais-en donc autant.

Sur ces mots, Spencer vit Abby quitter sa chambre : pour la dernière fois, peut-être...

Cette horrible pensée lui ôta toute joie. Si elle décidait de ne pas rester, il ignorait ce qu'il allait devenir. La vie sans elle ne signifiait rien. Comment parviendrait-il à se plier aux conditions d'Abby ?

Il était agacé par son entêtement et ce discours sur leurs risques respectifs. C'est lui qui était frappé de stérilité et condamné à traîner ce boulet jour après jour. Qu'est-ce qu'Abby savait de tout cela ?

Elle a traversé les océans pour vivre avec toi sur les paroles mensongères de ton frère et sur la foi de quelques lettres, lui chuchota la petite voix de sa conscience. Elle a tout tenté pour devenir ce que tu souhaitais. Et bien que tu ne lui aies fait nulle promesse, elle s'est donnée à toi, sachant qu'après cela elle ne pourrait appartenir à un autre.

C'était vrai. Peut-être avait-elle vaguement conscience des risques en jeu. Mais elle était trop jeune pour réaliser combien le temps peut peser sur une personne, lui rappeler des choses manquées, lui faire regretter ses choix...

Comme Dora avait regretté les siens.

Bon sang, cela ne concernait pas seulement Dora. Toutes les femmes voulaient des enfants, au moins toutes celles qu'il connaissait.

Une femme de caractère n'a qu'une parole.

Mais Abby respecterait-elle la sienne ? Le désir d'avoir des enfants était quelque chose de puissant.

Il revint à son lit et poussa un juron en remarquant sur le couvre-lit doré la marque sanglante de l'innocence perdue d'Abby. Au diable ses grandes idées sur les risques que comporte le mariage ! Quelle que soit l'issue de ses réflexions, il fallait qu'il la garde assez longtemps pour lui montrer la vie merveilleuse qu'ils pouvaient avoir tous les deux.

Enfin, elle avait promis de ne pas partir tant qu'on n'aurait pas retrouvé Nat. Cela donnait à Ravenswood l'occasion de la convaincre. En vérité, plus le temps passait sans Nat...

Il lui vint une idée qui le fit sourire. Abby n'était pas près de le quitter, s'il pouvait s'organiser un peu.

22

> « Dans certaines situations, un domestique doit se faire voir sans se faire entendre. »
>
> *Vade-mecum du parfait domestique, par le maître d'hôtel d'une très grande maison*

Le lundi soir, soit deux jours après leur nuit d'amour, on frappa à la porte de la chambre d'Abby tandis qu'elle était dans son boudoir. Elle sortait du bain et était en train de s'essuyer.

— Peux-tu aller ouvrir ? demanda-t-elle à Mme Graham. C'est sans doute Marguerite avec ma robe.

— Mieux vaut tard que jamais, répondit Mme Graham depuis la chambre. Le dîner est dans une heure.

Abby entendit la porte s'ouvrir et un murmure de conversation, mais la porte ne se refermait pas. Curieuse, elle enfila un peignoir et passa dans la chambre. Elle était vide. Mme Graham était-elle allée voir la robe ? Si c'était le cas, elle perdait la tête : elle avait laissé la porte entrouverte.

Tout en continuant à s'essuyer les cheveux, Abby s'approcha pour la refermer, et fut pétrifiée devant le spectacle qu'elle entrevit par l'ouverture.

Par tous les saints du paradis ! M. McFee et Mme Graham, enlacés !

Abby savait qu'elle n'aurait pas dû les espionner. Mais n'avait-elle pas le droit de savoir ce que faisait sa domestique ? Après tout, il fallait bien que quelqu'un veille sur ses intérêts. Pourtant, à en juger par la passion qu'ils mettaient dans leur baiser, ce n'était pas la première fois qu'il se permettait des privautés aussi intimes.

Elle vit McFee descendre la main au bas du dos de Mme Graham pour pétrir son large derrière. Elle se mordit la langue pour ne pas rire.

Il était clair qu'ils n'en étaient pas à leur premier baiser. Ou alors, McFee faisait preuve d'un culot peu en rapport avec sa réserve naturelle.

— Arrête tes absurdités, Arthur, murmura Mme Graham. Va noter ça sur ton carnet, tout de suite. Nous verrons ce soir pour le reste, quand nous serons tranquilles.

Abby s'écarta vivement de la porte, non sans avoir entendu la réponse de McFee.

— Je compterai les minutes jusqu'à ce soir, ma cocotte.

Elle traversa la pièce et déploya sa chevelure devant la cheminée pour la sécher. Elle était à peine en place que Mme Graham entrait. Celle-ci tiqua en voyant sa maîtresse assise, avec sa brosse et son peigne.

— Tiens ! Tu as fini tes ablutions ?

Abby avait du mal à garder son sérieux.

— Oui. Où est Marguerite ?

— Ce n'était pas elle, avoua Mme Graham en rougissant légèrement. C'était un autre domestique qui apportait quelque chose pour toi de la part du vicomte.

Elle vint lui remettre un petit coffret habillé de velours.

Abby l'ouvrit et eut un coup au cœur.

— Saperlipopette ! s'exclama-t-elle en sortant du coffret un pendentif représentant une voiture à deux roues, incrusté de pierreries.

— Quel magnifique travail d'orfèvre ! s'exclama Mme Graham, émerveillée. Et la chaîne, milady. Ce doit être de l'or.

— Ou du bronze plaqué or.

De toute façon, les pierres précieuses avaient l'air exceptionnellement coûteuses. Abby tâchait de ne pas trop montrer sa jubilation. Il n'y avait que Spencer pour trouver un cadeau susceptible d'autant lui plaire.

Mme Graham prit le pendentif pour l'observer d'un œil exercé.

— Oui, c'est bien de l'or. Et je suis à peu près sûre que ce sont des émeraudes. Cet après-midi, le vicomte m'a demandé quelle robe tu porterais au dîner, et je lui ai dit : la verte. C'est certainement pour cette raison qu'il a fait monter Arth... enfin, je veux dire, son domestique avec ceci.

Abby fronça les sourcils. Ce n'était pas l'unique raison.

— Spencer est un manipulateur, exaspérant et odieux, qui a choisi de rendre sa femme folle.

Elle rendit le coffret à Mme Graham.

— Je sais pourquoi il m'a envoyé ça.

— Parce qu'il te fait la cour.

— Disons qu'il essaie de me séduire, dit-elle en se passant le peigne dans les cheveux. Comme par hasard, il me frôlait « accidentellement » la main hier à l'église, chaque fois qu'il me passait le livre de psaumes. C'est aussi la raison pour laquelle il me touche le bras dans la voiture chaque fois qu'il ouvre ou ferme la fenêtre.

Spencer n'avait pas violé leur accord : il n'avait plus tenté de l'embrasser. Ses techniques devenaient plus subtiles, mais restaient efficaces.

La veille au soir, Abby en était venue à se caresser les seins toute seule, en s'imaginant que c'était lui. Quelle honte !

— Ce n'est plus seulement une technique de séduction, c'est de l'amour, répliqua la servante. Les émeraudes, cela vaut une fortune.

Elle sortit un billet plié du coffret et le tendit à Abby.

— Lis au moins le mot d'accompagnement.

La jeune femme soupira et lut à voix haute.

— « À ma charmante femme, pour la prochaine fois où elle se pâmera entre mes bras. Ce joyau appartenait à ma mère. »

Abby en avait les larmes aux yeux.

— Cet homme est un démon. Il sait que, s'il me payait des bijoux, je l'accuserais de vouloir m'acheter. Il a donc trouvé le cadeau qui convient : à la fois hors de prix, et en plus ayant appartenu à sa mère. Il essaie ainsi, conclut-elle en essuyant ses larmes, de me convaincre que je fais partie de la famille, même si ce n'est pas le cas.

— Cela pourrait l'être, rectifia Mme Graham en remettant le bijou dans son coffret avec une crainte respectueuse. Si tu n'étais pas aussi entêtée.

Abby faillit tout lui avouer. Elle lui avait déjà expliqué que le vicomte lui avait demandé de rester sa femme. Mais elle n'avait pas précisé la raison pour laquelle elle l'avait éconduit, se bornant à invoquer des problèmes d'incompatibilité d'humeur. Pour en dire davantage, il aurait fallu révéler le secret de Spencer, chose qu'elle n'avait pas le droit de faire. D'autant que sa servante était aussi discrète qu'une poissonnière.

Quand Mme Graham remit le coffret sur les genoux d'Abby, celle-ci eut envie de hurler.

— Tu n'appuies la cour du vicomte que parce que tu souhaites toi-même rester ici, pour être avec M. McFee, attaqua-t-elle.

Mme Graham demeura un instant la bouche ouverte comme un poisson hors de l'eau.

— Alors comme ça, tu nous espionnes ?

— Ne me dis pas que vous avez fait de gros efforts pour vous cacher.

Mme Graham croisa les bras et fit la moue.

— Eh bien quoi, un petit baiser ? J'y ai bien droit, après tant d'années de service...

Abby eut tout de suite des remords et vint lui tapoter le bras.

— Mais bien sûr ! Tu sais bien que j'ai mauvais caractère. Je suis ravie que tu aies trouvé quelqu'un, cela me fait vraiment plaisir. Mais que ton bonheur ne t'aveugle pas sur le compte de Spencer. Si je reste mariée avec ce tyran, il me fera marcher à la baguette de l'aube au crépuscule.

— Tous les hommes font ça. Une femme de bon sens les laisse causer et n'en fait qu'à sa tête. Elle dit oui par-devant, et fait ce qu'elle veut par-derrière.

Hélas, pour Abby, il n'était pas question de faire ce qu'elle voulait. Elle ne pouvait obliger Spencer à adopter des enfants.

— Je ne suis pas tentée par le mariage avec une personne qui m'imposera sa volonté à tout bout de champ.

Abby jeta son peigne et prit sa brosse.

— Et c'est à cela que ressemblerait le mariage avec Spencer.

Mme Graham prit la brosse des mains de sa maîtresse et se mit à la brosser à longs traits comme pour la consoler.

— Peux-tu blâmer cet homme d'essayer de tout contrôler, après la vie qu'il a eue ?

Se pouvait-il que Mme Graham soit au courant de la stérilité de Spencer ? Non. Assurément. Il affirmait n'en avoir jamais parlé à personne.

— Que veux-tu dire ?

— Il n'a eu que des malheurs, le pauvre, dont aucun ne dépendait de lui. Sa mère est morte quand il était petit. Puis son père s'est remarié avec une femme beaucoup trop jeune, si tu veux mon avis. Monsieur a trouvé un poste à l'armée et il y réussissait fort bien quand son frère aîné est mort. Et à présent, c'est lui l'héritier, qu'il le veuille ou non. Alors qu'il avait une carrière qui lui plaisait – à en croire M. McFee –, on lui a demandé d'y renoncer.

— Mais il ne l'a pas fait.

— En effet, mais le sort était contre lui. Dès que son frère est mort, il a pris la tête des services secrets.

— Tu es au courant de ça ?

— Eh oui.

Mme Graham se plaça devant le fauteuil d'Abby et lui pencha la tête pour mieux la brosser.

— Arthur... je veux dire, M. McFee, sait tout de monsieur. Il est au service de la famille depuis l'époque où monsieur était en culottes courtes. La belle-mère s'est enfuie et le père en est mort de honte. Cela non plus ne dépendait pas de monsieur.

Sans compter l'accident arrivé à la même période, et qui avait mis fin à tous les espoirs qu'avait Spencer d'avoir des enfants. Mme Graham avait raison : c'était beaucoup pour un seul homme.

— Brusquement, poursuivit la servante, il se retrouve vicomte avec un domaine et un chenapan de cadet à gérer. Sans parler de ses devoirs vis-à-vis du pays, auxquels il refuse de renoncer. C'est difficile de traverser des épreuves pareilles sans essayer de tout régenter. Au bout d'un moment on s'y habitue. On se sent plus en sécurité quand on se sait obéi.

— Oui, répondit Abby, le cœur brisé. Parce qu'il ne croit pas les gens capables de réfléchir par eux-mêmes ou de prendre leurs décisions tout seuls.

— Mais enfin, ma petite, tu ne te rends pas compte ? Cet homme a peur de se fier à ce qu'il ne maîtrise pas. Tout ce qui lui échappe lui cause du tort. Donc, quand il est tombé sur une brave petite comme toi, dont il ne savait que faire, il a été complètement sidéré. Cela ne veut pas dire qu'il ne s'en remettra pas. Lorsqu'il te connaîtra vraiment, ça ira mieux.

La porte s'ouvrit et Marguerite entra d'un pas vif avec la robe d'Abby. La conversation en resta là. Mais, pendant tout le temps que les deux femmes passèrent à l'habiller, elle repensait aux mots de Mme Graham. Si elle avait la certitude que Spencer recouvrerait son bon sens, elle demeurerait à ses côtés quoi qu'il arrive.

Le problème, c'est que ce n'était pas du tout sûr. Si elle s'engageait de façon irrévocable et que lui soit incapable de le faire ? Elle ne pourrait jamais avoir d'enfant.

Était-ce si important, de renoncer pour toujours à porter un enfant dans ses bras, à lui apprendre des choses, à le gâter et à l'aimer ? Elle soupira. Bien sûr que c'était important. Toutefois, elle saurait se contenter d'un enfant adopté. Elle était capable d'aimer sincèrement n'importe quel bébé qu'on lui confierait. Peut-être qu'à force de persuasion, elle réussirait à convaincre Spencer…

De la même façon que sa belle-mère avait convaincu son père de faire ce qu'elle voulait ? songea-t-elle avec amertume. Spencer était bien le fils de son père : une fois le cap fixé, il n'en déviait pas facilement. Abby se demandait si elle avait vraiment envie d'un mariage où elle passerait sa vie à attendre que son mari lui fasse confiance.

Car telle était la question.

Une heure plus tard, assise en face de Spencer pour le dîner, elle n'avait toujours pas la réponse.

Il ne lui facilitait pas les choses, avec ses délicieuses attentions.

— Je vois que tu portes le pendentif.

— Oui.

Abby s'était laissé convaincre par Mme Graham et Marguerite de mettre le joyau. À voir la façon dont Spencer dévorait des yeux l'endroit où se nichait le pendentif, elle aurait mieux fait de s'en abstenir.

— Il te va à ravir, dit-il de ce ton rauque qui faisait bouillir le sang d'Abby.

— Merci.

Ils occupaient chacun un bout de la table. Ils avaient beau être loin, Abby sentait sur elle les regards de Ravenswood, comme autant de caresses. Les serviteurs apportèrent les huîtres, et elle tâcha de se concentrer sur son assiette.

Mais elle glissait de temps en temps des regards furtifs à son mari. Il prenait une huître avec la fourchette appropriée, puis la tournait dans le beurre fondu, de la façon dont il tournait la langue sur les seins d'Abby l'autre soir…

— Tu ne touches pas à tes huîtres, observa-t-il avec un sourire entendu. Tu t'inquiètes de l'effet que cela pourrait avoir sur toi ?

— Que veux-tu dire ?

Fascinée, elle le regarda avaler une huître, puis lécher le beurre qui avait coulé sur sa lèvre.

— On dit que l'huître est un aphrodisiaque.

— Qu'est-ce qu'un aphrodisiaque ?

— C'est un produit qui déchaîne les passions.

Il en mangea une autre et une goutte de beurre lui tomba sur le menton. Il s'essuya avec les doigts, qu'il porta à sa bouche. Cette bouche qui lui avait léché le cou, les mamelons...

Maudit séducteur !

— Vraiment ?

Par défi, elle embrocha une huître avec sa fourchette et la fourra dans sa bouche, puis la mastiqua.

— C'est ridicule. Je n'ai jamais observé cela. Les huîtres, en général, me donnent des difficultés à digérer.

Spencer ne se laissa pas abattre.

— Eh bien, si ce mal te frappe, appelle-moi. Je serai ravi de te frotter le ventre.

Et les seins. Et les cuisses. Et l'endroit si fragile au milieu...

Elle détourna le regard. Il n'avait pas besoin de parler, son imagination chevauchait à bride abattue.

Le reste du repas ne fut pas mieux. Quand elle le regardait manger, il lui venait à l'esprit toutes les choses polissonnes qu'il savait faire avec sa bouche. Quand elle ne le regardait pas, elle imaginait que son toast luisant de beurre était le torse nu de Spencer luisant de sueur. Quant à la saucisse...

Enfin, on apporta le dessert, une crème renversée qui frémissait à chaque choc, avec une cerise au milieu. On aurait juré un sein.

— Pardonne-moi, murmura-t-elle en se levant de table, je... je ne prendrai pas de dessert. Ce sont les huîtres, tu comprends.

Elle sortit en vitesse mais, au moment de passer devant Spencer, celui-ci tendit le bras, la saisit et l'assit vivement sur ses genoux.

— Qu'est-ce qui te prend ? s'offusqua-t-elle avec un regard furtif pour les domestiques.

— Je vais te frotter le ventre, expliqua-t-il avec une expression perverse. Il faut que je soulage ta douleur.

Il congédia les laquais.

— Sortez. Et dites au reste du personnel que si quelqu'un approche de la salle à manger avant que je n'appelle, il sera renvoyé sur-le-champ.

Les laquais disparurent comme par enchantement.

Abby tenta de se dégager, mais il ne la libéra pas. Elle lui fit les gros yeux.

— Tu as le toupet de leur faire croire que nous sommes en train de...

— Que vas-tu imaginer ? Je ne fais que soulager l'indigestion de ma femme. Et comme le geste thérapeutique m'oblige à te tenir de façon scandaleuse, j'ai pensé que tu préférerais qu'ils sortent.

— Cela se tient. Mais je t'avertis qu'à la première tentative de...

— Je ne fais pas de tentative, dit-il en posant sa grande main sur le ventre d'Abby. J'essaie seulement de faire disparaître ton mal de ventre.

Il commença à le malaxer avec une amplitude sensuelle. Elle eut un haut-le-corps quand il écarta les doigts jusque sur son bas-ventre. Elle sentait une chaleur douloureuse s'installer entre ses jambes.

— Tu sais bien... tu sais bien que tu ne fais pas seulement ça.

— Tu as vraiment l'esprit mal tourné ! Je m'échine à te soigner, et tu m'accuses d'être pervers.

Il se mit à la caresser de haut en bas, une fois, deux fois. La troisième fois, il lui frôla le dessous du sein et elle l'attrapa par le poignet.

— À cause de ce que tu fais maintenant. Je ne te laisserai pas violer notre accord.

— Notre accord ne m'interdit pas de te toucher.

— C'était sous-entendu.

— Tu as dit : « Tente seulement de me voler un baiser. » Cela laisse une place énorme à d'autres choses, ma chérie.

Il la déplaça afin que, toujours sur ses genoux, elle soit solidement adossée à son torse. Puis il se mit à lui frotter le ventre de l'autre main.

Un souvenir émergea tout de suite : le soir où, dans le bureau, il l'avait tenue ainsi, caressée, à sa merci...

Elle gémit, et lâcha sans s'en apercevoir la main qu'elle tenait. Voici qu'il lui caressait à présent le ventre à deux mains, de haut en bas, à longs traits.

— Je suis sûre que... cela n'est pas vraiment dans l'esprit... de nos accords.

— Ceci ? Mais ce n'est qu'une façon de t'apaiser !

— Bien, mais... Attends une minute, arrête ça !

Voilà que ce brigand déboutonnait sa robe !

— C'est pour que tu sois plus à l'aise, assura-t-il en faisant sauter les boutons. Cette robe est trop serrée : pas étonnant que tu souffres d'indigestion !

Il glissa la main par l'échancrure et, d'autorité, se mit à lui caresser le ventre à travers sa combinaison.

— De surcroît, mon massage aura des effets plus bénéfiques sans ces couches inutiles de tissu.

— Si tu crois que je vais te laisser...

Elle s'interrompit à mi-phrase lorsque, brusquement, il lui glissa la main entre les jambes.

— Mon mal au ventre... n'est pas là, protesta-t-elle faiblement.

— Pardon, j'ai glissé, mentit-il en faisant danser ses doigts sur la peau d'Abby de façon sensuelle.

Elle se maudissait pour sa faiblesse. Mais Ravenswood était à la fois habile et persévérant : combinaison qu'elle trouvait irrésistible. Fallait-il qu'il la désire pour risquer ces dangereux attouchements, susceptibles de la faire détaler chez Clara d'un instant à l'autre !

— Le problème, c'est ta combinaison, continua-t-il sans désemparer. Il faut absolument l'ouvrir.

— Je suis curieuse de savoir quel prétexte tu vas trouver pour cela.

— C'est pourtant simple : je ne vois pas où je mets la main.

Comme la robe d'Abby était grande ouverte du col au niveau des cuisses, il n'eut aucun mal à dénouer le cordon de la combinaison.

— Alors, nous allons nous débarrasser de cette fichue combinaison, n'est-ce pas ?

Abby était au bord du fou rire.

— Tu es incorrigible ! décréta-t-elle en essayant en vain d'opposer une dernière résistance.

— J'essaie de me rendre utile, précisa-t-il en faisant sauter d'une main preste les attaches de la combinaison. N'est-ce pas le devoir d'un mari ?

— Le devoir d'un mari est de répondre aux désirs de sa femme, rétorqua-t-elle sèchement.

— Voilà ! Je suis sûr que tu désires être soulagée au plus tôt de cette vilaine indigestion.

Quand il glissa la main sous la chemise pour lui tripoter le sein, elle l'écarta et s'assit en travers des cuisses de Ravenswood, affichant un air courroucé.

— Je croyais que tu écartais la combinaison pour éviter à ta main de glisser.

— Ma main n'a pas glissé, fit-il avec une ombre de sourire tout en lui soupesant le sein. Crois-en mon expérience : les problèmes digestifs provoquent autant de douleurs dans le thorax que dans l'abdomen. Il ne faut rien laisser au hasard.

Il se mit à frotter du pouce le mamelon, avec une effronterie follement érotique.

Un début de rire s'échappa de ses lèvres, mais elle le réprima.

— Bientôt, tu vas me dire que les problèmes digestifs provoquent des douleurs dans la région génitale.

— Eh bien, justement… commença-t-il en faisant glisser sa main vers le bas.

— Spencer Law, annonça-t-elle solennellement en ôtant sa main de sa combinaison, tu sais parfaitement que je n'ai pas la moindre intention…

— Tu m'en diras tant ! rétorqua-t-il, jovial, en immisçant l'autre main sous le vêtement. Heureusement que ma diligence est sans bornes.

Abby pouffa malgré elle et attrapa la nouvelle main baladeuse.

— Et si je te disais que je t'ai menti, pour la… mauvaise digestion ? Tu te tiendrais tranquille ?

— Tu peux compter sur moi !

Les yeux brillants, il libéra sa main et se mit à déboutonner son gilet.

— Mais je vais te dire une chose : figure-toi que c'est mon tour d'avoir mal au ventre. Et comme j'ai eu la bonté de voler à ton secours à l'heure de ta détresse…

Abby éclata carrément de rire.

— Tu es décidément le plus obstiné, le plus exaspérant…

— Et le plus dévoué !

Il se pencha pour se débarrasser de son habit et de son gilet.

— Important, le plus dévoué !

Abby rendit les armes. Y avait-il une femme capable de rester de marbre devant de si délicieuses taquineries ?

Et puis, son corps avait à présent des exigences. Maintenant qu'elle était complètement excitée, elle n'avait pas l'intention de le laisser filer sans qu'il l'ait comblée.

— D'accord, moi aussi je vais faire preuve de dévouement.

Elle commença à défaire les boutons du pantalon de Spencer.

— Dis-moi où tu souffres, milord.

Ravenswood comprit qu'il avait gagné, mais il y avait dans son regard, outre du triomphe, un désir forcené.

— Partout ! C'est épouvantable...

Il tira les pans de sa chemise du pantalon qu'elle était en train de déboutonner. Et il prit ses mains pour les glisser sur son torse.

— Ici.

Il les amena sur son abdomen.

— Et là.

Enfin, il ferma les yeux et appuya les mains d'Abby nettement plus bas que la taille.

— *Et surtout là !*

Il frémit d'aise quand les doigts d'Abby se posèrent sur sa virilité, encore enfermée dans le caleçon de jersey. La jeune femme eut des pensées gourmandes en le sentant si dur, prêt à l'action. Elle se mit à le caresser à travers le tissu, ravie du grondement qu'elle lui arrachait.

— Ça va mieux ? s'enquit-elle avec un sourire taquin.

— Pas encore.

Elle se glissa un peu plus près, pour pouvoir le toucher plus à son aise. Elle lui effleura le torse d'une main et lui caressa la verge de l'autre, jusqu'à ce qu'il commence à haleter.

Quand elle se pencha pour l'embrasser sur la bouche, il s'écarta vivement en ouvrant les yeux.

— Pas de baiser, tu as oublié ? Après ça, tu m'accuseras d'avoir rompu notre contrat.

Comme s'il ne l'avait pas déjà fait ! Mais un bref regard à sa farouche expression lui fit comprendre qu'il était sérieux. Elle eut un sourire timide, et retira la main de sous sa chemise pour lui effleurer la bouche.

— Tu crois vraiment que tu peux faire l'amour avec moi sans m'embrasser ?

Elle vit le désir s'emparer du visage de Ravenswood comme l'éclair traverse le ciel.

— S'il le faut.

— Tu n'es pas obligé, suggéra-t-elle en attirant sa tête vers elle.

Après plusieurs jours de frustration, leur baiser explosa instantanément dans un déchaînement de passion. Il enfonça brusquement sa langue, qu'elle suça avec avidité. C'était un véritable duel.

Il installa alors Abby à califourchon sur ses genoux, pour pouvoir immiscer les deux mains sous sa combinaison ; l'une lui tripotait la poitrine et l'autre glissait entre ses jambes. Au moment où il introduisit deux doigts en elle, il arracha sa bouche à la sienne.

— Je te veux tout de suite, chérie. Je ne crois pas pouvoir tenir jusqu'à la chambre.

— Eh bien, vas-y!

Il ne lui en fallait pas davantage. Il la saisit par la taille et la souleva afin de pouvoir faire glisser son pantalon et son caleçon. Elle s'appuya contre la table et observa avec de grands yeux le membre viril qui jaillissait tout droit, enfin libre.

— Tu vois le mauvais état de ma digestion? Que proposes-tu pour me soulager, ma femme?

Avec un sourire coquin, elle se lécha les doigts et se mit à dessiner des cercles au sommet du membre en érection.

— Petite allumeuse!

Elle rit, et fit voler sa robe et sa combinaison, puis se débarrassa rapidement de ses culottes.

— Moi aussi, mes maux sont toujours là. Alors, que vas-tu faire pour me soigner?

Le regard de Spencer, brûlant de désir, détailla le corps nu d'Abby.

— À ton avis?

Il la rapprocha contre lui, à califourchon sur ses cuisses, de sorte que son membre brûlant repose contre le ventre de la jeune femme.

— Voilà un remède peu convenable, milord! Que dirait le respectable M. McFee en voyant son maître se livrer à une débauche pareille dans la salle à manger?

— Il ne dirait rien s'il a envie de garder sa place, grommela Spencer. D'ailleurs, même McFee sait qu'après le dîner, un homme a besoin d'un petit dessert.

Le visage de Spencer s'éclaira et il allongea le bras derrière elle.

Quand il ramena la main, elle était pleine de crème renversée.

— Voilà le dessert, chérie, expliqua-t-il en lui enduisant les seins.

— Spencer ! s'exclama-t-elle tandis que la froide gelée dégoulinait jusque sur son ventre. Qu'est-ce que…

Il lui saisit un sein à pleine bouche, et la protestation d'Abby se termina en bafouillis. Il avait les lèvres partout, la langue aussi. Il suçait, il léchait… il la rendait folle.

Il s'écarta un instant et la regarda, les yeux brillants, puis se lécha les lèvres.

— Hmm ! Quel délice ! Je veillerai à ce que l'on serve souvent de la crème renversée au dîner.

Il tendit la main derrière elle pour reprendre de la crème, mais Abby se servit au passage.

— Petit gourmand ! On partage avec sa femme.

Et elle se mit à lui badigeonner la poitrine, puis se pencha pour lécher. Avec un gémissement d'aise, il se renversa en arrière pour mieux s'offrir à ses lèvres.

Abby se régalait. Au goût de la crème se mêlait son odeur piquante d'homme, dont elle était privée depuis deux jours. Elle sentait la peau de Spencer frémir sous les caresses de sa bouche. Du bout de la langue, elle tomba sur le petit mamelon, comme un grain de cassis flottant dans la crème. Elle le mordilla : elle l'aurait croqué de la tête aux pieds.

Peut-être allait-il vraiment lui appartenir, se dit-elle. Peut-être aurait-elle la certitude que cela durerait toujours…

Elle soupira, mais il ne la laissa pas s'appesantir sur la nostalgie. D'une main gluante de crème, il lui saisit un sein et le tortilla. De l'autre main, il se mit à fouiller entre les jambes d'Abby, pinçant entre deux doigts son grain de cassis à elle, avant de la pénétrer avec deux doigts. Elle soupirait de bonheur et s'appuyait contre lui, à la rencontre de cette double caresse.

— Je veux venir en toi, murmura-t-il.

— Tu y es déjà.

— Tu sais très bien ce que je veux dire.

— Eh bien, tu sais ce qu'il te reste à faire.

— Mais c'est toi qui es au-dessus. Il faut que tu y mettes du tien.

— Pour faire quoi ? s'enquit-elle avec un sourire innocent, tout en regardant ce membre énorme qui se dressait contre son ventre.

— Que le diable t'emporte ! Tu veux donc que je te supplie ?

— Parfaitement. Après ce que tu me fais subir depuis deux jours, tu mérites de ramper. Ah, tes prévenances aguichantes, tes effleurements furtifs, tes insinuations égrillardes...

Il la fit taire d'un baiser sensuel.

Elle se dégagea en riant.

— Et bien sûr, tu ne veux pas t'abaisser, n'est-ce pas ? Tu demandes toujours, mais tu ne m'as jamais suppliée pour quoi que ce soit. Lord Ravenswood ne mendie pas.

Il haussa un sourcil dédaigneux avec l'arrogance de Jupiter en personne.

— En effet. D'ailleurs, pourquoi t'implorer de faire ce que nous désirons tous les deux ?

Cette fois, la bouche insolente du vicomte attrapa la sienne et prit le baiser qu'il voulait. Et il ne se contenta pas de cela. Ses doigts retournaient sans faillir à la fontaine de la jeune femme, et s'y activaient jusqu'à la faire couler, brûlante. Abby sentait entre ses jambes un vide douloureux que seul Spencer pouvait combler. Mais quand elle se mit à se frotter contre sa main, il la retira.

— Non, pas tant que je ne suis pas en toi, décida-t-il en l'empoignant par les hanches. Si tu aimes les bonnes choses, ma rose sauvage, soulève-toi et prends-moi.

En d'autres circonstances, elle se serait formalisée de cet ordre et de sa tactique grossière. Mais elle en avait trop envie. Sans avoir l'air de se précipiter, elle fit exactement ce qu'il lui demandait.

Quand elle se laissa glisser en l'engloutissant d'un trait, il gémit.

— Mon Dieu, Abby ! Tu n'étais pas la seule à souffrir, figure-toi. Cela fait deux jours que je meurs d'avoir tes mains sur moi et tes baisers...

Quelle femme était capable de résister à un aveu aussi excitant ? Avec un sourire, elle se souleva, redescendit et recommença. Comme c'était bon d'arracher à Spencer ces halètements, ces gémissements rauques qu'il ne pouvait retenir... Comme c'était bon de le dominer enfin !

— Voilà ! dit-il d'une voix étranglée. Ah, chérie, oui... comme ça... Tu fais ça si bien.

Cet éloge décupla le plaisir d'Abby. Jamais il ne s'abaisserait à supplier, mais il supportait en revanche que ce soit elle qui donne la cadence de leur union intime. D'autres hommes en étaient-ils capables ?

Et c'était tellement délicieux, tellement... érotique. Lorsque la bouche de Ravenswood chercha son sein, elle se pencha à sa rencontre et ce fut encore mieux. Fiévreuse, elle augmenta la cadence, cherchant à faire croître cette sensation grisante. Telle une masse d'eau bloquée par un barrage, l'excitation montait en elle, passait la muraille de plus en plus haute, avec davantage de puissance.

— Oui... oui... approuvait-il d'une voix enrouée. Tu es à moi maintenant, ne l'oublie jamais...

Quoi qu'il arrive, se dit-elle, il ferait toujours partie d'elle.

Brusquement, il se répandit en elle, et elle sentit le flot brûlant de sa semence. Son barrage à lui avait cédé et la noyait dans un plaisir exquis, comme une vague qui balaie tout devant elle : les peurs, les incertitudes, l'insécurité.

Puis ce fut la décrue, lente, inexorable. Les pouls retrouvèrent leur cadence, les halètements se calmèrent. Elle étreignait Ravenswood contre sa poitrine. Elle essayait de ne pas songer à ce qu'ils venaient de faire, et à quel point cela compliquait tout.

Alors, il lui murmura à l'oreille :

— Je t'aime.

Avec un petit murmure de surprise, elle s'assit un peu plus loin sur les genoux de Spencer, partagée entre la crainte et l'espoir.

— Je t'aime, répéta-t-il, parfaitement sincère. Je crois que je t'ai toujours aimée.

— Oh non ! protesta-t-elle, car malgré l'intensité de son bonheur elle n'était pas devenue stupide. Mais c'est égal. Si tu m'aimes maintenant, cela me suffit.

— Non, je t'assure, c'est vrai, insista-t-il en lui embrassant le bout du nez. Pratiquement depuis le premier jour. Tu portais des tresses et tu étais dans ta cuisine, dans un nuage mauve : tu effeuillais de la lavande séchée.

Elle rougit.

— Moi qui espérais que tu avais oublié cela ! Nat et toi êtes arrivés la veille du jour annoncé dans votre lettre. Je n'étais pas prête. J'étais affreuse quand Mme Graham vous a introduits dans la cuisine.

Il tripotait le pendentif autour de son cou.

— Tu étais ravissante, douce et innocente. Tu avais les joues rouges et des pétales de lavande collés sur ton tablier. J'avais envie de l'épousseter, rien que pour te toucher.

— Vraiment ? demanda-t-elle malicieusement. Dans mon souvenir, tu m'as prise pour une domestique et tu m'as ordonné d'un ton sans réplique : « Veuillez informer vos maîtres que lord Ravenswood et M. Law sont là. »

— Et toi, continua-t-il en riant, tu as pris un ton pince-sans-rire : « Veuillez informer lord Ravenswood et M. Law que la maîtresse de maison est au courant de leur arrivée et qu'elle les conduira au maître de maison dès qu'elle se sera changée et aura fait un brin de toilette. » Nat a éclaté de rire.

— Mais pas toi ! Je crois que tu as été horrifié de mon impertinence.

— Pas horrifié, surpris. Tu ne m'as pas laissé le temps de répondre, tu m'as planté là et tu as filé. Et dès le premier coup d'œil sur ton insolent et admirable popotin, je n'ai plus eu qu'une idée en tête : te débarrasser de ta robe et te prendre là, dans la cuisine de ton père.

Il lâcha le pendentif, glissa jusqu'au sein, jusqu'au mamelon.

— J'aurais dû suivre cette inspiration. Cela nous aurait fait gagner des mois.

— Et papa se serait remis comme par miracle, il t'aurait chassé à coups de mousquet.

— Je n'en doute pas.

Il l'embrassa comme pour confirmer sa déclaration d'amour ; l'espérance d'Abby ne faisait que croître. S'il l'aimait pour de bon, il aurait l'intention de prolonger ce mariage. C'était précisément ce qu'elle souhaitait.

On frappa à la porte de la salle à manger. Avec un juron, il s'écarta de la bouche d'Abby.

— J'avais défendu de nous déranger ! tonna-t-il.

Il y eut un bref silence.

— Oui, milord. Je sais.

C'était McFee.

— Je demande humblement pardon à monsieur, mais lady Evelina est là. Elle souhaite vous parler d'urgence, c'est à propos de votre frère. Elle vous attend dans le petit salon.

— D'accord. Dites-lui que j'arrive.

— Dites-lui que nous arrivons, précisa Abby en descendant des genoux de Spencer.

Quand il entendit s'éloigner les pas de McFee, Spencer se leva.

— Il n'est pas nécessaire que tu viennes, Abby.

Il trempa une serviette de table dans un rince-doigts et essuya rapidement la crème qu'il avait encore sur le torse.

— Pourquoi ne montes-tu pas m'attendre dans ma chambre ? N'oublie pas le reste de la crème renversée.

— Non, mon cher mari lubrique.

Elle se nettoya, remit sa combinaison et noua le cordon.

— Tout ce qui concerne ton frère me concerne. Allons-y tous les deux. La crème renversée attendra.

— D'accord, fit-il avec un lourd soupir. Plus tôt nous nous débarrasserons de cette corvée, plus tôt nous pourrons reprendre du dessert.

Ils se rajustèrent comme ils purent, malgré les circonstances, et se dirigèrent vers le petit salon. Dans le hall, ils croisèrent McFee qui évita soigneusement de croiser leurs regards.

Abby était très gênée... jusqu'au moment où elle se souvint de la scène qu'elle avait surprise devant sa chambre.

Prise d'une inspiration perverse, elle s'arrêta.

— Ah, monsieur McFee ! Il faut que je vous remercie d'avoir monté jusqu'à ma chambre le cadeau de milord. Ce qui m'étonne, c'est que vous ne me l'ayez pas remis en main propre. Quand je suis sortie de mon boudoir, Mme Graham et vous étiez introuvables.

Le visage rubicond de McFee devint violacé.

— Je... Enfin... Je me suis dit comme ça : « Il vaut mieux laisser le coffret à Mme Graham. »

— Oui, vous avez bien fait. D'ailleurs, je vous en remercie.

Elle se tut et, au bout de quelques secondes, McFee inquiet l'interrogea du regard.

— De lui faire confiance, je veux dire.

Sur ce, elle s'éloigna.

Spencer se pencha à son oreille.

— Je crois que j'ai raté un épisode.

— J'ai l'impression qu'il y a anguille sous roche entre ma servante et ton maître d'hôtel. Je les ai vus s'embrasser dans le couloir, ils ne savaient pas que je les regardais.

Spencer ouvrit des yeux ronds.

— *Mon McFee* ? Avec *ta* Mme Graham ? Tu es sûre ?

— Mais oui ! Et ils se sont donné rendez-vous pour plus tard.

Ils approchaient de l'escalier, Abby était tout sourire.

— Il lui a même tripoté le derrière.

Spencer éclata de rire.

— Chut, murmura-t-elle, ou il va se douter que nous parlons de lui.

— Tant mieux ! Il dit sans doute du mal de moi à l'office depuis des années.

— C'est probable, admit-elle en songeant aux paroles de Mme Graham.

— Mais dis-moi un peu, continua Spencer en la laissant le devancer dans l'escalier. Comment s'y est-il pris pour lui tripoter le derrière ? Comme ça ?

Il lui saisit la fesse gauche à pleine main.

— Ou plutôt comme ça ?

Avec un petit rire, elle se mit à monter les marches deux par deux pour lui échapper.

— Décidément, Spencer, il y a des moments où tu te conduis comme un garnement.

— C'est maintenant que tu t'en aperçois ? rétorqua-t-il en se lançant à sa poursuite.

— Tu as tenté de faire illusion en te montrant sérieux.

— Peut-être, à moins que ce ne soit toi qui me transformes en satyre, chuchota-t-il.

Elle riait encore lorsqu'ils entrèrent tous les deux dans le petit salon.

23

« Un domestique avisé ne se mêle pas des affaires de famille de son maître. »

Vade-mecum du parfait domestique, par le maître d'hôtel d'une très grande maison

La bonne humeur d'Abby s'envola quand elle trouva Evelina, d'ordinaire si douce, qui tournait dans le petit salon comme un loup en cage, triturant nerveusement son mouchoir.

— Enfin, te voilà, Spencer ! s'écria-t-elle. Il faut que tu m'aides.

— Cela va de soi, déclara-t-il en prenant entre les siennes la main d'Evelina. Que se passe-t-il ?

— Il faut que je parle immédiatement à Nathaniel.

Spencer se raidit brusquement.

— Pourquoi ?

Evelina hésita, elle regardait Abby d'un air anxieux. Finalement, elle prit une profonde inspiration et expliqua à voix basse :

— Je suis enceinte de Nathaniel. S'il ne revient pas rapidement pour m'épouser, tout le monde devinera ce que nous avons fait. Maman ne me le pardonnera jamais, et l'avenir de mes sœurs sera anéanti.

Cela dit, elle éclata en sanglots. Spencer l'enlaça des deux bras.

— Allons, allons, ne t'en fais pas. Tout va s'arranger.

Pauvre Evelina ! Comment les choses allaient-elles s'arranger alors qu'ils ignoraient totalement où Nat se trouvait ?

— Où en es-tu de ta grossesse ? demanda-t-il.

— Eh bien... en fait, nous... nous n'avons fait cela qu'une fois, dès son retour d'Amérique... J'imagine que... ça fait presque deux mois.

La jeune femme sanglotait à faire pitié.

— Tu dois le faire revenir tout de suite.

Spencer interrogea Abby du regard, mais elle était bien en peine de lui conseiller quoi que ce soit.

— Dans ma dernière lettre, poursuivit Evelina entre deux hoquets, je lui annonçais l'arrivée du bébé. Et cette lettre m'est revenue du pays de Galles cet après-midi. À présent, je n'ai aucun moyen de le joindre et...

— Du pays de Galles ? releva Spencer. Pourquoi lui as-tu écrit là-bas, alors qu'il est censé se reposer dans l'Essex ?

Evelina s'empourpra.

— Eh bien... je... ou plutôt... vois-tu... Je savais qu'il n'était pas dans l'Essex. En fait, le soir du fameux dîner, il est passé me voir avant de quitter la ville.

— Quoi ? tonna Spencer. Et c'est maintenant que tu me le dis ?

— Surtout ne te fâche pas, supplia Evelina. Il m'a fait promettre de n'en souffler mot. Il m'a expliqué que cela anéantirait ses projets.

— Le projet de t'abandonner et de t'humilier publiquement, avec la dot d'Abby en poche ?

— Bien sûr que non. Ses projets pour toi. Et pour Abby.

Très intéressée, celle-ci vint s'asseoir à côté d'Evelina.

— Raconte-moi tout.

Evelina évitait les yeux furibonds de Spencer. Elle leva vers Abby un regard implorant.

— Il voulait que Spencer t'épouse et il s'est débrouillé pour que cela se fasse. Puis il a détalé, pour que son frère ne défasse pas ce qu'il avait fait.

— Il s'est enfui parce qu'il s'était emparé de la dot d'Abby, rectifia Spencer.

Evelina eut un geste de dénégation.

— Il m'a dit que, s'il s'était emparé de la dot, c'était uniquement pour être sûr qu'elle vienne en Angleterre.

— Et tu as cru cette énormité ? éclata Spencer en levant les bras au ciel. Allons, Evelina, tu connais Nat ! Il est incapable de se tenir en présence d'une forte somme.

Elle n'en démordait pas.

— Ce n'est pas pour cela qu'il a fait le coup, je te le jure. Nathaniel a fait cela pour toi, parce qu'il t'aime. Il savait que tu refusais de te marier car tu penses que tu ne peux pas avoir d'enfant.

Elle s'interrompit, rouge de confusion. Spencer blêmit.

— Il était au courant ?

— Tu lui as tout dit en Amérique, un soir où tu avais bu.

Pour Spencer, c'était un coup de poing en pleine poitrine. Il se laissa tomber sur un fauteuil en face des deux femmes.

— Mon Dieu... C'est vrai que j'ai pris une cuite monumentale ce soir-là... Je ne me souviens de rien... C'est pour cela qu'il a monté ce mariage de toutes pièces, et qu'il a fait venir Abby ?

— Nathaniel ne pense pas que tu doives rester sans femme sur le seul avis de quelques médecins.

Le culot de Nathaniel mettait Abby en rage.

— Du coup, il a ramassé la première fille susceptible de faire l'affaire ? Une oie blanche facile à manipuler ? Sans se demander si Spencer la voulait ?

— Non ! rétorqua Evelina. Pas du tout. Il savait que Spencer avait des sentiments pour toi. Il disait qu'il parlait tout le temps de toi, et même de t'épouser. C'est vrai, n'est-ce pas ?

C'était à Spencer que la question s'adressait.

— Oui, ça me revient, admit-il en regardant tendrement la jeune femme. Nous avons parlé d'Abby. Nat m'a suggéré d'en faire ma maîtresse. Je lui ai rétorqué qu'elle méritait le mariage.

Abby lui adressa un sourire furtif. À l'époque déjà, il songeait à l'épouser ? Quand il lui avait dit qu'il l'avait désirée dès le premier jour, elle avait cru qu'il enjolivait l'histoire. Elle savait à présent que non.

Evelina était suspendue aux paroles de Spencer.

— Tu vois ? Nathaniel était sûr que tu la voulais, donc il l'a poussée dans tes bras.

Il se tourna de nouveau vers Evelina, avec un rire aigre.

— Poussée dans mes bras ? Mais enfin, Evelina, c'est de la folie ! Et Abby ? Comment savait-il si elle voulait de moi ?

— Elle t'a épousé, non ?

— Parce qu'elle pensait que je la voulais !

— Et parce que ses autres alternatives n'étaient pas fameuses. C'est aussi pour elle qu'il l'a fait, figure-toi.

— Il a trompé Abby, et son père avec. Il a fait des faux. Il m'a roulé dans la farine et t'a laissée seule ici, tout cela par pure bonté d'âme ? Pour trouver une femme à son pauvre frère ? Je n'en crois pas un mot. Il voulait la Mercer Company et il lui fallait des moyens pour la relancer. Il a donc échafaudé ce projet fou de mariage par procuration.

— Nathaniel est incapable de...

— Peut-être avez-vous tous les deux raison, au fond, intervint Abby. Il se peut que la dot et l'entreprise aient bel et bien tenté Nathaniel mais, si ses appétits s'étaient limités à cela, il aurait pris l'argent et m'aurait laissée en Amérique. Il se serait bien gardé de payer mon billet, au risque que, une fois débarquée, je dévoile sa supercherie. Il savait que, sans son aide pécuniaire, je ne pouvais me permettre ce voyage.

Voilà qui donnait matière à réflexion pour Spencer. Il se pencha vers Evelina.

— Quelles raisons t'a-t-il données pour ce soudain souci de me marier à tout prix ?

— Tu as évoqué la possibilité qu'il hérite du titre, et il a cédé à la panique. Tu connais Nathaniel. Il refuse la responsabilité d'un domaine et d'un titre. Il ne veut que sa juste part pour nous et nos enfants, pas plus. Je suis sûre qu'il restituera la dot dès son retour. Cet argent, il n'en veut pas.

— Dans ce cas, que fait-il dans le pays de Galles ?

— Je n'en sais rien, bégaya Evelina. Peut-être n'a-t-il pas d'autre point de chute ? Il a dû descendre chez des amis. En général, il m'écrit toujours où il va... sauf cette fois-ci. La semaine avant de partir au pays de Galles, il était à...

— York ?

Evelina ne s'attendait pas à cela.

— Eh bien oui. Comment es-tu au courant ?

— Mes détectives ont découvert que, dans les semaines précédant le dîner, il a rencontré trois hommes d'affaires. C'est évident qu'il utilisait la dot d'Abby. Il y en a un de York, un du pays de Galles et le troisième de Bristol. Hélas, quand mes détectives ont atteint York, Nat était parti. Et il leur a échappé au pays de Galles également.

Evelina semblait consternée en face de cette preuve manifeste de la perfidie de son fiancé. Elle eut un regard mauvais.

— De toute façon, peu importe aujourd'hui ce qu'il a fait. Si tu dis vrai, tes limiers l'attendent à Bristol. Ils le ramèneront, et tu pourras l'interroger à loisir.

Spencer se leva, livide.

— Personne hélas ne l'attend à Bristol.

— Comment cela ? s'étonna Evelina, tandis qu'Abby était secouée d'un frisson glacé.

— Avant-hier soir, j'ai ordonné à mes hommes de rentrer à Londres.

Justement le soir où ils avaient fait l'amour. Abby eut l'impression que le sol se dérobait sous ses pieds.

— Pourquoi ? demanda-t-elle.

— Pourquoi, selon toi ?

Elle finit par comprendre. Si elle avait décidé de rentrer en Amérique, elle ne pouvait le faire qu'une fois Nat revenu. Et comment Nat reviendrait-il si les détectives de Spencer n'étaient plus à ses trousses ? Machiavélique individu ! Cela ne lui suffisait pas de la manipuler en la séduisant. Décidément, Spencer ne laissait rien au hasard, surtout en ce qui la concernait.

Elle avait les larmes aux yeux, mais elle se rudoya pour les retenir. Après tous ses mots d'amour dans la salle à manger, après tout ce qu'avait dit Mme Graham, elle avait fini par se laisser convaincre qu'ils avaient peut-être un avenir ensemble.

Mais il n'avait toujours rien dit prouvant qu'il avait changé de projet. Le fait qu'il rappelle ses détectives n'était pas bon signe. Même s'il l'avait fait deux jours plus tôt. Sa déclaration d'amour était-elle une simple technique pour la convaincre de rester ?

Tous ses doutes pesaient comme une pierre sur le cœur d'Abby. Il fallait qu'elle sache si Ravenswood considérait encore leur mariage comme provisoire.

— Spencer ? reprit Evelina. Pourrais-tu envoyer d'autres détectives à Bristol ? D'une façon ou d'une autre, il faut bien que tu ramènes Nathaniel au bercail.

— Bien sûr. Mais étant donné qu'ils n'ont abouti à rien pour le moment, je ne veux pas risquer qu'ils le ratent de nouveau. Je vais donc le ramener moi-même.

— C'est impossible, rétorqua froidement Abby. Le 1er mai est dans deux jours, tu as oublié ? Tu as dit que le roi exigeait ta présence.

— Peu importe. De toute façon, le roi attache plus d'importance à ta présence qu'à la mienne. J'essaierai de revenir à temps mais, si c'est impossible, vas-y sans moi. Blakely et Clara t'accompagneront.

Spencer s'approcha du canapé et s'accroupit devant Evelina, qui était désemparée.

— Écoute, mon chou : je vais le trouver. Rentre chez toi et cesse de t'en faire. Surtout, prends soin de toi. Il se peut que ce bébé devienne mon héritier.

— D'accord, murmura la pauvre fille.

Le cœur d'Abby s'était serré. S'il avait besoin d'un héritier, c'est qu'il refusait d'adopter un enfant…

La loi anglaise interdisait-elle l'adoption ? Elle s'agrippait à cette éventualité avec l'énergie du désespoir.

Spencer se leva, et incita Evelina à l'imiter.

— Comment es-tu venue ?

— J'ai… j'ai pris un fiacre.

— Eh bien, je te raccompagne en quittant la ville. Pourquoi n'irais-tu pas demander à McFee de faire avancer ma voiture ? Je te rejoins.

Elle acquiesça et quitta la pièce.

— Pourquoi, demanda Abby en se levant à son tour, le bébé d'Evelina serait-il un jour ton héritier ?

— Tu le sais bien : je ne puis avoir d'enfant.

— Ni en adopter ?

— Nous avons déjà parlé de cela, Abby…

— Oui. Et je constate que rien n'a changé.

Comme elle avait eu tort d'espérer !

— Une fois de plus, poursuivit-elle, tu manipules tout le monde en fonction de tes projets, et tu te moques des miens. Dommage qu'Evelina ait été obligée de bouleverser tout cela. Mais je suis sûre que tu as déjà manigancé d'autres choses pour me garder contre ma volonté.

— Comment, contre ta volonté ? Tu ne vas quand même pas revenir sur mon unique erreur…

— Bien sûr que si ! Je suis comme ça, figure-toi. Une cruche inconséquente, qui va détaler si tu ne l'obliges pas à rester. Ne serait-ce que provisoirement. Jusqu'au jour où, par un funeste effet de mon tempérament, je me ferai enlever par un beau comte italien…

— Tu sais parfaitement que ce n'est pas ainsi que je vois les choses. Je t'aime.

Sa vibrante sincérité fit hésiter Abby. Cela faisait si longtemps qu'elle brûlait d'entendre ces mots. Alors, pourquoi ne se jetait-elle pas dans ses bras ? Quelques semaines plus tôt, elle avait été ravie de l'épouser même sans amour, pour avoir ne serait-ce qu'une chance de lui appartenir. Maintenant qu'elle savait qu'il l'aimait, elle aurait dû sauter de joie et accepter ses conditions sans barguigner. Pourquoi se conduisait-elle ainsi ? Parce que les choses avaient changé. Quelques semaines plus tôt, elle le considérait pratiquement comme un dieu. Elle réalisait enfin qu'il n'était qu'un homme, ni meilleur ni pire qu'elle. Oui, il méritait d'être aimé et toute la vie, mais elle également.

Aussi, elle tint bon.

— Tu n'aimes que l'Abby qui t'adore, qui se sacrifie pour toi et ferait n'importe quoi pour rester avec toi. Tu n'aimes pas l'Abby qui en attend autant de toi en retour.

— Et toi ? Tu n'aimes pas l'homme incapable de te donner des enfants.

— Oh, mais si ! Peu importe que tu ne puisses pas me donner d'enfant. Mais tu n'envisages pas de solution de rechange. Ce que je désire ne compte pour rien. Tu décides que notre mariage restera provisoire, que nous n'adopterons pas et que c'est ainsi, un point c'est tout.

— Mais c'est ce qui vaut le mieux…

— Pour toi. Comme ça, tu ne risques rien. Je refuse de jouer ce jeu du mariage si tu ne me fais pas confiance, et si tu ne prends aucun risque pour moi. J'attends la fin de la session parlementaire, puis je rentre.

— Tu me quitterais ?

Il la scrutait sans aménité.

— Oui, tu en es capable, constata-t-il avec un ricanement sinistre. C'est bizarre, n'est-ce pas ? Finalement, tu fais exactement ce que j'avais prévu. Je suppose que c'est mieux que cela arrive maintenant que plus tard.

Sur cette flèche, il la quitta.

Le cœur brisé, elle s'effondra sur le canapé. Comme elle avait été sotte d'imaginer qu'il lui ferait un jour confiance ! Il avait préparé cet abandon depuis le jour où ils s'étaient rencontrés, et l'amour n'y avait rien changé.

Il avait raison : mieux valait que la rupture survienne maintenant. Mais pourquoi fallait-il qu'elle fût si douloureuse ?

24

« Le domestique veillera à ne pas colporter de ragots concernant son employeur, sauf si cela est nécessaire au bonheur de celui-ci. »

Vade-mecum du parfait domestique,
par le maître d'hôtel d'une très grande maison

Après avoir déposé Evelina chez elle, Spencer alla trouver ses détectives qui venaient de rentrer. Ils lui dirent tout ce qu'ils savaient et lui remirent leurs rapports écrits. Puis il alla chez Blakely, lui révéla ses projets et lui demanda, ainsi qu'à Clara, d'accompagner Abby à la fête. Quand il quitta Londres, il était dix heures du soir.

Assis dans sa voiture, à la faible lumière d'un lumignon, il déchiffrait les rapports de ses limiers. Ils ne lui apprenaient pas grand-chose : lorsque ses hommes avaient quitté Bristol, Nat n'était pas encore arrivé.

Le plus rassurant, c'est que sir Horace Peabody, que son frère était censé rencontrer, était chez lui dans son domaine des environs de Bristol. Avec un peu de chance, Spencer y serait sans plus d'un jour ou deux de retard sur son cadet.

Evelina avait raison sur un point : il fallait ramener Nat à Londres sans délai et l'obliger à prendre ses responsabilités. D'ailleurs, Spencer avait grand-hâte de remettre la main sur son frère. Ce serait un bonheur de l'étrangler, avec tout ce qu'il avait fait pour détruire sa vie à coups d'initiatives machiavéliques.

Épuisé, Ravenswood finit par jeter les rapports sur la banquette. Il éteignit le lumignon et s'affala de tout son long. Autant dormir. En changeant de chevaux à tous les relais, il atteindrait probablement Bristol le lendemain dans la soirée. À ce moment, il aurait besoin de tous ses moyens pour affronter Nat.

Il ferma les yeux, mais c'était une erreur. À présent qu'il n'avait plus de rapport pour s'occuper l'esprit, celui-ci s'envolait vers Abby, qui se présentait à son imagination de mille façons.

Abby assise sur ses genoux, empourprée par l'amour et comblée. Abby échangeant avec lui un regard de connivence au-dessus de la tête d'Evelina. Abby trahie, désespérée...

Il émit un juron et se redressa pour regarder par la fenêtre la campagne au clair de lune. La peste soit de cette aventurière ! Pourquoi lui empoisonnait-elle l'existence ?

Parce qu'il la voulait. Même après tout ce qui s'était passé entre eux, il la voulait encore. Il avait bien failli la convaincre de rester. Quelques jours encore, quelques épisodes comme celui de la salle à manger, et Abby lui aurait appartenu pour de bon. Mais non : il avait tout démoli en révélant qu'il avait rappelé ses détectives.

Que n'avait-il menti ! Pourquoi n'avoir pas dit qu'il voulait aller à Bristol les rejoindre ? À l'époque où il dirigeait les services secrets, c'est ce qu'il aurait dit.

Mais à présent, il était marié et trop amoureux pour avoir l'esprit clair. Le mari qu'il était avait pris dernièrement la détestable habitude de dire la vérité à sa femme. Même quand il en mesurait d'avance les conséquences...

De toute façon, il était sincère lorsqu'il lui avait dit que c'était mieux de se séparer maintenant que plus tard. Au moins, il n'avait pas encore pris l'habitude de l'avoir dans son lit, de se réveiller dans ses bras, de rire avec elle des petits travers de telle ou telle personnalité mondaine.

De l'aimer.

Tu n'aimes que l'Abby qui t'adore, qui se sacrifie pour toi et ferait n'importe quoi pour rester avec toi. Tu n'aimes pas l'Abby qui en attend autant de toi en retour.

La barbe ! C'était cher payer les ruses innocentes auxquelles il avait eu recours pour la garder. Le fait qu'il se fût donné tant de mal prouvait qu'il l'aimait.

Nathaniel a fait cela pour toi, parce qu'il t'aime.

En évoquant ces mots d'Evelina, Spencer se renfrogna. Il ne fallait pas le confondre avec Nat. Nat s'était bien moqué des projets de son frère...

Une fois de plus, tu manipules tout le monde en fonction de tes projets, et tu te moques des miens.

Il grogna. La peste soit de cette Américaine ! Oui, peut-être avait-elle raison : il ne s'était pas beaucoup soucié des désirs de son épouse. Mais ils étaient si déraisonnables, ils venaient si mal à propos...

Nathaniel ne pense pas que tu doives rester sans femme sur le seul avis de quelques médecins.

C'était de la folie. Il ne se conduisait pas comme son frère, de façon irresponsable et présomptueuse, quand même !

Certes, il s'était bel et bien montré présomptueux en prenant des dispositions pour garder Abby près de lui. Mais de toute façon, cela n'avait servi à rien puisqu'elle allait partir. Si elle le quittait pour si peu, mieux valait qu'il souffre tout de suite que plus tard, après que son amour pour elle se fut épanoui.

Il n'avait pas envie d'être sur ses gardes jour et nuit, de redouter qu'à cause d'un mot de travers, elle ne le quitte dans l'instant. Il ne voyait pas de satisfaction profonde dans un mariage où il serait contraint de marcher sans arrêt sur des œufs, sans jamais être sûr qu'elle ne partirait pas...

À cette pensée, un calme se fit en lui. La pensée qu'elle ne le quitterait jamais.

Nom d'un chien ! Mais c'est bien cela qu'elle s'exténuait à lui faire comprendre. S'ils aboutissaient à un vrai mariage sans s'y engager à fond, ils demeureraient toujours trop prudents l'un vis-à-vis de l'autre pour être honnêtes, trop craintifs pour être sûrs... trop méfiants pour tout risquer en échange du bonheur.

Il appuya la nuque sur le dossier de la banquette. Elle avait raison. Depuis le début. Un mariage dans la pérennité duquel aucun des deux conjoints ne croit ne saurait apporter de joie durable.

S'il avait l'intention de la garder, il fallait lui donner ce qu'elle exigeait. Il fallait qu'il renonce à son besoin de tout régenter, et se fie à sa femme, tout simplement. Être convaincu qu'elle ne partirait pas, et saurait se contenter du manque d'enfant.

Ravenswood secoua la tête tout seul. Non, sa confiance en Abby devait aller plus loin. Il fallait prendre le risque d'une adoption. Car c'était clair : elle voulait des enfants.

Le souvenir lui revint brusquement d'Abby avec Lydia dans les bras. Avec quelle tendresse elle regardait la petite ! Avec combien plus de tendresse elle regarderait un bébé recueilli dès son plus jeune âge, un bébé qu'ils auraient ramené chez eux ensemble, un bébé qu'elle élèverait et nourrirait. Et que Spencer éduquerait lui aussi.

Ce profond désir l'envahit de façon si puissante qu'il ne put s'y opposer. L'abîme était devant lui. C'était le moment de sauter. Avec Abby. Ou, tel un lâche, la regarder sauter seule et s'éloigner de l'autre côté.

Or lord Ravenswood refusait la lâcheté.

Dès que sa décision fut prise, il connut la paix. Il se demanda pourquoi il s'était montré si rétif. Quel fou il avait été ! Sa femme lui avait offert davantage que tout ce qu'il pouvait espérer de la vie, et il avait failli le rejeter.

Heureusement qu'Abby était tenace.

Son premier réflexe fut de faire demi-tour et de rentrer à Londres à bride abattue, avant qu'elle n'ait le temps d'endurcir son cœur contre lui. Hélas, Evelina avait besoin de Nat au plus vite, et Spencer ne voulait pas risquer que cet inconscient lui file entre les doigts.

Mais une fois qu'il serait de retour à Londres et tiendrait sa femme de nouveau dans ses bras…

Le reste du trajet se déroula dans une sorte de brouillard. La nuit fit place au matin et celui-ci à l'après-midi. La plupart du temps, il dormit. Et rêva d'Abby, de leur avenir, des petits chenapans qui lui tireraient les jupes pour exiger des glaces, et des petites filles aux joues toutes rondes qui adoreraient leur papa…

Quand il s'éveilla de sa dernière sieste, il constata que le soleil était en train de se coucher. Bristol n'était pas loin, il se sentit soulagé. Il avait hâte de mettre la main sur Nat et d'en finir avec tout cela, pour rentrer auprès d'Abby.

Auprès de sa femme.

Sans que cette pensée ne le quitte un instant, il se mit à la recherche de son frère. Heureusement, le domaine de sir Horace était connu dans toute la ville. Mieux, l'aubergiste qui l'indiqua à Spencer confirma qu'un gentleman de Londres était déjà venu deux fois au domaine Peabody. Il était même passé dans la soirée.

Spencer jubilait. Il touchait au but.

Toutefois, en arrivant au domaine, il se passa quelque chose d'insolite. Le maître d'hôtel n'eut pas l'air surpris de le voir. Il précisa même que « ces messieurs » l'avaient attendu pour dîner, mais hélas ils avaient été obligés de se mettre à table sans lui. Stupéfait, Spencer ne fit aucune observation et suivit le domestique jusqu'au bureau de sir Horace. C'est là que les gentlemen étaient en train de prendre « leur cigare et leur porto ».

Quand Spencer, après avoir été annoncé, fut introduit dans la pièce, deux choses devinrent claires pour lui. D'abord, le « gentleman de Londres » était effectivement Nat. Ensuite, sir Horace l'attendait bel et bien.

— Épatant ! Vous y êtes arrivé ! s'écria le chaleureux sir Horace, que Spencer n'avait jamais vu de sa vie.

Quant à Nat, il avait manifestement l'impression de voir apparaître un fantôme.

— Spencer ? Que diable fabriques-tu… Mais c'est… formidable que tu arrives à temps.

Il y avait anguille sous roche, et Spencer avait un mauvais pressentiment.

— À temps pour quoi ?

— La signature du contrat, bien sûr, répondit sir Horace en remplissant un verre de porto pour lui. Nous avons attendu jusqu'après le dîner dans l'espoir que vous arriveriez, bien que votre frère m'ait montré les procurations l'autorisant à effectuer l'achat. Il redoutait que vous ne parveniez pas à vous libérer. Je suis enchanté que vous soyez là pour la signature et la réception du contrat de vente.

Ainsi, Nat avait récidivé.

— Je puis vous affirmer que votre enchantement n'a d'égal que le mien, répondit sèchement Spencer en fixant Nat. Rappelle-moi de quoi il s'agit, au juste ?

Sir Horace fronça les sourcils et Nat eut un petit rire nerveux.

— N'en veuillez pas à mon frère, il a toujours le mot pour rire, expliqua le cadet. La fabrique de flacons, Spencer, tu as oublié ?

— Une fabrique de flacons, répéta Spencer.

C'était pour cela que Nat avait volé la dot d'Abby ? Que diable voulait-il faire d'une fabrique de flacons ? Et pourquoi la mettre au nom de Spencer ?

— Oui, se hâta de poursuivre Nat, pour fabriquer des flacons bleus de style Bristol pour le Mead. C'est un cadeau pour ta femme.

— Bien sûr, où avais-je la tête ? esquiva Spencer. Malheureusement, j'ai changé d'avis. Si vous pouviez avoir la bonté de me restituer les fonds remis par mon frère…

Sir Horace se leva, son nez en chou-fleur plus rouge que jamais.

— Il n'a rien versé pour le moment : le contrat n'est pas signé. Mais il s'agit d'une grave entorse aux usages, milord. J'exige de savoir pourquoi vous avez envoyé votre frère acheter ma verrerie, pour ensuite vous retirer sans raison. J'ai passé la moitié de la journée d'hier à lui faire faire le tour de l'usine. Puis vous arrivez et mettez tout par terre !

— C'est mon argent, n'est-ce pas ? riposta Spencer. Et tant que je n'ai rien signé, je garde le droit de changer d'avis. Voilà qui est fait.

— Sir Horace, intervint Nat, si vous pouviez nous accorder, à mon frère et à moi-même, quelques minutes pour nous expliquer en particulier...

— C'est inutile, coupa Spencer en l'empoignant par le bras. Viens, Nathaniel. Je te rappelle que ton rendez-vous à Londres, pour lequel tu as deux mois de retard, t'attend.

— Quoi ? demanda Nat tandis que son frère le traînait vers la porte.

— Messieurs, messieurs ! implorait sir Horace. Vous êtes sûr, lord Ravenswood, que vous ne voulez pas visiter les lieux ? Nous pourrions faire ça dès demain matin...

— Je suis parfaitement sûr, confirma Spencer.

Il entraîna son frère vers le hall.

— Lâche-moi, je suis assez grand pour marcher tout seul.

— C'est précisément ce qui m'inquiète, répondit Spencer sans ralentir. Ce que je crains, c'est que tu ne partes tout seul dans la mauvaise direction.

Le maître d'hôtel fut surpris de les voir débouler comme des flèches et bondit pour leur ouvrir la porte.

Quelques instants plus tard, Spencer et Nat étaient en voiture. Dès qu'elle s'ébranla, ce dernier explosa.

— Tu te rends compte du mal que je me suis donné pour monter tout ça ? Combien de verreries j'ai visitées avant de me décider pour celle-ci ? Peabody me l'a laissée pour une bouchée de pain : quatre mille sept cents livres ! Tu te rends compte ?

— C'est l'argent d'Abby, rétorqua Spencer.

— Non, c'est le tien. La dot appartient au mari.

— Ce qui est curieux, c'est que le mari, comme tu dis, n'en a pas vu le moindre sou.

Nat se raidit. Il plongea la main dans sa poche et en sortit une liasse de billets de banque qu'il jeta à Spencer.

— Tiens. C'est cela que j'allais donner à sir Horace.

Ravenswood compta les billets : il y avait effectivement quatre mille sept cents livres. Il ne manquait donc que trois cents livres, des cinq mille de la dot d'Abby. Trois cents livres ne couvraient pas les dépenses de Nat, ni le voyage d'Abby en Angleterre.

Restait un point à éclaircir.

— Je croyais que la dot était en pièces d'or.

— Je les ai changées en Amérique avant mon départ. Je ne suis pas assez stupide pour m'embarquer pour l'Angleterre avec cinq mille livres en pièces d'or dans les poches. Il y a des pirates, en mer.

Spencer n'était pas convaincu.

— Mais alors, c'est vrai que tu achetais cette usine pour moi ? Ou plutôt pour Abby ?

— Mais oui ! En fait, quand j'ai quitté l'Amérique, j'espérais que son père survivrait quelque temps. Ainsi, à l'arrivée d'Abby en Angleterre, j'aurais déjà acheté l'usine et démarré l'affaire. Elle serait restée pour m'aider, tu ne l'aurais plus quittée et le problème du mariage aurait été réglé…

— Et alors, peut-être qu'Abby et moi nous serions dit qu'il valait mieux laisser les choses en l'état.

— Ou bien, tu aurais eu la noble réaction de confirmer le mariage par égard pour elle, et elle aurait accepté. Sache qu'elle était amoureuse de toi avant même son départ d'Amérique. À peine t'étais-tu rembarqué qu'elle passait ses jours à se languir de toi. C'est pour ça que mon projet était imparable. Elle te voulait. Tu la voulais. Je savais que tu ne la laisserais pas repartir, une fois qu'elle serait ici.

Spencer était épaté de l'audace de son frère.

— La seule raison pour laquelle je ne l'ai pas laissée repartir sur-le-champ, c'est ton absence. Je ne pouvais me mettre un scandale sur les bras.

— Autrement, tu l'aurais laissée repartir en Amérique ? lança Nat, outré. Il aurait bien fallu que tu la raccompagnes, ne serait-ce que pour mettre fin au mariage. Et tu sais combien ces traversées sont longues... Vous vous plaisez tous les deux, et je le savais. Tout ce qu'il vous fallait, c'était un peu de temps pour vous en apercevoir.

— Et c'est sur ce prétexte que tu m'as marié à mon insu.

— Si je t'avais mis au courant, tu aurais refusé de l'épouser. Et pourtant, c'est ce que tu souhaitais. Moi aussi, c'est ce que je voulais pour toi. Il était hors de question que je te laisse carte blanche pour me faire hériter des domaines de Ravenswood, et de ce fichu titre de vicomte. Je ne me vois pas dans ce rôle.

Spencer ouvrit la bouche pour parler, puis se ravisa. La veille, il aurait fulminé. Mais il avait beaucoup réfléchi depuis vingt-quatre heures.

— Alors, tu as préféré prendre le taureau par les cornes.

Le ton était calme, ce qui rassura Nat.

— Il fallait bien que quelqu'un bouge. S'il avait fallu t'attendre...

— Et toi, tu sais exactement ce qui est bon pour moi, ce que je suis capable de gérer et où est mon devoir.

La crainte de Nat fit de nouveau surface.

— Enfin... je n'aurais pas dit les choses comme ça...

— Pourquoi pas ? C'est toujours comme cela que je me justifie quand je prends des décisions à ta place. Je suis fier de constater que tu marches sur mes traces. Très fier, même ! Mais comme j'ai plus d'expérience que toi à disposer de la vie des gens sans leur demander leur avis, laisse-moi te donner un petit conseil. N'essaie jamais de gérer la vie de plus d'une personne à la fois. C'est trop compliqué, et les gens risquent toujours de prendre des initiatives susceptibles d'anéantir le projet le mieux préparé.

Nat se rencogna contre les coussins de la voiture et croisa les bras.

— Si tu essaies de m'expliquer que mon projet a échoué, je ne te croirai pas. Evelina ne m'a pas caché la façon dont les choses se passent entre vous deux.

— Eh bien, parlons-en d'Evelina. Sa dernière lettre lui est revenue du pays de Galles, car elle n'avait pas de nouvelle adresse à laquelle l'envoyer.

— Je lui ai envoyé une lettre, répondit-il en rougissant. Je n'ai pas eu le temps de la poster au pays de Galles. J'avais trop à faire pour me débarrasser d'une bande d'espions qui me collaient aux basques : je suppose que c'est toi qui les as mis à mes trousses. Je croyais leur avoir échappé. Comment m'as-tu retrouvé ?

— Mes détectives savaient les noms des gens avec lesquels tu étais en affaires. Quand Evelina est venue me trouver hier soir, et comme il fallait absolument qu'elle te joigne…

— Absolument ? répéta Nat, inquiet. Pourquoi ? Est-il arrivé quelque chose ?

— Demande-toi plutôt ce que tu faisais il y a deux mois, à l'époque où tu aurais mieux fait d'observer une juste chasteté prénuptiale. Et tu auras la réponse.

— Evelina ? Elle est… elle est…

— Enceinte. Félicitations.

— Juste Ciel ! s'exclama Nat. Je vais avoir un bébé.

Pour la première fois de sa vie, Spencer entendit quelqu'un prononcer ces mots sans en être jaloux.

— Je crois que c'est elle qui va avoir le bébé, précisa-t-il sombrement. Et ce sera elle qui sera l'opprobre de la société si tu ne l'épouses pas vite fait.

— Elle va bien ? insista Nat.

— Elle ira bien dès que tu la retrouveras. La seule façon de sauver sa réputation, c'est que vous convoliez en justes noces sans le moindre délai. Il faut convaincre les gens que vous n'en pouviez plus d'attendre ce mariage. Ainsi, sa mère ne s'en mêlera pas. Ce n'est pas une lumière et, si tu lui révèles la vérité, elle risque de faire des histoires.

— D'accord, je te fais confiance, murmura Nat.

— Ensuite, quand le terme approchera, tu la conduiras dans l'Essex, et vous y resterez un moment, pour que les gens ne se posent pas de questions sur ce bébé précoce.

— D'accord. En Essex. Sur le domaine, tu veux dire ?

— Sauf si tu possèdes une maison que je ne connais pas dans l'Essex.

— Mais... après ce que j'ai fait... tu me laisseras retourner là-bas ?

— Tu y es chez toi. Tu es mon frère. Bien sûr que tu as le droit d'y retourner.

— Bon Dieu, Spencer ! Je ne sais que te dire.

Soudain, le visage de Nat se durcit.

— Bien sûr que tu me laisses retourner là-bas ! Par crainte du scandale. En fait, c'est pour ça que mon projet de te marier à Abby a marché. Je puis toujours compter sur toi pour rattraper mes fautes, non parce que cela t'importe, mais parce que tu dois défendre ta réputation. C'est pour la même raison que lord Ravenswood ne peut révéler à son propre frère qu'il est stérile, sauf quand il est ivre au point de ne plus maîtriser ses paroles. En effet, lord Ravenswood ne peut pas laisser les gens deviner ses faiblesses.

Spencer prit ces mots avec tristesse. Il savait que ses rapports avec Nat s'étaient détériorés au fil des ans, mais il en avait toujours imputé la faute à son cadet. Ou à Dora, ou à son père. Peut-être le moment était-il venu d'admettre sa part de responsabilité.

— Je souhaite que tu séjournes au domaine car c'est là qu'Abby et moi résiderons, dès la fin de la session parlementaire.

Si Abby lui pardonnait, bien sûr. Dans le cas contraire... mieux valait ne pas penser à ce qu'il deviendrait.

— Si tu as vraiment l'intention de démarrer cette entreprise, Abby et toi devrez rédiger un projet cohérent. Elle vend déjà le Mead dans tout Londres en qualité de parfum : si le cœur t'en dit, tu pourras continuer sur cette lancée.

Nat le dévisagea, incrédule.

— Mais alors, tu me laisserais... avec Abby... ?

— Te laisser ? Mais enfin, tu as vingt-neuf ans ! Et tu es bientôt papa. Si tu n'es pas capable aujourd'hui de choisir ton chemin dans la vie, tu ne le seras jamais.

Très excité, Nat se pencha pour lui saisir les mains et les serra vigoureusement.

— Tu ne regretteras pas ce geste, Spencer, je te le jure. Je saurai profiter de la chance que tu m'offres. Tu seras fier de moi !

— Évidemment, il y a des conditions, précisa Spencer d'un ton bourru, nullement habitué à de telles effusions chez son frère.

Nat le lâcha et s'assit bien droit.

— Demande-moi tout ce que tu veux.

— Ton fils aîné.

Nat tressaillit.

— Non, je plaisante, se hâta de dire Spencer.

— Tu ne plaisantes jamais, rétorqua Nat, soupçonneux.

— Eh bien, il y a un temps pour tout, non ?

— Oui, admit Nat en hochant la tête.

La voiture entrait dans Bristol quand soudain une pensée vint à l'esprit de Spencer.

— Faut-il que tu récupères tes affaires à l'auberge ?

— Je peux toujours les envoyer chercher de Londres. Mais tu m'as l'air au bout du rouleau. Pourquoi ne prends-tu pas ma chambre à l'auberge pour cette nuit ?

— Impossible : j'ai promis à Abby que je serais de retour pour la réception du 1er mai chez les Throckmorton, demain soir. Je suis censé la présenter au roi, et je sais qu'elle a le trac. C'est pour cela que j'ai roulé toute la nuit pour arriver ici, et j'ai l'intention de faire la même chose pour rentrer.

— Alors que demain tu as une échéance de cette importance, tu es venu me chercher jusqu'à Bristol ?

— Oui, soupira Spencer. Je sais que, de temps en temps, j'agis comme un crétin, Nat. Mais j'ai toujours voulu le meilleur pour toi.

— Je sais que tu vas avoir du mal à le croire, mais j'ai toujours fait de même pour toi. Et… avec Abby, tu es heureux ?

Spontanément, Spencer éclata de rire.

— Eh bien, figure-toi que tu me poses un dilemme. D'un côté, je ne veux pas encourager cette déplorable habitude que tu as prise de te comporter comme mon frère aîné.

— Et d'autre part ?

— Elle me rend follement heureux.

Nat s'épanouit, mais Spencer continua d'un ton sérieux :

— En revanche, je ne la rends pas tellement heureuse, moi. Et je me demande si elle parviendra à me pardonner. Avant de partir, elle m'a dit qu'elle me quitterait dès que je pourrais la raccompagner en Amérique.

— Mais pourquoi, par le Ciel ? Tu as dû lui faire quelque chose ou lui dire… Attends : ne me dis pas que tu lui as avoué ta stérilité ?

— Bien sûr que si. Elle est en droit de le savoir.

— Mais ce n'est même pas sûr !

— Je ne sais plus au juste ce que je t'ai raconté en Amérique. Ce dont je suis sûr, c'est que je n'ai jamais utilisé de méthode contraceptive avec mes maîtresses. Et pas une ne m'a donné de rejeton.

— Mais comment sais-tu qu'elles n'en avaient pas ? Il arrive aux femmes d'utiliser des méthodes qu'un homme ne peut détecter : des éponges, des pessaires…

— Ce n'est pas impossible. Mais Geneviève, par exemple, connaissait la vérité. Elle n'avait donc pas à prendre de précautions.

— Et bien sûr, répondit Nat en riant, tu es certain qu'elle t'a cru. Alors que tu étais dans les services secrets, et donc considéré comme un fieffé menteur.

Spencer le dévisagea, stupéfait.

— Tu n'avais pas pensé à cela, n'est-ce pas ? insista Nat. Le vicomte Ravenswood pense toujours qu'on le croit. Mais il y a des gens, figure-toi, qui n'en font qu'à leur tête : simplement, ils ne te mettent pas au courant.

Spencer ne savait plus où il en était. Nat avait raison : il n'avait jamais songé que Geneviève ait pu ne pas le croire. Était-il possible qu'il lui reste un espoir ?

— Non, décréta-t-il d'un ton ferme. Geneviève ne m'aurait jamais caché une chose pareille. Et notre liaison a duré trois ans.

— Si ça t'arrange de penser cela, tu la connais mieux que moi. Mais même si tu as raison et que tu es stérile, tu peux toujours adopter.

— C'est ce que m'a dit Abby. C'est en partie pour ça qu'elle... qu'elle me quitte. Je lui ai dit que je ne voulais pas en entendre parler.

— Pourquoi ?

— Ça semble bête à présent mais, à ce moment-là, j'ai pensé à la façon dont Dora nous a quittés.

— Dora ? Qu'est-ce que notre belle-mère vient faire là-dedans, avec son désastreux mariage avec papa ?

Spencer fronça les sourcils.

— Mais enfin, c'est quand même clair. Elle voulait des enfants, et notre père n'en voulait pas. Elle ne pouvait pas se contenter de nous, donc elle a décampé.

— Pour un ancien chef des services secrets, constata Nat, apitoyé, tu manques singulièrement de clairvoyance.

— Explique-toi, bon Dieu !

— Elle n'est pas partie parce que nous ne lui suffisions pas. D'accord, elle voulait des enfants. Mais ce n'était pas le vrai problème. Si elle en est venue à détester papa, c'est parce qu'il refusait de faire chambre commune. Depuis des années.

— Quoi ? Qu'est-ce que tu racontes ?

— Rappelle-toi, mon cher frère : j'étais à la maison pendant la quasi-totalité de leur vie commune, tandis que toi, tu étais pensionnaire. J'entendais ce que disaient les domestiques. Et j'en ai entendu, des choses...

— À propos du lit conjugal de papa ?

— Entre autres. Le valet de papa racontait qu'il ne l'avait épousée que pour nous donner une mère. Ensuite, j'ai entendu la soubrette de Dora dire combien celle-ci avait été déçue d'apprendre qu'il ne l'aimait pas. La même soubrette a révélé que papa avait chassé Dora de son lit quand elle s'était mise à le harceler avec cette histoire de bébé. À mon avis, il avait peur que, pendant la nuit, elle ne se débrouille pour que... enfin bref... tu m'as compris... Alors, il a cessé de la prendre dans son lit. C'était des années avant qu'elle ne le quitte.

Pour la deuxième fois en moins d'une heure, Spencer était éberlué par les révélations de son cadet.

— Je ne lui reproche pas le moins du monde d'être partie, poursuivit Nat. J'aurais fait le même choix à sa place : entre un vieillard qui refuse de me toucher et un jeune et vigoureux Italien...

— Pourquoi ne m'as-tu jamais mis au courant ?

— Je croyais que tu le savais. Tout le monde était au courant, même Theo. Mais tu n'étais jamais là, tu te rappelles ? Tu es allé directement de l'école à la guerre et, quand tu es revenu, tu étais devenu trop sérieux. Tout le monde te craignait, tu commandais tout le temps. Je ne voulais pas risquer de te contrarier.

Spencer éclata de rire.

— Décidément, je me suis montré encore plus bête que je ne le croyais.

— Comment cela ?

— Si j'ai tellement refusé le mariage, c'est à cause de l'exemple de Dora. C'est son souvenir qui m'a fait dire les pires horreurs à Abby, et notamment sur le fait qu'une femme a besoin d'avoir des enfants à elle... C'est pour cela qu'elle s'est fâchée. Parce que je n'arrivais pas à lui faire confiance. Parce que je voulais tout régenter.

— Et maintenant ?

— Maintenant, j'ai juste envie de garder Abby, si elle veut bien de moi…

— Mais bien sûr qu'elle voudra de toi ! Dis-lui que tu l'aimes. C'est le cas, non ?

— Oui. Et je le lui ai dit. Mais après ce que je lui ai fait endurer, je crains qu'il ne faille plus que des mots pour la convaincre.

Ils roulèrent un moment en silence. La voiture grinçait dans les montées et grondait furieusement dans les descentes. La lune se levait, c'était le dernier quartier. Sa douce lumière baignait le paysage de bocage que Spencer avait traversé à l'aller : des champs de reines-des-prés et de bétoines séparés par des haies. Heureusement qu'il faisait beau et que la route était sèche. Avec un peu de chance, ils arriveraient à temps pour la fête chez les Throckmorton. La première chose à faire pour qu'Abby le croie sincère, c'était de tenir son engagement.

Une pensée lui vint brusquement.

— Quelle heure est-il, Nat ?

Nat se tourna vers le lumignon pour consulter sa montre de gousset.

— Minuit passé.

— La fête commence à sept heures. Même en nous arrêtant pour changer les chevaux et nous restaurer, nous devrions y arriver. Qu'en penses-tu ?

— En tout cas, nous ne devrions pas avoir plus d'une heure de retard. Pourquoi ?

— Parce qu'une fois à Londres, j'aimerais m'arrêter quelque part.

— Où donc ?

— À l'orphelinat, pour avoir des renseignements sur ce dont ils ont besoin. Si je peux dire à Abby que j'ai pris un rendez-vous pour nous, elle saura que je parle sérieusement.

— Écoute : avant d'adopter une tripotée d'enfants, tu devrais d'abord t'assurer que tu ne peux pas en avoir toi-même. Demande à tes maîtresses si elles ont pris des précautions.

Spencer retint l'idée.

— Tu as raison. Si Geneviève ne s'est pas protégée, il est certain que je ne puis engendrer. Moins d'un an après son mariage, elle était enceinte de son mari. En revanche, si elle a pris des précautions…

S'il restait le moindre espoir, il fallait le saisir.

— Deux arrêts, donc, poursuivit Spencer. Tu me laisseras chez Geneviève. Ce ne sera pas long. De là, je prendrai un fiacre jusqu'à l'orphelinat, puis je passerai chez moi me changer. Je sais que tu souhaites être de la fête et retrouver Evelina au plus tôt.

— Merci, Spencer, dit Nat en se penchant pour tapoter le genou de son frère. Tout va bien se passer, tu verras. Abby serait bien bête de te quitter.

— Après ce que je lui ai fait subir, elle serait bien bête de rester. Mais si elle est venue jusqu'en Angleterre pour vivre avec moi sur la foi d'un voyou comme toi, peut-être aura-t-elle le cœur de rester sur la foi d'un autre voyou.

25

> « Si vous avez le privilège d'avoir un maître reçu dans la famille royale, apprenez méthodiquement l'étiquette ! »
>
> *Vade-mecum du parfait domestique, par le maître d'hôtel d'une très grande maison*

— Eau de Providence est un franc succès ! déclarait Clara à Abby.

C'était le 1er mai et la fête battait son plein chez les Throckmorton. Les deux jeunes femmes étaient debout, un peu à l'écart de la foule.

— J'ai l'impression que la moitié des dames ici présentes le portent, et M. Jackson m'a dit hier, quand je suis passée à son magasin, qu'il avait commandé cent flacons depuis samedi.

— Très bien, commenta Abby d'un air absent.

— Comment, « très bien » ? Mais c'est magnifique, superbe, splendide ! Vous imaginez ce que cela va donner quand le bruit se répandra ?

— Je suis sûre que vous avez raison.

Abby aurait dû se réjouir de pouvoir gagner sa vie sans avoir besoin de dot. Étant donné le cynisme de Nat, il ne devait plus en rester grand-chose. Et dans le cas contraire, Spencer était capable de bloquer l'argent indéfiniment, à seule fin de la garder. Donc, il fallait qu'elle accepte le projet de lady Brumley, pour l'argent. Toutefois, elle se disait que plus elle gagnerait d'argent, plus tôt elle quitterait Spencer. Et le fait de le quitter la tuerait.

— Êtes-vous sûre que votre mari surveille l'arrivée de Spencer ?

Le capitaine Blakely s'était posté près de l'entrée de la salle de bal, mais Abby la surveillait aussi de temps en temps.

— Vous vous inquiétez beaucoup, n'est-ce pas ? Mais ne vous en faites pas : il va arriver. Il ne saurait rater un événement aussi important pour vous.

— Ce n'est pas pour moi que je m'inquiète. Je ne voudrais pas qu'il soit châtié si Sa Majesté s'offense de son absence.

Cela serait déjà assez grave quand leur « séparation » donnerait lieu à toutes sortes de commentaires, quelle que soit la façon dont on annoncerait la chose. Abby ne voulait pas en plus faire de tort à la carrière de Ravenswood.

— Vous êtes vraiment une femme attentionnée, remarqua Clara. Je vois que vous avez survécu aux sautes d'humeur de Spencer de samedi dernier ?

C'était le soir où il lui avait fait l'amour si tendrement, puis où il lui avait fait entendre qu'il ne la croyait capable ni de fidélité, ni de loyauté, ni d'honneur.

— Oui, esquiva-t-elle.

Elle avait survécu : si l'on peut appeler survie ce morne désespoir…

— Ça va, Abby ? C'est tout juste si vous avez dit deux mots depuis que Morgan et moi vous avons prise chez vous.

— Oui, oui… ça va.

Le mensonge était évident, mais elle ne pouvait faire mieux pour le moment. Il faudrait bien qu'elle se décide à tout raconter à Clara, mais elle n'avait pas encore décidé jusqu'à quel point.

— Ah ! dit celle-ci en regardant vers l'entrée. L'enfant prodigue est de retour.

Abby se tourna, le cœur battant. C'était Nat, en conversation avec le capitaine Blakely sur le seuil de la salle de bal. Mais pas de Spencer.

— Je reviens, murmura-t-elle en s'éloignant d'un pas vif.

Le capitaine Blakely la vit arriver et n'eut pas le temps d'avertir Nathaniel. Abby entendit la fin de la phrase de ce dernier :

— Je suis sûr qu'il n'en a pas pour longtemps avec Geneviève, ensuite…

— Tais-toi, imbécile ! gronda le capitaine Blakely tandis qu'Abby se figeait, pétrifiée.

Lorsque Nathaniel pivota et la vit, il devint livide.

— Il est… chez sa maîtresse ? souffla-t-elle.

Par le Ciel, il n'était pas capable d'attendre qu'elle eût quitté Londres pour se remettre avec cette femme ?

— Mais non ! s'exclama Nathaniel. Vous n'avez pas compris. Il voulait savoir si…

Il s'excusa d'un regard auprès du capitaine Blakely et attira Abby à l'écart.

— Il est allé lui demander si elle avait pris des précautions afin de ne pas avoir d'enfant. Vous savez, au cas où il ne serait pas… diminué comme il l'avait cru d'abord.

Abby restait méfiante. Spencer tâchait de savoir s'il pouvait avoir des enfants ? C'était sa dernière trouvaille pour la garder ? Avait-il l'intention de lui jurer qu'il était fécond, que ce soit vrai ou non ?

Devant sa mine boudeuse, Nathaniel poursuivit :

— C'est moi qui ai insisté pour qu'il y aille. Je lui ai dit qu'avant d'aller à l'orphelinat, il lui fallait s'assurer qu'il n'était pas stérile. En effet…

— L'orphelinat ? répéta-t-elle, envahie par une lueur d'espoir. Il a l'intention d'aller à l'orphelinat ?

— C'est plus qu'une intention, renchérit Nathaniel, soulagé. Il y est en ce moment même. Il y est allé tout droit en sortant de chez Geneviève.

Abby revivait. Si Spencer acceptait d'adopter, cela voulait dire que…

— Il vous aime pour de bon, vous savez, continuait Nathaniel. Il ne faut pas que mes bêtises mettent tout par terre.

Prête à éclater de joie, elle était sur le point de lui dire que ses « bêtises » n'avaient rien gâché du tout, mais elle se tut.

Ce n'était pas la première fois que Nathaniel Law avait bouleversé l'existence de son frère. Cela allait de la simple gaffe au projet d'envergure capable de ruiner plusieurs vies. Et tout cela pour, disait-il, « rendre service » à son frère ! Il était temps que le cadet cesse de se mêler des affaires de son aîné. Et des affaires d'Abby. Il n'allait pas s'en tirer si facilement.

— Il est allé voir sa maîtresse, Nathaniel. Vous ne voulez quand même pas que je passe là-dessus ?

Le jeune homme était au bord de la panique.

— Mais ce n'était pas pour la... Non, pas du tout... Et puis, de chez elle, il devait filer tout droit à l'orphelinat pour...

— Oui, c'est un alibi qui se défend.

— Mais c'est la vérité !

— Je ne doute pas qu'il vous l'ait dit mais, grâce à vous, j'ai appris à mes dépens que les gens comme Spencer satisfont leurs besoins à leur guise. Je lui ai bien rendu service mais, maintenant que je repars, il a retrouvé son ex-maîtresse.

— Mais non ! suppliait Nathaniel, effondré. Il faut me croire. Il veut que vous restiez. Il vous aime. Il...

— Je ne suis pas assez sotte pour me faire avoir deux fois. Je pars demain.

— Mon Dieu ! Vous ne pouvez faire une chose pareille !

— Oh, que si !

Il fallait maintenant qu'elle se débarrasse de Nathaniel avant qu'il ne s'aperçoive qu'elle le faisait marcher. Elle n'avait nullement l'intention de le rasséréner de sitôt. Cela lui ferait du bien, de rester un moment le nez englué dans ses erreurs.

— N'est-ce pas votre fiancée que j'aperçois là-bas en compagnie d'un godelureau ? Vous feriez mieux de veiller sur vos intérêts, au lieu de vous inquiéter des miens.

Nathaniel suivit le regard d'Abby : Evelina était en train de contourner le cercle des danseurs qui s'était formé autour de l'énorme mât de fête, au milieu de la vaste salle de bal. Un beau jeune homme lui donnait le bras, et ils semblaient s'entendre à merveille.

Nathaniel se rembrunit.

— Ne bougez pas, maugréa-t-il, je reviens dans un instant continuer cette conversation.

Et il se dirigea vers sa fiancée.

Abby pinça les lèvres : rirait bien qui rirait le dernier. Si elle obtenait la complicité de Spencer, le jeune Nathaniel allait passer un mauvais quart d'heure. Pour le moment, elle exultait tellement qu'elle éprouvait le plus grand mal à se montrer méchante.

Ainsi, Spencer était allé à l'orphelinat. Bien que son avenir politique fût en jeu, il n'était pas encore là et avait préféré aller à l'orphelinat, pour elle. Ce que tout cela impliquait lui donnait le frisson.

— Lady Ravenswood ! s'exclama une voix acidulée derrière elle.

Elle se retourna : c'était lady Brumley, accompagnée d'un gentleman bedonnant et de trois élégantes. Le gros monsieur portait un habit coûteux et fort bien coupé : Abby sentit la panique la gagner. Par le Ciel, ce ne pouvait être que…

— Sa Majesté a exprimé le désir de vous être présenté, ma chère, expliqua lady Brumley, les yeux brillants.

Elle procéda rapidement aux présentations. Abby se fendit d'une révérence. Quand elle se redressa, le monarque lui prit la main et la baisa avec une galanterie royale.

— Nous aurions préféré confier cette mission à votre mari, mais il est introuvable.

— Oui, Majesté, répondit Abby en repassant dans son esprit toutes les leçons de Clara concernant l'étiquette. Il… Je… l'ai retardé à cause d'une affaire personnelle très urgente. Mais il sera là très bientôt, je vous assure.

— J'espère bien que non, répliqua sèchement le souverain. Il ne nous déplaît pas de vous avoir à nous tout seul un moment.

Sapristi, que répondre à cela ?

Eh bien, rien, car le roi continua sans attendre :

— Il paraît que madame a un cadeau pour nous.

— Mais oui, bien sûr ! confirma Abby en fouillant fébrilement son sac à main, à la recherche du flacon d'Eau de Providence que Spencer lui avait conseillé d'apporter.

Elle le tendit au roi, espérant qu'elle n'avait pas commis d'impair. Y avait-il un protocole particulier pour faire un don à un monarque ? Avait-elle fait preuve d'inconvenance ?

En tout cas, le roi sourit et prit l'objet. Il enleva le bouchon, huma et haussa un sourcil.

— Délicieuse fragrance, observa-t-il. Mais ce n'est pas dans le flacon qu'on juge le parfum. Il me faudrait un poignet…

Sans lui laisser le temps de finir sa phrase, les quatre dames se dégantèrent et brandirent leurs bras nus sous les royales narines – y compris lady Brumley. Un peu tard, Abby comprit qu'elle aurait dû faire de même.

Le roi rit et fit signe aux autres dames de baisser le bras. Puis il tendit la main vers Abby :

— Si vous vouliez bien avoir l'obligeance de vous déganter…

— Mais je… Bien sûr.

Elle obéit.

— Vous portez sans doute déjà le parfum, dit-il en élevant le poignet d'Abby à son nez. C'est exquis, observa-t-il en lui tripotant la main.

Tout cela devenait un peu lourd. Roi ou pas, il n'avait pas à se permettre de privautés.

Sans brutalité, elle se libéra.

— Mon mari sera ravi d'apprendre que Votre Altesse a apprécié mon humble présent.

— Et vous, milady ? Êtes-vous ravie ?

— Naturellement, Altesse, répliqua-t-elle avec un sourire laborieux.

— Eh bien, faites-nous l'honneur d'une valse.

Il fit signe à l'orchestre qui s'arrêta en plein quadrille et attaqua sans transition une valse. Il y eut un moment de flottement sur la piste.

Cela n'était pas le souci du roi, qui tendit le bras à Abby.

— Venez, ma chère. Dansons.

— Certainement.

Elle posa la main sur son bras et se laissa entraîner sur la piste.

Pour sa première valse en public, Abby n'avait pas choisi le dernier des cavaliers. Allait-elle lui écraser le pied ? Heureusement que Spencer était retenu. Il n'aurait pas à assister à la destruction en un rien de temps de sa carrière politique.

Elle crut entendre sa voix. *Ce n'est qu'un homme, après tout : il n'y a pas de quoi avoir peur.*

Elle observa le monarque, son gilet brodé fort élégant et sa peau soignée. Elle aperçut alors une puce, qui arpentait le bord du col amidonné du souverain : l'animal allait avoir du sang bleu pour dîner...

Abby était au bord du fou rire. Le roi était l'homme le plus puissant du pays, il sentait le lait d'amande et le tabac à priser le plus coûteux, mais il n'échappait pas aux règles de la nature. Spencer avait raison : il n'y avait pas de quoi avoir peur.

Aussi, quand l'orchestre attaqua, elle sourit à son cavalier, leva les talons et dansa.

La demeure des Throckmorton rutilait de tous ses feux lorsque Spencer arriva. Des voitures faisaient la queue à l'approche de la maison. Trop impatient pour attendre, le vicomte bondit du fiacre et fit à pied les quelques mètres qui le séparaient du perron. À peine en avait-il gravi les marches que Nathaniel sortit de l'ombre.

— Qu'est-ce que tu fais encore ici ? s'étonna Spencer. Je croyais que tu emmenais Evelina à Gretna Green pour vous marier sans délai.

— J'y vais de ce pas. Elle attend dans un fiacre au bout de la rue. Mais avant de partir, il faut que je te parle. Tu n'as pas traîné en chemin, n'est-ce pas ?

Spencer eut un large sourire.

— Tu avais raison pour Geneviève. Elle avait pris des précautions, mais ne m'en avait jamais parlé. Donc, je ne suis pas passé par l'orphelinat. J'ai pensé qu'il valait mieux m'entretenir d'abord avec Abby, et voir ce qu'elle a l'intention de faire.

Nat eut un soupir déchirant. Son frère fronça les sourcils.

— Qu'y a-t-il ?

— Écoute, Spencer, je ne l'ai pas fait exprès. Par le plus grand des hasards, elle est arrivée au moment où j'étais en train de dire à Blakely... Ah, mon Dieu ! Tu vas me tuer.

— Effectivement, c'est ce que je vais faire si tu ne me dis pas immédiatement ce qui se passe !

— Abby m'a entendu dire à Blakely que tu étais chez Geneviève et elle a cru...

— Espèce d'imbécile ! s'écria Spencer. Mais enfin, tu lui as bien expliqué, non ? Ou alors je te pulvérise sur place devant Dieu et devant les hommes !

— Oui, je lui ai expliqué ! assura Nat en reculant d'un pas. Je lui ai dit pourquoi. Je lui ai parlé de l'orphelinat, je lui ai dit que tu l'aimais...

— Attends, coupa Spencer. Tu lui as parlé de l'orphelinat... Et comment a-t-elle réagi ?

— D'abord, elle a eu l'air contente. Mais ensuite, elle a fait une tête épouvantable et a dit qu'elle ne me croyait plus après tous mes mensonges, et que...

— Dis-moi exactement ce qu'elle a dit, Nat, insista Spencer, vaguement soulagé. Mot pour mot.

Nat reconstitua leur conversation entière. À chaque mot, Spencer se calmait. Quand son frère arriva au fait qu'Abby souhaitait partir dès le lendemain, Spencer comprit tout. Elle lui avait formellement promis de ne pas repartir avant la fin de la session parlementaire. De surcroît, elle n'était pas bête au point de filer sans avoir assuré ses arrières sur le plan financier. Enfin, elle ne pouvait ignorer le sens de sa visite à l'orphelinat.

Spencer avait envie de rire. Cette friponne avait trouvé un moyen pour se venger de toutes les manipulations de Nat.

Il ne voulait pas la priver de sa juste revanche. D'ailleurs, lui-même trouvait que Nat s'en sortait un peu trop facilement. Il poussa donc un gémissement à fendre le cœur.

Nat réagit au quart de tour.

— Je suis absolument consterné, Spencer. J'ai essayé de lui parler de nouveau, mais elle dansait. Alors je me suis dit qu'il valait mieux te prévenir avant ton entrée.

— C'est trop tard, rétorqua Spencer d'un ton désespéré. Maintenant elle va me quitter, c'est sûr. Je ne peux plus rien faire.

— Ce n'est pas vrai ! protesta Nat. Il faut que tu lui parles et que tu t'expliques.

— Cela ne servira à rien puisque sa décision est prise. Elle ne me croira pas.

— Si tu ne veux pas lui parler, je vais m'en charger, promit Nat en pivotant vers l'entrée.

— Non ! s'écria Spencer. N'as-tu pas fait assez de mal comme ça ? Tout ce que tu tenteras ne fera qu'envenimer les choses.

— Sacrebleu ! Tu as sans doute raison... soupira Nat.

Spencer lança à son frère un regard de chien battu.

— Evelina et toi, partez à Gretna Green. Je me sentirai mieux si je sais que l'un de nous deux, au moins, est heureux.

Il se retourna et repéra son équipage garé au bout de la rue.

— Inutile de prendre une voiture de louage : sers-toi de la mienne. Abby est venue avec Blakely et Clara, ils nous raccompagneront. Enfin, si Abby veut bien…

Il regretta presque cette précision mélodramatique, car Nat était effondré.

Mais il avait ainsi la monnaie de sa pièce.

— Vas-y, et en vitesse. Lady Tyndale va se mettre à la recherche d'Evelina d'un instant à l'autre.

Nat se redressa avec la dignité du gentleman responsable qu'il était en train de devenir. Puis il descendit la rue.

Spencer gravit le perron, des ailes aux talons. Sa femme était en train de danser ? Plus pour longtemps. Il avait l'intention de l'emmener à l'écart pour déposer son cœur à ses pieds.

Dès qu'il fut annoncé, il tomba sur Blakely et Clara, juste à côté de l'entrée.

— Avez-vous vu ma femme ? demanda-t-il sans préambule.

— Elle danse, répondit Blakely. Avec Sa Majesté.

Spencer se tourna vers la piste et eut un coup au cœur. Abby était l'image radieuse de la beauté. Ce n'était plus l'Américaine gauche ni l'Anglaise empruntée. C'était sa rose sauvage à lui.

Elle dansait à la perfection, comme il sied à la cavalière d'un roi. Mais à la différence des élégantes guindées qui l'entouraient, elle avait l'air de s'amuser. Sa robe ressemblait à toutes les autres, mais sa coiffure était arrangée de façon plus lâche, et sa peau avait des reflets dorés à la lumière des chandeliers. Au milieu des boucles frisées au petit fer et des visages blêmes des jeunes femmes de la bonne société, elle était radieuse de beauté telle une rose parmi des marguerites. Ravenswood était fier comme Artaban.

— Cela fait longtemps qu'ils dansent ? demanda-t-il à lady Clara.

— C'est leur deuxième danse. Ils ont commencé par une valse. J'ai l'impression que Sa Majesté est sous le charme.

Spencer surprit le regard émerveillé du monarque et s'assombrit. Sa Majesté allait avoir une petite surprise. Abigail Law, vicomtesse de Ravenswood, n'allait pas se laisser faire comme une marie-couche-toi-là.

— Qui les a présentés ?

— Lady Brumley, répondit Clara malicieusement. Vous n'étiez pas là, n'est-ce pas ?

Elle n'avait pas oublié la façon dont Spencer s'était conduit au petit déjeuner de la marquise.

— Il faut que j'aie une bonne conversation avec lady Brumley à propos de ma femme. Puisqu'elles vont être associées en affaires.

Clara eut un petit sourire, et Blakely eut l'air assez gêné.

— Euh... Ravenswood. Ton frère a eu des mots qu'Abby a surpris par hasard...

— Je sais. Nat m'a tout raconté.

— Tu n'es pas inquiet ?

— Pas le moins du monde. Combien de temps va encore durer ce quadrille ?

— Il est presque terminé. Si j'étais à ta place, je ne perdrais pas de temps. Sa Majesté n'a pas caché ses intentions...

— Eh bien, il va falloir que je cache encore moins les miennes.

Le morceau était fini, l'orchestre s'arrêta et Spencer entreprit de traverser la pièce. Mais la foule était dense et il n'avançait guère. Il vit le roi sortir par une porte-fenêtre et entraîner la jeune femme sur une terrasse.

Spencer se mit à jouer des coudes. Si ce poivrot lubrique posait ses sales pattes sur Abby, il allait s'en mordre les doigts !

Il jaillit de la pièce et mit un moment à repérer le couple dans la pénombre. Ils étaient côte à côte tout au bout de la terrasse et regardaient le ciel.

Il reconnut la voix haute et claire d'Abby.

— Êtes-vous sûr, Altesse, que le feu d'artifice va commencer ? J'ai cru comprendre qu'il n'y avait rien avant minuit.

— Vous avez raison, acquiesça le monarque.

Quand elle pivota pour rentrer, il lui mit la main autour de la taille.

— Les étoiles brillent tant ce soir, je suis sûr que cela ne vous ennuie pas de les regarder avec nous...

Spencer arrivait d'un bon pas. Tuer le roi était le pire des crimes, mais s'il se contentait d'administrer une raclée à ce porc...

— Ce sera un honneur, convint Abby tout en saisissant la main du souverain pour qu'il la lâche.

Spencer sourit, mais ce sourire s'effaça quand Sa Majesté remit la main au même endroit.

— Ah, vous êtes là, ma chérie ! lança-t-il, s'efforçant de ne pas montrer sa colère.

À ces mots, Abby crut défaillir. Elle se tourna vivement. Spencer était à quelques pas, le regard meurtrier.

— Vous voilà, milord ! s'exclama-t-elle. Je suis heureuse de voir que vous arrivez sain et sauf. Majesté, si vous voulez bien m'excuser...

— Pas encore ! rétorqua le souverain en resserrant sa prise.

Magnifique ! Abby était parvenue à ne ruiner la carrière de Spencer ni pendant la valse ni pendant le quadrille, mais la catastrophe s'annonçait.

Spencer la surprit en s'inclinant profondément.

— Altesse, dit-il poliment, je vous remercie d'avoir tenu compagnie à ma femme. À présent, je serais heureux de pouvoir danser avec elle.

Ce n'était pas une demande, même si cela avait été prononcé courtoisement. Ce détail n'échappa pas au roi.

— Ravenswood, vous êtes encore plus froid que nous ne le croyions. Votre femme vous est-elle indifférente à ce point que vous ne vous souciez guère de la trouver avec un autre ?

Quelle idée géniale, Altesse, songea-t-elle. Provoquer mon mari ! Voilà qui va tout simplifier.

Les yeux de Spencer lançaient des éclairs, mais il regarda la jeune femme en souriant.

— C'est précisément parce qu'elle ne m'est pas indifférente que je ne me fais pas de souci. Voyez-vous, Altesse, j'ai confiance en mon épouse. Jamais elle ne me trahira, ni ne causera ma honte.

Ni ne me quittera, semblait dire son regard.

— Voyez-vous, c'est une femme de caractère.

Abby étouffait presque de bonheur. Elle l'aimait. Oh oui, c'était lui qu'elle aimait !

Sans l'étreinte du roi, elle aurait sauté au cou de Spencer.

— Merci, milord.

Elle leva vers le souverain un regard implorant.

— Si vous voulez bien m'excuser, Majesté, cela fait deux jours que je n'ai pas vu mon mari…

Le roi eut un instant d'indécision.

— Apparemment, lady Brumley ne nous a pas raconté d'histoires quand elle a parlé de votre couple. Mais nous n'étions pas convaincu… Eh bien, allez-y, chère madame. Profitez de cette danse avec votre mari. Et merci pour le flacon de parfum. Nous penserons à vous chaque fois que nous le sentirons.

Elle murmura un vague remerciement et se hâta de rejoindre Spencer. Mais lorsqu'il lui prit le bras, il ne la ramena pas vers l'intérieur. Il l'entraîna vers les marches qui descendaient dans le jardin.

Dès qu'ils furent hors de portée de voix, elle se confia.

— Mon Dieu, tu m'as fait peur. J'étais sûre que tu allais dire ou faire quelque chose qui anéantirait ta carrière.

— Du style « Touche ma femme, cafard lubrique, et je t'arrache les bijoux de famille avec les dents » ?

— Quelque chose comme ça, admit-elle en riant.

— J'ai envisagé de le faire. Pas parce que je n'ai pas confiance en toi, mais parce que je me méfie de lui. Ce vieux crétin est toujours à courir derrière un jupon : c'est une honte.

— Je suis heureuse que tu n'aies pas dit ce que tu avais sur le cœur, car cela ne me disait rien de t'imaginer enchaîné dans la Tour de Londres.

— Vraiment ?

Spencer l'attira sous un arbre. Il semblait peu sûr de lui.

— Oui. Je préfère que tu sois à ma merci, plaisanta-t-elle.

— D'accord, dit-il en tombant à genoux pour lui prendre les mains. Tu dis que je ne supplie jamais. Je le fais maintenant. Reste avec moi, Abby, et sois ma femme.

Abby avait le cœur qui battait la chamade en contemplant son visage sincère.

— Nat m'a dit que tu t'étais arrêté à l'orphelinat en venant. Est-ce que j'ai bien compris ce que cela signifie ?

— Que je t'aime ? Que je veux que tu élèves nos enfants ?

— Nos enfants adoptés ? suggéra-t-elle.

— Quel que soit le moyen que tu trouveras pour en avoir ! Je ne suis plus certain d'être stérile. Ce que je veux, c'est que tu sois ma femme.

— Pour toujours ?

— Jusqu'à la mort. Mais j'espère avec ferveur que ce sera le plus tard possible.

Incapable de retenir sa joie davantage, elle se pencha et l'embrassa à pleine bouche.

— À propos de te voir enchaîné dans la Tour de Londres… est-ce que j'ai précisé que je voulais que tu sois tout nu ?

Il s'attendait si peu à cette saillie que sa surprise fut presque comique. Puis il bondit et l'étreignit en la soulevant dans les airs. Il colla sa bouche contre celle d'Abby dans un baiser torride.

J'ai enfin dompté le dieu de l'Orage, se dit-elle.

Quand il recula, elle chuchota :

— Qu'est-ce qui t'a fait changer d'avis ?

— Face à l'éventualité de passer ma vie sans toi, tu crois que j'aurais été assez stupide pour te laisser repartir ?

— Mais tu as dit que tu le ferais.

— Bien sûr. Je suis manipulateur, c'est plus fort que moi. Il faut que j'arrive à mes fins à tout prix, tu l'as fort bien dit. C'est une mauvaise habitude que j'ai prise au fil des ans. Mais j'entends m'en débarrasser.

Après une déclaration aussi merveilleuse, elle ne pouvait que l'embrasser de nouveau. Leur baiser fut encore plus long et plus brûlant. Lorsqu'il s'acheva, elle était plaquée contre l'arbre et il s'en prenait à la rangée de boutons qui fermait sa robe dans le dos.

— Spencer ! protesta-t-elle faiblement. On pourrait nous voir.

— Sûrement pas. À ton avis, pourquoi garde-t-on les jardins dans l'ombre, pendant ce genre de réunion ? Pour économiser l'huile des lampions ? Non, cela sert à récompenser les maris auxquels leurs femmes viennent de tout pardonner. Car tu m'as pardonné, n'est-ce pas ?

— Je ne sais pas, dit-elle d'un ton taquin en lui déboutonnant son gilet.

Elle se demandait s'il allait évoquer sa visite chez Geneviève.

— Je t'ai pardonné tout ce que tu as fait avant ton départ, précisa-t-elle. Mais qu'as-tu fait depuis ton retour qui nécessite le pardon ?

— Rien. Tu ne veux sûrement pas parler de la visite que j'ai rendue à Geneviève. Nat t'a expliqué pourquoi j'y suis allé, et il n'y a rien à pardonner.

— Tu as vu Nathaniel depuis ton arrivée ? Mais alors, il t'a dit...

— Ne t'en fais pas, il ne m'a pas fallu longtemps pour comprendre ton petit jeu. Bravo ! Tu as réussi là où j'avais échoué : à donner des remords à mon scélérat de frère.

— Mais tu ne lui as pas dit que je le faisais marcher ?

— Certainement pas !

Il se pencha pour l'embrasser sur la joue, puis dans le cou.

— Alors, susurra-t-elle, combien de temps allons-nous attendre avant de lui dire la vérité ?

— En ce moment même, il est en train de s'enfuir avec Evelina. Ils ne rentreront pas avant deux semaines.

Il lui fit glisser sa robe des épaules.

— Et après ça, je ne sais pas. Encore un peu, tant que nous aurons disparu.

— Disparu ?

— En voyage de noces, bien sûr, précisa-t-il en lui mordillant l'oreille. Il faut bien que nous fêtions la fin de notre prétendu mariage et le début de notre véritable union.

Épilogue

« L'arrivée d'un enfant apporte un surcroît de travail, mais aussi un surcroît de joie. »

Vade-mecum du parfait domestique, par le maître d'hôtel d'une très grande maison

Spencer était assis dans le couloir et faisait sauter Belinda sur ses genoux tandis que le Dr Godfrey examinait sa femme dans leur chambre à coucher. Le vicomte, vaguement inquiet, essayait de s'absorber dans le regard d'adoration de sa fille. Elle avait heureusement repris du poids depuis qu'elle avait quitté l'orphelinat l'année précédente, petit bébé décharné qui ne souriait jamais.

— Pa, dit-elle en refermant son petit poing sur la cravate, pour la secouer en tous sens. Papa.

— Oui, petite coquine, dit-il en la faisant sauter jusqu'à ce qu'elle rie aux éclats. C'est papa.

Et dire qu'il avait autrefois songé à se priver de toutes ces joies ! Une des lumières de sa vie était à présent cette petite.

Une autre montait l'escalier, suivie par Mme McFee, hors d'haleine. Maugréant à chaque marche, la digne servante était vraiment comique. Cela avait été une surprise générale quand McFee avait épousé l'Américaine. En plus, le maître d'hôtel avait publié – sous un nom d'emprunt – un livre de formation du personnel domestique.

Lily se jeta contre son père, pas le moins du monde essoufflée.

— Papa, est-ce que le docteur est toujours avec maman ?

— Oui, mon poussin.

La petite était soucieuse, et Ravenswood en eut la gorge serrée.

Cette ancienne pickpocket avait à présent onze ans. Abby et lui n'étaient pas mariés depuis un mois qu'il avait proposé l'adoption de l'orpheline. Abby s'était empressée d'accepter. Ce qui était une bonne chose car, l'année dernière, il s'était finalement fait une raison : il était stérile. Le témoignage de Geneviève lui avait laissé un moment d'espoir mais, au bout de quatre ans de mariage sans grossesse, lui et Abby étaient fixés. C'est alors qu'ils avaient adopté Belinda, et commencé à débattre du nombre total d'enfants qu'ils désiraient, et ce qu'ils allaient devoir faire pour son héritier.

Nat était moins tenté que jamais d'endosser le titre. Il se passionnait pour la direction de l'entreprise de parfum d'Abby, et était maintenant père de deux filles.

Lily caressa les jolis cheveux châtains de la petite Belinda.

— Est-ce que maman... va mourir ?

— Mais non, voyons ! Je suis sûr que c'est juste une indisposition. Elle va se remettre dans quelques jours. Il suffit qu'elle se repose.

— C'est ce que j'ai dit à mademoiselle toute la matinée, expliqua Mme McFee en croisant les bras sur son ventre replet. Mais elle ne me croit pas. Elle n'aura de repos que si elle entend la chose de la bouche du docteur en personne.

— Je l'ai vue vomir au petit déjeuner, expliqua Lily. C'était affreux.

De sa main libre, il attira sa fille contre lui.

— Je sais, chérie. Mais je te promets que ça va aller mieux.

La porte s'ouvrit brusquement et le Dr Godfrey sortit, tout sourire.

— Comment va-t-elle ? demanda Spencer en se levant.

— Bien. Très bien, même. Les choses avancent normalement.

Qu'est-ce que cela voulait dire ?

Abby sortit à son tour, un peu pâle.

— Maman ! s'écria Lily en courant se jeter dans ses bras. J'ai eu si peur !

Avec un sourire, Abby étreignit sa fille.

— Il n'y a pas de quoi t'inquiéter, chérie. Maintenant, va jouer avec Mme McFee et prends ta sœur avec toi. Il faut que je parle à papa.

Spencer n'en menait pas large en tendant le bébé à la servante. Dès qu'ils se furent enfermés tous les deux dans la chambre à coucher, il posa la question qui le tenaillait.

— Que t'a dit Godfrey ? Qu'est-ce que tu as ?

— Eh bien, je... je lui ai parlé de toi.

— Comment ça, de moi ?

— Oui, de tes fameuses blessures.

— Il est au courant pour mes blessures. Qu'est-ce que cela a à voir avec ton état ?

— Il m'a dit qu'il avait entendu parler récemment d'un cas : un homme blessé comme toi.

Elle désigna d'un geste vague la région touchée et acheva :

— Au bout de quelques années, il s'est rétabli.

Ravenswood demeurait interdit. Elle croisa franchement son regard.

— Je ne suis pas malade, Spencer. Je suis enceinte. Nous allons avoir un enfant.

Il vacilla, blême.

— Tu... tu... es sûre ?

— Oui.

Il en avait les larmes aux yeux. Elle se pendit à son cou.

— Il est de toi, je te le jure.

Il fronça les sourcils.

— Bien sûr, qu'il est de moi ! De qui serait-il ? Du facteur ? Mais enfin, Abby, tu ne te figures quand même pas que j'allais me poser cette question ?

— J'étais un peu inquiète, avoua-t-elle avec un sourire penaud. Tu t'étais tellement convaincu de ne jamais pouvoir engendrer, après avoir essayé si longtemps...

— Mais tu ne sais pas, à la fin, que je te fais confiance ? fit-il en lui caressant tendrement la joue. Je sais que tu ne me trahiras jamais.

— Jamais ! répéta-t-elle.

Il eut un tendre sourire, et son regard se posa sur le ventre d'Abby.

— C'est pour quand ? demanda-t-il, très ému.

— D'après le Dr Godfrey, six mois à compter d'aujourd'hui, sept à la rigueur.

— Il y a longtemps que tu le sais ?

— J'ai essayé de ne pas me faire trop d'illusions, la première fois que je n'ai pas eu mes règles. Puis j'ai commencé à avoir des nausées matinales, et j'ai en vain attendu mes règles pour la deuxième fois. À ce moment-là, je me suis dit qu'il fallait consulter le Dr Godfrey. Je suis désolée si je vous ai fait peur, à Lily et à toi, mais je ne voulais pas me prononcer sans être absolument sûre.

— Il faut le dire à Lily.

— Oui.

Mais quand il se tourna, elle le retint.

— Spencer, il faut que je te dise une chose. Le fait de concevoir ne changera rien pour moi vis-à-vis des petites. Je continuerai à les aimer comme aujourd'hui.

— Mais c'est évident, répliqua-t-il en l'étreignant. Pour moi non plus, cela ne va rien changer.

Il déposa un doux baiser sur ses lèvres et murmura :

— Merci.

— De quoi ? De porter ton enfant ?

— Non… Enfin, oui… Mais ce n'est pas ce que je voulais dire.

Il posa la main à plat sur le ventre d'Abby.

— Avant de te rencontrer, j'étais persuadé que je n'aurais jamais de femme, ni de famille. Je te suis donc reconnaissant de t'être montrée persévérante et même obstinée, et de m'avoir prouvé que c'était à ma portée. Merci, chérie, de m'avoir convaincu de franchir le pas.

Étourdie de joie, elle pressa la main de son mari.

— Eh bien, mon amour, merci d'avoir franchi ce pas.

Découvrez les prochaines nouveautés
de la collection

Aventures et Passions

Le 2 décembre

Un mari féroce

de Julie Garwood (n° 3662)

Mariée de force au cruel baron Raulf qui la bat et la torture, Johanna accueille la mort de son époux comme une délivrance. Mais, pour se protéger du roi, elle doit absolument se remarier au plus vite. On lui conseille d'épouser Gabriel MacBain, un chef de clan écossais. Dans ses bras, Johanna va découvrir le plaisir. Et Gabriel, sans oser l'avouer, est sous le charme. Mais, comme revenu de l'enfer, Raulf réapparaît...

Le 2 décembre

La fuite de Pénélope

de Madeline Hunter (n° 7826)

Lorsque Pénélope lui avait annoncé ses fiançailles avec le comte de Glasbury, le cœur de Julian Hampton s'était brisé. Mais quelques années plus tard, la jeune femme lui demande de l'aide pour fuir son mari dont les cruautés ont fait de sa vie un enfer. Malheureusement, où qu'ils se cachent, Glasbury les retrouve. Leur unique chance : faire éclater un scandale tel que le comte demande le divorce. À chaque étreinte, Julian et Pénélope tombent de plus en plus amoureux. Leur passion sera-t-elle leur ruine ou leur salut ?

Ce mois-ci, retrouvez également

Amour et Destin

Des histoires d'amour riches en émotions déclinées en trois genres :

Intrigue ***Romance d'aujourd'hui*** ***Comédie***

Le 2 novembre *Romance d'aujourd'hui*

De si douces paroles

de Lorraine Heath (n° 7815)

Depuis la mort de son mari au cours d'une mission militaire, Serena se consacre à son fils de neuf ans. Et elle se sent seule. C'est alors qu'un soir, dans un bar, elle boit plus que de raison et se retrouve dans les bras d'un inconnu... Hunter Fletcher, agent de la CIA, refuse toute relation sérieuse, mais cette rencontre avec Serena le transforme...

Le 10 novembre *Intrigue*

Pacte mortel – 3 : Au nom de Curtis

de Mariah Stewart (n° 7816)

En dépit de ce qu'il a pu dire, Archer Lowell n'a pas l'intention de remplir sa part du contrat. Mais, de sa prison, Vince sait comment faire pression pour qu'Archer s'occupe de la liste noire de Curtis Channing, comme convenu. Et lorsque les premiers meurtres se produisent, les agents du FBI Miranda Cahill et Will Pletcher sont surpris : Archer n'avait pas le profil d'un tueur. Il leur faut à présent trouver qui Curtis voulait voir mort. Miranda réalisera-t-elle à temps qu'elle est la prochaine cible ?

Le 25 novembre *Comédie*

Méfiez-vous de l'homme qui dort

de Vicki Lewis Thompson (n° 7817)

Lainie, meneuse de revue dans un casino de Las Vegas et mère d'un petit génie, Dexter, a quitté le père de l'enfant car il était violent. Un soir, celui-ci réapparaît, bien décidé à récupérer son fils. Heureusement, leur voisin, Harry, comptable du casino, vient à sa rescousse... enfin, il les aide à fuir. Imper au vent, vêtue en tout et pour tout d'un string papillon, voilà Lainie filant sur les routes !

Amour et Mystère

Sous le charme d'un amour envoûtant

Le 18 novembre
Le cercle des immortels – 2 : Les démons de Kyrian
de Sherrilyn Kenyon (n° 7821)

Alors que tous les membres de sa famille pratiquent diverses activités paranormales, Amanda souhaite seulement avoir une vie normale. Jusqu'au jour où son excentrique communauté lui amène un fiancé grâce à la magie ! Kyrian de Thrace n'est pas n'importe qui : il a passé un pacte avec la déesse Artémis deux mille ans auparavant, après avoir été torturé et tué par les Romains. En échange de son immortalité, il est devenu un chasseur de démons. Face à son pire ennemi, ses pouvoirs suffiront-ils à les protéger, lui et Amanda ?

Passion intense

Quand l'amour vous plonge dans un monde de sensualité

Le 18 novembre

Plaisirs secrets

de Bertrice Small (n° 7523)

Après de nombreuses années de vie conjugale sereine, Nora est effondrée : son mari la quitte pour une autre. Ses amies lui révèlent alors leur secret pour oublier leurs soucis et plonger dans le monde des fantasmes les plus profonds. Un numéro de téléphone, un écran de télévision et Nora se retrouve dans l'appartement de ses rêves, face à un homme qui la regarde avec admiration et passion. Jamais elle n'aurait imaginé vivre une relation si sublime et si intense…